ERA UMA VEZ UM CORAÇÃO PARTIDO

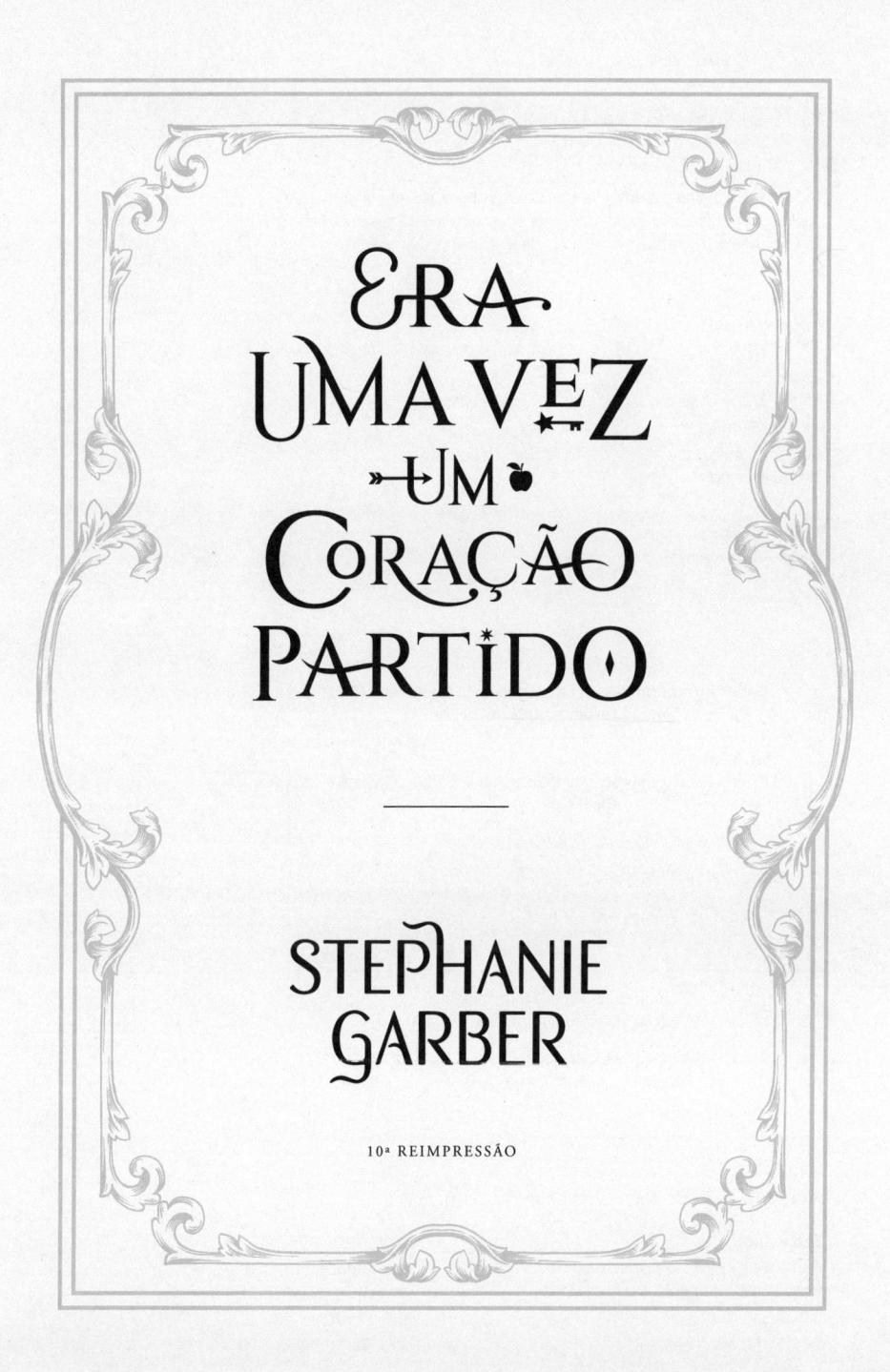

ERA UMA VEZ UM CORAÇÃO PARTIDO

STEPHANIE GARBER

10ª REIMPRESSÃO

TRADUÇÃO: Lavínia Fávero

GUTENBERG

Título original: *Once Upon a Broken Heart*

EDITORA RESPONSÁVEL
Flavia Lago

EDITORAS ASSISTENTES
Natália Chagas Máximo
Samira Vilela

PREPARAÇÃO DE TEXTO
Marina Bernard

REVISÃO
Ana Claudia Lopes
Claudia Barros Vilas Gomes

ILUSTRAÇÃO DE CAPA
Lisa Perrin

PROJETO GRÁFICO DA CAPA
Hodder & Stoughton

ADAPTAÇÃO DE CAPA
Diogo Droschi

DIAGRAMAÇÃO
Christiane Morais de Oliveira

Dados Internacionais de Catalogação na Publicação (CIP)
Câmara Brasileira do Livro, SP, Brasil

Garber, Stephanie
    Era uma vez um coração partido / Stephanie Garber ; tradução Lavínia Fávero. -- 1. ed. ; 10. reimp. -- São Paulo : Gutenberg, 2024.

    Título original: Once Upon a Broken Heart.

    ISBN 978-85-8235-648-7

    1. Ficção norte-americana I. Título.

22-103341   CDD-813

Índices para catálogo sistemático:
1. Ficção : Literatura norte-americana 813

Eliete Marques da Silva - Bibliotecária - CRB-8/9380

A **GUTENBERG** É UMA EDITORA DO **GRUPO AUTÊNTICA**

São Paulo
Av. Paulista, 2.073 . Conjunto Nacional
Horsa I . Salas 404-406. Bela Vista
01311-940 . São Paulo . SP
Tel.: (55 11) 3034 4468

Belo Horizonte
Rua Carlos Turner, 420
Silveira . 31140-520
Belo Horizonte . MG
Tel.: (55 31) 3465 4500

www.editoragutenberg.com.br
SAC: atendimentoleitor@grupoautentica.com.br

*Para todos que já tomaram uma decisão equivocada
porque estavam de coração partido.*

Bem-vindo ao
Terra da

Castelo Sucesso

Paço dos Lobos

As docas

Sinais e alertas

A sineta pendurada do lado de fora da loja de curiosidades sabia que aquele humano era encrenca pelo jeito como passou pela porta. Sinos têm excelente audição, mas não era preciso nenhuma habilidade específica para ouvir o barulho grosseiro da corrente do relógio de bolso na cintura do rapaz, nem do raspar áspero de suas botas quando ele tentou andar de forma estilosa, mas só conseguiu arranhar o chão da Maximilian's Curiosidades, Caprichos & Esquisitices.

Aquele rapaz iria arruinar a garota que trabalhava dentro da loja.

O objeto tentou alertá-la. Dois segundos antes de ele abrir a porta, a sineta tocou seu badalo. Ao contrário da maioria das pessoas, aquela balconista crescera cercada de esquisitices – e a campana havia muito suspeitava de que aquela humana também era uma curiosidade, apesar de ainda não saber de que tipo específico.

A jovem sabia que muitos objetos eram mais do que aparentavam ser e que sinos possuíam um sexto sentido que os humanos não têm. Mas, infelizmente, ela, que acreditava na esperança, em contos de fadas e em amor à primeira vista, costumava interpretar mal as badaladas.

Naquele dia, a sineta tinha quase certeza de que a balconista ouvira seu toque de advertência. Mas, pelo tom empolgado com o qual ela falava com o rapaz, parecia que havia entendido a badalada adiantada como um sinal do destino em vez de um alerta.

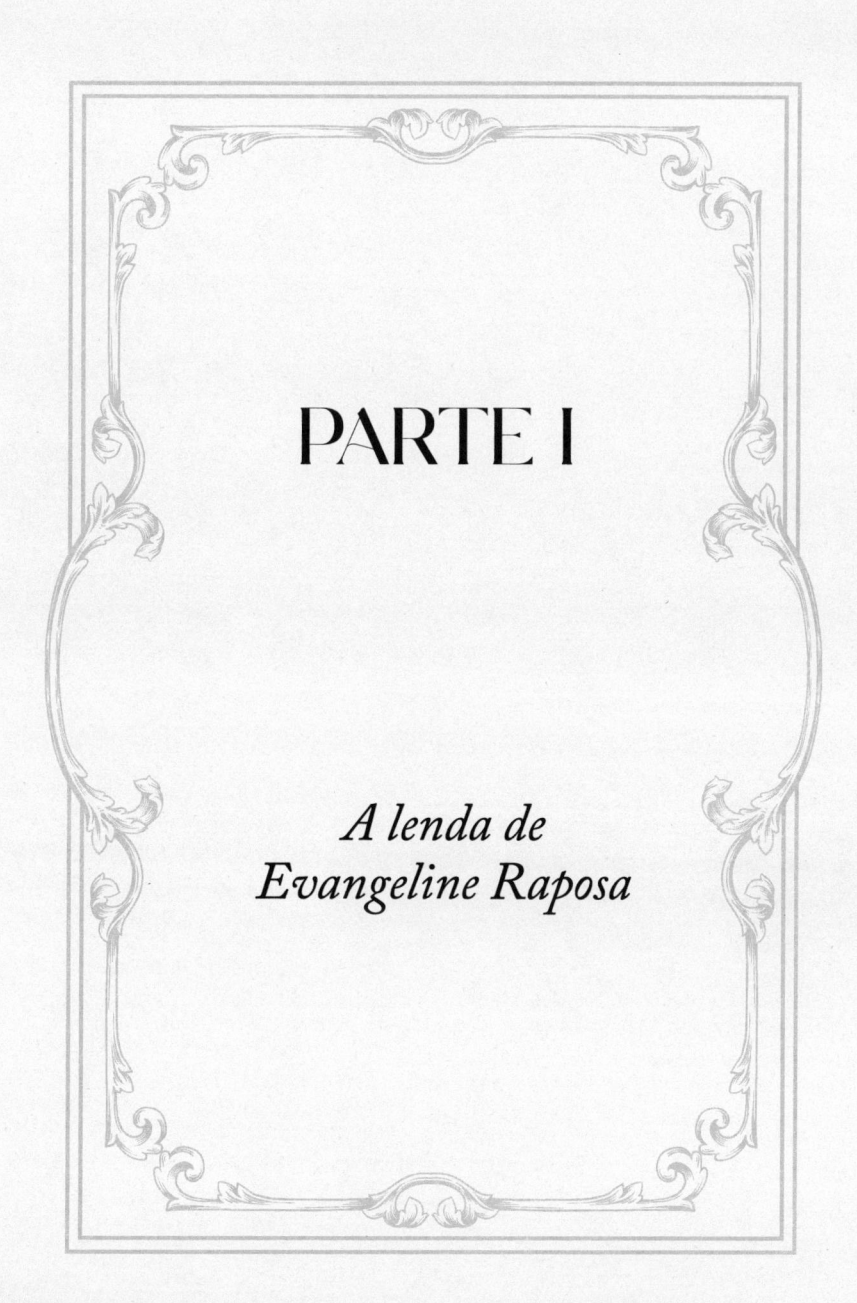

PARTE I

A lenda de
Evangeline Raposa

1

Gazeta do Sussurro

ONDE AS PESSOAS DE CORAÇÃO PARTIDO IRÃO REZAR AGORA?

Por Kutlass Knightlinger

A porta da igreja do Príncipe de Copas desapareceu. Pintada com o vermelho-sangue dos corações partidos, a entrada emblemática de uma das igrejas mais visitadas do Distrito dos Templos simplesmente sumiu em algum momento da noite, deixando em seu lugar uma parede de mármore impenetrável. Agora ficou impossível entrar na igreja...

Evangeline enfiou a página do jornal de duas semanas antes no bolso de sua saia florida. A porta no fim daquele beco decrépito era um pouco mais alta do que ela e estava escondida atrás de uma grade de metal enferrujada, e não coberta de uma bela tinta vermelho-sangue. Mas ela até apostaria a loja de curiosidades de seu pai, tamanha sua certeza de que aquela era a porta perdida.

Nada no Distrito dos Templos era assim tão pouco atrativo. Todas as entradas dos santuários tinham painéis entalhados, arquitraves decorativas, toldos de vidro e fechaduras douradas. Seu pai fora um homem de fé, mas costumava dizer que as igrejas dali eram como vampiros – não existiam para adoração, eram projetadas para atrair e aprisionar. Só que aquela porta era diferente. Aquela porta era apenas um bloco de madeira rústica com a fechadura faltando e a tinta branca descascando.

Aquela porta não queria ser encontrada.

E, apesar disso, não conseguia esconder de Evangeline o que realmente era.

Sua forma denteada era inconfundível. De um lado, uma curva acentuada; do outro, um rasgo serrilhado, formando a metade de um coração partido – símbolo do místico Príncipe de Copas.

Até que enfim.

Se a esperança fosse um par de asas, as de Evangeline estavam se abrindo atrás dela, ansiosas para alçar voo de novo. Depois de procurar por duas semanas por toda a cidade de Valenda, ela havia encontrado.

Quando aquela página do jornal de fofocas anunciou que a porta da igreja do Príncipe de Copas havia sumido, poucos pensaram que era uma porta mágica. Foi o primeiro artigo do tabloide, e as pessoas disseram que fazia parte de um boato para vender assinaturas. Portas simplesmente não desaparecem assim, do nada.

Mas Evangeline acreditava que eram capazes de sumir, sim. Aquela história não parecia um truque, mas um sinal, dizendo onde procurar se quisesse salvar seu coração e o rapaz ao qual pertencia.

Ela podia até não ter visto muitas evidências de magia fora das esquisitices da loja de curiosidades de seu pai, mas tinha fé que existiam. Maximilian, seu pai, sempre falara da magia como se fosse algo real. E sua mãe nascera no Magnífico Norte, onde não existia diferença entre contos de fadas e histórias. "Todas as histórias são feitas igualmente de verdades e mentiras", ela costumava dizer. "A diferença é o modo como acreditamos nelas."

E Evangeline tinha um talento especial para acreditar em coisas que os outros considerariam mitos – como os Arcanos imortais.

Ela abriu a grade de metal. A porta em si não tinha maçaneta, o que a obrigou a enfiar os dedos na minúscula fresta entre a lateral denteada e a parede de pedra suja.

A porta comprimiu seus dedos, fazendo sair uma gota de sangue, e ela jurou que ouvira o objeto dizer, com um tom de farpa:

– Você sabe em que está se metendo? A única coisa que você vai conseguir com isso é ficar de coração partido.

Só que o coração de Evangeline já estava partido. E ela entendia muito bem os riscos que estava correndo. Conhecia as regras de visitação das igrejas místicas:

"Sempre prometa menos do que você pode dar, porque os Arcanos sempre exigem mais.

Não faça tratos com mais de um Arcano.

E, acima de tudo, nunca se apaixone por um Arcano."

Existiam dezesseis Arcanos imortais, e eles eram seres ciumentos e possessivos. Antes de desaparecerem, séculos antes, diziam que governavam parte do mundo com uma magia que era tão maligna quanto maravilhosa. Nunca deixavam de cumprir um trato, ainda que, não raro, prejudicassem as pessoas que ajudavam. Apesar disso, a maioria das pessoas – mesmo as que acreditavam que os Arcanos eram meros mitos – ficava desesperada a ponto de rezar para eles em algum momento da vida.

Evangeline sempre teve curiosidade a respeito daquelas igrejas, mas conhecia o suficiente sobre a natureza temperamental dos Arcanos e dos tratos místicos para evitar uma visita aos locais de adoração a eles. Até duas semanas antes, quando se tornou uma daquelas pessoas desesperadas que servem de exemplo para a moral das histórias.

– Por favor – sussurrou para a porta em forma de coração, transmitindo em sua voz aquela esperança louca e maltratada que a levou até ali. – Sei que você é uma coisinha inteligente. Mas permitiu que eu te encontrasse. Deixe-me entrar.

Ela forçou a madeira uma última vez. E, então, a porta se abriu.

Evangeline deu o primeiro passo com o coração acelerado. Enquanto procurava a porta perdida, lera que a igreja do Príncipe de Copas exalava um aroma diferente para cada pessoa que a visitava. A ideia era ter o cheiro da maior decepção amorosa de cada pessoa de coração partido.

Mas, quando Evangeline entrou na catedral gelada, o ar não a fez lembrar de Luc – não havia nenhuma nota de camurça ou lavanda. O hálito sutil da igreja era levemente adocicado e metálico: maçãs e sangue.

Seus braços ficaram arrepiados. Aquilo não tinha nada a ver com o rapaz que ela amava. O que havia lido devia estar errado. Mas Evangeline não deu meia-volta. Sabia que os Arcanos não eram santos nem salvadores, apesar de ter esperança de que o Príncipe de Copas tivesse mais sentimentos do que os demais.

Seus passos a levaram para o interior da catedral. Tudo era de um branco chocante. Tapetes brancos, velas brancas, bancos brancos de carvalho branco, álamo branco e bétula branca descascada.

Evangeline passou por fileiras e mais fileiras de bancos brancos, cada um de um tipo. Que um dia deviam ter sido bonitos, mas agora muitos tinham pernas faltando, almofadas mutiladas ou estavam partidos ao meio.

Partidos.

Partidos.

Partidos.

Não era para menos que a porta não queria deixá-la entrar. Talvez aquela igreja não fosse sinistra, e sim triste...

O som de algo se rasgando cortou o silêncio da igreja.

Evangeline virou para trás e segurou um suspiro de assombro.

Várias fileiras atrás, em um canto escuro, havia um jovem que parecia estar de luto ou fazendo algum ato de penitência. Cachos dourados e rebeldes cobriam seu rosto, sua cabeça estava baixa, e seus dedos rasgavam as mangas de seu sobretudo vinho.

A jovem sentiu uma pontada no coração ao observá-lo. Ficou tentada a perguntar se ele precisava de ajuda. Mas o rapaz devia ter escolhido aquele canto justamente para que ninguém o visse.

E ela não tinha muito tempo.

Não havia nenhum relógio dentro da igreja, mas Evangeline jurou ter ouvido o *tique-taque* do ponteiro dos minutos, esforçando-se para apagar os preciosos minutos que tinha até a hora do casamento de Luc.

Correu pela nave até chegar à abside, onde as fileiras irregulares de bancos terminavam e um estrado de mármore reluzente se erguia. A plataforma era alvíssima, iluminada por uma parede de velas de cera de abelha, e rodeada por quatro colunas caneladas que protegiam uma estátua, em tamanho maior que o real, do místico Príncipe de Copas.

Evangeline sentiu um arrepio na nuca.

Sabia que era assim que ele devia ser. Recentemente, os Baralhos do Destino, que usavam imagens místicas para a leitura da sorte, tinham se tornado um objeto popular na loja de curiosidades de seu pai. A carta do Príncipe de Copas representava o amor não correspondido e sempre retratava o Arcano com uma beleza trágica: olhos azuis vívidos chorando lágrimas que eram da mesma cor do sangue que manchava o canto de sua boca emburrada.

Aquela estátua não possuía lágrimas de sangue. Mas seu rosto possuía, sim, uma espécie de beleza impiedosa, do tipo que Evangeline esperaria de um semideus que tinha a habilidade de matar com um beijo. Os lábios de mármore do príncipe estavam retorcidos em um esgar perfeito que deveria parecer frio, duro e afiado, mas havia um toque de suavidade em seu lábio superior levemente mais carnudo, que fazia um biquinho, parecendo um convite mortal.

De acordo com os mitos, o Príncipe de Copas era incapaz de amar porque seu coração tinha parado de bater havia muito, muito tempo. Apenas uma pessoa poderia fazê-lo funcionar de novo: seu único e verdadeiro amor. Diziam que o beijo do príncipe era fatal para todos, menos para ela – sua única fraqueza –, e que o Arcano a procurava, deixando um rastro de cadáveres.

Evangeline não era capaz de imaginar uma existência mais trágica. Se algum dos Arcanos tivesse compaixão pela situação dela, seria o Príncipe de Copas.

Seu olhar pousou nos elegantes dedos de mármore do príncipe, que seguravam uma adaga do tamanho do antebraço dela. A faca apontava para baixo, para uma tina de pedra equilibrada em um fogareiro, logo acima de um círculo de chamas brancas bruxuleantes. As palavras "Sangue em troca de uma oração" estavam entalhadas na lateral.

Evangeline respirou fundo.

Era para isso que fora até ali.

Pressionou o dedo na ponta da adaga. O mármore afiado furou sua pele, e o sangue caiu gota a gota, fervilhando e chiando, contaminando o ar e intensificando aquele aroma metálico e doce.

No fundo, tinha esperança de que aquela oferenda pudesse conjurar alguma espécie de demonstração mágica. Que a estátua criaria vida ou que a voz do Príncipe de Copas retumbaria na igreja. Mas nada se moveu, com exceção das chamas na parede de velas. A jovem não conseguia sequer ouvir o jovem angustiado nos fundos da igreja. Estava a sós com a estátua.

– Caro... Príncipe – ela começou a dizer, gaguejando. Nunca havia rezado para um Arcano e não queria fazer nada errado. – Estou aqui porque meus pais morreram.

Evangeline se encolheu toda. Não era assim que devia começar.

– O que eu quis dizer é que tanto meu pai quanto minha mãe faleceram. Perdi minha mãe há dois anos. Depois perdi meu pai, na estação passada. E agora estou prestes a perder quem eu amo... Luc Navarro... – A garganta dela se fechou quando pronunciou o nome e imaginou o sorriso torto do rapaz. Talvez, se Luc fosse mais simples, mais pobre ou mais cruel, nada disso teria acontecido. – Nós estávamos nos encontrando escondido. Eu deveria estar de luto pelo meu pai. Então, há pouco mais de duas semanas, no dia em que eu e Luc contaríamos para nossa família que estávamos apaixonados, Marisol, minha irmã postiça, anunciou que ela e Luc iriam se casar.

Evangeline parou de falar e fechou os olhos. Essa parte ainda a deixava zonza. Noivados de última hora não eram incomuns. Marisol era bonita e, apesar de reservada, também era gentil – muito mais gentil do que Agnes, a madrasta de Evangeline. Mas Evangeline jamais vira Luc no mesmo recinto que Marisol.

– Sei o que isso deve parecer, mas Luc me ama. Acredito que ele foi enfeitiçado. Não fala comigo desde que o noivado foi anunciado; não quer nem me ver. Não sei como ela fez isso, mas tenho certeza de que é tudo obra de minha madrasta.

Na verdade, a jovem não tinha nenhuma prova de que Agnes era bruxa e havia enfeitiçado Luc. Mas tinha certeza de que sua madrasta ficara sabendo de seu relacionamento com Luc e queria que Luc, e o título de nobreza que um dia ele herdaria, fossem de sua filha, e não de Evangeline.

– Agnes tem ressentimento por mim desde que meu pai morreu. Tentei conversar com Marisol a respeito de Luc. Não acho que, ao contrário da minha madrasta, Marisol me prejudicaria intencionalmente. Mas toda vez que tento abrir a boca, as palavras não saem, como se também estivessem enfeitiçadas ou como se eu estivesse enfeitiçada. Então estou aqui, implorando sua ajuda. O casamento é hoje, e preciso que você o impeça.

Evangeline abriu os olhos.

A estátua sem vida não havia mudado. Ela sabia que estátuas não costumavam se movimentar. Mas, mesmo assim, não conseguia parar de pensar que a estátua deveria ter feito *alguma coisa* – mexer, falar ou movimentar os olhos de mármore.

– Por favor, sei que você entende o que é ter o coração partido. Impeça Luc de se casar com Marisol. Evite que o meu coração se parta de novo.

– Uau... que discurso patético.

Duas palmas bem lentas soaram após a voz indolente, que parecia estar a poucos metros de distância.

Evangeline virou para trás, e o sangue se esvaiu de seu rosto. Não esperava ver o jovem, que até então rasgava as roupas nos fundos da igreja. Apesar de que era difícil de acreditar que fosse a mesma pessoa. Pensara que aquele rapaz estava sofrendo, mas ele devia ter rasgado sua dor junto com as mangas do casaco, que agora estavam despedaçadas e dependuradas por cima de uma camisa de riscas pretas e brancas, por dentro das calças curtas, mas só pela metade.

Ele se sentou nos degraus do estrado e se encostou bem à vontade em uma das colunas, com as pernas compridas e magras esticadas para a frente. O cabelo era dourado e rebelde; seus olhos azuis, vivos demais, estavam vermelhos; e sua boca, retorcida no canto, como se não estivesse gostando muito, mas sentisse prazer com aquela dor breve que acabara de infligir em Evangeline. O rapaz parecia entediado, rico e cruel.

– Quer que eu fique de pé e dê uma voltinha para você poder admirar o restante? – debochou.

A cor voltou imediatamente às bochechas de Evangeline.

– Estamos dentro de uma igreja.

– E o que isso tem a ver?

Com um único e elegante movimento, o jovem pôs a mão no bolso interno do seu casaco vinho rasgado, tirou uma maçã do mais puro branco e deu uma mordida. O sumo vermelho-escuro escorreu da fruta por seus dedos compridos e brancos, caindo nos degraus de mármore alvíssimo.

– Não faça isso! – Evangeline não queria ter gritado. Apesar de não ter vergonha de falar com estranhos, geralmente evitava discutir com eles. Mas não conseguia se controlar com aquele jovem tão grosseiro. – Você está sendo desrespeitoso.

– E você está rezando para um imortal que mata toda garota que beija. Acha mesmo que ele merece algum tipo de reverência?

O jovem terrível entremeava suas palavras com grandes mordidas na maçã.

Evangeline tentou ignorá-lo. Realmente tentou. Mas parecia que alguma magia terrível havia se apossado dela. Em vez de ir embora pisando firme, a jovem imaginou aquele desconhecido trocando a maçã por seus lábios e beijando-a com sua boca doce com sabor de fruta até ela morrer em seus braços.

Não. Não pode ser...

– Você está me encarando de novo – murmurou.

Evangeline virou o rosto imediatamente, voltou a olhar para a estátua de mármore. Há poucos minutos, só de ver os lábios da estátua, seu coração já bateu mais rápido, mas agora o monumento parecia apenas uma estátua comum, sem vida, comparada àquele jovem perverso.

– Pessoalmente, acho que sou bem mais bonito.

De repente, o jovem estava bem ao lado dela.

Borboletas ganharam vida no estômago de Evangeline. Borboletas assustadas. Batiam freneticamente as asas, rápido demais, alertando-a para sair dali, para correr, para fugir. Mas ela não conseguia desviar o olhar.

Visto assim, de tão perto, o rapaz era inegavelmente atraente e mais alto do que Evangeline havia pensado. Ele lhe deu um sorriso de verdade, revelando duas covinhas que, por um breve instante, o fizeram parecer mais anjo que demônio. Mas a jovem pensou que até os anjos deveriam ter cuidado com ele. Evangeline era capaz de imaginá-lo mostrando aquelas covinhas enganadoras, convencendo um anjo a perder as asas só para ele poder brincar com as plumas.

– É você – sussurrou Evangeline. – Você é o Príncipe de Copas.

2

O Príncipe de Copas deu uma última mordida na maçã e a jogou no chão, manchando tudo de vermelho.

– Quem não gosta de mim me chama de Jacks.

Evangeline teve vontade de dizer que não deixava de gostar dele, que sempre fora seu Arcano preferido. Mas aquele não era o Príncipe de Copas louco de amor que ela havia imaginado. Jacks não parecia um coração partido que ganhou vida.

Será que tudo aquilo era uma piada de mau gosto? Os Arcanos, teoricamente, desapareceram do mundo havia séculos. E, mesmo assim, tudo o que Jacks vestia – do lenço desamarrado no pescoço às botas de couro de cano alto – estava na última moda.

Ela olhou para todos os lados da igreja branca, como se os amigos de Luc pudessem aparecer a qualquer instante e dar risada da situação. Luc era filho único de um nobre, e apesar de nunca agir como se desse importância a isso quando estava com Evangeline, os amigos dele a consideravam inferior. Como o pai de Evangeline era dono de diversas lojas em Valenda, ela jamais fora pobre. Mas não era da classe mais alta da sociedade, como Luc.

– Se você está procurando uma saída porque recobrou o bom senso, não vou te impedir de ir embora.

Jacks entrelaçou as mãos atrás da cabeça repleta de madeixas douradas, encostou-se na estátua dele mesmo e deu um sorrisinho.

O estômago de Evangeline se revirou, em estado de alerta, avisando-a para não se deixar enganar pelo sorriso de covinhas nem pelas roupas rasgadas do jovem. Aquele era o ser mais perigoso que ela já havia encontrado.

Evangeline não achava que Jacks a mataria – jamais seria tola a ponto de permitir que o Príncipe de Copas a beijasse. Mas sabia que, se ficasse ali e fizesse um trato com o Arcano, ele destruiria para sempre alguma outra parte sua. E, apesar disso, se fosse embora, não teria como salvar Luc.

– O que a sua ajuda irá me custar?

– Por acaso falei que vou ajudar?

Os olhos do príncipe pousaram nas fitas creme que subiam dos sapatos de Evangeline e se enroscavam em seus tornozelos até desaparecer sob a bainha de seu vestido de bordado inglês. Aquele era um dos velhos vestidos de sua mãe, coberto com um bordado de cardos roxo-claros, flores amarelas minúsculas e pequenas raposas.

Jacks retorceu os lábios de desgosto e continuou fazendo isso enquanto seu olhar subia até os cachos que, naquela manhã, ela tinha enrolado meticulosamente com o ferro modelador.

Evangeline tentou não se sentir ofendida. Pela pouca experiência que tivera com aquele Arcano, já achava que ele não era de aprovar muita coisa.

– Que cor é essa? – perguntou o príncipe, apontando vagamente para os cachos dela.

– É ouro rosê – respondeu a jovem, animada. Evangeline jamais permitia que ninguém a fizesse se sentir mal por causa de seu cabelo incomum. Sua madrasta estava sempre tentando convencê-la a tingi-lo de castanho. Mas era do cabelo, com suas ondas rosa-pálido e suas mechas ouro-claro, o que Evangeline mais gostava em sua própria aparência.

Jacks inclinou a cabeça e continuou observando a jovem, fazendo careta.

– Você nasceu no Império Meridiano ou no Norte?

– Por que isso tem importância?

– Pode chamar de curiosidade.

Evangeline resistiu ao impulso de retribuir a careta do príncipe. Normalmente, adorava responder a essa pergunta. Seu pai, que gostava de fazê-la ter a sensação de que sua vida era um conto de fadas, sempre brincava que a havia encontrado enroladinha dentro de uma caixa de madeira, junto com outras mercadorias curiosas que foram entregues em sua loja – era por isso que tinha cabelo cor-de-rosa, como as fadas, era o que o pai sempre dizia. E sua mãe sempre assentia com a cabeça e dava uma piscadela.

A jovem tinha saudade das piscadelas da mãe e das brincadeiras do pai. Tinha saudade de tudo relativo aos dois, mas não queria contar nada disso para Jacks.

Conseguiu dar de ombros em vez de responder verbalmente. Jacks enrugou as sobrancelhas e insistiu:

– Você não sabe onde nasceu?

– E essa é uma exigência para ter sua ajuda?

O Arcano a mediu de novo e, desta vez, pousou os olhos em seus lábios. Mas não a olhou como se quisesse beijá-la. Seu olhar era clínico demais. Jacks olhava para a boca de Evangeline como alguém examinaria mercadorias em uma das lojas de seu pai, como se seus lábios fossem algo que pudesse ser comprado, uma coisa que ele poderia possuir.

– Quantas pessoas você já beijou? – perguntou Jacks.

Evangeline sentiu uma leve pontada de calor no pescoço. Trabalhava na loja de curiosidades do pai desde os 12 anos. Não fora exatamente criada para ser uma jovem dama que se preza: não era como a irmã postiça, a quem ensinaram que sempre devia ficar a um metro de distância dos cavalheiros e a jamais falar de assuntos que fossem mais controversos do que as condições do clima. Os pais de Evangeline a incentivaram a ser curiosa, aventureira e simpática, mas ela não era ousada em todos os aspectos. Certas coisas a deixavam nervosa, e o modo como o Príncipe de Copas ficava olhando fixamente para sua boca era uma dessas coisas.

– Eu só beijei Luc.

– Que patético.

– Luc é a única pessoa que quero beijar.

Jacks coçou o maxilar pronunciado com uma expressão de dúvida.

– Estou quase tentado a acreditar em você.

– Por que eu mentiria?

– Todo mundo mente: as pessoas acham que eu me sentirei mais inclinado a ajudar se estiverem atrás de algo nobre, como o verdadeiro amor. – Sua voz tinha um leve tom de deboche, consumindo um pouco mais da imagem que Evangeline tinha do Príncipe de Copas. – Mas, mesmo que você ame este rapaz de verdade, estará melhor sem ele. Se esse tal Luc também te amasse, não se casaria com outra pessoa. Ponto-final.

– Você está enganado.

A voz de Evangeline transmitiu a mesma convicção que ela sentia no coração. A jovem havia questionado seu relacionamento com Luc depois do noivado intempestivo com Marisol, mas a pergunta sempre era respondida com meses e meses de lembranças significativas. Na noite em que o pai de Evangeline morreu – momento no qual o coração dela não parava de bater acelerado e de doer –, Luc a encontrou perambulando pelos corredores da loja de curiosidades, procurando uma cura para seu coração partido. Seu rosto estava manchado de lágrimas, e seus olhos, vermelhos. Ela teve medo de que seu choro assustasse Luc e que ele fosse embora. Mas, em vez disso, o rapaz a abraçou e disse: "Não sei se posso consertar seu coração partido, mas você pode ficar com o meu, porque ele já é seu".

Evangeline já sabia que o amava havia algum tempo, mas foi naquele momento que teve certeza de que Luc a amava.

As palavras dele podiam até ter sido tiradas de uma história popular, mas o rapaz as comprovou com atitudes sinceras. E ajudou o coração de Evangeline a cicatrizar naquela noite e em muitas noites depois. E agora ela estava determinada a ajudá-lo. Pedidos de casamento e noivados nem sempre eram sinônimo de amor, mas Evangeline sabia que instantes como os que ela havia passado com Luc eram.

O rapaz só podia estar enfeitiçado. Por mais radical ou tolo que isso pudesse parecer para outras pessoas, essa era a única explicação em que Evangeline conseguia acreditar. Não fazia sentido Luc não querer, pelo menos, falar com ela. Nem o fato de ela abrir a boca, e as palavras não saírem toda vez que tentava dizer a verdade para Marisol.

– Por favor. – A jovem não tinha vergonha de implorar. – Ajude-me.

– Acho que isso que você quer não vai te ajudar. Mas gosto de uma boa causa perdida. Vou impedir o casamento em troca de três beijos.

Os olhos de Jacks assumiram um brilho bem-humorado e se voltaram, mais uma vez, para a boca de Evangeline.

Ela sentiu uma nova e súbita onda de calor no rosto. Havia se enganado ao pensar que Jacks não queria beijá-la. Mas, se o que as histórias diziam era verdade, bastaria um único beijo do príncipe para que ela morresse.

O Arcano deu risada, uma risada curta e grosseira.

– Relaxe, meu bem, não quero te beijar. Isso a mataria e você deixaria de ser útil para mim. Quero que você beije três *outras pessoas*. Que eu vou escolher. Quando eu escolher.

– Que tipo de beijo? Um selinho... ou mais?

– Se você acha que isso conta, talvez nunca tenha sido beijada. – Jacks se afastou da estátua e chegou mais perto dela, ficando novamente bem ao seu lado. – Não é beijo de verdade se não tem língua.

Evangeline estava resistindo a ficar corada, mas o calor aumentou, descendo até seu pescoço. Suas bochechas e seus lábios pegaram fogo.

– Por que a dúvida, meu bem? São só beijos. – Jacks falou como se estivesse segurando o riso. – Das duas, uma: ou esse tal de Luc não sabe usar a boca, ou você está com medo de dizer "sim" logo de cara, porque, lá no fundo, gosta da ideia.

– Eu não gosto da ideia...

– Então esse seu Luc beija mal?

– Luc beija muito bem!

– Como você sabe se não tem com o que comparar? Se acabar ficando com Luc, pode até querer que eu tivesse te pedido para beijar mais do que três pessoas.

– Eu não quero beijar ninguém desconhecido. A única pessoa que quero é Luc.

– Então este deve ser um preço pequeno a pagar – declarou Jacks, curto e grosso.

Ele tinha razão, mas Evangeline não podia simplesmente concordar. Seu pai havia ensinado a ela que os Arcanos do Baralho do

Destino não determinavam o futuro das pessoas, como o nome do baralho sugere. Em vez disso, abriam as portas de novos futuros. Mas as portas abertas pelos Arcanos nem sempre levariam as pessoas aonde esperavam que levassem. Muito pelo contrário: não raro levavam as pessoas a fazer novos tratos desesperados para consertar a primeira negociação ruim. Isso acontecia em inúmeras histórias, e Evangeline não queria que acontecesse na história dela.

— Não quero que ninguém morra. Você não pode impedir o casamento beijando alguém que estiver lá.

Jacks fez uma cara decepcionada.

— Nem mesmo sua irmã postiça?

— Não!

Ele aproximou os dedos da boca e ficou mexendo no lábio inferior, tapando metade de uma expressão que podia tanto ser de irritação quanto de deleite.

— Você não está em condições de barganhar, na verdade.

— Eu achava que os Arcanos gostavam de barganhar – desafiou Evangeline.

— Só quando nós é que ditamos as regras. Ainda assim, como estou de bom humor, vou atender ao seu pedido. Só quero saber mais uma coisa: como você conseguiu convencer a porta a te deixar entrar?

— Pedi com educação.

O Príncipe de Copas coçou o queixo.

— Só isso? Você não encontrou a chave?

— Eu nem sequer vi uma fechadura – respondeu Evangeline, sendo sincera.

Um brilho que parecia de vitória surgiu nos olhos de Jacks, e então ele segurou o pulso da jovem e aproximou-o de sua boca gelada.

— O que você está fazendo? – perguntou ela, assombrada.

— Não se preocupe. Continuo não querendo te beijar.

O príncipe roçou os lábios na pele delicada da parte de baixo do pulso de Evangeline. Uma vez. Duas vezes. Três vezes. Mal encostou e, mesmo assim, aquele toque tinha algo de incrivelmente íntimo. Isso a fez lembrar das outras histórias que diziam que os beijos do príncipe podiam até ser letais, mas valia a pena morrer por eles.

A boca gelada de Jacks ia e voltava intencionalmente sobre o pulso acelerado dela, aveludado e gentil, e... os dentes afiados do Arcano se afundaram na pele da jovem.

Evangeline gritou:

– Você me mordeu!

– Relaxa, meu bem, nem saiu sangue.

Os olhos de Jacks brilhavam ainda mais quando ele soltou o braço da jovem.

Evangeline passou o dedo na pele sensível onde o Príncipe de Copas acabara de afundar os dentes. Havia três marcas brancas finas, no formato de minúsculos corações partidos, alinhadas na parte de baixo do seu pulso. *Uma para cada beijo.*

– Quando eu...

Evangeline ergueu os olhos.

Mas o Príncipe de Copas já havia sumido. Ela nem sequer o viu partir; apenas ouviu a porta da igreja bater.

Ela havia conseguido o que queria.

Então por que não estava se sentindo melhor?

Sua atitude fora acertada. Luc a amava. Ela não conseguia acreditar que o rapaz iria se casar com Marisol de livre e espontânea vontade. Não que Evangeline não gostasse de Marisol. Na verdade, mal conhecia a irmã postiça. Cerca de um ano depois que sua mãe morreu, o pai de Evangeline pôs na cabeça que precisava se casar de novo, que precisava de uma esposa para cuidar da filha caso algo acontecesse com ele. Ela ainda conseguia se lembrar da preocupação que tomara o lugar da luz nos olhos do pai, como se ele soubesse que não tinha muito tempo de vida.

O pai de Evangeline havia se casado com Agnes apenas seis meses antes de morrer. Durante aquele período, Marisol nunca pôs os pés na loja de curiosidades onde Evangeline passava a maior parte do tempo. A irmã postiça havia dito que era alérgica à poeira, mas ficava tão tensa quando estava perto de qualquer coisa minimamente estranha que Evangeline sempre suspeitou que ela, na verdade, tinha medo de maldições e coisas misteriosas. Já Evangeline e Luc brincavam que, se algum dia fossem enfeitiçados, isso só provaria que a magia existe.

Era risivelmente triste o fato de que agora Evangeline tinha essa prova, mas não tinha Luc.

Mesmo que Jacks voltasse e permitisse que a jovem mudasse de ideia, ela não mudaria. O Arcano havia dito que impediria o casamento de acontecer e tinha prometido não matar ninguém.

Ainda assim... Evangeline não conseguia se livrar da sensação de ter cometido um erro. Não achava que havia concordado com as condições rápido demais, mas só conseguia lembrar o brilho nos olhos de Jacks quando ele segurara seu pulso.

Evangeline começou a correr.

Não sabia o que iria fazer nem por que, mas, de repente, começou a se sentir mal. Só sabia que precisava falar com Jacks de novo antes que ele impedisse o casamento.

Se estivesse dentro de uma igreja comum, poderia tê-lo alcançado rapidamente. Mas aquela era uma igreja mística, protegida por uma porta mágica que parecia ter vontade própria. Quando a abriu, a porta não a levou de volta para o Distrito dos Templos. A porta a cuspiu em uma farmácia antiga e mofada, cheia de poeira, de vidros vazios e de relógios compassados.

Tique. Taque. Tique. Taque. Tique. Taque.

Os segundos nunca haviam passado tão rápido. Entre um *tique* e um *taque*, a porta mágica pela qual ela acabara de passar sumiu, e foi substituída por uma janela gradeada que dava para um conjunto de ruas tortas como dentes encavalados. Ela estava no Bairro das Especiarias – do outro lado de onde Luc e Marisol supostamente se casariam.

Evangeline saiu correndo, soltando palavrões.

Quando atravessou a cidade e chegou em casa, temia que já fosse tarde demais.

Marisol e Luc estavam prestes a dizer seus votos no jardim que fora de sua mãe, dentro do gazebo que seu pai havia construído. À noite, os grilos faziam música no lugar, e os passarinhos cantavam durante o dia. Evangeline conseguia ouvir todas as pequenas canções deles ao entrar no jardim, mas não ouviu nenhuma voz. Havia apenas os pássaros delicados, voejando alegres pelo gazebo e pousando em um grupo de estátuas de granito.

As pernas de Evangeline ficaram bambas.

Aquele jardim nunca teve estátuas. Mas agora havia nove, todas segurando taças, como se tivessem acabado de fazer um brinde. Cada um dos rostos era perturbadoramente real e assustadoramente conhecido.

Evangeline ficou observando, com ânsia de vômito, uma mosca barulhenta voar e pousar no rosto de uma estátua igualzinha a Agnes, e alçar voo de novo para aterrissar em um dos olhos de granito de Marisol.

Jacks havia impedido o casamento transformando todos em pedra.

3

O horror correu nas veias de Evangeline.

A mosca saiu voando, e um pássaro cinzento, da mesma cor monótona das estátuas, encontrou a grinalda de flores que enfeitava o cabelo de Marisol e começou a bicar, bicar, bicar.

Evangeline e Marisol até podiam não ser próximas – e talvez a jovem tivesse mais inveja da irmã postiça do que gostaria de admitir –, mas Evangeline só queria impedir seu casamento. Não queria que ela virasse pedra.

Doeu respirar quando ficou de frente para a estátua de Luc. Normalmente, ele parecia ser tão descontraído... Mas, transformado em pedra, seu rosto estava congelado em uma expressão alarmada, seu maxilar delicado estava rígido, os olhos, apertados, e... uma ruga havia se formado entre suas sobrancelhas de granito.

Ele estava se mexendo.

Seus lábios de pedra se entreabriram, como se estivessem tentando falar, tentando dizer algo para ela...

– Mais um minuto, e ele vai parar de se remexer.

O olhar de Evangeline disparou em direção ao lado de trás do gazebo.

Jacks estava encostado, bem à vontade, em uma treliça coberta de flores azul-tempestade e mordiscava outra maçã branca e reluzente. Parecia meio jovem nobre entediado, meio semideus malvado.

– O que foi que você fez? – indagou Evangeline.

– Exatamente o que você me pediu. – Mais uma mordida na maçã. – Garanti que o casamento não acontecesse.

– Você precisa consertar isso.

– Não posso. – Seu tom de voz era lacônico, como se já estivesse cansado daquela conversa. – Um amigo que me devia um favor fez isso. A única maneira de desfazer é alguém tomar o lugar deles. Jacks olhou para a grama ao lado do gazebo, onde havia um cálice de bronze pousado em um toco de árvore envelhecido.

Evangeline se aproximou da taça.

– O que você está fazendo? – Jacks se afastou da treliça de repente, não mais indiferente, enquanto Evangeline observava o cálice.

Se ela bebesse, tudo estaria consertado?

– Nem pense nisso. – A voz dele se tornou mais aguda. – Se você beber e ficar no lugar deles, ninguém vai salvá-la. Você virará pedra para sempre.

– Mas não posso deixá-los desse jeito. – Apesar de uma parte de Evangeline concordar com Jacks, não queria se tornar uma estátua de jardim. Não tinha nem coragem de pegar o cálice enquanto lia as palavras gravadas em cada um dos lados.

Veneno
Não me beba

Um cheiro de enxofre subia do objeto, e a jovem não tinha sequer certeza de que seria capaz de beber o líquido malcheiroso. Mas como poderia se perdoar se permitisse que todos continuassem enfeitiçados?

Evangeline olhou para o pássaro, que ainda bicava a grinalda de flores de Marisol, depois para Luc e seu pedido de ajuda congelado. Os pais de Luc estavam de pé, ao lado dele. Havia ainda um azarado juiz de paz, que escolhera a união errada para oficializar. Evangeline não queria se sentir mal pelos três amigos de Luc nem por Agnes. Só que, ainda que seu pai não tivesse se casado com Agnes por amor, ele odiaria tudo aquilo. Tanto seu pai quanto sua mãe ficariam decepcionados pela fé de Evangeline na magia tê-la feito enveredar por aquele caminho.

– Não era isso que eu queria – sussurrou.

– Você está encarando isso da maneira errada, meu bem. – Jacks jogou no chão do gazebo a maçã comida pela metade, que rolou até bater na bota de pedra de Luc. – Assim que essa história se espalhar, todos no Império Meridiano vão querer ajudar você. Você será a garota que perdeu a família por causa dos terríveis Arcanos. Pode até não ficar com Luc, mas vai se esquecer dele logo, logo. Com sua madrasta e irmã postiça transformadas em pedra, acredito que vai herdar algum dinheiro. Amanhã de manhã, você será famosa e nem um pouco pobre.

Jacks exibiu as duas covinhas, como se realmente tivesse feito um favor para Evangeline.

Ela ficou enjoada de novo.

Nas histórias, os Arcanos eram deuses malvados que só queriam causar confusão e caos. Mas era *daquilo* que as pessoas deveriam ter medo. Evangeline olhava para aquelas estátuas humanas e via nelas o horror, mas Jacks via nelas uma utilidade. Os Arcanos não eram perigosos porque eram maus: os Arcanos eram perigosos porque não sabiam a diferença entre o bem e o mal.

Mas Evangeline sabia a diferença. E também sabia que, às vezes, existe um espaço nebuloso entre o bem e o mal. Era nesse espaço que pensou ter entrado naquela manhã, quando fora rezar na igreja de Jacks e pedir um favor. Mas tinha cometido um erro e precisava remediá-lo.

Evangeline pegou o cálice.

– Largue isso – advertiu Jacks. – Você não quer fazer isso. Você não quer ser a heroína, quer o final feliz; foi por isso que me procurou. Se beber, isso nunca vai acontecer. Os heróis não têm direito a finais felizes. Abrem mão deles em favor de outras pessoas. É isso mesmo que você quer?

– Quero salvar o garoto que amo. Só terei que torcer para que ele resolva me salvar também.

E, antes que Jacks pudesse impedi-la, Evangeline bebeu.

O gosto do veneno era pior do que o cheiro – gosto de ossos queimados e esperanças perdidas. A garganta dela fechou, e Evangeline ficou com dificuldade de respirar e, depois, de se mexer.

Pensou ter visto Jacks sacudir a cabeça, mas era difícil ter certeza. Sua visão estava ficando enevoada. Veias negras tomavam conta do jardim, espalhando-se como tinta derramada. Escuridão, escuridão por todos os lados. Era noite, sem lua nem estrelas.

Evangeline tentou se convencer de que tinha tomado a atitude correta. Salvara a vida de nove pessoas. Uma delas a salvaria também.

– Eu avisei – murmurou Jacks. A jovem ouviu o príncipe soltar um suspiro frustrado, ouviu-o resmungar a palavra "pena". E aí...

Ela não ouviu mais nada.

4

Pelo menos, Evangeline ainda era capaz de pensar. Por mais que, certas vezes, essa capacidade doesse. Costumava acontecer depois de dias de nada sem fim, quando Evangeline imaginava que finalmente sentira alguma coisa. Mas nunca era o que ela realmente queria. Nunca era calor em sua pele, formigamento nos dedos ou o toque de outra pessoa, avisando-a de que não estava completamente sozinha no mundo. Normalmente, era só a flechada do coração partido ou uma beliscada de arrependimento.

O arrependimento era o pior.

O arrependimento era azedo e amargo, e seu gosto era tão parecido com o da verdade que a jovem precisava se segurar para não afundar nele. Tinha que lutar contra a crença de que Jacks tinha razão – que ela devia ter deixado o cálice quieto, deixado os outros continuarem transformados em pedra e fazer o papel de vítima.

Jacks estava errado.

Ela fizera a coisa certa.

Alguém iria salvá-la.

Às vezes, quando Evangeline se sentia especialmente esperançosa, chegava a pensar que Jacks poderia vir resgatá-la. Mas, por mais esperançosa que ficasse, sabia que o Príncipe de Copas não era nenhum salvador. As pessoas é que precisavam ser salvas dele.

5

E então... Evangeline sentiu algo que não era coração partido nem arrependimento.

6

Algo que parecia luz fez cócegas em sua pele.

Na sua pele.

Evangeline conseguia sentir sua pele.

Ela não sentia nada há... – na verdade, não sabia quanto tempo havia se passado. Por tanto tempo, houvera tanto nada, mas agora conseguia sentir tudo. Pálpebras. Tornozelos. Cotovelos. Lábios. Pernas. Ossos. Pele. Pulmões. Coração. Cabelo. Veias. Joelhos. Lóbulos da orelha. Pescoço. Peito.

Evangeline tremia do queixo até os dedos do pé. Sua pele estava coberta de suor, e era uma sensação incrível – fria, úmida e viva.

Ela estava viva de novo!

– Seja bem-vinda de volta.

Um braço firme enlaçou a cintura dela bem na hora em que suas pernas bambas se acostumavam a ter músculos e ossos novamente.

Em seguida, sua visão se firmou.

Talvez fosse só porque fazia tempo que não via um rosto, mas o jovem que segurava sua cintura era extraordinariamente belo – pele negra, olhos emoldurados por cílios longos e volumosos, um sorriso que deixava transparecer um arsenal de charme. Seus ombros estavam cobertos por uma capa verde estonteante, forrada de folhas acobreadas como o seu rosto.

– Você consegue falar? – perguntou ele.

– Por quê... – Evangeline tossiu para tirar uns cascalhos que estavam em sua garganta. – Por que você está vestido feito um mago da floresta?

A jovem se encolheu toda assim que as palavras saíram de sua boca. Obviamente algumas de suas funções – como seu bom senso –

ainda não estavam trabalhando direito. Aquele desconhecido salvara sua vida. Ela torceu para não o ter ofendido.

Ainda bem que o sorriso brilhante do jovem ficou ainda mais largo.

– Ótimo. Às vezes, a voz não retorna imediatamente. Agora me diga o seu nome completo, queridinha. Preciso me certificar de que você está de posse de sua memória antes de deixá-la ir.

– Ir aonde? – Evangeline tentou entender o restante dos seus arredores. Parecia estar em um laboratório. Todas as bancadas de trabalho e os armários de farmácia estavam tomados por copos de béquer borbulhantes ou caldeirões fumegantes que exalavam algo que parecia resina. Aquele lugar não era o jardim de sua mãe. A única coisa conhecida naquele recinto era o brasão real do Império Meridiano pintado em uma das paredes de pedra. – Onde estamos? E por quanto tempo fui uma estátua?

– Apenas por cerca de seis semanas. Sou o mestre das poções do palácio, e você está em meu excelentíssimo laboratório. Mas pode ir embora assim que me disser seu nome.

Evangeline levou um instante para organizar seus pensamentos. Seis semanas significavam que estavam no meio da Estação Quente. Não tinha sido uma perda tão devastadora. Poderiam ter sido seis anos, ou sessenta.

Mas, se só se passaram seis semanas, por que não havia ninguém ali para cumprimentá-la? A jovem sabia que a madrasta não se importava com ela, e Evangeline não era muito próxima da irmã postiça, mas havia salvado a vida das duas. E Luc... Só que ela não queria imaginar por que Luc não estava ali. Será que nenhum dos três sabia que Evangeline voltara à vida?

– Eu me chamo Evangeline Raposa.

– Pode me chamar de Veneno.

O braço do mestre das poções saiu da sua cintura para fazer um gesto magnânimo.

E, na mesma hora, Evangeline teve certeza de quem era aquele jovem. Devia ter se dado conta logo de cara. Ele era extremamente parecido com aquela carta do Baralho do Destino. Usava uma capa comprida e esvoaçante, anéis com pedras preciosas em todos os dedos e, obviamente, fazia poções. Veneno era O Envenenador. Um Arcano, assim como Jacks.

— Eu achava que todos os Arcanos haviam desaparecido — disparou Evangeline.

— Voltamos em grande estilo recentemente, mas isso não tem a ver com essa história.

A expressão de Veneno ficou estranhamente imóvel, alertando Evangeline de que ele não queria discutir aquele assunto.

Ela ainda podia estar grogue, mas sabia que não devia insistir, apesar de todas as perguntas que aquela revelação fez surgir em sua mente. A reputação de Veneno não era tão mortífera quanto a de Jacks. De acordo com os mitos, ele não costumava fazer mal a ninguém diretamente, mas criava elixires tóxicos, poções peculiares e soros estranhos para outras pessoas, que às vezes faziam um uso terrível deles.

Evangeline olhou para o cálice que ainda estava em sua mão.

Veneno
Não me beba

— Posso pegar isso? — Com a mão cheia de anéis, Veneno tirou o cálice da mão dela.

A jovem deu um passo para trás, desconfiada.

— Por que estou aqui? Foi Jacks quem te pediu para me ajudar?

Veneno deu risada, e sua expressão voltou a ser simpática.

— Sinto muito, queridinha, mas Jacks já deve ter se esquecido completamente de você. Acabou tendo um problema durante as semanas em que você estava transformada em pedra. Posso te assegurar de que ele não vai voltar para Valenda.

Evangeline sabia que não devia ser curiosa. Depois de seu último encontro com Jacks, nunca mais queria vê-lo nem lhe dar a oportunidade de cobrar a dívida que tinha com ele. Mas Jacks não lhe parecia ser do tipo que foge. Não podem matá-lo — a menos que essa parte da história do Príncipe de Copas não fosse verdade, e os Arcanos não fossem completamente imortais. Será?

– Que tipo de problema Jacks arranjou? – perguntou.

Veneno apertou o ombro de Evangeline de um jeito que deu a sensação de que a palavra "problema" era pouco para descrever o que havia acontecido com Jacks.

– Se você tiver o mínimo de senso de autopreservação, vai esquecê-lo.

– Não se preocupe – respondeu Evangeline. – Não tenho a intenção de ver Jacks novamente.

Veneno ergueu a sobrancelha, cético.

– Você pode até dizer isso. Mas, uma vez tendo atravessado a porta para o nosso domínio, é quase impossível voltar ao normal. A maioria de nós fugiu dessa cidade, e é provável que você não encontre outros Arcanos por acaso. Só que agora que sentiu o gostinho de nosso mundo, sua vida vai começar a parecer chata. Você vai se sentir atraída por nossa espécie. Mesmo que jamais queira ver Jacks novamente, irá gravitar em volta dele até cumprir o trato que fez com o príncipe. Mas, se deseja uma chance de ser feliz, lute contra essa atração; Jacks só levará você à destruição.

Evangeline retorceu os lábios, fazendo careta. Não discordava, mas também não conseguia entender por que um Arcano daria aquele conselho para ela.

– Nunca vou compreender os humanos – suspirou Veneno. – Todos vocês, pelo jeito, gostam das nossas mentiras, mas nunca gostam quando dizemos a verdade.

– Talvez porque seja difícil acreditar que um Arcano iria querer ajudar um humano por pura bondade de seu coração.

– E se eu falar que estou fazendo isso por mim? – Veneno tomou um gole da taça. – Valenda é meu lar. Eu gostaria de não ser obrigado a fugir para o Norte por mau comportamento, como os demais. Não gosto do que a magia de lá faz com minhas habilidades, e o clima na região é muito frio. Então, estou tentando ser útil para o reino. Agora, vá, há outras pessoas esperando no salão para ver você.

Veneno virou Evangeline em direção a uma escadaria em espiral, e ela sentiu, sutilmente, um dos mais deliciosos aromas: o de bolo de unicórnio rosa.

Seu estômago roncou. Ela não havia se dado conta de que estava tão faminta.

Agradeceu Veneno e foi subindo os degraus.

Em questão de segundos, o ar ficou ainda mais doce, e o mundo ficou claro de um jeito que a fez ter a sensação de que sua vida antes daquele instante havia sido monótona. O salão parecia ser feito de brilho e de luz: havia lustres dourados em forma de coroa iluminando mesas folheadas a ouro, harpas e pianos de cauda dourados com teclas douradas. E, apesar de tudo isso, foi ao ver todas as pessoas que ali estavam que Evangeline esqueceu como se faz para respirar.

Tantas pessoas... Todas batendo palmas, sorrindo e olhando para *ela*.

A jovem conhecia muitas delas por causa da loja do pai, e parecia que todas estavam lá para dar as boas-vindas para a garota. Era tocante e carinhoso, mas também um pouco estranho o fato de ter tantas pessoas ali presentes.

– Olá, minha linda! – gritou a sra. Mallory, que colecionava mapas de lugares fictícios. – Tenho tanto para te contar sobre o meu neto.

– Estou louca para ouvir – respondeu Evangeline, depois de apertar a mão de um cavalheiro que sempre encomendava livros de culinária estrangeiros e obscuros.

– Estou tão orgulhosa de você! – disse Lady Vane, que tinha um fraco por potes de tinta que desaparecia.

Depois de semanas de um nada interminável, a jovem foi cercada por um casulo de abraços e beijos no rosto. E, apesar disso, sentiu um aperto no coração porque não avistou Luc em meio àquela multidão.

Sua irmã postiça estava um pouco mais afastada, e Luc não estava com ela. Mas Evangeline não sentiu o alívio que esperaria sentir ao ver que os dois não estavam juntos. Será que ele não sabia daquela reunião? Ou será que havia outro motivo para Luc ter resolvido não comparecer?

A expressão de Marisol era difícil de interpretar. Estava meio na ponta dos pés, balançando, tentando impedir que uma mosca pousasse no bolo de unicórnio rosa cintilante que segurava. Mas, assim que Marisol reparou em Evangeline, seu sorriso foi ficando mais largo, até ficar tão cintilante quanto o lindo bolo.

Agnes desdenhava do amor que a filha tinha por fazer bolos – queria um futuro grandioso para Marisol e dizia que cozinhar era um passatempo comum demais –, mas Evangeline se questionou se ela havia permitido que a filha fizesse aquele bolo para a ocasião. Eram quatro camadas de bolo rosa fofinho que se alternavam com creme de unicórnio, além de ter um laço de glacê e uma etiqueta de biscoito gigante escrita: "Bem-vinda de volta, irmã!".

A culpa, pesada e esmagadora, misturou-se ao desconforto de Evangeline. Ela jamais esperava tamanho gesto da irmã postiça e, certamente, não merecia.

– Ah, aí está a minha linda e preciosa garota! – Agnes se aproximou de Evangeline e a abraçou. – Estávamos todos desesperados de preocupação. Foi um alívio tão grande saber que havia alguém que poderia consertar você. – Agnes apertou ainda mais Evangeline e sussurrou: – Tantos pretendentes têm perguntado por você. Agora que voltou, vou combinar uma visita com os mais ricos.

A jovem não sabia ao certo como responder ao que Agnes acabara de dizer ou àquela versão da madrasta que acreditava em abraços. Mesmo logo depois de se casar com o pai de Evangeline, aquela mulher jamais a abraçara. Agnes se casara com Maximilian pelo mesmo motivo que ele havia se casado com ela: para garantir que a filha fosse sustentada. Maximilian Raposa não era rico – seus empreendimentos financeiros fracassavam quase com a mesma frequência com a qual eram bem-sucedidos –, mas era um pretendente respeitável para uma viúva que já tinha uma filha.

Agnes soltou Evangeline e em seguida a virou para um cavalheiro. A garota torceu para que não fosse um pretendente.

O homem usava uma camisa de seda branca esvoaçante, com um jabô de renda que cascateava por suas calças de couro preto – tão apertadas que a jovem ficou surpresa ao perceber que ele era capaz de se mexer.

– Evangeline – disse Agnes –, este é o senhor Kutlass Knightlinger, do jornal *Gazeta do Sussurro*.

– Você escreve para aquele tabloide?

– Não é um tabloide; é um periódico – corrigiu Agnes, fungando, o que fez Evangeline pensar que aquele jornaleco recém-criado tinha conquistado mais leitores e credibilidade desde que publicara a matéria que havia inspirado a jovem a procurar a porta da igreja do Príncipe de Copas.

– Na verdade, não me importa como você o chama, senhorita Raposa, desde que me permita escrever sobre você. – O sr. Kutlass Knightlinger passou a pena preta de uma caneta-tinteiro nos lábios e completou: – Estou cobrindo tudo o que se relaciona à volta dos Arcanos e tenho várias perguntas para te fazer.

Subitamente, Evangeline sentiu as pernas bambas. A última coisa sobre a qual queria falar era o que havia acontecido com Jacks. Ninguém jamais poderia saber que ela havia feito um trato com um Arcano.

Se Evangeline estivesse completamente restabelecida, teria se afastado, dando uma desculpa sagaz. Mas, em vez disso, foi o sr. Kutlass Knightlinger, do jabô de renda e das calças de couro pretas, quem dominou a situação.

Ele logo afastou Evangeline das outras pessoas, passando com a jovem por cortinas grossas e douradas até chegar a um banco escondido em uma alcova que tinha cheiro de mistério, almíscar e magia de imitação. Ou será que era a colônia de Kutlass Knightlinger?

– Senhor Knightlinger... – Evangeline se levantou do banco, e o mundo começou a girar. Ela realmente precisava comer alguma coisa. – Acho que hoje não é o melhor dia para eu dar uma entrevista.

– Não se preocupe, o que você disser não faz muita diferença. Eu faço todas as pessoas que entrevisto passarem uma boa imagem. E todo mundo já te ama. Depois do sacrifício que você fez, é uma das figuras preferidas de Valenda.

– Mas não sou nenhuma heroína.

– Você é modesta demais. – Kutlass se aproximou. O aroma pungente que Evangeline sentia era, definitivamente, da colônia dele. – Durante a Semana do Terror...

– O que é Semana do Terror?

— Foi tão empolgante! Começou logo depois de você ter virado pedra. Os Arcanos voltaram. Você acredita que estavam presos dentro de um baralho? Foi um caos, uma confusão e tanto, quando eles escaparam e tentaram assumir o império. Mas sua história... você, tomando o lugar das pessoas daquele casamento e se transformando em pedra, inspirou gente de todo lado durante aquele período difícil. Você é uma heroína.

Evangeline, de repente, ficou com a garganta seca. Não era para menos que havia tanta gente ali.

— Espero ter feito o que qualquer pessoa faria na minha situação.

— Perfeito. — Kutlass tirou um caderno incrivelmente pequeno do colete de couro e começou a anotar. — Meus leitores vão adorar. Agora...

O estômago da jovem cortou Kutlass, dando um ronco alto.

O homem deu uma risada ensaiada e ligeira, como seus traços de pena.

— Está com um pouco de fome?

— Não me lembro da última vez que comi. Eu provavelmente devia...

— Eu só tenho mais algumas perguntas. Há boatos de que, enquanto você ainda era de pedra, sua mãe adotiva começou a receber pedidos de casamento em seu nome...

— Ah, Agnes é minha madrasta — Evangeline logo interrompeu —, ela nunca me adotou.

— Mas acho que podemos dizer que agora a adotará. — Kutlass deu uma piscadela. — A sua estrela vai continuar em ascensão, senhorita Raposa. Agora, posso te pedir um último conselho para todos os seus admiradores?

A palavra "admiradores" deixou um gosto ruim na boca de Evangeline. Ela não merecia mesmo nenhum admirador. E todos, sem dúvida, mudariam de opinião se soubessem o que realmente havia feito.

— Se você estiver meio sem palavras, vou inventar algo brilhante. — A caneta-tinteiro correu pelo caderno.

— Espere... — ela ainda não sabia o que iria dizer, mas tremeu só de pensar no que o homem poderia estar escrevendo. — Sei que, muitas vezes, as histórias ganham vida própria. Já sinto como se o horror que passei estivesse se transformando em um conto de fadas, mas não sou especial, e isso não é um conto de fadas.

– E, ainda assim, tudo terminou bem para você – insistiu Kutlass.

– Ela virou pedra por seis semanas – disse uma voz suave atrás deles. – Eu não diria que tudo acabou bem.

Evangeline olhou por cima do ombro de Kutlass e viu a irmã postiça.

Marisol estava parada entre as cortinas douradas, segurando seu bolo de unicórnio como se fosse um escudo.

Kutlass rodopiou, em um borrão de renda e couro, e disse:

– A Noiva Amaldiçoada!

As bochechas de Marisol ficaram com um tom doloroso de vermelho.

– Excelente! – A pena da caneta de Kutlass começou a se movimentar novamente. – Eu adoraria dar uma palavrinha com você.

– Na verdade – interrompeu Evangeline, sentindo que era Marisol quem precisava ser resgatada –, eu e minha irmã postiça ainda não tivemos tempo de ficar juntas, então acho que vou roubá-la e comer um pouco de bolo.

A jovem finalmente se livrou do homem, ficou de braço dado com a irmã postiça e desapareceu no meio das cortinas.

– Obrigada. – Marisol apertou o braço de Evangeline, apesar de as duas nunca terem sido de ficar de braços dados, e ela sentiu que a irmã postiça havia emagrecido. Marisol sempre fora esbelta como a mãe, mas agora parecia frágil. E sua pele quase parecia de cera de tão pálida, o que poderia ser por causa da interação com Kutlass. Mas também estava com olheiras debaixo dos olhos castanho-claros que pareciam estar lá há dias, ou talvez semanas.

Evangeline parou de repente, antes que as duas voltassem para a festa. Havia se perguntado por que Luc não estava ali, mas agora tinha medo da resposta.

– Marisol, o que há de errado? E... cadê Luc?

A garota sacudiu a cabeça e respondeu:

– É melhor não falarmos disso agora. Este é o seu dia feliz. Não quero estragá-lo.

– Você fez um bolo para mim e me salvou do rei dos tabloides. Acho que você é a verdadeira heroína.

Os olhos de Marisol se encheram de lágrimas. Por dentro, Evangeline teve a impressão de que alguém havia a apunhalado e girado a faca.

– O que foi? – insistiu Evangeline. – Qual é o problema?

Marisol ficou mordendo o lábio e disse:

– Aconteceu há quatro semanas, quando eu e Luc resolvemos tentar nos casar de novo.

Eles tentaram se casar de novo enquanto ela ainda era de pedra? Desta vez, Evangeline teve a sensação de que a faca dentro dela estava arrancando sangue. Aquela notícia não devia tê-la ferido tanto. Quando não viu Luc à sua espera no laboratório de Veneno nem na festa de boas-vindas, imaginou que nada havia mudado entre os dois. Mas, ainda assim, doía ouvir que o rapaz nem sequer lamentara a perda dela. Que, passadas meras duas semanas depois de Evangeline ter virado pedra, Luc havia planejado outro casamento.

– Achávamos que seria seguro, porque a Semana do Terror havia terminado. Mas, a caminho do casamento, Luc foi atacado por um lobo selvagem.

– Espere aí... Espere aí... O quê? – balbuciou Evangeline. Valenda era uma cidade portuária movimentada. Os maiores animais que havia eram cachorros, seguidos pelos gatos-do-mato que se esgueiravam pelas docas à procura de ratos. Não existiam lobos em Valenda.

– Ninguém sabe de onde veio esse lobo – comentou Marisol, arrasada. – O médico disse que foi um milagre Luc ter sobrevivido. Mas não sei se ele realmente sobreviveu. Foi atacado brutalmente.

As pernas de Evangeline perderam seus ossos. Ela tentou abrir a boca para dizer que, pelo menos, Luc ainda estava vivo. Desde que o rapaz ainda estivesse vivo, tudo ficaria bem. Mas Marisol falava quase como se Luc tivesse morrido.

– Já se passaram semanas, e ele ainda não saiu de casa e... – As palavras de Marisol se tornaram entrecortadas, e o encantador bolo que segurava tremeu até que um tanto de creme caiu no tapete. – Luc se recusa a me ver. Acho que pensa que foi culpa minha.

– E como poderia ser culpa sua?

– Você ouviu o senhor Knightlinger. Todo mundo em Valenda está me chamando de "Noiva Amaldiçoada". Dois casamentos e duas tragédias terríveis no intervalo de poucas semanas. Mamãe fica dizendo que não é ruim, que sou especial porque, quando os Arcanos voltaram, fui a primeira pessoa que chamou a atenção deles. Mas sei que não sou especial. Sou amaldiçoada.

Lágrimas rolaram pelo rosto pálido de Marisol.

Até aquele momento, Evangeline estava se esforçando muito para não se arrepender de suas atitudes. Poderia até ter sido uma coincidência o fato de Luc ter sido atacado a caminho do casamento, mas parecia muito mais provável que o ataque sofrido pelo rapaz não tivesse sido apenas obra de um lobo selvagem. Jacks havia dito a ela que impediria o casamento e, claramente, cumprira sua promessa.

Evangeline jamais deveria ter feito aquele trato com o Príncipe de Copas.

A jovem queria pôr a culpa toda em Jacks, mas era culpa dela tanto quanto do Arcano. Assim que viu as estátuas no jardim, teve certeza de que havia cometido um erro. Achou que tinha consertado tudo fazendo aquele sacrifício, mas jamais deveria ter pedido a ajuda do Príncipe de Copas, para início de conversa.

– Marisol, preciso te contar...

As palavras ficaram presas na língua de Evangeline. Ela mexeu o maxilar para extrair a confissão, mas sabia que a causa do problema não era aquela tensão súbita que sentia. Estava com medo.

Evangeline tremia, tanto quanto no momento em que ficara sabendo que Luc estava noivo de Marisol. As palavras também ficaram presas em sua garganta naquele dia, quando tentou conversar sobre o rapaz com a irmã postiça. Estava convencida de que era uma espécie de feitiço. E ainda queria acreditar nisso. Mas não podia mais ignorar a possibilidade de que, talvez, tivesse se enganado.

Talvez, o verdadeiro motivo para Evangeline nunca ter conseguido conversar com Marisol a respeito de Luc não fosse um feitiço. Talvez fosse o medo que paralisava sua língua. Talvez, lá no fundo,

Evangeline tivesse medo de que Marisol e Luc não estivessem enfeitiçados de verdade, e que ele fosse apenas um garoto infiel.

– Não tem problema, Evangeline. Você não precisa dizer nada. Só estou feliz por você ter voltado!

Marisol pôs o bolo na mesa dourada mais próxima e abraçou a jovem, do jeito que Evangeline sempre imaginou que irmãs de verdade se abraçariam.

E teve certeza de que não poderia contar a verdade para Marisol, não naquele dia.

Evangeline acabara de passar as últimas seis semanas sozinha e transformada em pedra. Não estava preparada para ficar sozinha de novo. Mas ficaria, se alguém descobrisse o que ela havia feito.

7

Se tempestades fossem causadas pela combinação de tabloides, filas de cavalheiros vestidos com lenços engomados no pescoço e bilhetes de origem questionável, uma tempestade perfeita estava se formando no mundo de Evangeline na manhã seguinte. Ela apenas não sabia disso ainda.

Só sabia do bilhete de origem peculiar, que a fez sair de fininho de casa ao amanhecer.

> *Encontre-me.*
>
> *Loja de curiosidades.*
>
> *Assim que o sol raiar.*
>
> *— Luc*

O coração de Evangeline quase explodira quando ela descobriu a mensagem em seu quarto na noite anterior. Ela não sabia se era um bilhete novo ou um bilhete antigo que só havia encontrado naquele momento. Mas caiu no sono lendo e relendo o bilhete, torcendo para que Luc a estivesse esperando pela manhã com uma história diferente da que ouvira da boca de Marisol.

A conversa com a irmã postiça no dia anterior deixara a jovem abalada: quase a convencera de que havia se iludido a respeito de Luc. Mas a esperança é algo difícil de matar; uma mera faísca é capaz de causar um incêndio, e aquele bilhete acendera uma nova faísca em Evangeline.

Seu pai era dono de quatro lojas e meia espalhadas por Valenda. Fora sócio oculto de um alfaiate que escondia armas costurando-as nas roupas. Construíra uma livraria secreta, que só podia ser acessada por uma passagem escondida. Então havia a loja do Bairro das Especiarias, coberta de cartazes decorativos de "Procurado", com legendas que mais pareciam pequenos contos policiais mirabolantes. A terceira loja era um segredo até para Evangeline. E a quarta loja era o lugar preferido dela: Maximilian's Curiosidades, Caprichos & Esquisitices.

Foi nessa loja que Evangeline começou a trabalhar assim que seu pai permitiu. O homem tinha o costume de falar para os fregueses que tudo lá dentro era *quase* mágico. Mas ela sempre acreditou que alguns dos objetos que passaram pela loja do pai eram mesmo encantados. Não era raro ela procurar peças de xadrez que haviam se separado dos tabuleiros e, às vezes, ver quadros cujas expressões eram diferentes das que tinham no dia anterior.

Evangeline sentiu um aperto no peito, como se sentisse saudade de casa, assim que virou a esquina da rua pavimentada com tijolinhos que abrigava a Maximilian's Curiosidades. Sentira falta da loja durante as semanas em que ficou transformada em pedra, mas não sabia o quanto até aquele momento. Sentira falta das paredes que sua mãe havia pintado, das prateleiras lotadas de achados de seu pai, da sineta...

Evangeline parou de repente.

A Maximilian's Curiosidades havia fechado as portas. As janelas com molduras de cobre estavam tapadas por tábuas. O toldo fora rasgado, e alguém pintara por cima do nome que havia na porta:

Sob nova direção
Fechado até segunda ordem

– Não! A loja não!

Evangeline bateu na porta sem parar. Aquele era o último pedaço que restava de seu pai. Como Agnes foi capaz de fazer isso?

– Com licença, senhorita. – A sombra corpulenta de um guarda se abateu sobre ela. – Você tem que parar de bater desse jeito.

– O senhor não entende. Esta loja era do meu pai, era a minha herança. – Evangeline continuou batendo, como se a porta fosse abrir por um passe de mágica, como se Luc estivesse esperando do outro lado, como se não tivesse acabado de perder o que restara de seus pais. – Há quanto tempo está fechada?

– Sinto muito, senhorita. Acho que fechou há cerca de seis semanas e... – A expressão do jovem guarda se iluminou. – Céus... É você... você é a Queridinha Salvadora de Valenda. – Ele parou de falar e alisou o cabelo antes de dizer: – Se me permite, a senhorita é ainda mais bonita do que os jornais dizem. Sabe onde posso conseguir um daqueles formulários?

– Que formulários?

Evangeline parou de bater na porta, sentindo-se incomodada de repente, quando o guarda tirava do bolso da calça uma folha de jornal impressa em preto e branco.

Gazeta do Sussurro

DAS RUAS AO ESTRELATO, PASSANDO PELA PEDRA: UMA ENTREVISTA COM A QUERIDINHA SALVADORA DE VALENDA

Por Kutlass Knightlinger

Evangeline Raposa, de 17 anos, parece uma princesa de contos de fadas, com seu cabelo cor-de-rosa cintilante e seu sorriso inocente. Mas, há poucas semanas, era órfã de pai e mãe. Recentemente, quando conversei com ela, a jovem garota me contou que nem se lembrava da última vez que havia comido.

Evangeline não foi convidada para a cerimônia de casamento de Luc Navarro e Marisol Tourmaline, a quem muitos de vocês conhecem como Noiva Amaldiçoada. E, ainda assim, quando Evangeline viu que as pessoas presentes no evento haviam sido transformadas em pedra por um dos Arcanos, não pensou duas vezes antes de salvar a vida de todas, tomando seu lugar e se tornando estátua.

"Acho que apenas fiz o que qualquer pessoa, espero, faria na minha situação. Não sou mesmo uma heroína", disse ela.

Evangeline é tão humilde. Foi difícil fazê-la falar sobre seus atos heroicos. Mas a Queridinha Salvadora de Valenda abriu o coração quando comentei sobre Agnes Tourmaline, mãe da Noiva Amaldiçoada, e seus planos magnânimos de adotar Evangeline.

"Já sinto que o horror que passei está se transformando em um conto de fadas", contou.

Agnes também me informou que Evangeline está louca para seguir em frente com sua vida, assim que possível. Está aceitando pretendentes, que devem preencher um formulário para pedir sua mão em casamento...

(continua na página 3)

– Ai, meu... – Evangeline deu um sorriso hesitante para o guarda. – Desculpe, este jornal está errado. Não estou procurando pretendentes.

Ela se encolheu toda só de pronunciar essa palavra. Não foi nenhuma surpresa. Sabia que os abraços e sorrisos de Agnes no dia anterior haviam sido falsos. Mas não esperava que sua madrasta a vendesse assim tão rápido.

Outro homem que passava pela rua já tinha parado para olhar. Alguns cavalheiros afoitos estavam com cara de quem tentava criar coragem para se aproximar.

Se Jacks estivesse ali, provavelmente tomaria aquilo como prova de que fizera um favor a Evangeline ao torná-la tão famosa. Mas não era isso que ela queria.

Jogou o tabloide na lixeira mais próxima e olhou novamente para o bilhete de Luc. A mensagem era antiga. Tinha certeza disso, afinal ele não teria pedido para encontrá-la na loja se soubesse que estava fechada.

Evangeline tinha vontade de chorar, mas tinha mais vontade de encontrar um jeito de voltar no tempo, para antes. Para antes de Agnes, para antes de Luc, para antes de ter perdido tanto a mãe quanto o pai. Só queria mais um abraço do pai. Mais um instante do cafuné de sua mãe. A dor que sentia por ter perdido Luc não era nem um arranhão em comparação à ausência de sua mãe e de seu pai.

Ainda queria estar com Luc, mas o que realmente queria era a vida e todo o amor que havia perdido.

Era difícil não se sentir arrasada enquanto se arrastava de volta para aquela casa que não era mais seu lar desde que o pai morrera. Normalmente, Evangeline adorava a cidade. Adorava aquela mistura de barulhos, o afã das pessoas, e o fato de a rua onde morava ter, com frequência, cheiro de bolo recém-assado por causa da padaria da esquina. Mas, naquela tarde, a rua tinha cheiro de uma colônia desconhecida, usada em excesso.

O aroma a deixou enjoada, mas foi a visão de todos os cavalheiros que a fez parar de repente. Engomados com seus melhores casacos, capas e chapéus, os homens faziam fila na rua de sua casa, e Agnes estava parada na soleira da porta, recebendo alegremente flores, elogios e papéis.

"Está aceitando pretendentes, que devem preencher um formulário para pedir sua mão em casamento..."

Evangeline cerrou os punhos. Uma fração daqueles homens era quase atraente, mas muitos deles eram da idade de seu pai, ou até mais velhos. Ela teria dado meia-volta, se tivesse algum lugar para ir. Mas, graças a Agnes, a loja de curiosidades estava fechada. E Evangeline percebeu que estava mais a fim de brigar do que de fugir.

Aproximou-se da casa com passos firmes e um sorriso fingido.

– Ah, aqui está ela – arrulhou a madrasta.

Mas Evangeline não deu oportunidade para a mulher dizer mais nada. Logo se virou para os cavalheiros, ergueu a voz e disse:

– Obrigada por terem vindo, mas gostaria de dispensar todos vocês. – Então ficou em silêncio, encostou as costas da mão esquerda na testa e fechou os olhos, em um gesto teatral, imitando um movimento de uma peça trágica de teatro de rua a que assistira com o pai. – Não sou mais uma estátua, mas ainda sou amaldiçoada, e quem eu beijar virará pedra.

Murmúrios eclodiram por todos os cantos.

– Pedra...

– Amaldiçoada!

– Vou dar o fora daqui.

Os cavalheiros se dispersaram rapidamente e, com eles, a fachada amorosa da madrasta também se foi.

Agnes segurou Evangeline pelos ombros, apertando-a com seus dedos finos.

– O que você fez, sua garota maldita? Aqueles pretendentes não eram só para você. Eram uma oportunidade de Marisol ser notada novamente.

Evangeline se encolheu toda e se afastou de Agnes. Sentiu uma pontada de culpa pela irmã postiça. Mas, até o dia anterior, Marisol ainda não havia esquecido Luc.

– Não finja que sou a vilã dessa história – declarou Evangeline. – Você não deveria ter feito isso e não deveria ter vendido a loja do meu pai. Aquela loja era a minha herança.

– Você foi considerada morta.

Agnes deu um ameaçador passo à frente.

Evangeline empalideceu. A madrasta jamais havia batido nela, tampouco a havia segurado daquele jeito até então. E ela odiava pensar no que mais Agnes poderia fazer. Se a expulsasse de casa, Evangeline ficaria na rua, pois não tinha nenhum lugar para ir.

Provavelmente, ela deveria ter pensado nisso antes de ter dispensado os pretendentes. Mas era tarde demais para voltar atrás – e ela nem sabia ao certo se queria fazer isso.

– Espero que isso não seja uma ameaça, Agnes – declarou Evangeline, com toda a bravata que conseguiu reunir. – Nunca se sabe quem pode estar escutando, e seria uma pena se sua verdadeira natureza chegasse aos ouvidos de alguém como Kutlass Knightlinger.

As narinas de Agnes se dilataram.

– Kutlass não pode te proteger para sempre. Eu achava que você sabia que os rapazes podem mudar seu foco de atenção rapidamente.

Das duas, uma: ou Kutlass Knightlinger vai se virar contra você, ou logo vai te esquecer, assim como o seu amado Luc te esqueceu.

A alfinetada atingiu Evangeline bem no meio do peito.

Agnes sorriu, como se estivesse se coçando de vontade de dizer aquelas palavras.

— Eu ia esperar para te mostrar isso depois que Marisol visse, mas mudei de ideia.

A madrasta pegou um papel dobrado da mesinha que montara para receber os formulários dos candidatos e estendeu para Evangeline.

Com todo o cuidado, ela abriu o bilhete.

Marisol, meu tesouro mais precioso,

Eu queria não precisar dizer "adeus" desse modo. Mas estou torcendo para que esse não seja um verdadeiro adeus. Vou embora de Valenda na esperança de encontrar um curandeiro. Da próxima vez que vir o seu lindo rosto, serei o Luc pelo qual você se apaixonou, e poderemos ficar juntos novamente.

Com todas as batidas do meu coração...

Evangeline não conseguiu terminar de ler. Não precisava ler até o fim para saber que aquela letra era de Luc.

Luc havia escrito cartas para ela, mas costumavam ser curtas, como o bilhete que encontrara na noite anterior. O rapaz jamais a chamara de "meu tesouro mais precioso" nem falara das batidas de seu coração.

— Isso não pode ser verdade — sussurrou Evangeline. — O que você fez com ele?

Agnes deu risada.

– Você é mesmo uma criança burra. Seu pai dizia que você acreditava em coisas que não era capaz de ver, como se isso fosse um talento. Mas é melhor começar a acreditar nas coisas que vê.

A família de Luc Navarro morava do outro lado da cidade, uma região nova, onde as casas eram maiores e mais afastadas. O tipo de bairro que sempre fez Evangeline sentir necessidade de respirar fundo antes de se aproximar.

No dia em que Marisol anunciou seu noivado com Luc, Evangeline correu até lá. Bateu na porta da casa do rapaz, certa de que, quando ela se abrisse, Luc diria que era tudo um grande mal-entendido.

Luc fora seu primeiro amor, seu primeiro beijo, seu coração quando o coração dela parou de funcionar. Era inimaginável que não a amasse, tão impossível quanto viajar no tempo. No fundo, Evangeline sabia que existia a possibilidade de ser verdade, mas sua alma lhe dissera que não. Ela esperava que Luc confirmasse isso. Mas o rapaz nunca lhe dissera nada. Os criados a mandaram embora e bateram a porta na sua cara. Fizeram a mesma coisa no dia seguinte, e em todos os demais.

Mas, naquele dia, finalmente foi diferente.

Naquele dia, ninguém atendeu a porta quando Evangeline bateu.

Ela não ouviu passos dentro da casa, não ouviu vozes. Quando encontrou uma fresta nas cortinas fechadas, só viu, do lado de dentro, lençóis cobrindo todos os móveis.

O rapaz e sua família tinham ido embora, exatamente como estava escrito no bilhete de Luc.

Evangeline perdeu a noção de quanto tempo ficou ali, parada. Mas, a certa altura, lembrou-se das palavras de Jacks e ficou se perguntando se o Arcano não tinha razão quando dissera: "Se esse tal Luc também te amasse, não se casaria com outra pessoa. Ponto-final".

8

O tempo passou.

O clima esfriou.

As folhas mudaram de cor.

Bancas de maçã surgiram nas esquinas, vendendo tortas, bolos e outras delícias da estação. Sempre que Evangeline passava por uma dessas bancas e sentia o cheiro adocicado de fruta, lembrava-se de Jacks e da dívida que tinha com o Arcano, e seu coração galopava como um cavalo, querendo escapar do seu peito. Mas, pelo jeito, o Príncipe de Copas havia se esquecido dela, exatamente como Veneno dissera.

Luc nunca mais voltou, e a loja de curiosidades não reabriu.

Evangeline convenceu Agnes a deixá-la trabalhar na livraria secreta de seu pai. Que não era tão mágica quanto a loja de curiosidades, mas pelo menos tinha algo para fazer. Só que, passados alguns dias, começou a se sentir como um dos livros usados e empoeirados que ficavam nas prateleiras do fundo da loja. Títulos que já haviam sido populares, mas que ninguém mais procurava.

Evangeline ainda era conhecida demais para a madrasta expulsá-la de casa, mas tinha medo de que isso acontecesse mais dia, menos dia. Os tabloides haviam publicado o boato de que seu beijo transformava cavalheiros em pedra. Desde então, seu nome só era mencionado discretamente, com pouca frequência. Kutlass também estava começando a esquecê-la, exatamente como Agnes havia dito.

Mas Evangeline se recusava a abandonar a esperança.

Liana, sua mãe, criara a filha com base nos contos de fadas da região onde crescera, o Magnífico Norte.

No Norte, contos de fadas e histórias eram tratados do mesmo modo e como uma coisa só, porque tanto as histórias reais quanto as fictícias eram amaldiçoadas. Algumas lendas não podiam ser escritas sem que o papel pegasse fogo; outras, não saíam do Norte, e muitas mudavam sempre que alguém contava, tornando-se cada vez menos reais a cada reconto. Diziam que todas as lendas do Norte começaram sendo histórias verdadeiras. Mas, com o tempo, a maldição das histórias do Norte distorceu todas as lendas até sobrar apenas resquícios de verdade.

Uma das histórias que Liana costumava contar para Evangeline era "A balada do Arqueiro e da Raposa", uma lenda romântica sobre uma plebeia, que era talentosa e capaz de se transformar em raposa, e um jovem arqueiro, que a amava, mas era amaldiçoado e tinha necessidade de caçá-la e matá-la.

Evangeline adorava tal história porque também era uma "raposa", apesar de não ser dessas capazes de se transformar em animal. E também podia ter uma quedinha minúscula pelo arqueiro. A jovem pedia para a mãe contar e recontar a história inúmeras vezes. Mas como a lenda era amaldiçoada, toda vez que sua mãe se aproximava do fim, esquecia de repente o que estava dizendo. Nunca conseguia contar para a filha se o arqueiro beijava a garota-raposa e os dois viviam felizes para sempre, ou se ele caçava a garota-raposa, e a história terminava em morte.

Evangeline pedia simplesmente para Liana contar como achava que a história terminava. Mas a mãe sempre se recusava, dizendo: "Acredito que existem muitas outras possibilidades além de finais felizes ou tragédia. Toda história tem potencial para infinitos fins".

A mãe de Evangeline repetia isso com tanta frequência que a frase cresceu dentro da filha, enraizando-se no coração de suas crenças. Esse era um dos motivos para ela ter ingerido o veneno que a transformara em pedra. Não porque era destemida ou absurdamente heroica: era porque Evangeline simplesmente tinha mais esperança do que a maioria das pessoas. Jacks dissera que sua única opção para ter um final feliz era ir embora. Que, se bebesse o veneno, seria de pedra para sempre. Mas a jovem não podia acreditar nisso. Sabia que sua história tinha potencial para infinitos fins – e essa crença não havia mudado.

Havia um final feliz esperando por ela.

A sineta presa à porta da livraria tocou. A porta ainda não tinha se aberto, mas a sineta deve ter sentido que alguém especial ia entrar, porque tocou segundos antes da hora.

Evangeline percebeu que estava segurando a respiração, torcendo para que Luc entrasse. Gostaria de perder esse hábito. Só que a mesma esperança que levava Evangeline a acreditar que ainda poderia haver um final feliz esperando por ela também a fazia pensar que, um dia, Luc voltaria. Não importava quantas semanas ou meses tivessem passado. Sempre que a sineta da livraria tocava, ela não conseguia deixar de ter esperança.

A jovem sabia que certas pessoas a achariam tola por ter essa atitude, mas era incrivelmente difícil deixar de amar alguém completamente quando não se tem mais ninguém para amar.

Evangeline desceu depressa a escada e passou correndo por diversos fregueses que vasculhavam as prateleiras dos corredores. A última pessoa que passara pela porta não era Luc, mas também era alguém inesperado.

Marisol nunca tinha visitado Evangeline na livraria. Na verdade, a irmã postiça nunca saía de casa, raramente saía do quarto, e parecia visivelmente incomodada por ter feito ambas as coisas naquele dia. Retorcia as mãos enluvadas a cada passo que dava.

Dado que a livraria era um tanto secreta, não parecia ser grande coisa do lado de fora. Apenas uma porta com uma maçaneta que sempre dava a impressão de estar prestes a cair. E, apesar disso, havia uma espécie de magia do lado de dentro. Era a sensação de luz de velas no crepúsculo, poeira de papel no ar, e fileiras e mais fileiras de livros insólitos guardados em estantes inclinadas. Evangeline adorava, mas Marisol se movimentava entre as pilhas como se fossem cair em cima dela.

Ao longo dos últimos meses, a Noiva Amaldiçoada havia se tornado parte do folclore local. Ninguém mais se casava no jardim e, se um casamento fosse cancelado, era considerado de mau agouro remarcar.

Como raramente saía de casa, Marisol não era tão reconhecida como a verdadeira Noiva Amaldiçoada, mas Evangeline já podia ver o desconforto da irmã postiça percebendo que os demais fregueses tinham a sensação de que havia algo a temer. As conversas se tornaram sussurradas, e os fregueses fizeram questão de passar longe dela.

Evangeline continuou andando na direção dela com um sorriso no rosto, torcendo para que a irmã postiça não percebesse aqueles olhares nem um pouco simpáticos.

– O que você faz aqui? Quer um livro? Acabamos de receber um carregamento de livros de culinária.

Marisol sacudiu a cabeça, de um modo quase violento.

– Talvez seja melhor eu não encostar em nada. As pessoas podem achar que eu amaldiçoei os livros.

Ela lançou um olhar furtivo para a porta, onde algumas pessoas, por acaso, estavam saindo apressadas.

– Não estão indo embora por sua causa – garantiu Evangeline.

Marisol franziu o cenho, nem um pouco convencida.

– Não vou demorar. Só vim te entregar isso.

Então mostrou um elaborado pedaço de papel vermelho aparentemente caro, decorado com arabescos feitos em folha de ouro e selado com um símbolo de cera vermelha.

– Quando vi que entregaram, achei que parecia importante e queria garantir que mamãe não escondesse de você. – Marisol finalmente conseguiu dar um sorriso, um sorriso que pareceu um tanto malicioso. – Sei que jamais poderei compensar as semanas que você passou transformada em pedra, mas pelo menos é alguma coisa.

– Eu já te disse que você não me deve nada.

Evangeline sentiu a tão conhecida pontada de culpa. Todos os dias, ela se sentia tentada a contar a verdade para Marisol. Mas, todos os dias, faltava-lhe coragem. Como trabalhava na livraria, e a irmã postiça ficava escondida no próprio quarto, as duas garotas não haviam se tornado próximas. Só que, apesar disso, para Evangeline, Marisol era o que mais se aproximava de alguém da família.

Um dia, ela contaria a verdade para a irmã postiça, mas ainda não era capaz de fazer isso.

E Marisol nem sequer deu a chance para ela contar. Assim que entregou o papel vermelho, desapareceu por onde tinha vindo, deixando Evangeline sozinha para abrir o misterioso bilhete.

Cara srta. Raposa,

Eu e minha irmã adoraríamos ter o prazer de sua companhia para o chá da tarde amanhã, no Pátio Real dos Beija-Flores, às duas horas. Admiramos a senhorita de longe e gostaríamos de conversar sobre uma oportunidade empolgante.

Saudações cordiais,
Scarlett Marie Dragna
Imperatriz do Império Meridiano

9

Evangeline leu o convite da imperatriz mais uma vez enquanto a carruagem aérea pousava no chão impecável do palácio. Passara o dia anterior tentando imaginar que tipo de oportunidade a imperatriz poderia querer discutir com ela, mas ainda não fazia a menor ideia do que era. Marisol tampouco conseguia imaginar. Quando Evangeline voltou para casa e contou qual era o conteúdo do bilhete vermelho para Marisol, sua irmã postiça repetiu várias vezes que estava feliz por ela, mas também pareceu nervosa.

O convite que recebeu era misterioso, mas a nova imperatriz era ainda mais.

Antes de Evangeline ser transformada em pedra, o trono tinha um herdeiro diferente: um jovem cujo apelido era Vossa Lindeza. Infelizmente, ela ficara sabendo que, durante a Semana do Terror, os Arcanos comunicaram seu reaparecimento ao público assassinando este membro azarado da realeza. A nova imperatriz e sua irmã mais nova – a quem as pessoas chamavam de a Caça-Arcanos – lutaram com os Arcanos para reconquistar o império, matando um deles e provando que a teoria de Evangeline estava correta: os Arcanos não eram verdadeiros imortais. Não envelheciam, mas podiam morrer.

Quase todos na cidade idolatravam as irmãs por terem vencido os Arcanos, mas havia quem acreditasse que, na verdade, a nova imperatriz era um Arcano. Os tabloides alegavam que ela era capaz de ler pensamentos e que seu noivo era um pirata coberto por uma teia de cicatrizes.

Evangeline sabia que não devia acreditar em todos os boatos. Apesar disso, ainda estava nervosa por causa da leitura da mente.

Não queria que a imperatriz lesse seus pensamentos e soubesse que não era a salvadora que todo mundo acreditava que fosse.

A jovem mexeu nos botões de sua pelerine creme ao sentir um calor súbito quando desceu da carruagem. Seguiu um criado do palácio pelo caminho de flores que levava à porta com maçaneta dourada em forma de beija-flor.

O criado abriu a porta e se curvou:

— Sua Majestade, a senhorita Evangeline Raposa chegou.

Ele deu um passo para o lado, dando as boas-vindas a Evangeline e convidando-a a entrar em um jardim cheio de árvores verde-absinto com cachos de flores em tons de coral, rosa e pêssego, que a fizeram pensar em delicados beijos no rosto.

— Seja bem-vinda!

— É um prazer finalmente conhecê-la, Evangeline!

— O seu cabelo é simplesmente divino!

A imperatriz e a princesa Donatella, sua irmã, falavam ao mesmo tempo, enquanto os beija-flores voejavam no céu.

— Como não sabíamos do que você gosta, pedimos para fazer um pouco de tudo — anunciou a princesa.

Com fitas azuis-celestes em seus cachos loiros e uma expressão divertida no belo rosto, ela não se parecia em nada com a famigerada e ousada Caça-Arcanos, cuja imagem Evangeline imaginara baseada nos tabloides.

— Temos tortas de amora, terrinas de legumes da estação, pudim de abóbora, tortinhas de castanha e todo tipo de chá.

A princesa apontou para uma torre com vários andares de bules coloridos, que soltavam uma bela fumaça cor-de-rosa. Se as irmãs da realeza estavam tentando impressioná-la, tinham se saído muito bem.

Evangeline se sentiu como uma princesa quando finalmente tirou a pelerine e se sentou à mesa farta.

— Que maravilha. Obrigada por terem me convidado.

— Ficamos tão felizes ao saber que você poderia vir — disse a imperatriz. Ela era jovem; devia ter a mesma idade de Evangeline, mas era difícil saber ao certo, porque Scarlett tinha largas mechas grisalhas no cabelo castanho-escuro. Usava um vestido longo rubi com decote ombro a ombro, calçava belas luvas de renda e exibia um sorriso tão doce que Evangeline achava difícil acreditar que havia ficado nervosa com a possibilidade de conhecer a imperatriz.

– Queríamos conhecê-la desde que ficamos sabendo de seu heroísmo durante a Semana do Terror.

– Mas também queremos pedir um favor – interveio a princesa.

A imperatriz olhou feio para a irmã, que, aparentemente, estava saindo do roteiro planejado.

– Que foi? Tenho certeza de que ela está morrendo de curiosidade. Só estou tentando salvar a vida dela.

A princesa esticou o braço por cima do prato da irmã e pegou um quadrado de papel creme com letras acobreadas.

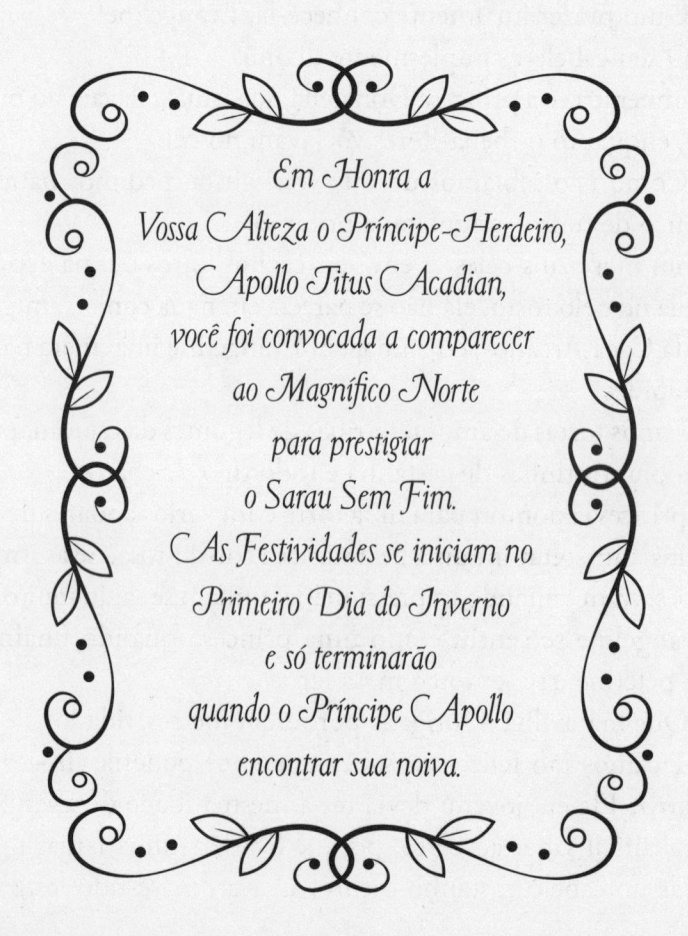

Em Honra a
Vossa Alteza o Príncipe-Herdeiro,
Apollo Titus Acadian,
você foi convocada a comparecer
ao Magnífico Norte
para prestigiar
o Sarau Sem Fim.
As Festividades se iniciam no
Primeiro Dia do Inverno
e só terminarão
quando o Príncipe Apollo
encontrar sua noiva.

A tinta metálica brilhava como se ainda estivesse molhada – *ou tocada pela magia do Norte*. Evangeline tentou não tirar conclusões precipitadas e foi quase que imediatamente malsucedida. Torcia para que houvesse outro final feliz à sua espera e, ao olhar para o convite, era praticamente impossível não imaginar que aquela seria a maneira de encontrá-lo.

– O Norte tem costumes diferentes dos nossos – disse a imperatriz, baixinho. – O príncipe herdeiro não pode de fato subir ao trono até se casar, e dar um baile para escolher sua noiva é uma das tradições mais antigas da região.

Era também uma tradição que Evangeline conhecia, o que pareceu ser mais um sinal. Sua mãe havia contado tudo a respeito do Sarau Sem Fim para ela. Quando era pequena, Evangeline achava esse evento a coisa mais romântica da qual já ouvira falar. Salões de baile secretos eram construídos especialmente para a ocasião, em florestas onde estrelas cadentes haviam pousado, salpicando tudo com um toque de encantamento. Liana Raposa costumava dizer que certas espécies de magia só existiam no Norte e que nem mesmo lembranças dessa magia conseguiam chegar ao Sul. E então contava para Evangeline que, todas as noites, durante o Sarau Sem Fim, o então príncipe herdeiro ficava observando escondido, até escolher cinco damas para dançar. Noite após noite, ele seguia o mesmo roteiro: observava e depois convidava damas para dançar, até encontrar a noiva perfeita.

– Eu sempre tive esperança de que o Sarau Sem Fim fosse real – declarou Evangeline. – Mas nunca tive certeza.

– Bem, é real, sim, e queremos que você vá. – A imperatriz tomou um gole de chá bem na hora em que um beija-flor soltou pétalas de flor de pêssego em sua xícara. – Nós até iríamos, mas acredito que não seja prudente deixar o império agora, tão pouco tempo depois de ter sido coroada e...

– Estou querendo ficar longe de uma pessoa que está lá no Norte – comentou a princesa.

– Tella! – advertiu a imperatriz.

– Que foi? É verdade. – A princesa se virou para Evangeline e continuou: – Adoro bailes e festas que têm uma grande probabilidade de ter um fim dramático. Mas eu poderia causar um incidente internacional, possivelmente uma guerra, se comparecesse a essa comemoração.

A testa da imperatriz ficou cheia de rugas mortificadas.

– Não podemos ignorar o convite – continuou a imperatriz, sendo mais diplomática que a irmã. – E prefiro não começar meu reinado negligenciando uma das comemorações mais valorizadas do Norte. Então, meu conselho e eu pensamos muito em quem deveria representar o Império Meridiano. – Seus olhos castanhos se dirigiram aos de Evangeline. – O que você fez durante a Semana do Terror foi um ato de coragem, altruísta. Isso nos fez pensar que você é exatamente o tipo de pessoa que gostaríamos de ter como embaixadora. – Seu sorriso régio se tornou mais largo, e a irmã ficou balançando a cabeça, concordando.

Evangeline finalmente enfiou uma torta de amora na boca para disfarçar um súbito sorriso amarelo.

A jovem queria dizer "sim". Sempre teve vontade de ir para o Norte, explorar o mundo onde a mãe crescera e descobrir se as histórias que Liana contava eram verdadeiras. Estava desesperada para saber se realmente existiam *goblins* confeiteiros que distribuíam doces nas festas de fim de ano e dragões do tamanho de um animal de estimação que viravam fumaça se tentassem voar para o Sul. E queria comparecer àquele baile. Queria conhecer o príncipe, dançar a noite inteira e, finalmente, esquecer Luc.

Se havia algo na face da Terra capaz de fazê-la se esquecer dele, seria o Sarau Sem Fim.

Mas será que Evangeline poderia dizer "sim"? A imperatriz e sua irmã queriam que sua embaixadora fosse uma heroína, queriam a órfã salvadora dos tabloides, e Evangeline não era essa garota. Era o extremo oposto. As duas irmãs haviam lutado contra os Arcanos, e Evangeline fizera um trato com um deles.

Sua garganta ficou seca de repente. Por mais que tentasse não pensar em Jacks, ele estava sempre escondido em seus pensamentos, e Evangeline temia que, um dia, esse segredo viesse à tona.

Ainda não sabia para onde Jacks fora depois de sumir. De acordo com Veneno, a maioria dos Arcanos havia se aventurado pelo

Norte, onde receberam asilo político, e todos os boatos que a jovem ouvira desde então confirmavam essa informação. Nenhum desses boatos mencionava o Príncipe de Copas especificamente. E por acaso Veneno não avisara que, querendo ou não, ela seria atraída por Jacks? E se essa fosse a verdadeira razão para tudo isso? E se essa não fosse a oportunidade para Evangeline ter um final feliz, mas uma manipulação do destino?

Depois do último encontro que Evangeline tivera com o Príncipe de Copas – quando ele de fato tentou ajudá-la –, a jovem foi transformada em pedra. Não queria imaginar o que poderia acontecer se visse Jacks novamente, e o Arcano decidisse cobrar os três beijos que ela lhe devia.

A melhor maneira de se proteger contra o Príncipe de Copas era recusar o convite para ir ao Norte.

Mas e daí? Na melhor das hipóteses, Evangeline continuaria trabalhando na livraria e ficando ansiosa, sem ar, toda vez que a sineta tocasse. O que, de repente, pareceu um tanto patético e nada promissor.

– Se você está preocupada com aquele boato maldoso, já resolvemos a situação – declarou a imperatriz.

– Ah, sim, foi tão divertido!

A princesa Donatella estendeu a mão, e dois beija-flores vigorosos entregaram uma folha de jornal impressa em preto e branco para Evangeline.

Gazeta do Sussurro

COMUNICADO ESPECIAL

Por Kutlass Knightlinger

Acabei de saber por uma fonte confiável que a Queridinha Salvadora de Valenda foi curada. Não transforma mais os homens que toca em pedra.

Evangeline nem sequer pensara em se preocupar com esse boato, mas ficou impressionada com o fato de as irmãs já terem resolvido a questão.

– Acabou de sair. Até a noite, ninguém mais vai pensar que você é amaldiçoada – confirmou a princesa. – Apesar de eu achar que, a essa altura, a maioria das pessoas deveria saber que não pode acreditar em tudo que lê. Você deve ter visto algumas das coisas que falaram a meu respeito depois da Semana do Terror.

– Eu devo ter lido algumas – admitiu Evangeline. – A livraria onde trabalho guarda todos os jornais velhos.

– E o que você achou? – insistiu a princesa, parecendo animada, e não envergonhada, enquanto colocava na boca uma tortinha em formato de coração.

Evangeline não pôde deixar de rir. Ela gostou das duas irmãs.

– Acho que o senhor Knightlinger entendeu tudo errado. A senhora é muito mais intrépida ao vivo do que as colunas de fofoca fazem parecer.

– Falei que ela seria perfeita. – A princesa bateu palmas. – Fale que você vai dizer "sim"! Não precisa fazer nada, só ir.

As irmãs deram um sorriso igual, pétalas de flores choveram, e outros beija-flores voejaram.

Se soubessem da verdade a respeito do dia em que Evangeline virara pedra, jamais teriam feito esse convite. Mas, quem sabe, a jovem pudesse aproveitar esse baile para se tornar mais parecida com a pessoa que as duas achavam que era. O convite até podia ser uma manipulação do destino, que a faria encontrar Jacks de novo, mas isso não significava que não poderia ser a chance de encontrar um final mais feliz para a própria história. Ela sabia que era uma ilusão imaginar que, se fosse para o Norte, conheceria o príncipe Apollo, que se apaixonaria por ela e a escolheria. Mas fora criada para acreditar em ilusões, contos de fadas e coisas que parecem impossíveis.

E se essa não fosse apenas a sua chance de ter um final feliz, mas também uma oportunidade para Marisol? Evangeline queria encontrar um jeito de melhorar a situação da irmã postiça. Talvez esse fosse o jeito.

Se Marisol fosse para o Norte, ninguém de lá saberia que ela era a Noiva Amaldiçoada. Sua irmã postiça seria apenas mais uma garota presente no baile, e Evangeline faria de tudo para que aquele fosse o melhor baile da vida de Marisol. Quando voltassem para Valenda, Luc seria uma página virada para ambas.

A jovem retribuiu os sorrisos das irmãs da realeza.

— Se eu disser "sim", seria possível levar minha irmã postiça comigo?

— Que ideia encantadora — respondeu a imperatriz.

— Eu deveria ter pensado nisso — murmurou a princesa. — Mas não se preocupe, pensamos em todo o restante. Você deve ter notado que as estações do Norte são diferentes das nossas. Como só faltam três semanas para o primeiro dia de inverno deles, já começamos os preparativos.

E então conversaram bastante sobre as acomodações, depois sobre vestidos. A moda no Norte era bem diferente. Os cavalheiros usavam gibões e muito couro. As damas usavam vestidos longos de saia dupla e cintos ornamentados. E então a princesa ficou fazendo "ah!" e "oh!", falando das pedras preciosas e das pérolas, e Evangeline teve a sensação de que suas entranhas eram fitas decorativas, tamanha sua empolgação frívola.

E foi aí que fez uma última pergunta para satisfazer sua curiosidade.

— Por acaso alguma de vocês duas sabe algo a respeito do príncipe?

— Sim! — responderam as duas irmãs, entusiasmadas.

— Ele é... — Os olhos da princesa Donatella ficaram enevoados. — Na verdade, não consigo lembrar o que ouvi a respeito dele.

— Eu... — A imperatriz ficou sem fala de modo semelhante, tentando lembrar o que havia ouvido também.

Evangeline ficou se perguntando se as informações a respeito do príncipe eram amaldiçoadas, assim como muitas das histórias do Norte. Nenhuma das duas conseguia se lembrar de absolutamente nada a respeito do príncipe Apollo Acadian ou de sua família. Se Evangeline não conhecesse tanto a respeito do Norte, isso a teria deixado nervosa. Mas se sentia muito mais incomodada com as três cicatrizes em forma de coração partido em seu pulso, que, de repente, começaram a arder.

10

Durante o tempo em que Evangeline Raposa viveu como estátua de pedra, sua vida ficou estagnada. Parada como uma lagoa esquecida, intocada pela chuva, por pedregulhos ou pelo tempo. Ela não se moveu. Ela não mudou. Mas sentiu. Sentiu tantas coisas... Solidão com pitadas de arrependimento, esperança colorida pela impaciência. Nunca era apenas uma única emoção pura e simples. Sempre era uma coisa mais outra. Exatamente como neste dia.

As cicatrizes no pulso da jovem tinham parado de arder. Não davam mais a sensação de que Jacks acabara de mordê-la. Mas, por dentro, ela ainda sentia um farfalhar de borboletas quando chegou à bela porta do quarto de Marisol. Branca com uma janela basculante, um dia fora a porta do quarto de Evangeline.

Sabia que sua irmã postiça não havia roubado seu quarto: fora acomodada ali a pedido da madrasta, quando ela estava transformada em pedra. Assim que Evangeline voltou, Marisol tentou devolvê-lo. Mas a jovem se sentia culpada e deixou a irmã postiça ficar com o quarto. Evangeline ainda se sentia culpada. Mas, naquele exato momento, era uma espécie diferente de culpa, uma culpa que surgia porque ela não conseguia criar coragem para bater na porta do quarto que um dia fora seu e convidar Marisol para viajar rumo ao Norte.

Evangeline não parava de pensar que, um dia, Luc também fora seu. E, ainda que estivesse mais determinada que nunca a esquecer Luc, talvez não tivesse se esquecido de que Marisol e Luc já haviam ficado juntos. Era uma daquelas coisas nas quais tentava não pensar. Não acreditava que Marisol soubesse que ela amava Luc – sua irmã postiça sempre fora tão gentil e tão tímida... Não parecia ser capaz de roubar um livro sequer, muito menos um namorado. Só que era difícil não imaginar.

E se Marisol soubesse que Evangeline amava Luc? E se tivesse roubado seu namorado de propósito? Será que Marisol roubaria seu amor de novo se Evangeline o encontrasse lá no Norte?

A mão da jovem ficou pairando no ar, entre bater na porta e desistir. Quando...

– Mamãe, por favor... – As palavras de Marisol não foram ditas em uma voz especialmente alta, mas o corredor estreito estava tão silencioso que Evangeline foi capaz de ouvir do outro lado da porta. – Não diga isso.

– É verdade, minha menina. – A voz de Agnes mais parecia melaço. Doce demais para ser palatável de fato. – Você relaxou nesses últimos meses. Olhe só para você. Para sua pele. Para seu cabelo. A sua coluna mais parece uma fita enrugada, e essas suas olheiras são horrorosas. Um homem poderia até fechar os olhos para sua reputação de amaldiçoada se você fosse algo bom de se ver, mas mal posso suportar a visão...

Evangeline abriu a porta, incapaz de ouvir mais uma palavra cruel sequer.

A pobre Marisol estava sentada em sua cama cor-de-rosa claro, e parecia mesmo uma fita enrugada. Mas, provavelmente, era porque Agnes a pisoteara. Fosse o que fosse, Marisol também era vítima de Agnes. Mas, ao contrário de Evangeline, passara a vida inteira com aquela mulher terrível.

– Você não tem educação? – gritou Agnes.

Evangeline ficou desesperada de tanta vontade de dizer que Agnes é quem não tinha educação nem bondade. E mais algumas outras coisinhas. Só que deixá-la ainda mais brava não seria a atitude mais prudente naquele momento.

Evangeline se obrigou a dizer:

– Desculpe. Tenho uma notícia para contar e achei que vocês duas iriam querer saber imediatamente.

Agnes imediatamente espremeu os olhos.

Marisol disfarçadamente secou os dela.

E Evangeline se sentiu ainda mais convencida de que ir para o Norte, para o Sarau Sem Fim, era exatamente do que ela e Marisol precisavam. Sua irmã postiça talvez precisasse ainda mais. Evangeline não podia acreditar que chegara a pensar em não a convidar. Ao olhar para Marisol, não conseguia imaginar a irmã postiça sequer pensando em roubar Luc dela e, mesmo que tivesse pensado, não seria Luc o verdadeiro culpado?

– Bem... – falou Agnes. – O que foi, garota?

– Hoje conheci a imperatriz – anunciou Evangeline. – O príncipe herdeiro do Magnífico Norte dará um baile, e a imperatriz me pediu para ser a embaixadora do Império Meridiano. Transporte, acomodação e roupas, tudo pago. Partirei daqui a uma semana, a contar de hoje, e quero levar Marisol comigo.

Marisol ficou radiante, como se Evangeline tivesse dado um buquê de estrelas cadentes para a irmã postiça.

Mas Agnes não disse uma palavra. Ficou com uma expressão vagamente assombrada, como se tivesse visto um fantasma ou avistado, de relance, seu próprio coração maligno. Evangeline teve quase certeza de que a mulher diria "não" quando abrisse a boca enrugada. Só que, em vez disso, a voz de Agnes saiu doce mais uma vez, e ela bateu palmas e disse:

– Que notícia maravilhosa! É claro que você pode ir e levar Marisol.

PARTE II

*O Magnífico
Norte*

11

Durante catorze dias, a única coisa que havia eram as ondas escuras, a espuma cinzenta do mar e a bruma salgada e fustigante. E, então, como se fosse tirado de uma das histórias que a mãe contava para Evangeline dormir, ela viu as curvas cobertas de neve do Grande Arco de Acesso ao Magnífico Norte.

Feito de granito com veios azuis marmorizados, e tão alto quanto o torreão do castelo, o arco tinha colunas desgastadas e esculpidas com sereias segurando tridentes, que perfuravam esculturas de homens como se fossem marinheiros espetando peixes. As costas dos homens eram curvadas, e suas mãos se estendiam para segurar a placa, que formava o topo do enorme arco.

BEM-VINDO AO MAGNÍFICO NORTE
TERRA DAS HISTÓRIAS

– É ainda maior do que eu imaginava – comentou Marisol.

Seu cabelo castanho-claro brilhava, e seu rosto delicado tinha uma cor saudável. As semanas no mar haviam feito bem para ela. Nos dois primeiros dias a bordo do navio, a garota ficara nervosa demais para sair da cabine. Mas, a cada dia, foi se aventurando um pouco mais e, neste, ficou grudada em Evangeline, perto do gradil de segurança.

– É aqui que precisamos fazer silêncio? – sussurrou Marisol.

Evangeline assentiu com um sorriso, feliz porque a irmã postiça estava começando a acreditar em suas histórias do Norte, assim como ela. Durante a viagem, não ficara surpresa quando soube que Agnes nunca havia contado histórias para Marisol quando ela era pequena. Sendo assim, Evangeline compartilhou com a irmã algumas das histórias que a mãe contara, incluindo seus conselhos para adentrar no Norte: "Jamais diga uma palavra ao passar pelo Arco de Acesso. A magia antiga do Norte não é capaz de ultrapassar fronteiras, mas sempre tenta. Fica acumulada em volta do Arco de Acesso e, se você falar enquanto passar por ele, a magia vai roubar sua voz e usar suas palavras para atrair viajantes desavisados, pedindo ajuda para escapar e alcançar outras partes do mundo".

O que devia ser um mito bem conhecido. Ou, então, todos os passageiros do navio tratavam a questão com a mesma solenidade que Evangeline, porque passaram debaixo do arco em silêncio.

Do outro lado da construção, o ar era frio como gelo, e o céu estava repleto de nuvens tão baixas que a jovem conseguia sentir o gosto delas.

– Queria que a gente pudesse atravessar esse trecho mais rápido – resmungou um marinheiro. – Essa parte sempre me dá dor de barriga.

As ondas pararam de arrebentar, e as nuvens próximas se afastaram, cobrindo o sol e sombreando o navio, que percorria, silenciosamente, o trecho de mar conhecido como Canal Valor, que servia de cemitério à primeira família real do Norte.

Os antigos monumentos aos Valor eram exatamente como sua mãe havia descrito. Erguidas no fundo do mar, com aquelas águas azuis-acinzentadas na altura dos joelhos, as estátuas eram quase tão altas quanto o arco, e cada centímetro delas fora entalhado para parecer que as pessoas usavam armadura ou trajes finos – com exceção das cabeças, que estavam todas faltando. E, ainda assim, quando o navio passou pelas estátuas, Evangeline ainda pôde ouvir suas vozes – ou talvez fossem as vozes roubadas daqueles que haviam passado debaixo do arco antes dela.

"Liberte-nos", sussurravam.

"Conserte-nos."

"Ajude-nos."

"Podemos..."

Evangeline não ouviu o restante das súplicas porque o navio chegara às docas de Valorfell, e todo mundo começou a se preparar para o desembarque.

– Senhorita Raposa? Senhorita Tourmaline? – perguntou uma mulher de cabelo grisalho que usava um vestido azul-turquesa sobre uma saia prateada, ajustado com um cinto, no qual estavam amarrados diversos rolos de pergaminho. – Eu me chamo Frangelica. Acompanharei vocês até as acomodações e farei de tudo para que a senhorita Raposa chegue a tempo do jantar marcado para esta noite.

Frangelica tinha um sorriso simpático e acenou com pressa, fazendo sinal para as garotas descerem do navio. Mas Evangeline não teve vontade de ir mais rápido quando desceu na doca úmida, repleta de peixeiros e outros vendedores, além de barris de madeira abarrotados de ostras.

Ela sempre adorara viver no Sul. Adorava o calor do sol e as cores supervivas das roupas de todos. Mas, de repente, as ruas cintilantes de Valenda pareciam extravagantes demais. No Norte, tudo era tocado pela névoa. Eram tons de cinza-enevoado, azul-escuro e roxo-profundo, da cor exata das ameixas recém-colhidas.

Todos aqueles homens corpulentos das docas davam a impressão de que seriam capazes de entrar em uma floresta e derrubar uma árvore com um único golpe de machado. Usavam botas de couro cobertas de fivelas pesadas, e as mulheres usavam vestidos de lã grossos e longos, ajustados por cintos parecidos com o de Frangelica, nos quais havia de tudo pendurado, de vidros de elixires a arcos e flechas em miniatura, com um palmo de tamanho.

Só de sentir aquele ar gelado e seco, Evangeline já ficava com a postura um pouco mais ereta e respirava um pouco mais fundo. E...

– Olhe, Marisol! Dragões minúsculos!

– Ai, meu...

Marisol ficou pálida porque, com um estalido forte, um dragão minúsculo, do tamanho de um esquilo, de uma cor escura, parecida com pimenta-do-reino, soltou um fogo vermelho para cozinhar um espetinho de peixe em uma banca próxima.

Nas docas, esses adoráveis monstrinhos pareciam ser tão comuns quanto esquilos. Quase todos os vendedores tinham um. Marisol, visivelmente, não estava gostando das pequenas criaturas aladas, mas Evangeline observava, encantada, os minúsculos dragões azuis, que se empoleiravam nos ombros das pessoas, e os de cor marrom, empoleirados em carrinhos. Os monstros em miniatura assavam maçãs e carnes, sopravam bibelôs de vidro e aqueciam canecas de cerâmica cheias de chocolate quente.

Tudo era tão encantador quanto sua mãe havia dito.

Evangeline foi obrigada a baixar o olhar até os paralelepípedos úmidos, para ter certeza de que seus pés continuavam no chão e de que ela não havia alçado voo, porque tinha a sensação de que partes de seu corpo flutuavam. Ao pisar no Norte, não tinha apenas a impressão de que aquele era o começo de alguma coisa: parecia o começo de tudo.

Atrás das docas, havia pináculos com lojinhas de madeira convidativas que ficavam umas em cima das outras, em vez de lado a lado. Cada andar glorioso tinha vitrines pitorescas, como nos livros de histórias, e todos eram conectados por passarelas tomadas pela neblina, que se cruzavam acima da cabeça de Evangeline, formando um labirinto de contornos maravilhosos. O Norte a fez se lembrar da mãe, claro. Mas, com uma pontada de dor, a jovem também se deu conta de que aquele era um lugar pelo qual adoraria se aventurar com o pai. Conseguiu enxergar o lado de dentro de poucas lojas, que eram exatamente o tipo de lugar onde ele teria encontrado todo tipo de esquisitices para sua loja.

— Comprem o seu *Boato Diário*! — gritava uma menina, com uma sacola cheia de jornais enrolados. — Perfeito para aqueles que vão apostar seu dinheiro, tentando adivinhar quem o príncipe vai pedir em casamento... Ou para quem quer saber quais são as oponentes!

— A gente devia comprar um — disse Marisol, curiosa, olhando de soslaio para os jornais. Dado que Marisol não gostava de tabloides, Evangeline não esperava que a irmã postiça se interessasse por eles. Mas era exatamente o tipo de espírito aventureiro que ela esperava que o Norte traria à tona em sua irmã postiça.

Evangeline pôs a mão dentro da bolsinha. A moeda dali era diferente, mas a imperatriz generosamente dera alguns trocados em moeda do Norte para elas.

– Quanto?

– Só meio marque – disse a menina dos jornais. – Espere aí... – As sobrancelhas da garota se ergueram de repente ao reparar em Evangeline. – É você! E tem mesmo cabelo rosa. – A menina pôs um jornal úmido de névoa na mão de Evangeline e deu uma piscadela. – É por minha conta. Apostei que o príncipe Apollo vai te escolher.

Evangeline não soube como responder a não ser insistindo em pagar à menina duas vezes o que o jornal custava.

O Boato Diário

QUE COMECEM AS APOSTAS!

Por Kristof Knightlinger

Amanhã é a primeira noite do Sarau Sem Fim. A Chancelaria agora está aceitando apostas em qualquer categoria, dos pares da dança aos pedidos de casamento. E, como prometi, fiz minhas previsões!

Todos sabemos que o príncipe Apollo disse que, talvez, não escolha noiva nenhuma e que, quando o Sarau Sem Fim começar, poderá jamais acabar. Mas eu não apostaria dinheiro nisso. Creio, com uma boa dose de autoridade, que Apollo está de olho em diversas damas e tenho algumas excelentes teorias a respeito de quem essas jovens possam ser.

Minha primeira favorita é Thessaly Sucesso. Tenho certeza de que a jovem necessita de pouca apresentação. Dado que vem de uma das Grandes Casas, eu não me surpreenderia se Thessaly fosse a primeira a ser tirada para dançar pelo príncipe Apollo, amanhã à noite.

Contudo, se nosso príncipe herdeiro tem esperança de cair nas graças daqueles entre nós que não vêm das linhagens proeminentes, pode tirar a recém-famosa Ariel "LaLa" Lágrimas para dançar primeiro. A família de LaLa é envolta em mistério. O que, não raro, é uma tentativa de disfarçar o fato de ser comum. Mas sua beleza é quase mítica. E todos sabemos o quanto o príncipe Apollo valoriza a beleza.

Infelizmente, eu não apostaria em casamento para LaLa. Tenho ouvido, repetidas vezes, que o príncipe Apollo já pode estar comprometido com a famosa princesa estrangeira Serendipity Skystead, das Ilhas Icehaven. A dupla se conhece desde a infância.

"Ela costumava enviar cartas semanais ao palácio", revelou uma fonte secreta.

Se você vai apostar seu dinheiro tentando adivinhar quem o príncipe pedirá em casamento, a princesa Serendipity pode ser a aposta mais garantida.

Entretanto, se você gosta de se arriscar, como eu, pode querer apostar seu dinheiro em outra estrangeira: Evangeline Raposa, do Império Meridiano. Órfã, amaldiçoada pelos Arcanos, e agora queridinha da nova Imperatriz Meridiana, as histórias que rondam Evangeline mais se parecem com um dos nossos contos de maldição – é difícil acreditar que poderiam ser completamente verdadeiros.

Meu primo do Sul contou que Evangeline tem cabelo cintilante, cor-de-rosa e dourado, e uma veia aventureira e ousada que combina com suas madeixas. A jovem já dispensou uma fila de pretendentes do tamanho de uma rua da cidade para que sua mão estivesse disponível caso o príncipe Apollo deseje pedi-la em casamento – e eu posso apostar que ele deseja.

Quando deu por si, Evangeline estava sorrindo para a página e se esquecendo de Luc só mais um pouquinho. Vinha tentando controlar suas expectativas para que não fossem grandes demais. Mesmo quando conversava com Marisol sobre o Sarau Sem Fim, nunca falava só sobre o príncipe. Falava de dançar, das roupas e do tipo de pessoas que poderiam conhecer. Mas Evangeline tinha de confessar que realmente queria acreditar que tinha uma chance de ser alvo do afeto do príncipe Apollo. Sabia que não era a coisa mais prática imaginar um casamento com alguém que nem sequer conhecera, mas tampouco acreditava que era completamente impraticável.

Seus pais tiveram um romance de contos de fadas, o que ensinara Evangeline a acreditar em coisas como "amor à primeira".

Toda vez que seus pais contavam a história deles, era um pouco diferente, como se fosse outro dos contos do Norte de sua mãe. Sempre começava com o pai à procura de curiosidades no Norte, e ele acabou chegando a um poço do qual saía a mais hipnótica das canções. Como achou que o poço era encantado, é claro que tentou falar com ele. O poço respondeu. Ou melhor: a mãe de Evangeline respondeu. Ouvira a voz do rapaz saindo do poço da família, e gostou da ideia de convencer aquele desconhecido do Sul de que era um elemental das águas. Em algumas versões da história, a brincadeira durou semanas. Em outras, o pai de Evangeline sabia desde o início que, na verdade, uma moça estava brincando com ele. Mas, em todos os recontos, os dois se apaixonavam.

– Amor à primeira ouvida – dizia seu pai.

E então sua mãe sempre dava um beijo no rosto dele e dizia:

– Para mim, foi só amor à primeira.

E então os pais da garota faziam questão de falar para Evangeline que nem todo amor acontece à primeira: alguns levam tempo para crescer, como sementes, ou podem ser como bulbos, que ficam dormentes até a estação certa se aproximar. Mas Evangeline sempre quis um amor à primeira – queria um amor como o de seus pais, um amor como aqueles dos contos e lendas. E olhar para aquele jornal a convencera, só mais um pouquinho, de que poderia encontrar seu amor à primeira ali, no Sarau Sem Fim.

– Tudo isso é muito empolgante – comentou Marisol, com um gritinho. Foi um som atrevido, um som absolutamente feliz. Mas, um segundo depois, Evangeline viu uma sombra perturbadora cruzar o rosto delicado de sua irmã postiça. – Apesar de o jornal dizer que você é uma aposta arriscada, vai precisar ter cuidado com as outras garotas hoje à noite. Devem estar afiando as garras e os dentes, com certeza.

Evangeline sabia que essa reação era, sem dúvida, devida à influência venenosa de Agnes. Mas sentiu mesmo uma pontada de dor. Bem na hora em que Marisol pronunciou a palavra "dentes", as cicatrizes em forma de coração em seu pulso começaram a arder. A garota as vinha sentindo com mais frequência desde que resolvera ir para o Norte. Normalmente, ignorava as pontadas de dor e a lembrança de Jacks que as acompanhava. Só que, naquele exato momento, não conseguia se livrar da ideia inquietante de que, naquela noite, não era com as outras garotas que deveria se preocupar, mas com o Arcano de olhos azuis que havia deixado aquelas marcas nela.

Oficialmente, o Sarau Sem Fim só teria início no dia seguinte. Mas, naquela noite, haveria um jantar privativo, para dar as boas-vindas a todos os embaixadores estrangeiros. Ao contrário do baile oficial, em que o príncipe só dançava com cinco garotas, naquela noite, ele ficaria a sós com todas, incluindo Evangeline.

– Damas! – exclamou Frangelica, batendo palmas. – Nada disso terá importância se a senhorita Raposa não chegar ao jantar na hora.

Em seguida, fez sinal para as duas entrarem na carruagem que as esperava.

A sensação de queimação no pulso de Evangeline diminuiu, mas não desapareceu completamente, à medida que foram sacolejando por uma pista cinzenta e acidentada, cercada por estalagens e tavernas nomeadas em homenagem a várias lendas e figuras históricas do Norte. Passaram por um cantinho de leitura da sorte chamado Zum-Zum Vespertino. E por uma forja barulhenta denominada Arsenal Lobric. O Príncipe Eterno, pelo jeito, era uma taverna famosa, mas a garota ficou mais curiosa ao ver a fila serpenteante de pessoas em direção às Sensacionais Águas Saborizadas Sucesso. Ela não reconheceu o sobrenome das histórias que sua mãe contava, mas se perguntou se aquele estabelecimento tinha alguma ligação com a jovem da Casa Sucesso que, segundo o tabloide local, era uma das possíveis favoritas do príncipe.

Eles finalmente pararam, quase no fim da rua movimentada, em A Sereia e as Pérolas: Estalagem para Viajantes Aventureiros. Os boatos diziam que o lugar fora construído com vestígios de um navio naufragado. O chão de tábuas da estalagem rangia, e o local tinha um calor estrondoso, que aqueceu imediatamente a pele gelada de Evangeline.

As paredes eram forradas com papel de parede em tons de sépia, cheio de desenhos de marinheiros hipnotizados e sereias jovens e perversas. O quarto de Evangeline e Marisol era decorado com o mesmo tema. A cabeceira das camas de dossel imitava baús de tesouro abertos, e as colunas eram formadas pelas maiores pérolas brancas que elas já viram na vida.

De acordo com sua mãe, *A Sereia e as pérolas* era a história de uma sereia que enganava marinheiros, convencendo-os a permitir que ela os transformasse em pérolas gigantes. Era um dos mitos que, para Evangeline, sempre parecera mais conto de fadas do que história verdadeira. Mas, só por garantia, caso fosse mais verdade do que mentira, ela passou longe de todos aqueles pilares perolados quando foi se arrumar para o jantar. Havia tentado conseguir um convite para Marisol, mas o jantar daquela noite era bastante exclusivo.

Todos os participantes deveriam usar trajes representando algo de si mesmos ou do reino de onde vinham, e o vestido que Evangeline ganhara da imperatriz claramente a representava. No lugar das mangas, havia apenas finas linhas prateadas que envolviam seus braços, abrangiam seu colo e desciam, fluidos – como veios de uma peça de mármore –, por um corpete branco como a neve e uma saia também branca e justa.

Evangeline parecia uma estátua que ganhou vida.

Marisol ficou pálida.

– Suponho que foi bom eu não ter sido convidada para este jantar. Se me dessem um vestido que simbolizasse a minha vida, provavelmente teria uma caveira e ossos cruzados bordados no peito. – A jovem disse isso em tom de piada, mas sua voz saiu levemente estridente e rouca demais.

E, de novo, Evangeline voltou a sentir aquela tão conhecida pontada de culpa.

– Aqui as coisas serão diferentes – declarou.

Em seguida, segurou a mão da irmã postiça e a apertou. Mais uma vez, ficou tentada a confessar a verdade e contar para Marisol que a suposta maldição que sofria era tudo culpa dela.

– Senhorita Raposa! – gritou Frangelica, do outro lado da porta. – Está na hora de partir, minha querida.

Evangeline fechou a boca e engoliu seus segredos. Confessar até poderia diminuir sua culpa, mas estragaria tantas outras coisas, e não apenas para ela. Se contasse a verdade para Marisol, sua irmã postiça talvez não se sentisse mais amaldiçoada, mas se sentiria traída.

Por ora, Evangeline só tinha que torcer para as coisas realmente serem diferentes ali – e que o Norte tivesse magia suficiente a ponto de criar finais felizes para ambas.

12

Evangeline não sabia se era por causa da luz da lua ou da magia incomum do Norte, mas a neblina havia se tornado uma névoa iridescente que iluminava as ruas, fazendo as pontas das coníferas brilharem em tons de ouro-azul e verde-absinto enquanto a carruagem avançava pelas saliências e reentrâncias das ruas esburacadas, que reviraram seu estômago. Ou talvez simplesmente estivesse nervosa.

Ela tentava se convencer de que não havia motivo para ficar ansiosa. Mais cedo, quando as cicatrizes em seu pulso arderam, ficou com medo de ver Jacks naquela noite. Mas, dada a exclusividade do jantar, as chances de o Arcano comparecer eram mínimas. Se Jacks estivesse mesmo naquela região do Norte, Evangeline duvidava de que ele gostaria de comparecer ao jantar. A maioria das damas estaria lá pela oportunidade de conhecer o príncipe Apollo. E, se os Arcanos eram tão ciumentos quanto as histórias contavam, Evangeline não conseguia imaginar o Príncipe de Copas gostando disso.

Não, ela tentou se tranquilizar. *Jacks não estará lá. O único príncipe que vou ver esta noite será o príncipe Apollo.*

Seu estômago se revirou mais uma vez quando a carruagem finalmente parou. Frangelica não se dignou a descer, mas disse, alegremente:

— Boa sorte! E não arranque nenhuma folha.

— Eu nem sonharia em arrancar — respondeu Evangeline, porque lhe pareceu a resposta mais correta. Então saiu da carruagem e encarou o frio da noite gelada.

Esperava chegar a um castelo coberto de neve ou a um daqueles palácios de livros de história, mas só viu uma floresta de árvores altas e raquíticas que pingavam gelo e um arco feito do mesmo granito marmorizado azul que formava o Arco de Acesso ao Magnífico Norte.

O arco não era, nem de longe, tão grande quanto o outro, mas havia tochas em ambos os lados, iluminando relevos entalhados que eram igualmente intrincados e muito mais convidativos. Evangeline viu símbolos de incontáveis lendas e canções do Norte: chaves em forma de estrela e livros rasgados, cavaleiros de armadura, uma cabeça de lobo coroada, cavalos alados, pedaços de castelos, flechas e raposas, e ramos entrelaçados de lírios.

Isso a fez lembrar um pouco dos bordados de sua mãe. Ela estava sempre criando nos vestidos imagens curiosas, como raposas e buracos de fechadura. A jovem desejou que sua mãe estivesse ali naquele exato momento, e que o que estava por vir a deixasse orgulhosa, independentemente do que fosse.

— Você vai ficar parada aí até congelar ou vai passar pelo arco? – disse uma voz rouca.

De início, Evangeline pensou que a voz vinha do arco. E então ela o viu.

O jovem estava parado ao lado do arco, do mesmo modo que uma árvore fica parada em uma floresta, como se estivesse ali desde sempre. Não usava manto nem capa, só uma armadura sinuosa de couro e um elmo de bronze incomum. A parte de cima do elmo quase parecia uma coroa, bem grossa e decorada com símbolos desconhecidos, que circundavam a testa do rapaz. O elmo deixava boa parte de seu cabelo castanho ondulado à mostra, mas cobria quase todo o seu rosto, fazendo uma curva ampla de metal áspero e pontiagudo, que envolvia as laterais da cabeça e cobria o maxilar até chegar à ponte do nariz, deixando à mostra apenas um par de olhos e as bochechas pronunciadas.

Por instinto, ela deu um passo atrás.

O soldado deu risada, uma risada surpreendentemente suave.

— Você não corre perigo em minha presença, princesa.

— Não sou princesa — corrigiu Evangeline.

— Mas talvez se torne.

O soldado deu uma piscadela e desapareceu do seu campo de visão, porque a jovem atravessou o arco e ouviu uma voz rouca dizer: "Estamos tão felizes de você ter nos encontrado".

Mais um passo, e o mundo ao seu redor se transformou.

Um calor agasalhou sua pele como o sol da tarde. Evangeline continuou do lado de fora, mas a névoa, a bruma e o frio haviam sumido. Tudo ali era em tons de bronze polido, vermelho e laranja: as cores das folhas que estavam prestes a cair.

Ela estava em outra clareira na floresta. Esta, sim, havia sido arrumada para uma festa: havia músicos tocando alaúdes e harpas, e árvores enfeitadas com fitas penduradas. No meio de tudo, reinava uma árvore-fênix real, e a proibição críptica de Frangelica de repente fez sentido. Era a primeira vez que Evangeline via tal árvore, mas sabia a seu respeito pelo que a mãe contara. As árvores-fênix levavam mais de mil anos para crescer, esticando seus galhos e engrossando o tronco, enquanto as folhas se transformavam em ouro *de verdade*. À luz de velas, brilhavam como um tesouro de dragão, e era uma tentação arrancá-las. Entretanto, de acordo com a mitologia, se uma única folha de ouro fosse arrancada antes de todas ficarem douradas, a árvore inteira arderia em chamas.

Em volta da árvore, havia todo tipo de gente que parecia importante. Ao contrário dos homens das docas, que pareciam capazes de derrubar uma árvore com um único golpe de machado, aquelas pessoas pareciam capazes de pôr fim a vidas com poucas palavras bem escolhidas ou um traço de caneta. A maioria dos homens vestia gibões de veludo fino, combinando com as cores quentes da decoração, mas as damas usavam vestidos mais variados. Quase todas tinham trajes à moda do Norte, com sobressaias de brocado pesado, cintos cobertos de pedras preciosas e mangas com fendas, esfuziantes e longas, passando dos dedos.

Felizmente, Evangeline não viu o Príncipe de Copas em meio aos presentes. Não havia nenhum jovem segurando maçãs, manifestando expressões cruéis nem vestindo roupas rasgadas.

Ela respirou com um pouco menos de dificuldade e se concentrou em encontrar o príncipe Apollo entre os convidados que bebericavam, distraídos, seus cálices de cristal, como se comparecer a eventos onde príncipes escolhiam suas noivas fosse algo tão corriqueiro quanto um almoço em família. Para sua decepção, nenhum deles usava coroa, o que levou Evangeline a concluir que o príncipe ainda não havia chegado.

A jovem poderia ter perguntado a respeito dele para alguém na festa. Mas, apesar de todos parecerem à vontade, ninguém incluía desconhecidos em suas conversas. Os grupinhos se fechavam, e as bocas se calavam toda vez que Evangeline se aproximava.

Isso a fez se sentir envergonhada – o que não era comum – e grata por Marisol não ter sido convidada. A irmã postiça provavelmente pensaria que as pessoas a estavam excluindo por causa de sua "maldição".

Umas poucas pessoas olharam para Evangeline, provavelmente pensando se aquele cabelo ouro rosê queria dizer que ela era a garota da qual os tabloides falavam. Mas, obviamente, não foi o suficiente para ela conseguir entrar em algum dos grupinhos.

A única outra garota que parecia ser ignorada de propósito era uma jovem que tinha mais ou menos a idade de Evangeline e usava um vestido estonteante de escamas de dragão da cor de rubis ardentes. Ninguém falava com ela, mas todos eram obrigados a reparar na sua presença. Era provavelmente a mais bonita da festa, e seu vestido era, de longe, o mais ousado. Não tinha as mangas longas à moda do Norte. Não tinha manga nenhuma: ideal para revelar faixas de sua pele negra perfeita e as chamas de dragão desenhadas nos ombros, que desciam pelos braços formando vibrantes luvas pintadas.

Evangeline pegou duas taças de cristal e foi em direção à garota, que se balançava de leve, como se dançasse sozinha.

– Quer um? – perguntou Evangeline, estendendo um dos dois cálices.

A garota examinou a taça, depois Evangeline, espremendo os olhos.

– Não se preocupe, não está envenenado. – Evangeline bebeu das duas taças antes de novamente oferecer uma para a garota. – Viu só?

– A menos que um esteja envenenado e o outro tenha o antídoto. É isso o que eu faria.

A jovem deu um sorrisinho surpreendentemente diabólico, e Evangeline teve a súbita impressão de que esse era o motivo para os convidados a excluírem das conversas. Talvez aquela garota não fosse lá muito inofensiva. Ou talvez Evangeline estivesse apenas contaminada pelo conselho que Marisol dera à tarde, quando disse que garras e dentes estariam afiados.

– Eu me chamo Evangeline, aliás.

– Eu sei – murmurou a garota.

Evangeline esperou que ela fosse se apresentar, mas a garota só disse:

– Reconheci pelo cabelo rosa. Também percebi que você estava procurando o príncipe quando chegou. Mas seu olhar não foi amplo o suficiente.

A garota finalmente aceitou um dos cálices e, com ele, apontou para o alto da árvore-fênix real.

Evangeline não sabia como não o vira ali antes. Agora que sabia o que procurar, Apollo e sua pose inesperada eram praticamente impossíveis de passar despercebidos. Ele estava no alto da árvore em um camarote de madeira, deitado de lado no corrimão, mal se equilibrando.

Era o próprio retrato do príncipe galante, vestido em tons de vinho e madeira, usando uma coroa dourada que lembrava chifres enroscados. De tão longe, a garota não conseguia ver com clareza todos os seus traços. Mas, esparramado naquele corrimão, Apollo observava a festa com toda a concentração, como se estivesse desesperado, tentando encontrar o amor de sua vida. Quase parecia estar posando para um retrato. Não...

Ele *estava* posando para um retrato!

Evangeline notou outro camarote escondido nas árvores, do outro lado da clareira. Nele, um pintor parecia estar capturando a pose dramática do príncipe, com pinceladas febris.

– Você tem que ver Apollo quando está mais calor – murmurou a garota ao lado dela. – Ele sempre faz essas poses sem camisa.

– O príncipe faz isso com frequência?

A outra garota balançou a cabeça vigorosamente e falou:

– Era emocionante quando o irmão mais novo dele, Tiberius, o provocava lançando flechas ou largando uma ninhada de gatinhos em cima dele.

– Acho que eu teria gostado de ver isso.

– Era fantástico. Aliás, pelo jeito, Tiberius não está aqui. – A outra garota suspirou e explicou: – Os príncipes tiveram um desentendimento temporário há alguns meses. Tiberius ficou sumido por várias semanas, ninguém sabia onde ele estava. E, desde que voltou, não tem comparecido à maioria dos eventos.

– O quê...

Um raio gelado atingiu a nuca de Evangeline, fazendo-a esquecer completamente o que iria dizer e pensar em um nome. *Jacks*.

Ela não sabia como sabia o que aquela pontada gelada queria dizer, mas teria apostado a própria vida, tamanha sua certeza de que o Príncipe de Copas acabara de entrar na festa.

13

Não vire para trás.
Não vire para trás.
Não...

Evangeline só queria ter olhado por um segundo. Só para ter certeza de que Jacks estava mesmo ali, que aquele frio fantasmagórico que envolvia sua pele não vinha de algum fantasma ou de uma brisa invisível. Seus olhos se dirigiram primeiro para o arco. O Arcano estava logo atrás dele, com a neblina do outro lado ainda presa nas fivelas de suas botas, atravessando a clareira.

O gelo na nuca de Evangeline deu a volta em sua garganta e atravessou seu colo. *O que ele está fazendo aqui?*

Desde a última vez que o vira, o Príncipe de Copas mudou a cor do cabelo para um tom de azul-escuro impressionante. Se seu rosto anguloso não fosse tão inconfundível, Evangeline não o teria reconhecido assim, tão depressa. Mas até o rosto do Arcano parecia mais frio do que antes. Seus lábios eram dois rasgos perversos; seus olhos, de gelo; e sua pele perfeita, mais pálida do que ela lembrava: alva, lisa e impenetrável.

Dentro de sua igreja, exibira um toque de jovialidade degenerada que suavizava seus traços impiedosos. Mas tudo isso havia sumido. O Príncipe de Copas perdera algo desde a última vez que Evangeline o vira, como se antes tivesse um toque humano, mas ali não tivesse mais. Ali ele era completamente Arcano, e Evangeline precisava dar um jeito para que Jacks não a avistasse.

– Ah, você viu o Lorde Jacks.

Evangeline logo se virou de volta para a nova amiga.

– Ele é confidente íntimo de Apollo – disse a garota. – Mas não vai te ajudar a conquistar o príncipe.

– Eu... eu só achei que o conhecia – balbuciou Evangeline. E ela tentou, tentou mesmo, não olhar para o Príncipe de Copas de novo.

Da última vez que a garota vira Jacks, o Arcano estava indo embora enquanto ela se transformava em pedra. Evangeline não queria saber a que outro destino cruel o Príncipe de Copas poderia condená-la se a visse. Mas ela era como a maré, que é atraída pela tremenda força da lua. Não era nenhuma surpresa as ondas estarem sempre arrebentando: deviam odiar essa atração tanto quanto ela odiava.

Quando Evangeline se virou, Jacks ainda estava andando pela festa, com sua elegância feita de sangue frio e desinteresse. Em vez do tradicional gibão, usava uma camisa solta de linho cinza, calças pretas como penas de corvo e botas de couro pesado, da mesma cor escura que sua meia capa revestida de pele, pendurada de qualquer jeito em um de seus ombros retos. Não parecia estar vestido para uma festa – nem mesmo havia fechado todos os botões da camisa –, mas chamou mais do que apenas a atenção de Evangeline. As pessoas tiraram os olhos de Apollo, ainda deitado em cima do corrimão do camarote, apenas para observar Jacks ignorar grosseiramente todo mundo que tentava chamar sua atenção.

Ninguém parecia temê-lo como deveria. Ninguém se encolheu nem ficou pálido nem saiu correndo. Evangeline não chegara a descobrir exatamente qual fora a confusão em que Jacks havia se metido durante a Semana do Terror. Mas, desde então, o Arcano devia ter resolvido esconder sua verdadeira identidade. Ali, era apenas um jovem aristocrata insolente, com um rosto cruel, e confidente do príncipe.

Jacks foi direto à árvore-fênix, e os guardas imediatamente deram permissão para ele subir as escadas que se enroscavam pelo tronco. Não tirou os olhos do caminho nem se aventurou a olhar na direção onde Evangeline estava. O que foi bom. Ela não queria que o Príncipe de Copas percebesse que estava ali.

– O Lorde Jacks não fala muito com ninguém – disse a nova amiga de Evangeline. – Há boatos de que está de coração partido e ainda se recupera de uma grande decepção amorosa.

Evangeline segurou um riso nervoso. Jacks não parecia estar de coração partido. Quando muito, parecia ainda mais insensível do que da última vez que o vira.

A aposta mais garantida seria fugir. Escapar passando pelo arco, onde Jacks não poderia enxergar. Mas, se fosse embora, também decepcionaria a imperatriz e abriria mão de sua melhor oportunidade para conhecer o príncipe Apollo.

Evangeline olhou novamente para o camarote, onde o príncipe ainda estava deitado em cima do corrimão. Sua pose era improvável, mas também interessante e um tanto parecida com o que Luc teria feito se fosse um príncipe. Não que Luc fosse vaidoso; ele meramente gostava de atenção. Estava sempre brincando, tentando divertir os outros, e ela se perguntou se Apollo também seria assim. E se o príncipe herdeiro realmente fosse sua chance de ter um final feliz, e ela fugisse por causa de um outro qualquer que se chamava Jacks?

Só de pensar nele, as cicatrizes em seu pulso latejaram. Mas o Arcano nem sequer a notou.

— O que mais você ouviu a respeito de Lorde Jacks? – perguntou Evangeline. – Você sabe por que ele está aqui? É uma espécie de embaixador?

— Ah, não. – A outra garota deu risada. – Tenho quase certeza de que Jacks seria um embaixador abominável. Na verdade, ouvi dizer que ele acabou exilado aqui depois de se meter em uma confusão horrorosa com uma princesa do Sul.

Isso foi dito do jeito que a maioria das pessoas conta fofocas, de um jeito leve e seco, feito vinho espumante. Mas as palavras deixaram Evangeline com uma sensação que estava longe de ser borbulhante. A garota se lembrou de Donatella, a irmã da imperatriz, que havia dito algo a respeito de provocar uma guerra se por acaso viesse para o Norte e se deparasse com certa pessoa. Será que estava falando de Jacks? Será que era por isso que o Príncipe de Copas tinha ido embora do Sul: porque havia feito algo terrível à princesa Donatella?

— Você sabe exatamente o que aconteceu?

— É difícil saber ao certo, já que as histórias se distorcem por aqui, mas acho que foi a princesa do Sul quem partiu o coração dele.

A garota tentou disfarçar seu ceticismo. A princesa Donatella era encantadora e cheia de vida. Evangeline tinha gostado muito dela. Mas era difícil imaginar qualquer jovem humana sendo capaz de partir alguma coisa de Jacks.

– LaLa! Evangeline! – interrompeu uma voz, vinda de trás delas. – Faz tempo que quero falar com vocês duas.

Evangeline olhou para trás disfarçadamente.

Um homem que era quase idêntico a Kutlass Knightlinger, vestido com as mesmas calças de couro preto e a mesma camisa com detalhes de renda, vinha correndo na direção delas.

– Kristof Knightlinger – informou a outra garota, que devia ser a mesma LaLa mencionada pelo *Boato Diário*. E, pelo jeito, as duas estavam prestes a ser mencionadas de novo.

Evangeline sentiu um embrulho no estômago. Apesar de Kristof ter falado bem dela em sua coluna do dia, não queria dar outra entrevista na qual todas as suas palavras seriam distorcidas até ficar parecendo uma órfã que não tinha onde cair morta tentando fisgar um príncipe ou coisa pior.

– É tarde demais para fugir? – sussurrou.

– Provavelmente, mas eu bem poderia dizer que fiz você sair correndo de medo porque ameacei cortar todo o seu lindo cabelo rosa caso você falasse com Apollo hoje à noite.

De início, Evangeline achou que a outra garota estava brincando, mas aquele sorriso diabólico estava de volta.

– Não faça essa cara tão horrorizada. Eu só gosto de sair no jornal. – LaLa levantou a taça, como se fizesse um brinde a si mesma. – Ao contrário do que saiu no *Boato Diário*, já sei que, na verdade, não tenho chance de me casar com o príncipe, mas gosto de participar da diversão. Agora saia correndo antes que eu não possa mais te salvar.

– Fico te devendo essa – prometeu Evangeline e se afastou às pressas.

Sua saia era justa demais para andar rápido, e ela não estava prestando muita atenção aonde estava indo. Ficara tão perturbada com a ameaça representada por Kristof que havia esquecido da outra ameaça que a rondava até quase ir de encontro ao peito forte dele.

Evangeline tentou transmitir coragem em sua postura, porque seu coração disparou de pânico.

Já tinha visto Jacks de longe, mas perto daquele jeito era diferente. O Arcano era como mil cortes acontecendo ao mesmo tempo. Uma devastação feita de um cabelo tão azul quanto as turvas ondas do mar, e lábios tão pontiagudos quanto cacos de vidro, que a cortariam com o maior prazer.

Como é possível ninguém mais aqui saber que ele é um Arcano?

Evangeline era capaz de sentir o olhar inumano do Príncipe de Copas percorrendo sua pele, fazendo seu sangue ferver, enquanto os olhos de Jacks percorriam cada fio prateado que apertava seus quadris, sua cintura, seu peito. Jacks parou; o olhar ficou pairando por um tempo até ele olhar bem nos olhos dela, como se Evangeline não valesse o esforço de continuar observando.

– O que você está fazendo aqui? – perguntou, lançando uma maçã dourada e polida no ar, com uma das mãos. – Pensei que, a essa altura, já estaria casada com aquele garoto que você *amava*.

A voz do Arcano era ainda mais impiedosa do que da última vez que Evangeline a ouvira, quando Jacks a abandonou no jardim, depois que ela virou pedra.

Ela se segurou para não ter um ataque de raiva. Precisava se afastar de Jacks, não brigar com ele. Mas, sabe-se lá por que, o fato de o Príncipe de Copas não se importar fazia Evangeline se importar ainda mais.

– Você acabou com as chances que eu poderia ter de ficar com Luc quando o fez ser massacrado por um lobo!

Jacks parou de brincar com a maçã e retrucou:

– Nunca mandei lobo nenhum massacrar ninguém. Isso causou uma confusão terrível.

Então ficou observando Evangeline por alguns instantes e finalmente a olhou nos olhos.

Antes, a jovem jurava que os olhos do Arcano eram de um azul-vivo e encantador. Mas, naquela noite, eram de um azul-claro gelado e completamente sem alma. Um olhar bastou para o corpo inteiro de Evangeline ficar gelado. Ela pensou no que LaLa alegara, que a princesa Donatella partira o coração de Jacks. Mas as palavras que o

Príncipe de Copas disse em seguida destruíram qualquer compaixão que Evangeline poderia sentir por ele.

– Então, você não o amava mesmo, no fim das contas. Foi por causa das cicatrizes, ou você só deu uma olhadinha no rosto mutilado dele e saiu correndo?

Evangeline fez careta. Jacks pensava o pior dela, porque, provavelmente, era isso o que o Arcano faria. Mas não o corrigiu. Preferia que o Príncipe de Copas pensasse mal dela do que soubesse que tinha razão, e que o verdadeiro motivo pelo qual não estava com Luc era porque o garoto preferira Marisol e depois desaparecera. Só que Evangeline não queria ficar ruminando esse assunto. Fora até lá para esquecer Luc, para encontrar um novo final feliz, e era exatamente isso que planejava fazer, de preferência com um príncipe bem diferente do que estava diante de seus olhos.

– Prefiro não discutir isso com você e acho que estão chamando para o jantar...

– Ah, não, Raposinha. Temos assuntos pendentes.

Jacks jogou a maçã no chão e segurou o pescoço de Evangeline, tapando as têmporas da jovem com a mão gelada.

– Jacks! – assombrou-se Evangeline. – O que você está fazendo?

E do que ele acabara de chamá-la?

A outra mão foi deslizando pelo seu cabelo, bagunçando seus cachos. A carícia era inapropriada e íntima, assim como aquele apelido íntimo demais que o Arcano acabara de dar. Evangeline era capaz de sentir suas chances de ter um final feliz escorrendo ainda mais por seus dedos, quando ouviu a conversa da festa se transformar em sussurros. De repente, uma centena de línguas, todas falando do jeito escandaloso que Jacks a estava segurando, bem debaixo do camarote do príncipe.

– Jacks, já falei que vou beijar outras três pessoas, mas não você.

– Então por que você não está se afastando de mim? – provocou o Príncipe de Copas.

– Não posso brigar com você: você é um Arcano.

– Mentirosa. Não vou nem te machucar nem te beijar. – Ele baixou a mão até o pescoço de Evangeline, brincando com a veia que pulsava, acelerada, passando suavemente os dedos para cima e para baixo daquele frenético *tum-tum-tum* e fazendo o coração dela bater ainda mais rápido. – Acho que isso deixa você excitada.

– Você está delirando!

Evangeline finalmente se soltou de Jacks. Seu coração estava a mil, mas não era de excitação, disso tinha certeza. Apesar de, talvez, ter só uma pitadinha de excitação, mas ela não conseguia dizer o motivo.

Jacks riu e declarou:

– Relaxe, Raposinha. Não estou tentando arruinar sua reputação.

Então ele a puxou pelo pulso, trazendo-a para perto, como se estivessem dançando.

Evangeline deu um passo para trás, e Jacks foi para a frente, até as pernas da garota baterem na mesa dura.

– O que você está fazendo, Jacks?

– Estou tentando deixar você mais interessante. – Ele se aproximou ainda mais. Não a tocou, com exceção do pulso, mas quem visse de longe poderia ter pensado que os dois estavam prestes a se beijar, pela inclinação deliberada do corpo e da cabeça do Arcano. Evangeline era a única capaz de enxergar que os olhos de Jacks estavam mortos. – Antes, você era apenas uma ameaça de pouca importância, uma ameaça que os outros pensavam que poderia desaparecer se resolvessem não olhar para você. Mas, agora que reparei em você, não terá como desaparecer.

– Você se acha grande coisa – resmungou Evangeline.

Mas as pessoas estavam definitivamente observando. Pelo menos metade dos olhos da festa estavam fixos nos dois. No canto do seu campo de visão, ela conseguia ver que Kristof Knightlinger com uma caneta, anotando coisas em um caderno.

– Se estiver com sorte – murmurou Jacks –, Apollo também deve estar olhando para você e já está com ciúme.

– Não quero que ele tenha ciúme de mim.

– Mas devia. Isso tornará sua tarefa muito mais fácil de cumprir, já que Apollo é a primeira pessoa que quero que você beije.

Com um de seus movimentos rápidos e sobrenaturais, o Arcano soltou o pulso de Evangeline, tirou da bota uma adaga coberta de pedras preciosas e furou a ponta de seu dedo indicador. Um sangue vermelho-escuro reluziu, com improváveis veios de ouro.

Ela tentou desviar, mas Jacks foi mais rápido. Levou a própria mão à boca da jovem e manchou o lábio superior dela com sangue. Metálico e doce. Incrivelmente doce. Evangeline queria odiar aquele gosto, mas era mais uma sensação do que um sabor. Era o último instante antes de um sonho acabar, gotas de raios de sol caindo, feito chuva, desejos perdidos que foram encontrados. A jovem teve vontade de lamber...

– Não – disse Jacks, levantando a mão rapidamente e fechando os lábios de Evangeline com seus dedos. – Não lamba, você precisa deixar o sangue ser absorvido por seus lábios, senão a magia não vai funcionar.

A euforia dela se transformou em um pavor gelado e melequento. Quando fez o trato com o Arcano, havia ficado com medo de beijar pessoas estranhas – mas nunca ocorrera na cabeça dela que beijá-las poderia de fato fazer mal a elas, ou que Jacks poderia pintar seus lábios com sangue e contaminá-la com sua magia.

– O que foi que você fez? – perguntou. – O que vai acontecer se eu beijar o príncipe Apollo?

– *Quando* – corrigiu o Príncipe de Copas, curto e grosso. – Se não beijar o príncipe Apollo até o final da festa, você vai morrer. O que seria uma pena, já que existem jeitos muito melhores de morrer.

Os olhos sem sentimentos de Jacks se dirigiram à boca que acabara de pintar com o próprio sangue.

Em seguida, o Arcano foi andando calmamente em direção aos demais convidados da festa.

14

Evangeline não sabia se o tempo era como a magia, que funcionava de um modo diferente no Norte. Mas apostaria a própria vida, tamanha sua certeza de que o tempo começou a passar mais rápido no instante em que Jacks se afastou dela.

O jantar foi servido em uma requintada mesa ao redor da árvore-fênix. Havia cálices de estanho, velas de favo de mel em forma de castelos e, ao lado de cada prato, dragões de madeira minúsculos seguravam uma plaquinha com o nome dos convidados. O nome de Jacks fora colocado ao lado do de Evangeline. O Príncipe de Copas não apareceu, mas sua cadeira atraía a curiosidade perpétua dos nobres – Jacks, pelo jeito, tinha razão quando dissera que dar atenção à jovem faria maravilhas por sua popularidade.

Todo mundo era simpático, meio de um jeito só-estou-falando-com-você-porque-outra-pessoa-a-fez-parecer-importante. Evangeline ouviu muito "que linda cor de cabelo, é igualzinho ao daquela princesa". É claro que ninguém conseguia lembrar o nome "daquela princesa" ou do príncipe com o qual ela se casara, mas quase todo mundo comentou isso. A jovem fez de tudo para ser atenciosa e educada, mas só conseguia pensar em beijar o príncipe Apollo. No fundo, estava levemente intrigada com essa ideia – quem não ia querer beijar o príncipe? –, mas não queria que fosse daquele jeito. Não queria obrigá-lo a beijá-la e não sabia por que Jacks queria que ela fizesse isso. O que o Arcano teria a ganhar?

Evangeline torcia para que Jacks estivesse brincando quando disse que ela morreria se não beijasse Apollo naquela noite. Só que o Príncipe de Copas parecia ser do tipo que falava absolutamente sério mesmo quando parecia estar brincando. E, dado que o Arcano a havia abandonado quando ela se transformou em pedra, Evangeline não conseguia imaginar Jacks se importando com o fato de ela se transformar em um cadáver, caso acontecesse. Ou...

— Com licença, senhorita Raposa. — Um criado do palácio bateu em seu ombro. — É a sua vez de morrer.

Evangeline levou um susto, mas logo percebeu que não foi isso o que o criado havia dito. Na verdade, ele disse: "É a sua vez de conhecer o príncipe". Mas, naquele momento, pareceu a mesma coisa. A jovem só havia conseguido chegar a uma teoria a respeito de por que Jacks queria que ela beijasse o príncipe Apollo: o Arcano queria matá-lo. O Príncipe de Copas pintara os lábios de Evangeline com o próprio sangue, transferindo um pouco de sua magia para ela, e a magia de Jacks consistia em seu beijo mortal – o que, provavelmente, significava que, agora, o beijo de Evangeline também era mortal.

Sua respiração foi acelerando à medida que se aproximava dos degraus que contornavam a árvore-fênix.

Jacks estava encostado no corrimão da escada na base da árvore, com a cabeça para trás e o cabelo azul caído no olho, e dando a impressão de que esperara por Evangeline metade da noite.

— Preparada, meu bem? – perguntou.

Em seguida, ofereceu-lhe o braço, como um cavalheiro.

Evangeline o ignorou, mas se aproximou o suficiente para sussurrar em seu ouvido quando os dois começaram a subir os degraus serpenteantes:

— Por que você quer que eu beije o príncipe Apollo? Ele vai morrer?

Jacks lançou um olhar de esguelha para ela e respondeu:

— Eu aprecio uma boa imaginação, mas deixe para usá-la quando beijar o príncipe, não para pensar em quais podem ser as consequências.

— Não vou beijá-lo a menos que você me diga por que quer que eu faça isso.

– Se eu quisesse que você matasse o príncipe, não estaria subindo essa escada ao seu lado. – Jacks enroscou o braço que Evangeline acabara de recusar em volta do braço dela. As mangas da camisa cinza do Arcano estavam arregaçadas, e a jovem podia sentir a pele dele, gelada e dura como pedra. Esse contato fez Evangeline se arrepiar toda, de modo indesejado, porque o Príncipe de Copas a trouxera para mais perto de si. – Não faz sentido obrigar outra pessoa a cometer assassinato se você está no mesmo recinto.

Evangeline teve vontade de continuar discutindo, mas Jacks apresentara um argumento convincente, o que trouxe um leve alívio. Ela realmente não queria morrer, mas também sabia que não seria capaz de beijar o príncipe se achasse que o beijo dela o faria mal.

– Se não é esse o seu plano, o que vai acontecer quando eu beijar Apollo?

– Depende de seu desempenho. – O olhar arrepiante de Jacks se dirigiu aos lábios dela. – Você sabe beijar, certo?

– É claro que sei beijar! – Evangeline puxou o braço para se soltar do Arcano.

Jacks fez uma careta e perguntou:

– Por que você está tão brava? Acha o príncipe feio?

– Não tem nada a ver com a aparência dele. Não quero causar mal a Apollo.

– Não vou te pedir para confiar em mim, porque é uma péssima ideia. Mas pode acreditar que, se eu fosse usar você para fazer mal a Apollo, não ficaria por perto quando isso acontecesse.

Quando chegaram ao final da escada, o ar se tornou perfumado, com aromas fortes de bálsamo e madeira. Acima deles, folhas douradas e castanhas farfalhavam, e Evangeline reparou que havia pelo menos meia dúzia de guardas, que usavam vestes nos mesmos tons de castanho e dourado e estavam sentados nos galhos que formavam o telhado do camarote do príncipe Apollo.

Ela lançou um olhar de pânico para Jacks.

– Não se preocupe – sussurrou ele. – Ninguém vai te dar uma flechada por ter beijado o príncipe.

Mas *algo* aconteceria quando ela beijasse o príncipe. Evangeline deveria ter se esforçado mais para se livrar daquela situação. Pensou em tentar naquele exato momento.

O príncipe Apollo estava parado perto do corrimão do camarote, de costas para ela, observando o que acontecia lá embaixo. Mas, então, teve que se virar.

O príncipe era alto, mas não tão absurdamente atraente quanto Jacks.

O rosto de Apollo estava mais para interessante do que para uma beleza clássica. Possuía um nariz aquilino levemente torto que poderia ter dominado o rosto de outra pessoa. Só que todos os seus traços eram um tanto intensos, das sobrancelhas grossas e castanho-escuras aos olhos profundos. A pele era olivada. O cabelo também era castanho-escuro e pesado, e o corte dele era curto, o que valorizava os traços fortes. Ele havia tirado a coroa de chifres, mas ainda era obviamente um príncipe. Absolutamente dominador, encostou um dos cotovelos no corrimão do camarote e lançou um sorriso para Evangeline que parecia dizer: "Eu posso até não ser a pessoa mais bonita do recinto, mas você sabe que ficou interessada".

Evangeline não podia negar que ficara. Mas não sabia ao certo se era pelo simples fato de Apollo ser um príncipe, ou se era por ter conseguido lançar um olhar sedutor para ela. Luc havia tentado lançar esse mesmo tipo de olhar, mas jamais dominara a manobra como Apollo. Os olhos do príncipe eram profundos, castanho-escuros e âmbar, com minúsculas partículas de bronze reluzente.

— Você está babando um pouco — disse Jacks, sem sequer ter a decência de falar baixo.

Apollo deu risada, uma risada sinistra, musical e absolutamente mortificante.

Evangeline chegou a pensar em se esconder, mas o sofá do camarote era baixo demais para caber debaixo dele, e o príncipe já estava se aproximando.

— Não se sinta mal, senhorita Raposa. — Apollo já estava bem do lado dela. A jovem ficou surpresa ao perceber que, apesar da intensidade de seu rosto, o príncipe parecia ter apenas dois anos a mais do que ela. Dezenove ou vinte e um, no máximo. – Acho que nosso amigo em comum está com ciúme. Faz semanas que ele me fala que você é estonteante. Mas, até agora, eu achava que Jacks estava exagerando.

– Jacks falou de mim para você?

Evangeline nem sequer tentou disfarçar o choque e lançou um olhar para o Príncipe de Copas.

Mas ele já havia saído do lado dela e andava pela pequena suíte. Retribuiu o olhar de Evangeline com o mesmo desinteresse taciturno que dedicara a todos os convidados quando chegou à festa. Se olhares pudessem falar, esse teria dito: "Só porque falei não significa que eu acredite nisso".

Mas ele havia dito. Evangeline não ligava se Jacks acreditava nisso ou não. O Arcano tinha agido como se encontrá-la aquela noite fosse uma surpresa e que tudo aquilo não fosse planejado. Mas já sabia, há semanas, que ela viria. Ele estava armando aquele beijo. Por quê? O que Jacks queria? O que será que aconteceria quando Evangeline beijasse o príncipe?

Evangeline não conseguiu pensar em uma única teoria nova sequer. Tentou, mas estava ficando mais difícil se concentrar. Havia algo de muito errado com seu coração, que batera mais rápido da primeira vez que falou com Jacks, mas agora era quase como se ela tivesse dois corações – a pulsação estava enlouquecendo, batendo dolorosamente em seu peito, como se estivesse prestes a ficar sem batidas.

Quando olhou de novo para Apollo, seu coração começou a bater. *Beija. Beija. Beija.*

Não parecia tanto um desejo dela, mas mais uma necessidade.

Apollo estava tão perto que Evangeline podia dar um único passo, inclinar a cabeça e encostar os lábios nos do príncipe. E, mesmo assim, ela não conseguia fazer isso. Pelo menos, não até tentar entender por que Jacks havia armado aquela situação.

Em vez de beijá-lo, Evangeline conseguiu dizer:

– Faz tempo que você conhece Jacks?

O sorriso ousado do príncipe se desfez.

– Não estou acostumado a damas subirem aqui e me perguntarem sobre outros rapazes – respondeu Apollo.

– Por favor, não confunda minha pergunta com interesse por Jacks. Não me interesso por Jacks...

– E, apesar disso, você não para de dizer o nome dele.

As palavras de Apollo soaram como uma brincadeira, mas seu olhar disse o contrário. O príncipe a olhava do jeito que Evangeline imaginava que os retratos ficavam olhando para as pessoas quando elas viravam as costas. Fim dos sorrisos magnéticos. Fim dos olhos castanhos com ar sensual. Aquele olhar era o equivalente a pegar uma faca e incliná-la para que refletisse a luz.

Pelo jeito, a autoconfiança do príncipe Apollo tinha seus limites. Ou, talvez, ele não fosse tão autoconfiante assim, afinal de contas. Talvez Apollo e Jacks fossem mais rivais do que amigos. Talvez fosse esse o motivo para aquilo tudo. Evangeline ainda não conseguia entender o que Jacks pretendia nem quais seriam as consequências daquele beijo, mas não teve tempo para descobrir.

Agora, seu coração não estava apenas batendo, estava doendo, palpitando. Jacks havia dito que ela morreria se não beijasse o príncipe até o fim da festa e, apesar de a festa não ter terminado, Evangeline sabia que aquele encontro terminara. A postura de Apollo estava mudando: ele estava prestes a dispensá-la. Logo daria as costas e se afastaria sem dizer mais uma palavra. Se quisesse beijá-lo, aquela era sua última chance.

A jovem ergueu os olhos, procurando os lábios do príncipe. Mas, por algum motivo, seu olhar passou por cima dos ombros largos de Apollo e pousou em Jacks. Que estava encostado no corrimão do camarote, girando uma moeda de prata entre os dedos compridos.

Os cantos dos lábios do Arcano se retorceram muito sutilmente, e ele continuou a virar a moeda, dizendo, sem emitir som: "Será que ela vai beijá-lo? Será que ela vai morrer? Será que ela vai beijá-lo? Será que ela vai morrer?".

Evangeline morreria um dia, mas não seria naquela noite.

Ela concentrou o olhar em Apollo. Viu pontinhos pretos, que transformavam o príncipe em um borrão de pavor.

– Sinto muito.

Então esticou o braço e segurou o rosto de Apollo, ficou na ponta dos pés e encostou os lábios dela nos dele.

Apollo não se mexeu.

O coração de Evangeline deu um pulo. Aquilo não estava funcionando. O príncipe ia se afastar e chamar os guardas, que certamente atirariam nela, a prenderiam ou a expulsariam da festa, arrastando a jovem pelo cabelo. Mas, em vez de empurrá-la para longe, Apollo pressionou os lábios contra os de Evangeline, como se fosse assim que costumasse terminar suas conversas com visitas do sexo feminino e como se não fosse nenhuma surpresa o fato de aquela garota querer um beijo de despedida.

O príncipe levou a mão quente à cintura dela, puxou-a mais para perto e pôs a língua dentro de sua boca, acariciando a língua de Evangeline como se estivesse dando um presente de despedida.

Ela ficou com as bochechas quentes ao pensar que Jacks estava observando aquele beijo, mas não se afastou do príncipe. A técnica de Apollo era melhor do que a de Luc, que sempre era um pouco afoito demais. E, apesar disso, tudo no modo como Apollo a tocava parecia mais ensaiado do que apaixonado.

Por um instante fugaz, Evangeline se perguntou se o príncipe havia convocado pintores para capturar o beijo dos dois, se era por isso que tinha a leve sensação de que tudo era um teatro.

Apollo pressionou suavemente os dedos nas costas de Evangeline, aplicando apenas a força suficiente para que ela sentisse uma pontada de surpresa.

– Adeus, senhorita Raposa – murmurou o príncipe, com os lábios ainda encostados nos dela. – Gostei disso mais do que eu imaginava que iria gostar.

Ele fez que ia se afastar, mas então apertou mais a cintura de Evangeline.

E a beijou de novo. Os lábios do príncipe pressionavam os da jovem avidamente, e sua outra mão deslizou pelo cabelo dela, destruindo os cachos que Jacks já bagunçara, em um beijo fervoroso. O beijo do príncipe tinha gosto de luxúria, de noite e de algo perdido que deveria ter continuado assim.

O coração de Evangeline se transformou em um tambor, que foi batendo cada vez mais alto e rápido à medida que Apollo pressionava o corpo contra o dela. Havia camadas de roupa entre os dois, mas ela era capaz de sentir o calor que emanava do corpo do príncipe. Com Luc, jamais sentira tamanho calor. Era quase quente demais, ávido demais. Apollo ardia feito uma fogueira que consome em vez de esquentar. E, ainda assim, pelo menos em parte, Evangeline queria ser carbonizada ou, pelo menos, chamuscada pelo príncipe.

Ela pôs as duas mãos em volta do pescoço de Apollo.

A boca do príncipe se afastou dos lábios dela e foi até seu pescoço, dando um beijo depois do outro, descendo por...

Uma mão gelada apertou o ombro de Evangeline e a arrancou dos braços do príncipe.

— Acho que está na hora de ir embora.

Jacks puxou Evangeline até a escada do camarote com uma agilidade sobrenatural. Em um instante, ela só conseguia sentir Apollo e, no seguinte, estava presa debaixo do braço rígido do Príncipe de Copas, pressionada contra a lateral do corpo gelado dele, que a foi puxando escada abaixo.

— Continue andando — ordenou o Arcano. A cor de seus olhos havia mudado, de um gelo sem alma para o mais vivo dos azuis. — Não olhe para trás.

Mas é claro que Evangeline teve que olhar para trás. Ela precisava ver o que acabara de fazer.

Apollo continuava parado no mesmo lugar – felizmente, ainda estava bem vivo –, mas não parecia estar lá muito bem. Ficou parado no meio do camarote, passando o dedo nos lábios. Passava e repassava o dedo, como se o gesto pudesse revelar ao príncipe o que tinha acabado de acontecer e por que tinha perdido o controle com uma garota que chegara a pensar em dispensar.

Evangeline ficou se perguntando a mesma coisa.

Apollo cruzou o olhar com ela. Ainda havia brasas de calor no olhar do príncipe, mas ela não conseguia distinguir se eram de paixão ou de raiva.

— Jacks, o que foi que você fez? — sussurrou ela.

— Eu não fiz nada, Raposinha. Você é quem fez. E, amanhã à noite, fará ainda mais.

15

O Boato Diário

(continuação da página 1)

Evangeline Raposa tem feito jus à sua reputação de curinga!

Enquanto a maioria das damas presentes no jantar de ontem à noite ficaram se pavoneando para o príncipe Apollo, Evangeline Raposa foi vista nos braços perversos de um dos amigos íntimos do príncipe.

Não sei se Evangeline ouviu os boatos de que Apollo pode não escolher uma noiva e, por isso, apostou suas fichas em outro alguém. Ou se apenas espera causar ciúme no príncipe. Mas, ao que parece, eu tinha razão, quando a chamei de "aposta arriscada".

16

Evangeline tentou ignorar os sussurros das pessoas próximas e aquele buraco permanente em seu estômago. Estava no Magnífico Norte, terra dos contos de fadas que a mãe contava, cercada por paisagens fantásticas, e prestes a apreciar uma maçã assada por um dragão. Mas os murmúrios eram como vilões no final de uma história. Simplesmente não morriam.

– É ela, aposto um dragão que é.

– Li que ela beijou um amigo do príncipe Apollo ontem à noite...

– Ignore – disse Marisol, lançando um olhar mordaz impressionante para a fila de pessoas que murmuravam atrás das duas. – Já deviam saber que não podem acreditar em tudo que leem nos tabloides – completou, bem alto.

E Evangeline amou a irmã postiça só um pouquinho naquele momento. Por mais que boa parte do que Kristof escrevera a seu respeito no jornal matutino fosse verdade. A jovem fora vista em uma posição escandalosa com Jacks. O Arcano a abraçara como se fosse beijá-la, grudara as costas de Evangeline na mesa e depois pintara seus lábios com o próprio sangue. Só de pensar, ela ficava com o estômago embrulhado.

Marisol acreditara que era tudo mentira assim que vira o jornal, e Evangeline não desmentiu. Simplesmente tentou esquecer o acontecido quando ela e a irmã postiça saíram de manhã para aproveitar ao máximo a estadia no Norte, visitando diversas lojinhas dos pináculos. Marisol procurou receitas típicas do Norte e ingredientes raros, e Evangeline queria encontrar as coisas improváveis mencionadas nas histórias de sua mãe, como as maçãs carameladas assadas por dragões que as duas estavam esperando para comer.

Sua mãe costumava dizer que o fogo de dragão deixa tudo mais doce. As maçãs assadas por dragões, teoricamente, tinham gosto de amor verdadeiro. A fila para comprar essas delícias era tão grande que Evangeline e Marisol já esperavam havia quase meia hora. E, durante todo esse tempo, os moradores locais ainda fofocavam a respeito de Evangeline e do suposto beijo que dera no amigo de Apollo.

No fundo, ficou aliviada ao saber que essa era a fofoca do dia. Poderia ser muito pior. Na noite anterior, fora embora da festa temendo que o beijo que realmente dera em Apollo o tivesse enfeitiçado. Ela meio que ficara apavorada, achando que abriria os tabloides naquela manhã e descobriria que algo terrível havia acontecido com o príncipe. Mas a única coisa que havia mudado era sua própria reputação, e as coisas que as pessoas andavam falando nem eram lá tão terríveis. Mesmo assim, deixavam a jovem nervosa.

Evangeline se perguntou, mais uma vez, o que Jacks pretendia de fato com aquilo. Sentira que havia uma rivalidade entre Jacks e Apollo. Só não entendia por que ela se encaixava nisso. O Príncipe de Copas só podia querer tirar algum proveito do beijo que Evangeline havia dado no príncipe. Mas que proveito era esse?

Ela então passou a mão no pulso. Apenas duas cicatrizes em forma de coração partido continuavam ali. A terceira havia desaparecido depois do beijo da noite anterior. Jacks dera a entender que cobraria mais um beijo naquela noite. Mas, antes, precisaria encontrá-la e, naquela noite, a garota não pretendia permitir que o Arcano a encontrasse.

Não comparecer à primeira noite do Sarau Sem Fim estava fora de questão. As fofocas matutinas até poderiam ter diminuído suas chances de conquistar Apollo, mas Evangeline não queria acreditar que haviam acabado com elas. Algo acontecera entre os dois quando se beijaram. A única questão era: será que o calor daquele beijo entre ela e o príncipe fazia parte do plano de Jacks ou era algo que ele não esperava? Evangeline não sabia a resposta, mas esperava reencontrar Apollo naquela noite e descobrir antes que o Príncipe de Copas a encontrasse.

– Sal! Compre seus sais e temperos! – gritou um ambulante, empurrando um carrinho pesado pelas ruas de paralelepípedos. – Importados das minas do Norte Glacial. Eu tenho doce, eu tenho salgado...

– Evangeline, você vai me odiar se eu te deixar aqui sozinha? – perguntou Marisol, lançando um olhar de desejo para o carrinho de sal. – Eu adoraria levar para casa uns temperos glaciais.

– Pode ir – respondeu Evangeline. – Vou pegar uma maçã para você.

– Não precisa. Eu não quero, na verdade. – Marisol já estava se afastando.

Evangeline teve a sensação de que, apesar de a irmã postiça estar gostando do Norte, ainda não tinha superado o incômodo que sentia ao ficar perto de todos aqueles pequenos dragões.

– Ainda estou empapuçada por causa das tortas de *goblin* que compramos há pouco – disse Marisol. – Mas você precisa comer uma! A gente se encontra na estalagem.

Antes que Evangeline pudesse discutir, chegou sua vez na fila, e Marisol estava a caminho de transformar seus sonhos de sais importados em realidade.

– Prontinho, moça!

O vendedor entregou a ela uma maçã chamuscada espetada em um palito, ainda com faíscas de fogo de dragão.

A parte de fora da maçã era caramelada em um tom de dourado e, quando finalmente esfriou ao ponto de Evangeline conseguir morder, ela sentiu uma doçura quente, ardente, com gosto de Jacks...

Ela fechou os olhos e soltou um palavrão.

De repente, não queria mais a maçã.

Uma dupla de dragões azuis sarapintados e sem dono voejou na altura das suas mãos, e ela lhes entregou o doce. Em seguida, foi se dirigindo às lojas da parte mais alta dos pináculos.

O pôr do sol se aproximava. O céu era uma névoa de luz cor violeta e nuvens cinzentas, dizendo que era hora de voltar para o quarto da estalagem A Sereia e as Pérolas e se arrumar para o Sarau Sem Fim. Só que Evangeline ainda não estava disposta a ir.

Ela e Marisol deviam ter entrado em pelo menos cinquenta lojas naquele dia, e Evangeline teve vontade de voltar a uma delas. Achados e Perdidos – Histórias & Outras Excentricidades. A fachada era malcuidada, coberta com tinta desbotada. Mas, quando ela olhou pela vidraça empoeirada, reparou em um livro que jamais chegara a ser exposto em uma prateleira fora do Norte: *A balada do Arqueiro e da Raposa*.

A história que sua mãe costumava contar, a história da qual Evangeline jamais ouvira o verdadeiro final. Ficou muito empolgada quando viu o livro, mas então reparou no seguinte aviso:

Saí para almoçar
Devo voltar uma hora ou outra

Infelizmente, pelo jeito, "uma hora ou outra" ainda não havia chegado. O aviso ainda estava apoiado na porta toda riscada. Ela bateu, no caso de o proprietário ter retornado e simplesmente ter se esquecido de tirar o aviso, destrancar a porta e ligar qualquer uma das luzes.

– Oi?

– A porta não vai te responder.

Evangeline levou um susto quando virou para trás e percebeu o quanto os pináculos haviam crescido e o quanto a noite se apossara do crepúsculo mais rápido do que deveria. O soldado parado diante dela parecia ser mais uma sombra do que um homem. Ela teria corrido se não tivesse reconhecido o penoso elmo de bronze que tapava tudo, menos os olhos, as ondas do cabelo e a ossatura impressionante do rosto. Era o soldado que estava de guarda no arco na noite anterior. Aquele que a chamara, brincando, de "princesa" e a deixara encantada, apenas de leve. Mas, naquele momento, o homem não pareceu tão encantador.

– Por acaso você está me seguindo? – perguntou Evangeline.

– E por que eu estaria seguindo você? Por acaso está planejando roubar os contos de fadas?

O soldado falou isso em tom de piada. Mas havia um brilho predatório em seu olhar, como se desejasse que Evangeline estivesse ali para roubar alguma coisa, para que a jovem saísse fugindo, e ele pudesse sair à sua caça.

Disfarçadamente, Evangeline deu uma olhada para trás dele, para ver se tinha mais alguém por perto.

O soldado fez *tsc-tsc-tsc* baixinho.

– Se está procurando alguém para te ajudar, não vai encontrar por aqui. E você tampouco deveria estar aqui. – Seu tom de preocupação foi algo inesperado. Mas a presença daquele homem continuava inquietando Evangeline, enquanto ele erguia a cabeça na direção de todos os degraus, que agora terminavam em blocos errantes de neblina, e para as pontes estreitas que desapareciam na escuridão, que tomara o lugar das vitrines das lojas. – Não é seguro andar pelos pináculos à noite. Muitas pessoas que se perdem por aqui jamais são encontradas.

Então fez sinal com a cabeça para a porta atrás de Evangeline.

Por instinto, ela se virou. Agora, estava quase escuro demais para ler o aviso, mas Evangeline conseguia enxergar que o papel estava velho e amarelado. A partir daquele momento, ela sempre ficaria imaginando se aquele aviso estava pendurado naquela porta havia mais tempo do que apenas um dia.

Quando se virou novamente, o soldado misterioso havia sumido. E ela não esperou para ver se o homem reapareceria. Voltou correndo, descendo a escadaria mais próxima, tropeçando na própria saia mais de uma vez.

Podia jurar que ficara nos pináculos por menos de uma hora, mas devia ter passado mais tempo. Os postes de gás haviam se acendido, e as ruas estavam cheias de carruagens, todas levando pessoas para o Sarau Sem Fim.

Marisol já estava pronta para sair quando Evangeline finalmente chegou ao quarto da estalagem.

Como sua irmã postiça adorava fazer bolos, a imperatriz havia enviado para ela um vestido longo vaporoso, com decote de ombro a ombro e borda em ondas, além de uma saia dupla que parecia ser feita de uma camada de mel e outra de açúcar cor-de-rosa.

– Parece que você nasceu para ir a bailes – comentou Evangeline.

Marisol ficou radiante, mais radiante do que jamais ficara lá no Sul.

– Já deixei seu vestido esticado em cima da cama.

– Obrigada. – Evangeline teria dado um abraço na irmã postiça, mas não queria amassar o vestido dela. – Só preciso de um minutinho.

Evangeline tentou se arrumar rápido. Não tinha tempo para fazer cachos no cabelo com o ferro quente modelador, mas deu um jeito de fazer uma trança em cascata rápida, decorada com as flores de seda que havia comprado naquele dia.

Seu vestido para aquela noite imitava a treliça de flores do jardim de sua mãe, onde ocorrera o casamento de Marisol cujos convidados a jovem havia salvado. Mas quem olhasse para ela não pensaria nisso. A base do corpete de Evangeline era de uma seda cor da pele, o que dava a impressão de que seu corpo era envolto apenas pelas fitas cruzadas de veludo creme, que iam até a altura dos quadris. Nesse ponto, flores em tons pastel começavam a aparecer e ficavam mais densas, até que cada centímetro de sua saia de baixo estivesse cober-to de uma mistura vibrante de violetas de seda, peônias de pedras preciosas, lírios de tule e ramos retorcidos e salpicados de detalhes dourados que pareciam estampa de caxemira.

– Prontinho...

Evangeline gelou quando chegou à saleta e encontrou a irmã postiça parada feito uma estátua, segurando uma folha de jornal em preto e branco.

– Alguém passou isso por baixo da porta – disse Marisol, dando um gritinho, com os nós dos dedos brancos de tanto apertar o papel, amassando-o, antes que Evangeline conseguisse arrancá-lo dela.

17

O Boato Diário

CUIDADO COM A NOIVA AMALDIÇOADA

Por Kristof Knightlinger

Ouvi um boato que Evangeline Raposa, a famosa Queridinha Salvadora de Valenda, não é a única dama bem conhecida que veio do Sul para as festividades. Ao que parece, Marisol Tourmaline, a famigerada Noiva Amaldiçoada de Valenda, está aqui para arruinar o Sarau Sem Fim.

As chances de Evangeline conquistar o príncipe agora podem estar em xeque, depois do showzinho de ontem à noite. Mas parece que a Noiva Amaldiçoada tem tanta inveja dela que está determinada a destruir qualquer chance que a srta. Raposa tenha de se casar com o príncipe e se tornar nossa próxima rainha. Minhas fontes avistaram a srta. Tourmaline hoje em diversas lojas de feitiço e bruxaria de primeira linha dos pináculos, procurando modos de transformar Evangeline em pedra novamente.

A Noiva Amaldiçoada, sem dúvida, estará presente nas festividades de hoje à noite. Se você a vir, cuidado...

(continua na página 3 ¾)

Evangeline amassou o jornal.

Por que alguém teria dado aquilo a elas duas? Não conseguia acreditar que alguém tivesse sido cruel suficiente para passar aquela notícia por baixo da porta e ficou decepcionada ao saber que as mentiras a respeito de Marisol haviam seguido a garota até ali.

Sua irmã postiça saíra sozinha naquela tarde. Mas, ainda que tivesse entrado em uma loja de feitiços, como Kristof alegava, devia ter sido por puro acaso: Marisol deve ter pensado que era uma loja de ingredientes exóticos. Ela morria de medo de magia, a ponto de nem pôr os pés na loja de curiosidades do pai de Evangeline.

– Agora não posso ir mais.

Marisol se encolheu em uma poltrona em formato de concha e começou a puxar os botões de suas luvas compridas de seda.

– Pare com isso. – Evangeline segurou uma das mãos da irmã postiça antes que ela destruísse completamente as bainhas. – Todo mundo sabe que as coisas que saem nos tabloides não são verdade. Você mesma falou isso hoje. As pessoas leem para se divertir, não para se informar.

– Mas tem gente que acredita – resmungou Marisol. – Sempre tem uma ponta de verdade nesses jornais, o que basta para as mentiras parecerem verdade. Se eu aparecer na festa hoje à noite, como disse o jornal, as pessoas vão achar que é uma prova de que todo o resto que publicaram sobre mim está correto.

– Então mostre que estão erradas. *Quando* você aparecer na festa e eu não virar pedra, vão saber que você não está planejando me enfeitiçar.

– E se alguma outra coisa terrível acontecer e eu levar a culpa?

Evangeline queria dizer para a irmã postiça que ela não precisava se preocupar com desastres se abatendo sobre o Sarau Sem Fim. Mas não estava em condições de fazer essa promessa, até porque Jacks estaria lá.

– Na probabilidade ínfima de uma catástrofe acontecer esta noite, é mais provável que você leve a culpa se não aparecer na festa. É fácil transformar uma sombra em vilão, mas qualquer um que te conhecer perceberá o quanto você é atenciosa, bondosa e gentil.

– Acho que você acredita demais em mim – disse Marisol. Então fungou e continuou: – Deixa, vou ficar aqui. Você está parecendo uma princesa de verdade com esse vestido e, se me levar, vou mesmo acabar com as chances que restam para você se tornar uma princesa. Ninguém quer ter uma cunhada amaldiçoada.

– Você não é amaldiçoada. E eu não estou preocupada com o que vai ou não vai acontecer com o príncipe.

A jovem ficou tentada a dizer que, depois do que haviam publicado sobre ela nos tabloides matutinos, suas chances de ficar com Apollo eram mínimas. Mas Evangeline não acreditava nisso de fato. Acreditava que ainda tinha chances de conquistar Apollo ou de encontrar algum outro final feliz maravilhoso. E acreditava que a mesma coisa aconteceria com Marisol. Sua irmã postiça não era o que os boatos e as mentiras publicadas a seu respeito diziam. E, se ela e Marisol aparecessem na festa juntas, sorrindo, felizes e destemidas, as pessoas poderiam enxergar a verdade e parar de acreditar em todas aquelas mentiras.

— Um dos motivos pelos quais eu aceitei fazer essa viagem foi porque eu queria trazer você. Achei que, se viesse para cá comigo, poderia reencontrar sua autoconfiança e, quem sabe, um recomeço. O Sarau Sem Fim não é apenas um baile, é uma oportunidade de entrar em um conto de fadas, de mudar o curso de sua vida e de encontrar oportunidades que certas pessoas procuram por uma vida inteira. Essa é uma noite para reinventar quem você é, para encantar a todos que você vir, e para provar, a quem for tolo o suficiente para acreditar nos jornais de fofoca, que você não tem inveja de mim a ponto de ter arquitetado um plano mágico para me fazer voltar a ser pedra.

— Quando você fala desse jeito, eu até pareço poderosa. — Marisol fungou de novo. Mas, desta vez, foi algo um tantinho mais próximo de uma risada.

Ela estava começando a mudar de ideia. Sua voz estava mais leve, e o tom correto de rosa coloria suas bochechas.

— Vou com você ao baile, mas só porque é muito bobo de minha parte pensar que eu poderia acabar com as suas chances de conquistar o príncipe, já que você está tão linda. Aposto que vai receber cinco pedidos de casamento antes de o príncipe escolher a primeira dama com quem vai dançar hoje à noite.

Marisol esticou um dos dedos enluvados e encostou em uma das centenas de flores de seda presas às saias de Evangeline.

— Ah, não! — A violeta de tecido em que Marisol tocou se soltou do vestido. — Ai, desculpa...

– Não tem problema – garantiu Evangeline. – Não dá para notar.

O vestido tinha tantas flores que seria preciso olhar muito de perto para perceber a violeta que faltava. E, mesmo assim, os olhos de Evangeline se voltaram para o ponto da saia que fora estragada, onde antes havia uma flor. Cinco fios roxos estavam soltos. Fios grossos, que não deveriam se romper com tanta facilidade.

Será que Marisol arrancara a flor de propósito?

Evangeline tentou ignorar esse pensamento maldito assim que ele surgiu. Essa dúvida era apenas fruto da coluna de Kristof que a atingia, trazendo à tona algumas das suspeitas que Evangeline tentara deixar para trás, lá no Sul. Marisol não era sua inimiga. A irmã postiça jamais faria mal de propósito a ela, nem estragaria seu vestido.

Só que a dúvida era como o sal. Não precisava muito, mas alterava o gosto de seus pensamentos. Ela se lembrou da sombra que cobriu o rosto de Marisol no dia anterior, depois de ler o tabloide declarando que Evangeline era uma das favoritas. E a irmã postiça tinha mesmo saído sozinha naquela tarde. Ela ainda queria acreditar que, se Marisol tivesse mesmo entrado em uma loja de feitiços, fora por mero acaso. Mas e se Marisol tivesse um pouco de inveja? E, por isso, tivesse entrado na loja, apesar do medo que tinha de magia?

– Damas, espero que as duas estejam prontas. Está na hora de ir! – A voz simpática de Frangelica acompanhou duas batidas alegres na porta do quarto das duas.

Um minuto depois, as três já estavam saindo da estalagem em direção à carruagem puxada por quatro cavalos pretos, tão sombrios quanto as dúvidas que Evangeline ainda tinha. Ela realmente não queria pensar o pior da irmã postiça. Mas a verdade é que as observações que Kristof fizera a respeito de Evangeline na noite anterior foram quase que inteiramente corretas. Sendo assim, também era possível que ele tivesse escrito a verdade a respeito de Marisol.

– Mil desculpas. – Evangeline parou de repente antes de entrar na carruagem. Se Kristof tivesse razão a respeito de Marisol, ela precisava saber antes de chegar ao baile. – Acho que deixei minhas luvas no quarto. Já volto.

Voltou correndo para a estalagem e subiu os degraus como se fosse um borrão de saias cheias de flores que não haviam sido feitas para correr. Precisava ser rápida e precisava garantir que a irmã postiça não viria atrás dela. Se estivesse enganada a respeito de Marisol – e Evangeline tinha quase certeza de que estava –, não queria que a irmã postiça a pegasse no flagra, procurando livros de feitiço no quarto. Se ela descobrisse que até Evangeline se sentira tentada a acreditar no que Kristof Knightlinger havia escrito, ficaria arrasada.

Assim que entrou no quarto, passou reto pela mesinha da saleta, onde deixara intencionalmente as luvas, e foi direto para o quarto de Marisol. O fogo ainda ardia na lareira, lançando uma luz quente no quarto, que era exatamente igual ao de Evangeline, com a diferença do aroma de chantili e baunilha que sempre acompanhava sua irmã postiça.

Encontrou livros, mas não pareciam ser de natureza mágica. Os únicos volumes que Evangeline encontrou foi em uma pilha de belos livros de cozinha cor-de-rosa na mesinha de cabeceira.

Receitas do antigo Norte: traduzidas pela primeira
    vez em quinhentos anos
Como cozinhar igual a um goblin *confeiteiro*
Sal doce: o ingrediente secreto de tudo

– Evangeline...
O tempo parou quando ela ouviu a voz de Marisol.
Evangeline se virou e deu de cara com a irmã postiça parada na soleira da porta arredondada.
Parecia que todos haviam resolvido pegá-la de surpresa naquele dia. Não... Evangeline logo se corrigiu. Marisol não a pegara de surpresa. A jovem apenas estava tão concentrada em suas suspeitas de que a irmã postiça praticava bruxaria que não a ouviu entrar.
– O que você está fazendo no meu quarto?
Uma ruga minúscula e confusa se formou, curvada como uma vírgula, entre as sobrancelhas delicadas de Marisol.

– Desculpe... Eu... – Evangeline lançou um olhar frenético em volta do quarto, enquanto procurava algo para dizer. – Por acaso você viu minhas luvas?

– São essas aqui que você está procurando? – Marisol mostrou um par de luvas creme. – Estavam na mesinha da saleta.

– Que tonta que eu sou.

Evangeline deu risada, mas o som de seu riso deve ter sido tão pouco convincente quanto o sorriso que Marisol deu.

A vírgula entre as sobrancelhas de Marisol se transformou em algo parecido com um ponto de interrogação. Agora era ela quem estava em dúvida. A expressão não durou muito, mas foi o suficiente para fazer Evangeline lembrar que estava escondendo mais do que apenas seus motivos para ter entrado naquele quarto. Ao contrário da irmã postiça, a jovem tinha, sim, segredos a esconder. E, se Marisol um dia descobrisse quais eram, ela ficaria muito mais magoada por causa deles do que pelas dúvidas passageiras da irmã – e esses segredos arruinariam Evangeline completamente.

18

Na noite anterior, quando Evangeline desceu da carruagem, só viu algumas nuvens de neblina e o arco. Mas, quando ela e Marisol chegaram à primeira noite oficial do Sarau Sem Fim, a jovem mal enxergou o novo arco feito para aquela noite, em meio a tantos malabaristas musculosos equilibrando machados e acrobatas dando cambalhotas no lombo de cavalos usando armadura.

A música dos menestréis vestidos com mangas bufantes flutuava em volta de homens de cabelo branco vestidos de feiticeiros, com longas vestes prateadas e grandes caldeirões cheios de tudo, de cidra borbulhante de *cranberry* a um ponche espumante da sorte. Mas, ao que parecia, a maioria das pessoas era atraída pela mulher ao lado, que vendia garrafas de cor de pedra preciosa das Sensacionais Águas Saborizadas Sucesso.

Evangeline nem sequer entrara no baile e já tinha a sensação de estar no início de um conto de fadas do Norte, quando tudo é só um pouquinho mais do que deveria ser. A felicidade parecia palpável, a magia no ar tinha gosto, e o céu parecia estar um pouco mais próximo da terra. Pensou que, se tivesse uma adaga, poderia ter cortado uma fatia daquela noite, como se fosse um bolo, e roubado um pedaço dela para ficar mordiscando toda aquela maravilhosa escuridão.

Apesar de se encolher sutilmente ao ver algumas daquelas coisas levemente mágicas, Marisol também dava a impressão de estar se divertindo. O constrangimento e as dúvidas haviam sumido, e Evangeline torcia para que nada naquela noite fizesse essas duas coisas voltarem à tona.

Deu uma rápida olhada em volta procurando por Jacks, e ficou aliviada ao perceber que ele não estava entre a multidão que se apinhava para passar por baixo do arco daquela noite. Não que ela fosse capaz de imaginar o Arcano fazendo fila para alguma coisa. Se o Príncipe de Copas estivesse ali, provavelmente já deveria ter entrado no baile, encostado em uma árvore, indolente, jogando sementes de maçã no chão.

As borboletas dormentes dentro de Evangeline começaram a estremecer. Ela realmente esperava ver Apollo antes que Jacks notasse sua presença.

Na fila, só havia mais duas pessoas na frente dela e de Marisol. Duas garotas usando vestidos cujo corpete era formado por lombadas de livros de couro e saias feitas de páginas de histórias de amor.

Evangeline ouviu a primeira garota-livro dar uma risadinha ao se aproximar da entrada. Era um arco diferente do que havia na noite anterior. As palavras "Que você encontre o seu final feliz" estavam gravadas no topo em letras garrafais. E, no lugar dos símbolos variados, havia duas figuras humanas entalhadas, uma em cada lado: um noivo e uma noiva. O rosto forte do noivo era o do príncipe Apollo, mas o da noiva mudava, assumindo a aparência da próxima garota prestes a entrar no baile.

Evangeline pôde ver o puro deleite no rosto das garotas que entraram logo antes dela. A esperança irradiava das duas, clara como a luz que atravessa uma vidraça. E, sem dúvida, ambas imaginavam que o príncipe Apollo poderia escolher uma delas.

Talvez esta fosse a verdadeira magia do Sarau Sem Fim: não os menestréis nem os magos, mas a incrível esperança que todos encontravam. Havia algo de fantasticamente encantador na ideia de que o destino de alguém poderia mudar em uma única e maravilhosa noite. Evangeline sentiu esse poder quando ficou debaixo do arco.

Uma corrente de vento quente roçou sua pele, e ela ouviu uma voz rouca sussurrar: "Estávamos esperando por você...".

Mais um passo, e o ar ficou condimentado pelo aroma da cidra quente com frutas e especiarias e das possibilidades. Evangeline ficou tensa ao sentir um leve aroma de maçã. Mas as duas cicatrizes que restavam no seu pulso não estavam ardendo, e ela não viu nenhum rapaz dolorosamente belo com cabelo cacheado azul-escuro.

Naquela noite, ela estava no salão de baile de um castelo de pedra envelhecido e jamais vira tanto encantamento no rosto de tantas pessoas. A maioria das damas – e vários dos cavalheiros – parecia estar olhando para cima, para as tapeçarias e camarotes decorativos, à procura de Apollo, o príncipe herdeiro. Mas o mesmo número de pessoas estava se jogando na festa, literalmente.

Em volta de todo o salão, havia portas altas com palavras no meio delas, como "sorte", "mistério" e "aventura", gravadas a ferro e fogo. Evangeline ficou observando uma dupla de rapazes de mãos dadas passar pela porta onde estava escrito "amor". Logo atrás deles, uma garota, de cabelo tom de palha enfeitado com uma coroa de papel, respirou bem fundo e pisou em um enorme tabuleiro de xadrez preto e branco. Havia outros jogadores no tabuleiro, alguns usavam batinas de bispo por cima dos gibões coloridos, outros vestiam luvas de peão ou adereços que os identificavam como peças. Eles jogavam uma espécie de xadrez, no qual as peças humanas se beijavam em vez de expulsar umas às outras do tabuleiro.

Evangeline sentiu-se corar de curiosidade ao ver um peão aos beijos com um cavaleiro vestido de couro preto.

– Até que o jogo é divertido – disse LaLa, que surgiu ao seu lado em uma faísca de ouro reluzente e laranja. Seu vestido sem alças combinava com as tatuagens de fogo de dragão que tinha nos braços negros, e a fenda de sua saia brilhava em torno de sua perna à mostra, como se estivesse em chamas.

– Você está maravilhosa! – declarou Evangeline. – As velas do mundo todo devem estar com inveja.

– Obrigada! Sempre quis deixar o fogo com inveja. – LaLa fez uma mesura discreta. – Agora vou voltar para o jogo – completou, inclinando a cabeça na direção do tabuleiro de xadrez, onde a garota que usava a coroa de papel estava na ponta dos pés, prestes a beijar um rapaz que vestia a capa preta de bispo. As mãos da jovem estavam tremendo, mas suas bochechas estavam coradas de empolgação. E o garoto parecia estar quase tão nervoso quanto ela. Ficou completamente parado. Evangeline não soube dizer se o rapaz estava com medo do beijo ou de que a garota mudasse de ideia.

Evangeline se perguntou se aquele jogo poderia ser uma coisa boa para sua irmã postiça, se poderia aumentar sua autoconfiança. Só que, pelo jeito, Marisol ainda não havia cruzado o arco.

– Você vai tentar jogar? – perguntou LaLa.

– Acho que nem sequer entendi como funciona – respondeu Evangeline.

– Não tem muitas regras no xadrez do beijo. Cada lado tem um jogador que movimenta as peças humanas, casando-as com peças do lado adversário, até que um dos pares decida que prefere se beijar do que beijar outra pessoa.

– E esse jogo tem um vencedor ou é só uma desculpa para as pessoas se beijarem?

– E por acaso faz diferença? São beijos... – completou LaLa, soltando um suspiro.

– Por que você não joga?

– Eu jogaria, mas não posso deixar de tentar a sorte com o príncipe Apollo.

Ela fez questão de levantar o rosto em direção a um camarote vazio e fixou o olhar lânguido de maneira afetada.

Evangeline tirou um instante para observar o baile como um todo, procurando um príncipe diferente. Seria muito fácil se deixar levar pela noite de gala, mas precisava permanecer vigilante. As cicatrizes em seu pulso ainda não estavam ardendo, mas era difícil acreditar que Jacks ainda não havia chegado. Pelo jeito, todo mundo já tinha chegado. O castelo estava ficando lotado de gente mais rápido do que água invadindo um navio que afunda.

Talvez só precisasse procurar melhor. Seus olhos foram de cavalheiro em cavalheiro, percorrendo o salão de baile lotado até que... Jacks.

Seu coração bateu mais forte.

O Arcano estava perto do início da pista de dança, espreguiçado em um divã e jogando uma maçã preta para cima, com uma das mãos.

Ele parecia uma péssima decisão que uma pessoa desafortunada estava prestes a tomar. Seu cabelo azul-noite estava bagunçado, e sua meia capa de zibelina estava torta em um dos ombros de um jeito ousado, revelando um gibão cinza-chumbo parcialmente abotoado.

O Príncipe de Copas jogou a maçã no chão e se levantou do divã. Ele se aproximou de uma garota que estava por perto, usando um vestido vaporoso em um tom de açúcar rosa. Uma garota que tinha uma semelhança perturbadora com Marisol.

Evangeline piscou, como se, assim, pudesse mudar o que estava diante de seus olhos e fosse ver Jacks conversando com a cascata de ponche cor-de-rosa, e não com aquela garota. Mas, com toda a certeza, a jovem era Marisol e estava tão radiante que Evangeline praticamente podia enxergar seu brilho do outro lado do salão de baile.

Quando ela entrou na festa?

Evangeline presumira que o arco teria posicionado sua irmã postiça exatamente no mesmo lugar que ela, mas, das duas, uma: ou isso não tinha acontecido, ou Marisol atravessara o baile porque não conseguira ver Evangeline e foi direto até Jacks, como um coelhinho inocente que pula bem na frente de um caçador.

Evangeline ficou observando horrorizada sua irmã postiça dar um sorriso tímido. Jacks retorceu os lábios de forma tentadora, e fez uma mesura de cavalheiro para ela. Na noite anterior, o Arcano havia ignorado todo mundo, menos Evangeline e Apollo. Só que, pelo jeito, naquele momento estava tirando Marisol para dançar.

Um incômodo apertou o peito dela. De todos os rapazes que sua irmã postiça poderia conhecer no Sarau Sem Fim, por que tinha que ser Jacks? Duvidava que fosse mera coincidência. Ainda não fazia ideia de qual era o jogo que o Príncipe de Copas estava investindo, mas não poderia permitir que também arrastasse a pobre Marisol para aquela situação. Sua irmã postiça já havia sofrido demais.

Evangeline precisava ficar longe de Jacks, mas não podia permitir que ele fizesse mal a Marisol.

Virou-se para LaLa, prestes a pedir licença para se ausentar, bem na hora em que o castelo inteiro começou a tremer e a ribombar. Os camarotes de pedra se encheram de corneteiros, que usavam casacos cobre impecáveis.

Todos olharam para cima. Em seguida, dirigiram o olhar para a porta onde estava escrito "Majestade", que se escancarou, e o príncipe herdeiro Apollo Acadian entrou no salão de baile em um impressionante cavalo dourado.

– Vossa Alteza!

– Príncipe Apollo!

– Amo você! – gritavam as pessoas, como se não conseguissem se controlar.

Apollo estava com uma aparência menos refinada do que na noite anterior. Dispensara a coroa e nem sequer usava um gibão. Naquela noite, estava vestido de caçador, com botas gastas, calças curtas em um tom de madeira, camisa sem colarinho e colete de pele decorado com tiras de couro cruzadas, que seguravam um arco dourado e uma aljava de flechas contra sua coluna ereta.

Ele bem que poderia ser o arqueiro da lenda do Norte preferida de Evangeline, "A balada do Arqueiro e da Raposa". O príncipe ficou vasculhando o salão de baile, com um olhar ardente, do mesmo nível de intensidade com o qual observara Evangeline ir embora de seu camarote na noite anterior.

– Acho que ele quer encontrar você! – comentou LaLa. Então pegou Evangeline pelo braço, a puxou para perto e falou, com a voz estridente: – Você deve ser a Raposa dele.

– E isso é bom ou ruim? – murmurou a jovem. – Continuo sem saber como essa história termina.

– Ninguém consegue se lembrar de como essa história termina, mas não tem importância. Apollo não está tentando recriar o conto. Está fazendo um gesto romântico!

Evangeline ficou sem palavras. Apollo devia ter se afetado de verdade pelo beijo da noite anterior. Ficou tentada a olhar para o Príncipe de Copas de novo, para ver o que ele estava pensando daquilo. Mas não conseguia tirar os olhos do príncipe herdeiro do Magnífico Norte, que se movimentava mais devagar por causa do corcel dourado, e parou no meio do salão de baile.

– Boa noite – declarou Apollo, e sua voz grave silenciou o ruído dos súditos. – Sei que devo tirar cinco damas para dançar, mas não poderei cumprir a tradição esta noite. – Ele ficou em silêncio por alguns instantes, parecendo levemente dividido. – Esta noite, só quero dançar com uma garota. – Seus olhos castanho-escuros finalmente cruzaram com os de Evangeline. E foi um olhar de pura avidez.

As pernas de Evangeline viraram geleia.

Por todo o salão, damas desmaiaram.

– Eu sabia! – falou LaLa, com um gritinho.

– Você está bem do meu lado. O príncipe pode estar olhando para você – sussurrou Evangeline.

– Você sabe tão bem quanto eu que não.

Mais desmaios se seguiram.

Apollo desceu do cavalo e foi se aproximando dela com uma autoconfiança inabalável, como só alguém que nunca foi rejeitado na vida poderia se movimentar.

Evangeline soltou o braço de LaLa e deu um passo à frente, pronta para cumprimentar o príncipe com mesura.

Só que Apollo parou a alguns metros de distância e estendeu o braço para outra garota, uma jovem muito bonita, de vestido champanhe, com um longo cabelo liso e preto reluzente, enfeitado com um discreto diadema dourado.

Evangeline bem que poderia ter virado pedra.

LaLa rapidamente segurou seu braço de novo e a arrastou para o meio da multidão, mas não em tempo de evitar que ela ouvisse diversas gargalhadas e risadinhas abafadas.

– Você viu a garota?

– Achei que o príncipe estava se dirigindo a ela.

– Ignore – disse LaLa. – Eu também achei que ele ia tirar você para dançar.

– Acho que aprendi minha lição sobre dar ouvidos ao que dizem os jornais de fofoca – Evangeline tentou brincar, na esperança de estancar suas lágrimas de vergonha.

LaLa fez a gentileza de dar risada, mas o som de seu riso foi logo abafado por todas as demais vozes. A bela garota que Apollo havia escolhido era a princesa Serendipity Skystead, a favorita. E, pelo jeito, todo mundo também estava esperando por isso.

– Eu sabia.

– Ela é tão sofisticada... E fala vinte e sete línguas.

– O sangue da família é tão bom... Realmente, não havia como escolher outra.

A cada comentário, Evangeline se sentiu diminuída, encolhida no meio da multidão, tentando abafar as vozes e subjugar sua crescente humilhação.

Fora tola. Nem sequer o conhecia. Não deveria se sentir tão rejeitada, só que era difícil acreditar que sua aventura pelo Norte terminaria daquele jeito, antes mesmo de ter realmente começado. E, lá no fundo, ela achava mesmo que havia causado uma boa impressão com o beijo que dera no príncipe, mas talvez o beijo tivesse causado impressão só nela.

Evangeline se soltou do braço de LaLa e falou:

– Acho que vou pegar um pouco de ponche.

Talvez o suficiente para se afogar.

Autocomiseração não lhe cai bem, Raposinha.

Evangeline ficou petrificada.

A voz grave que ouvia em sua cabeça era muito parecia com a de Jacks. Ela jamais ouvira a voz do Arcano daquele jeito. Nem sequer tinha certeza de que era mesmo o Príncipe de Copas – poderia ser sua imaginação –, mas a voz a fez se lembrar de Marisol e de que ainda precisava salvá-la.

Evangeline procurou a irmã postiça e Jacks pelo baile. Mas não os avistou. Havia pessoas demais no recinto.

– Com licença – disse uma voz grave bem atrás dela. Muito parecida com a do príncipe Apollo, mas Evangeline sabia que não devia se deixar levar por outra ilusão mortificante e imaginar que ele a havia encontrado escondida atrás da cascata de ponche.

– Evangeline... – A voz estava um pouco mais alta e foi acompanhada por um roçar de luvas de couro macias em seu ombro à mostra. – Você se importaria de virar? Por mais encantadoras que sejam as suas costas, prefiro ver seu rosto.

Evangeline arriscou olhar para trás disfarçadamente.

O príncipe Apollo estava bem atrás dela. Jurou que Apollo estava mais alto do que ela lembrava, porque ele olhava para baixo, em sua direção, com um sorriso um pouco mais tímido do que aquele que havia lançado para o salão de baile. Apenas uma leve inclinação nos lábios.

– Oi de novo. – A voz do príncipe se tornou rouca e suave. – Você está parecendo um sonho que virou realidade.

Evangeline se derreteu toda por dentro. Mas, depois de sua conclusão precipitada, tinha medo de imaginar por que Apollo estaria parado ali, olhando para ela como se realmente estivesse falando sério.

Um pequeno grupo de pessoas começou a se formar ao redor dos dois, e ninguém se deu ao trabalho de fingir que não estava olhando para eles.

Tentando ignorá-las, Evangeline se virou completamente e conseguiu fazer uma mesura para o príncipe sem perder o equilíbrio.

– É um prazer vê-lo de novo, Vossa Alteza.

– Eu esperava que, depois de ontem à noite, você me chamasse simplesmente de Apollo.

Ele segurou a mão de Evangeline, aproximou-a dos seus lábios e beijou seus nós dos dedos com cuidado, quase com reverência.

A carícia fez a pele dela estremecer de leve, mas foi o olhar de bronze ardente de Apollo que a fez ficar sem ar. Sentiu as pernas ficarem moles de novo, e sua esperança começar a imaginar coisas que não deveria imaginar.

Ela esperou que o príncipe dissesse mais alguma coisa, mas ele só engoliu em seco. Várias vezes. Seu pomo de Adão subia e descia. Apollo parecia estar sem palavras. Nervoso. Evangeline estava deixando o príncipe, que ficara pendurado no corrimão do camarote na noite anterior, nervoso.

E isso a fez criar coragem para dizer:

– Pensei que você só tiraria uma dama para dançar hoje à noite.

– Eu não queria sequer fazer isso, mas existe uma lei infeliz que me obriga a tirar pelo menos uma garota para dançar. – Ele engoliu em seco de novo, e sua voz ficou levemente mais grave: – Eu teria tirado você para dançar, mas sabia que, se você estivesse em meus braços, eu não chegaria ao fim da dança sem fazer isso.

Apollo se ajoelhou.

Evangeline, de repente, esqueceu como se respirava.

Apollo não podia estar fazendo o que a jovem achava que ele estava fazendo. Evangeline nem queria pensar no que pensava que o príncipe estava fazendo – muito menos depois de ter passado por boba havia tão pouco tempo.

Só que todas aquelas pessoas deviam estar pensando a mesma coisa que ela estava tentando não pensar. Os sussurros começaram de novo, e os grupos ao redor dos dois estavam crescendo, encurralando Evangeline e Apollo em um círculo de vestidos de baile, gibões de seda e expressões de choque. Ela viu Marisol dando um sorriso de orelha a orelha no meio dessas pessoas. Evangeline não avistou Jacks, mas ficou imaginando o que ele devia estar pensando daquilo. Ainda não sabia o que o Príncipe de Copas queria. Mas, se o Arcano fosse rival de Apollo, a garota não conseguia imaginá-lo planejando aquela virada nos acontecimentos.

O príncipe segurou as mãos da jovem com suas mãos quentes.

– Eu quero você, Evangeline Raposa. Quero escrever palavras para você nas paredes do Paço dos Lobos e gravar seu nome em meu coração com espadas. Quero que você seja minha esposa, minha princesa e minha rainha. Case comigo, Evangeline, e permita que eu te dê tudo.

Apollo beijou a mão de Evangeline de novo. E, desta vez, quando olhou para ela, foi como se o restante do baile não existisse. Os olhos do príncipe disseram mil palavras exóticas. Mas a palavra que Evangeline mais sentiu foi "quero". Apollo queria ficar com ela mais do que com qualquer outra pessoa naquele salão de baile.

Ninguém jamais olhara para Evangeline daquela maneira – nem mesmo Luc. Na verdade, a garota nem conseguia mais lembrar a imagem de Luc. Só conseguia enxergar o desejo, a esperança e a pontada de medo que a expressão de Apollo transmitia, como se ela pudesse dizer "não". Mas como Evangeline poderia fazer isso?

Pela primeira vez em meses, ela sentiu seu coração tão cheio que estava prestes a explodir.

E foi por isso que, quando Evangeline abriu a boca, disse exatamente o que a maioria das garotas diria se um príncipe herdeiro as pedisse em casamento no meio de um salão de baile encantado.

– Sim.

19

No mesmo instante em que Evangeline conseguiu pronunciar seu "sim", os corneteiros que estavam nos camarotes soltaram um viva com seus metais, o salão inteiro explodiu em aplausos, e Apollo a abraçou de forma galante.

O sorriso do príncipe era da mais pura alegria. Poderia tê-la beijado naquele instante. Suas pálpebras estavam se fechando, e sua boca estava se aproximando. E...

Evangeline tentou encostar nela.

Ela estava em meio a um conto de fadas, flutuando no centro de um castelo encantado, nos braços de um príncipe que acabara de escolhê-la, em detrimento de todas as demais garotas que estavam ali.

Mas o modo como Apollo se aproximava para beijá-la a fez lembrar outro beijo. Do último beijo entre os dois, um beijo que Jacks orquestrara por motivos que ela ainda não era capaz de entender. Mas e se fosse *aquilo* que o Arcano esperava? Evangeline não queria pensar que aquele pedido de casamento era obra de Jacks. O Príncipe de Copas não tinha como saber que essa seria a consequência daquele beijo – e Evangeline nem sequer entendia por que ele poderia planejar aquele noivado. Era muito mais fácil e agradável imaginar que não era aquilo que Jacks pretendia, nem de longe.

E por acaso não diziam que os Arcanos eram ciumentos?

– Tudo bem? – A mão quente de Apollo subiu pelas costas dela, massageando-a suavemente, como se quisesse acordá-la de um pesadelo. – Você não mudou de ideia, mudou?

Evangeline respirou fundo, temerosa.

Ainda não tinha avistado Jacks em meio aos presentes, mas a sensação era de que o reino inteiro a estava observando. O salão de baile inteiro se reunia em volta deles, com expressões que variavam do maravilhamento à inveja.

– Você está chocada. – Os dedos de Apollo tocaram o queixo de Evangeline e inclinaram o seu rosto mais para perto do seu. – Desculpe, meu amor. Queria poder ter feito esse pedido a sós com você. Mas teremos muitos momentos só nossos no futuro.

O príncipe baixou a cabeça e se preparou, de novo, para beijá-la.

Evangeline só precisava fechar os olhos e beijar Apollo. Aquela era sua oportunidade de ter um final feliz. E, se deixasse suas dúvidas de lado, estava mesmo feliz. Vinha torcendo para que aquilo acontecesse, esse era o único motivo de sua viagem para o Norte. Queria uma história de amor igual à dos pais. De início, desejara um amor e uma chance de conquistar o príncipe. E agora possuía tudo isso.

Levantou a cabeça na direção de Apollo.

A boca do príncipe encostou em seus lábios antes que ela pudesse fechar os olhos. Na noite anterior, Apollo relutara, de início. Mas ali, naquele momento, ele a beijou com a autoconfiança de um príncipe que jamais ouvira um "não" na vida. Seus lábios eram macios, mas o beijo parecia flores caindo de seu vestido, porque o público suspirava, em choque, então Apollo a pegou no colo e a rodopiou, e a beijou, a beijou, a beijou. Era o tipo de beijo de delírios febris, um borrão de uma carícia, com um calor estonteante. E, desta vez, Jacks não pôs fim ao beijo. Evangeline não sentiu sua mão gelada no ombro nem ouviu sua voz dentro de sua cabeça, dizendo que cometera um erro. Só ouviu os murmúrios de Apollo, prometendo a Evangeline que tudo o que ela pudesse querer na vida seria seu.

20

Depois que o pai de Evangeline morreu, a jovem sonhava que tanto ele quanto a mãe ainda estavam vivos. Nos sonhos, estava na loja de curiosidades, parada perto da porta, olhando pela vidraça, esperando os dois chegarem. Ela os via vindo na rua, caminhando de mãos dadas, e, assim que se aproximavam da porta – bem na hora em que estava prestes a ouvir a voz dos dois e sentir seus braços a abraçando –, Evangeline despertava. Sempre tentava, desesperada, dormir de novo, só para ter mais um minuto desse sonho.

Esses sonhos eram a melhor parte de seu dia. Mas, agora, tinha a sensação de que estava sonhando acordada. Algo meio irreal e meio maravilhoso. Evangeline não teve coragem de abrir os olhos logo de início. Por muito tempo, sua esperança fora algo tão frágil quanto uma bolha de sabão, e ela ainda tinha medo de que essa esperança estourasse. Estava com receio de se encontrar completamente sozinha, dentro do próprio quarto abarrotado em Valenda.

Só que Valenda estava do outro lado do mundo, e logo ela nunca mais ficaria sozinha.

Quando Evangeline abriu os olhos, estava em Valorfell, na cama de baú do tesouro, na estalagem A Sereia e as Pérolas, e estava noiva de um príncipe!

Evangeline não conseguia parar de sorrir nem de dar aquela risadinha que vinha do fundo do peito.

– Ah, que bom! Você finalmente acordou.

Marisol espiou dentro do quarto da irmã. Ficou perto da porta, trazendo uma onda de calor da lareira que ficava no quarto vizinho.

Devia estar acordada havia algum tempo. Já estava arrumada, com um vestido em um tom de pêssego com chantili e com o cabelo castanho-claro já trançado com capricho. Ela segurava duas canecas de chá fervente que aqueceram a suíte gelada de Evangeline com o aroma de azevinho e menta branca. As duas garotas estavam tão exaustas na hora em que foram embora do baile que praticamente desmaiaram dentro da carruagem e dormiram o tempo todo até chegar à estalagem.

– Você é um anjo.

Evangeline se sentou na cama e pegou, agradecida, a caneca de chá quente.

– Não acredito que você conseguiu dormir depois de tudo o que aconteceu ontem à noite – disse Marisol, empolgada.

Mas sua voz saiu aguda demais, de um jeito que não era natural, e seus dedos tremiam ao segurar a caneca.

Evangeline pensou que, apesar de a irmã postiça dar a impressão de estar empolgada, aquilo tudo não deveria ter sido fácil para ela: observar Evangeline encontrar seu final feliz enquanto ainda era chamada de "Noiva Amaldiçoada".

Tudo por causa dela.

E agora Evangeline tinha ainda mais a perder se contasse para a irmã postiça a verdade a respeito de seu trato com Jacks.

De repente, o chá ficou com gosto de lágrimas e sal, porque Marisol comentou:

– O pedido de casamento do príncipe Apollo foi a coisa mais romântica que eu já vi na vida. Pode até ser a coisa mais romântica que já aconteceu no mundo. Você vai ficar tão linda de noiva!

– Obrigada – disse Evangeline, baixinho. – Mas não precisamos continuar falando nisso.

Marisol franziu o cenho e argumentou:

– Evangeline, você não precisa esconder sua felicidade só para eu me sentir melhor. Você vai se tornar princesa. Ninguém merece isso mais do que você. E tinha razão. Nenhuma pessoa sequer reconheceu que sou a Noiva Amaldiçoada. Até me tiraram para dançar. Você viu o rapaz? – Marisol mordeu o lábio, deu um sorriso e completou:

– Acho que era a pessoa mais bonita da festa. Depois do príncipe Apollo, é claro. Tem cabelo azul-escuro, olhos azuis-claros e o mais misterioso dos sorrisos. Chama-se Jacks, e já estou torcendo...

– Não!

Marisol foi para trás, como se tivesse recebido um tapa.

Evangeline se encolheu toda. Não queria ter falado de um jeito tão grosseiro, mas precisava proteger a irmã postiça do Príncipe de Copas.

– Desculpe, é que ouvi coisas perigosas sobre ele.

Marisol retorceu os lábios.

– Sei que os tabloides têm sido gentis com você, mas achava que você, mesmo assim, saberia que não pode dar ouvidos às palavras maldosas que as pessoas sussurram pelas costas das outras.

– Você tem razão, eu não devia dar ouvidos a fofocas, mas não são apenas boatos. – Desta vez, Evangeline tentou ser mais delicada. – Eu conheço Jacks. Ele estava na festa, naquela primeira noite, e... não acho que vá te fazer bem.

Sua irmã postiça deu uma risada debochada e retrucou:

– Nem todo mundo pode se casar com um príncipe, Evangeline. Certas pessoas, como eu, se contentam quando chamam a atenção de qualquer um.

– Marisol, des...

– Não, eu é que peço desculpas – Marisol disse rapidamente, já ficando sem cor. – Eu não deveria ter dito isso. Isso é coisa que minha mãe faria, não eu.

– Tudo bem.

– Tudo bem nada.

Marisol olhou para o chá que acabara de derramar na saia e ficou com os olhos cheios de lágrimas. Mas Evangeline sabia que ela não estava chorando por causa da saia. Nunca era por causa da saia.

Marisol se sentou na beira da cama, ainda olhando para a mancha no vestido, e disse, com uma voz distante:

– Quando era criança, você por acaso participava daquela brincadeira em que as cadeiras são dispostas em círculo, e, quando a música para de tocar, a gente precisa se sentar em uma delas? Só que nunca tem cadeira para todo mundo, e uma pessoa sempre fica de fora e tem que sair do jogo. É assim que eu me sinto, como se tivesse perdido a chance de me sentar na cadeira e agora tivesse que sair do jogo.

Marisol respirou fundo, trêmula, e Evangeline sentiu esse tremor no próprio peito.

Sempre fora um desafio tentar se aproximar da irmã postiça. As duas nunca tiveram muito em comum, a não ser Luc, o que era algo terrível para ter em comum. Mas isso estava começando a parecer a coisa menos importante que elas tinham em comum.

Ao olhar para Marisol, Evangeline se lembrou daqueles meses em que tinha trabalhado na livraria e começara a se sentir como um daqueles romances esquecidos nas prateleiras de livros usados do fundo da loja, negligenciada e sozinha. Mas sempre teve esperança de que tudo iria mudar. Podia até ter perdido o pai e a mãe, mas podia se apegar às lembranças que tinha deles, às suas histórias e palavras de incentivo. Só que Marisol não tinha ninguém além da mãe, que sempre a colocava para baixo, em vez de pô-la para cima.

Evangeline pôs a caneca na mesinha de cabeceira, foi até o outro lado da cama e abraçou Marisol bem apertado. Não tinha certeza se deveria criar coragem e conversar com a irmã postiça sobre Luc ou confessar o que havia acontecido no dia de seu casamento. Mas continuaria tentando encontrar jeitos de se redimir com Marisol. Ainda mais agora, que Apollo a colocava na posição ideal para fazer isso.

A irmã postiça se aninhou em seus braços, fungando.

– Desculpe estragar sua felicidade.

– Você não estragou nada nem saiu de brincadeira nenhuma. No Norte, as pessoas nem brincam de dança das cadeiras. Ouvi dizer que foi proibido por lei e substituído pelo xadrez do beijo.

Assim que disse isso, Evangeline já pensou em organizar uma partida para a irmã postiça com todos os rapazes solteiros do lugar. E se pedisse ajuda para Apollo?

Isso até podia não remediar tudo, mas era um começo. Evangeline já ia sugerir a ideia quando começaram a bater na porta.

As duas garotas pularam da cama, derramando mais chá. Desta vez, no tapete. A única pessoa que já havia batido na porta do quarto delas era Frangelica, mas sempre fora delicada. Aquelas batidas pareciam quase furiosas.

Evangeline demorou apenas um segundo para vestir um roupão de lã e correu até a porta. A madeira sacudia quando ela se aproximou.

– Evangeline! – Era a voz de Apollo, gritando do outro lado da porta. – Evangeline, você está aí?

– Abra! – falou Marisol, aflita. – *É o príncipe* – completou, sem emitir som, como se o título significasse que as atitudes dele não eram nem um pouco alarmantes.

– Evangeline, se você estiver aí, por favor, me deixe entrar – implorou Apollo. Sua voz tinha tons de medo e desespero.

A garota abriu a tranca.

– Apollo, o quê... – Evangeline foi interrompida assim que a porta abriu, porque o príncipe entrou na suíte das garotas acompanhado por uma dúzia de soldados reais.

– Meu coração, você está bem? – perguntou Apollo, abraçando Evangeline. Seu peito arfava. Estava com olheiras. – Eu fiquei tão preocupado. Jamais deveria ter permitido que você fosse embora ontem à noite.

– Qual é o problema? – indagou ela.

O soldado mais próximo estendeu um tabloide úmido para Evangeline ler, e Apollo a abraçou com menos força.

O Boato Diário

NOIVOS!

Por Kristof Knightlinger

No passado, o Sarau Sem Fim durava semanas, às vezes meses. Mas, ontem à noite, poucos minutos depois de chegar ao baile, o príncipe herdeiro Apollo Acadian pediu a mão de uma noiva considerada um curinga, a favorita de todos vinda do Sul: Evangeline Raposa.

Apollo selou seu noivado com um beijo que deixou metade das damas presentes aos prantos. Mas diversas garotas pareciam mais bravas do que tristes. Depois que o príncipe largou a princesa Serendipity Skystead no meio da pista de dança para pedir a recém-noiva em casamento, a princesa praticamente fez cara de assassina. A Noiva Amaldiçoada não conseguiu fazer mal a Evangeline. Só que, enquanto observava a declaração de amor de Apollo, mais parecia que ela queria fazer o casal virar pedra. E uma das minhas fontes de ouvidos aguçados também ouviu falar que a matriarca da Casa Sucesso reclamou com a neta, Thessaly, que o príncipe deveria tê-la escolhido, mas ainda estava em tempo de mudar essa decisão.

O príncipe Apollo e a srta. Evangeline Raposa devem se casar dentro de uma semana – isto é, se ninguém fizer mal a ela primeiro.

Evangeline parou de ler.

– O que está escrito? – perguntou Marisol.

– Só mais uma distorção da verdade – desconversou Evangeline. Ela arrancou o jornal da mão do guarda e o atirou na lareira antes que a irmã postiça pudesse ver as palavras escritas a seu respeito. – Kristof só está tentando vender jornal, falando que estou em perigo. Ninguém tentou me fazer mal – garantiu a Apollo. – Depois que nos despedimos, eu e Marisol voltamos para cá, e dormi até agora.

Apollo estalou o maxilar e se virou para Marisol, como se tivesse acabado de notar sua presença.

A garota ficou tensa. Havia parado de chorar, mas ainda parecia pequena e frágil. E Evangeline sabia que precisava intervir antes que mais erros fossem cometidos.

– Minha irmã postiça jamais me faria mal. Na verdade, seria possível impedir que o senhor Knightlinger e o *Boato Diário* publicassem mais mentiras maldosas sobre ela?

Apollo fez cara de quem ia argumentar. Era visível que o príncipe acreditava nas fofocas. Mas quanto mais Evangeline olhava para ele, mais Apollo parecia amolecer. As rugas em torno dos seus olhos sumiram, e seus ombros tensos relaxaram.

– Isso te deixaria feliz?

– Deixaria.

– Então irei me certificar de que isso seja feito. Mas preciso que me faça um favor.

Apollo segurou o rosto de Evangeline com as duas mãos.

Ela ainda não estava acostumada a sentir o toque do príncipe. A mão de Apollo era maior do que a de Luc, mas seu toque era mais delicado. E, apesar disso, a expressão em seus olhos profundos era completamente atormentada.

– Quero que você venha morar no Paço dos Lobos comigo, onde ficará a salvo de qualquer tipo de ameaça.

O Boato Diário

FALTAM SEIS DIAS!

Por Kristof Knightlinger

Ninguém sabe ao certo há quanto tempo o Paço dos Lobos existe, mas reza a lenda que Lobric Valor construiu cada uma das torres altíssimas, cada salão de teto abobadado, cada masmorra tortuosa, cada pátio romântico e cada passagem secreta do castelo como presente de casamento para sua noiva, Honora.

Não sei o que Apollo planeja dar de presente de casamento para a srta. Evangeline Raposa, mas ouvi o boato de que ele já providenciou a mudança da noiva para o Paço dos Lobos, assim como a da cunhada, Marisol Tourmaline, e minhas fontes garantem que a jovem não é amaldiçoada nem tem planos para amaldiçoar a irmã postiça. Na verdade, foi confirmado que a srta. Tourmaline continuará aqui depois do casamento, fazendo parte da corte real do Norte.

(continua na página 7)

22

No dia seguinte, chegou o vestido de noiva. Evangeline o encontrou esparramado em cima de sua cama de princesa, dentro do Paço dos Lobos. O vestido era branco e dourado e vinha com um par de asas emplumadas que arrastavam no chão.

> *Minha querida Evangeline,*
>
> *Vi esse vestido e pensei em você, porque você é um anjo.*
>
> *Do seu eterno e mais verdadeiro amor,*
> *Apollo*

23

Um dia depois, Evangeline acordou e encontrou a banheira cheia do que parecia um tesouro de pirata reluzente.

Minha querida Evangeline,

Você merece tomar banho de imersão em pedras preciosas.

Do seu eterno e mais verdadeiro amor,

Apollo

24

E então estavam em um estábulo cheio de cavalos. Os corcéis eram de um branco faiscante, adornados com selas de ouro rosê, da mesma cor do cabelo de Evangeline.

– Para podermos cavalgar juntos ao pôr do sol – disse Apollo. Seu olhar era de adoração quando segurou as mãos da noiva.

Evangeline tinha a sensação de que seus dedos eram pequenos dentro das mãos quentes dele, mas estavam começando a se encaixar.

– Você não precisa me dar tantos presentes – falou.

– Eu te daria o mundo se fosse possível. A lua, as estrelas e todos os sóis do universo. Tudo para você, meu amor.

25

Tudo ia além do que Evangeline poderia querer ou sonhar. Os últimos dias tinham sido um vendaval de maravilhas. Sua suíte real estava repleta de vestidos coloridos, flores e presentes. Até a imperatriz Scarlett enviara algo para ela, e Evangeline não fazia ideia de como o pacotinho fora entregue tão rápido.

A jovem deveria ter se sentido nas nuvens. Deveria ter sentido empolgação, romance e amor. Apollo era generoso, atencioso e absurdamente gentil com ela. E Evangeline, com certeza, sentia algo sempre que pensava no príncipe, mas não eram nuvens, infelizmente. Era algo mais próximo daquela sensação perturbadora que sentira depois de fazer o trato com Jacks, ou daquela sensação de que havia algo errado quando soube que Luc pedira Marisol em casamento.

Algo não era o que deveria ser.

Evangeline se sentou na frente da ampla lareira, soltou a caixinha vermelha que a imperatriz Scarlett enviara, e então pegou a edição daquela manhã do jornal de fofoca.

O Boato Diário

FALTAM TRÊS DIAS!

Por Kristof Knightlinger

Evangeline Raposa e o príncipe Apollo Acadian ficaram noivos há menos de uma semana, e já estão escrevendo canções a respeito dos dois e falando que essa é a maior história de amor que o Magnífico Norte já viu. Os boatos que circulam são extravagantes – principalmente sobre o príncipe, que um dia disse que não escolheria noiva nenhuma. Mas estou muito animado em contar que consegui uma rara entrevista com o príncipe herdeiro, para descobrir quais lendas a seu respeito são verdadeiras.

Kristof: Todo mundo tem comentado sobre o senhor e Evangeline Raposa. As pessoas dizem que o senhor foi completamente enfeitiçado. Tenho ouvido que o senhor fica, todas as noites, no pátio em frente à janela do quarto dela, fazendo serenata. O senhor declarou feriado no dia do aniversário de sua noiva e pediu para refazer todos os seus cento e vinte e dois retratos para incluí-la. Há algo de verdade nessas histórias?

Príncipe Apollo: Fiz mais do que isso, senhor Knightlinger. (Com um sorriso de orgulho, o príncipe abriu metade dos botões da camisa e a afastou, revelando uma tatuagem vibrante de duas espadas curvadas, formando um coração e contendo um só nome: Evangeline.)

Kristof: Muito impressionante, Vossa Alteza.

Príncipe Apollo: Eu sei.

Kristof: Não há quem possa duvidar que vocês estão apaixonados ao vê-los juntos. Mas ouvi rumores de que

o Conselho das Grandes Casas não está feliz pelo senhor ter escolhido não apenas uma noiva estrangeira, mas uma que não vem de uma família proeminente. Dizem que querem cancelar o casamento e que é por isso que o senhor escolheu uma data tão próxima para realizá-lo.

Príncipe Apollo: Isso é uma completa mentira. Mesmo que houvesse algo de verdade nela, nada poderia me afastar do amor da minha vida.

Kristof: E seu irmão, o príncipe Tiberius? Há boatos de que os senhores se desentenderam novamente esta semana. Dizem que ele apoia a objeção das Grandes Casas à noiva escolhida porque quer impedir seu casamento e impedi-lo de se tornar rei.

Príncipe Apollo: Isso é uma mentira absoluta. Meu irmão não poderia estar mais feliz por mim.

Kristof: Então por que andam dizendo que ele sumiu novamente?

Príncipe Apollo: Há quem esqueça que Tiberius também é príncipe e tem suas próprias obrigações reais.

O príncipe Apollo não quis me dizer se o príncipe Tiberius estará presente no casamento, mas nossa entrevista conseguiu confirmar os boatos de que o príncipe herdeiro está completamente enfeitiçado pela futura esposa. Nunca vi ninguém tão apaixonado quanto o príncipe Apollo.

Ah, se ao menos Evangeline conseguisse acreditar que Apollo estava realmente apaixonado. Mas, infelizmente, ela temia que Kristof tivesse razão, ao chamar seu prometido de "enfeitiçado".

Evangeline acreditava em amor à primeira vista, acreditava em um amor como o de seus pais, no amor dos contos de fadas. Era por causa desse tipo de amor que fora para o Norte, na esperança de encontrá-lo. Só que as atitudes e os sentimentos de Apollo eram tão extremos que não pareciam ser amor. Mais pareciam uma obsessão – ávida e ultrajante, e, sendo sincera, um tanto perturbadora. Como se fossem obra de um feitiço, de uma maldição, ou de um Arcano.

Como Jacks.

Quando Apollo pediu Evangeline em casamento, ela pensou de imediato que Jacks não aprovaria aquele casamento. Mas, agora, não podia deixar de se perguntar: será que Jacks era o motivo para aquele noivado ter acontecido? Será que o sangue com o qual Jacks pintara seus lábios infundira magia no seu beijo, fazendo Apollo cair de *amores* por ela?

Evangeline não queria pensar isso. Não queria pensar em Jacks de forma alguma. Mas, se o Arcano tivesse feito algo com Apollo, isso explicaria o comportamento exagerado do príncipe.

Mas por quê?

Evangeline não conseguia encontrar nenhum motivo para o Príncipe de Copas querer que ela e Apollo se casassem, o que dava esperanças de que sua teoria estivesse errada e que o príncipe herdeiro realmente estivesse vivenciando um dramático amor à primeira vista.

Ela queria tanto acreditar que os dois viveriam uma história de amor de conto de fadas. Queria que tudo aquilo fosse verdade. Não queria voltar para a casa de Agnes nem para Valenda, onde a melhor parte de seu dia era quando a sineta tocava do lado de fora da porta de uma livraria.

E ainda havia Marisol. A irmã postiça podia até ter começado com o pé esquerdo no Norte, mas Apollo obrigara os jornais a não dizer mais nem uma palavra ruim sobre ela. E, se Evangeline se casasse com Apollo, poderia fazer muito mais por Marisol.

Mas se o príncipe herdeiro estivesse enfeitiçado por Jacks, nada disso teria importância e nada disso seria verdade.

Evangeline enrolou o jornal lentamente, sabendo o que precisava fazer, mas morrendo de medo, mesmo assim.

Não queria ver Jacks novamente. Só que se ele havia feito isso com Apollo, precisava convencê-lo a desfazer.

Duvidava que o Príncipe de Copas quebrasse o feitiço de Apollo por pura e simples bondade de seu coração, já que todas as histórias diziam que o coração de Jacks nem sequer batia. Mas Evangeline não precisava contar com a bondade do Arcano. Se Jacks quisesse que se casasse com o príncipe, ela tinha o poder de barganha, que pretendia usar para convencer o Arcano a consertar o príncipe Apollo e depois descobrir exatamente o que Jacks pretendia.

Caro Jacks,

Gostaria que tivéssemos uma oportunidade de conversar a respeito de um assunto importante que requer sua ajuda imediata. Se você não tiver outro compromisso, adoraria esbarrar em você enquanto dou minha caminhada matutina na floresta, fora do Paço dos Lobos, amanhã.

Cordialmente,
Evangeline Raposa

26

Raposinha,

Se você estava tentando escrever um bilhete ameaçador ou persuasivo, precisa melhorar suas habilidades.

Não tenho tempo para ficar vagabundeando pela floresta com você, mas pode me encontrar amanhã à tarde, no Beco Capricórnio.

– J

Caro Jacks,

Eu só estava tentando ser educada. É uma pena você ser tão acostumado ao engano e ao fingimento ao ponto de nem ser capaz de reconhecer uma cortesia. Nem todo mundo recorre à manipulação para conseguir o que quer.

Cordialmente,

Evangeline Raposa

É claro que Evangeline não podia mandar aquele bilhete, mas se sentiu bem ao escrevê-lo antes de sair escondida para encontrar Jacks no dia seguinte.

Ficara um pouco receosa, sem saber como faria. Depois que o tabloide publicou aquela matéria incendiária a respeito de sua segurança, Apollo dera uma dupla de guardas para garantir que ninguém fizesse mal a ela. Mas também dera absoluta liberdade para ela fazer o que quisesse, e Evangeline aproveitou essa liberdade para reunir informações a respeito das passagens secretas do Paço dos Lobos. E, convenientemente, havia uma localizada em seu quarto, a qual ela usou para conseguir dar sua escapadinha.

Evangeline não sabia se alguém iria perceber que ela havia saído. Mas torceu para que ninguém a seguisse até aquela faixa estreita de neblina e escuridão chamada Beco Capricórnio.

Encolheu-se ainda mais dentro da capa forrada de pele e esfregou as mãos uma na outra, arrependida de não estar com luvas mais grossas. Afastado de todas as docas e das outras lojas, aquele beco parecia o tipo de lugar que alguém só encontraria se estivesse perdido. Havia nevado por toda Valorfell durante a noite, mas a neve, pelo jeito, esquecera aquele local nada convidativo e deixara suas sinistras pedras cinzentas intocadas. A única porta era adornada por um círculo de caveiras, o que a fez pensar que os negócios realizados ali não eram lá muito tentadores.

Uma carruagem preta laqueada, sem identificação, parou.

O coração de Evangeline deu diversos pulinhos. Ela não estava fazendo nada de ilícito ou de errado. Estava tentando fazer algo correto, algo nobre. Mas seu coração deve ter pressentido o perigo, porque continuou a acelerar quando a porta se escancarou e ela entrou na carruagem.

Jacks parecia um empregado dos estábulos devasso que havia roubado a carruagem do patrão. Estava esparramado de um lado da carruagem, com uma das botas de couro gastas em cima das almofadas, sem ter o menor cuidado. Havia um gibão cinza-chumbo amarfanhado no assento de couro macio ao seu lado; ou seja: ele estava apenas de camisa de linho, parcialmente desabotoada e com as mangas arregaçadas. Evangeline pôde perceber a pontinha de uma cicatriz áspera no peito do Arcano bem na hora em que ele pegou sua adaga de pedras preciosas e começou a cortar uma maçã prateada.

– Você fica olhando assim para todo mundo ou só para mim? – perguntou Jacks.

Em seguida, o Príncipe de Copas ergueu a cabeça. Seus olhos de um azul-vívido cruzaram com os de Evangeline.

O que não devia ter feito o sangue da jovem ferver do jeito que ferveu. Nem era propriamente um olhar, era mais uma espiada vaga. Jacks, então, voltou a cortar a casca metálica da maçã, fazendo o ar ficar com um cheiro absolutamente doce.

Evangeline resolveu ir direto ao ponto:

– Preciso que você desfaça o que quer que tenha feito ao príncipe Apollo.

– Qual é o problema? – Ele descasca. *Tchéc.* – Por acaso ele te machucou?

– Não, não acho que Apollo seria capaz de me fazer mal. Ele praticamente me idolatra: esse é o problema. O príncipe só pensa em mim. Me dá banheiras cheias de pedras preciosas e diz que não precisa de mais nada além de mim.

– Não consigo entender por que isso seria um problema. – A boca emburrada de Jacks se acomodou em uma expressão que ficava a meio caminho entre a careta e a risada. – Quando você entrou em minha igreja pela primeira vez, havia perdido seu amor. E agora te dei um novo.

– Então isso é obra sua?

Jacks olhou bem nos seus olhos, voltando a ter um olhar gelado.

– Vá embora, Raposinha. Volte para seu príncipe e para seu final feliz e nunca mais me faça essa pergunta.

Em outras palavras: "sim".

Uma por uma, as minúsculas bolhas de esperança que havia dentro de Evangeline estouraram. *Puf. Puf. Puf.*

Ela sabia que aquilo tudo era bom demais para ser verdade. Tinha a sensação de que estava vivendo uma ilusão e, se olhasse bem de perto, veria que tudo que ela acreditava ser poeira estelar eram, na verdade, as brasas ardentes de um feitiço perverso. Apollo não a amava: até onde sabia, o príncipe nem sequer gostava dela. Apollo tinha dito, certa vez, que ela era o sonho dele que virara realidade. Mas, na verdade, Evangeline era a maldição do príncipe.

– Não vou sair dessa carruagem enquanto você não consertar Apollo.

– Quer que ele deixe de amar você?

– Apollo não me ama de verdade. O que ele está sentindo não é real.

– É real para ele – insistiu o Arcano, falando arrastado. – Provavelmente, o príncipe nunca se sentiu tão feliz na vida.

– Mas a vida não é feita só de felicidade, Jacks! – Evangeline não queria gritar, mas o Príncipe de Copas tirava qualquer um do sério. – Não finja que não fez nada de errado.

– Certo e errado são coisas tão subjetivas... – Jacks soltou um suspiro e continuou: – Você diz que o que fiz com Apollo é errado. Eu digo que fiz um favor para ele e estou fazendo um favor para você também. Sugiro que aceite. Case-se com o príncipe e deixe que ele te torne primeiro princesa, depois rainha.

– Não.

Aquilo não era tão ruim quanto Jacks ter transformado todos os convidados de um casamento em pedra, mas Evangeline não conseguiria se perdoar se vivesse com Apollo naquelas condições. Queria ser o amor de alguém, não uma maldição. E achava que, se o príncipe herdeiro descobrisse o que haviam feito, tampouco iria querer viver com ela naquelas condições.

E Evangeline também não acreditou, nem por um segundo, que aquilo era uma espécie de favor. Jacks queria que aquele casamento acontecesse. Ela ainda não sabia o porquê, mas o Arcano se empenhara muito para que aquilo acontecesse.

– Conserte Apollo. Senão cancelarei o casamento.

Jacks deu um sorrisinho irônico e provocou:

– Você não vai desmanchar o noivado com um príncipe.

– Não duvide de mim. Você tampouco acreditou quando falei que beberia do cálice de veneno, mas eu bebi.

O Príncipe de Copas cerrou os dentes.

Ela deu um sorriso triunfante.

E então a carruagem começou a se movimentar.

Evangeline se segurou nas almofadas para não cair no colo de Jacks.

– Espere aí... Aonde vamos?

– À sua próxima tarefa.

O olhar de Jacks pousou no pulso de Evangeline, e as duas cicatrizes em forma de coração partido que restavam começaram a arder. *Ai. Ai.* Parecia que dentes em brasa afundavam na sua pele.

Ela apertou ainda mais as almofadas, sentindo-se tonta de repente. Ainda estava lidando com as consequências de seu último beijo. Não estava pronta para outro *e* estava noiva. Por ora, pelo menos.

Os olhos azuis de Jacks brilharam, como se o Arcano achasse graça no medo dela.

– Não se preocupe, Raposinha. Esse beijo será diferente. Não vou te pedir para fazer nada que possa colocar esse casamento em risco.

– Eu já te falei. Não haverá casamento se você não consertar Apollo.

– E, se eu consertar Apollo, tampouco haverá casamento.

– Então acho que vou cancelar meu noivado.

– Faça isso e destruirá Apollo, não eu. – Jacks enfiou a faca na maçã. – Se não se casar com o príncipe, irá partir o coração dele, mais do que você pode imaginar. E o coração de Apollo jamais cicatrizará com o tempo, a ferida só irá aumentar e supurar. A menos que eu queira, o príncipe herdeiro jamais irá superar o amor não correspondido que sente por você. Passará o resto da vida consumido por esse amor. Até que, um dia, será destruído por ele.

O Príncipe de Copas terminou de dizer isso com um sorriso que beirava a alegria, como se a ideia de deixar alguém de coração partido para sempre o deixasse de bom humor.

O Arcano era terrível. Não havia outra palavra para descrevê-lo – a não ser, talvez, "sem coração", "depravado" ou "podre". O fato de Jacks parecer gostar de infligir dor era absolutamente estarrecedor. A maçã que tinha nas mãos devia possuir mais compaixão do que ele. Aquele não era o mesmo jovem que praticamente sangrara de tanta dor de amor por toda a nave da própria igreja. Algo dentro dele havia se partido.

LaLa comentara que estavam dizendo que Jacks estava de coração partido por causa da irmã mais nova da imperatriz. De início, Evangeline não acreditou. O Príncipe de Copas não parecera triste na primeira noite que o vira em Valorfell. Só parecera mais cruel e mais frio. Mas talvez fosse assim que os Arcanos ficavam quando estavam de coração partido. Talvez não ficassem magoados, sentindo-se sós e terrivelmente infelizes. Talvez, estar de coração partido só tornasse os Arcanos ainda mais inumanos. Será que fora isso que havia acontecido com Jacks?

– Você está com pena de mim? – perguntou o Príncipe de Copas, dando uma risada grosseira e debochada. – Não tenha pena,

Raposinha. Será um erro você se convencer de que não sou um monstro. Sou um Arcano, e você não passa de uma ferramenta para mim.

Então levou a ponta da adaga à boca e ficou passando nos lábios até saírem várias gotas de sangue.

— Se você está tentando me assustar...

— Cuidado com essas suas ameaças. — Jacks se levantou de supetão e pressionou a ponta da adaga manchada de sangue no meio da boca de Evangeline.

A jovem teria soltado um suspiro de assombro, se não temesse que o Arcano enfiasse a faca em sua boca. Os olhos azuis de Jacks voltaram a ficar claros enquanto ele a provocava com a lâmina, pressionando-a contra sua boca fechada até ela conseguir sentir aquele gosto doce perturbador do sangue do Arcano.

— Como já deve ter percebido, só estou conversando com você porque preciso que se case com Apollo. Sendo assim, vou te dar um presente de casamento. Prometo consertar o príncipe e apagar todos os sentimentos artificiais que ele tem por você depois do casamento.

A carruagem parou de repente. Mas Jacks não se mexeu. Nem Evangeline. Ela nem sequer olhou pela janela para ver onde tinham parado. Ficou apenas olhando fixamente para o Príncipe de Copas.

Jacks a havia encurralado. Tinha que se casar com Apollo para salvá-lo. E, se o salvasse — se o Arcano apagasse os sentimentos que o príncipe herdeiro tinha por ela *depois* que os dois se casassem —, Apollo certamente a odiaria quase tão profundamente quanto pensava que a amava naquele momento.

A única pessoa que realmente poderia sair ganhando era Jacks.

Com cuidado, Evangeline inclinou o corpo para trás, até a faca de Jacks não estar mais encostada em seus lábios. Mas ainda conseguia sentir o fio da lâmina, a frieza do metal e a doçura do sangue dele, que ainda manchava seus lábios. Tinha a impressão de que sentiria aquele gosto para sempre.

— Pelo menos, me diga por que você quer este casamento.

— Apenas aceite o presente. O que quero não vai magoar nem machucar ninguém.

Evangeline olhou para a adaga de pedras preciosas que ele acabara de pressionar contra seus lábios e falou:

– Acho que eu e você temos uma definição diferente de magoar e machucar.

– Dê graças aos céus por isso, Raposinha. – Jacks deu um sorriso afiado. Uma gota de sangue caiu do canto de sua boca, e uma expressão desolada tomou conta de seu rosto. – Foi a mágoa que me deixou assim.

erta vez, a mãe de Evangeline disse que existiam cinco tipos de castelo no Norte. O castelo fortaleza, o castelo encantado, o castelo mal-assombrado, o castelo em ruínas e o castelo dos livros de história. Evangeline ainda não tinha visto todos esses tipos de castelo. Mas pensou imediatamente nas palavras "castelo dos livros de história" quando saiu da carruagem de Jacks e viu a encantadora construção que estava diante dos seus olhos.

O castelo era feito de tijolos roxos cintilantes, tinha telhado duas águas azul e janelas com esquadrias cor-de-rosa atravessadas por uma luz dourada. Evangeline pensou que aquele era o lugar onde os contos de fadas ganhavam forma. Sendo assim, torceu para estar errada na mesma hora, dado que Jacks simplesmente destruiria o que quer que houvesse lá dentro.

– Você me trouxe aqui para destruir o final feliz de alguém? – perguntou a jovem.

O Arcano lançou um olhar fulminante para o castelo e começou a percorrer o caminho de paralelepípedos.

– Você não vai encontrar nenhum final feliz aqui. A matriarca da Casa Sucesso vive dentro dessas paredes ridículas. Gosta de fingir que é uma avó amorosa como as dos livros de história, mas é quase tão doce quanto veneno. Se quiser chegar ao fim dessa visita com vida, depois de ser apresentada à matriarca, beije o rosto ou a mão dela o mais rápido possível.

– Por quê? O que você quer dela?

Jacks lançou um olhar para ela, dando a entender que não podia acreditar que Evangeline realmente achava que ele responderia a essa pergunta.

Ela não achava, claro, mas precisava tentar.

– Essa visita fará mal a ela? – insistiu.

Ele deu um suspiro de frustração.

– Quando conhecer a matriarca, não vai mais se preocupar com o fato de fazer ou não mal a ela.

– Mas...

– Raposinha... – Jacks encostou um dedo gelado na boca de Evangeline, silenciando seus protestos, sendo mais gentil do que fora dentro da carruagem. Como se pudesse enganá-la com essa gentileza. – Vamos pular a parte em que discutimos sobre isso. Sei que você não quer fazer isso. Sei que não quer fazer mal a ninguém e que o seu coração humano e sensível está tentando fazê-la se sentir culpada. Mas você vai fazer o que te peço para pagar a dívida que tem comigo e, se não fizer, irá morrer.

– Se eu morrer, não tenho como me casar com o príncipe Apollo.

– Então vou encontrar outra pessoa para cumprir a tarefa. Ninguém é insubstituível.

O Arcano passou o dedo no lábio inferior dela uma única vez. Então se afastou e foi andando, despreocupado, pelo caminho de paralelepípedos que levava até a casa.

Evangeline adoraria ter dado meia-volta e ido na direção contrária. Não acreditava cem por cento que era dispensável. Mas tampouco podia esquecer que Jacks havia dado as costas para ela quando virara pedra. Podia até não acreditar cem por cento que era substituível. Mas acreditava, sim, que o Príncipe de Copas permitiria que ela se ferisse – ou coisa pior – se, com isso, conseguisse o que queria.

– Agora entendo por que você ignora todo mundo nas festas – bufou Evangeline, praticamente correndo para alcançá-lo. – Se alguém falasse com você, as pessoas parariam de fofocar sobre o quanto você é misterioso e falariam sobre o quanto não suportam você.

Jacks a alvejou com um olhar de soslaio.

– A maldade não combina com você, Raposinha. E eu não ignoro todo mundo. Naquela noite, tive uma conversa encantadora com sua irmã postiça.

– Fique longe dela – advertiu Evangeline.

– Que engraçado. Eu já ia te dizer a mesma coisa.

Os lábios de Jacks se curvaram como se fossem uma lâmina em forma de meia-lua, esperando que ela mordesse a isca. Que perguntasse por que o Arcano dissera para ela se afastar de Marisol. A pergunta estava na ponta da língua de Evangeline. Mas ela não queria duvidar de novo da irmã postiça. Não fora Marisol quem transformara todos os convidados de um casamento em pedra nem enfeitiçara um príncipe para que ele amasse Evangeline. Sua irmã postiça tinha uma fama de amaldiçoada que não merecia, e era exatamente o que Evangeline seria se tivesse sido criada por Agnes em vez de por seus pais.

– Aposto que você está me ignorando porque já sabe que ela tem inveja de você.

– Pare – disse Evangeline. – Não vou permitir que você semeie a discórdia entre nós.

– A discórdia já foi semeada. Aquela garota não é sua amiga. Pode até tentar se convencer que quer ser, mas o que ela realmente quer é o que você tem.

– Isso não é verdade! – disparou Evangeline.

E poderia ter continuado a argumentar. Poderia ter continuado a brigar com Jacks até o fim dos tempos. Felizmente, para os tempos, o caminho até chegar à propriedade da Casa Sucesso era curto, e os dois já haviam chegado à porta, que tinha um tom roxo suave, como de ameixas congeladas, e um batente em forma de querubim bem no meio.

O Arcano segurou a alça do querubim e deu duas batidas rápidas.

Evangeline podia jurar que o anjo fez uma careta e entendia como o querubim se sentia.

Ela tampouco queria ser tocada por Jacks. Nunca mais. Seus lábios ainda formigavam no ponto em que o Príncipe de Copas havia encostado e, se os lambesse, sabia que sentiria o gosto do sangue do Arcano mais uma vez. Jacks a havia marcado. E agora planejava utilizá-la.

Seus nervos estavam à flor da pele quando a porta se abriu. Evangeline se perguntou, mais uma vez, o que Jacks realmente queria e quais seriam as consequências do beijo que daria na matriarca da Casa Sucesso.

Um criado acompanhou a entrada dos dois, e Evangeline ficou tentando imaginar o que o Príncipe de Copas estaria buscando ali. Ficou imediatamente claro que a Casa Sucesso era muito rica. Tudo dentro de seu castelo de livros de história tinha o dobro do tamanho dos objetos da casa em que ela crescera. Até os tapetes eram mais grossos e engoliam os saltos de suas botas a cada passo. Mas ela duvidava que Jacks estivesse atrás apenas de riqueza.

Ficou observando o Príncipe de Copas, dando especial atenção aos olhos, para ver se eles pousavam em algum objeto específico. O criado os guiou, passando por uma fileira de retratos de pessoas com cabelo loiro quase branco e sorrisos pintados, até finalmente acomodá-los em uma sala de estar aquecida por duas crepitantes lareiras de mármore, um piano de quartzo polido e um janelão enorme. A vista era encantadora: um jardim coberto de neve, onde um gato peludo, branco como a neve, tentava pegar as faíscas exaladas pelas risadas de um alegre dragão azul.

Jacks nem sequer dirigiu o olhar para a cena nem para nenhuma das coisas encantadoras que havia na sala. Parou perto de uma das lareiras, apoiou o cotovelo na cornija e ficou fitando Evangeline desavergonhadamente.

Não se preocupe, Raposinha. Você pode até gostar disso.

Antes que a garota conseguisse pensar demais no fato de a voz lânguida do Arcano ter conseguido ressurgir em seus pensamentos, a porta da sala se escancarou.

– Darei um minuto para os dois saírem daqui antes de soltar Júpiter e Hadez para atacar vocês. – A idosa, que deveria ser a matriarca da Casa Sucesso, entrou correndo na sala, ladeada por dois cães de cor de aço que chegavam à altura da sua cintura. – Ainda não está na hora do jantar deles, mas meus cães sempre têm fome quando é para comer a carne de meus inimigos.

– Tabitha... – falou Jacks, soltando um suspiro tão dramático quanto sua pose. – Não há necessidade de fazer ameaças exageradas.

– Posso te garantir que minhas ameaças são verdadeiras. – A mão enrugada fez carinho no cão à sua esquerda, que mostrou os dentes reluzentes. – Agora vocês têm quarenta e dois segundos. Eu estava falando sério quando disse que mataria essa arrivistazinha se ela cruzasse o meu caminho.

O olhar da matriarca se dirigiu a Evangeline. Com dois círculos de *blush* pintados no rosto e o vestido lavanda-crepúsculo, acinturado por uma corrente de ouro, a idosa mais parecia uma boneca muito cara. Daquelas que, nos pesadelos, criam vida e te matam enquanto você está dormindo.

– Óbvio que os jornais exageraram ao comentar sua aparência – disse ela. – Não acredito que Apollo escolheu você, e não minha Thessaly. Mas, depois que você sair da jogada, farei questão de que o príncipe repare esse erro.

Evangeline queria ter esperança de que a mulher estivesse brincando. Só podia estar brincando. Gente que mora em castelos roxos cintilantes não ameaça servir os convidados para os cachorros.

Ela lançou um olhar incomodado para Jacks. Ele olhou feio para o relógio pedestal que havia no canto, tiquetaqueando sem parar.

Não era brincadeira, então.

– Vocês têm oito segundos – disse a matriarca.

Ambos os cães rosnaram, com os lábios cinzentos esticados, mostrando os caninos, enquanto a dona fazia carinho na pelagem curta de suas cabeças.

A respiração de Evangeline ficou mais curta.

Ela tentou se convencer de que eram apenas cães, e, afinal de contas, não precisava beijar o focinho deles. Só precisava beijar a mulher que os acariciava.

– Que lindos os seus cães – desconversou Evangeline, e seu coração acelerou a cada palavra que disse. Fingiu que ia fazer carinho nos animais, mas segurou os ombros da mulher e sapecou um beijo em sua bochecha enrugada.

A matriarca da Casa Sucesso ficou rígida e esbravejou:

– Como ousa...

Suas palavras foram abafadas pelos ganidos e latidos dos cães, que pularam ao mesmo tempo. As patas fortes acertaram o tronco de Evangeline. Ela tentou ir para trás, mas os cães...

... estavam lhe lambendo?

Uma língua molhada sapecou um beijo de cachorro no rosto de Evangeline, enquanto o outro lambia seu pescoço afetuosamente.

Diante dela, a matriarca da Casa Sucesso estava com um sorrisinho discreto em seu rosto levemente enrugado. E, de repente, parecia ser tão doce quanto seu belo castelo roxo.

– Júpiter! Hadez! – ordenou a mulher. – Sentados, meus amores. Deixem nossa preciosa convidada em paz.

Os cães obedeceram imediatamente, ficando apoiados nas quatro patas.

Em seguida, a matriarca deu um abraço em Evangeline, quentinho como biscoitos que acabaram de sair do forno junto a mantas de tricô. E, pela primeira vez, Evangeline ficou verdadeiramente grata pela magia de Jacks, porque aquilo era obviamente obra dele. O beijo transformara a matriarca de boneca assassina em avó amorosa.

– Releve Júpiter e Hadez. Só se comportam mal desse jeito quando ficam excepcionalmente empolgados ao ver alguém. Você também precisa perdoar meu comportamento deplorável. Queria ter ficado sabendo de antemão que vocês vinham me visitar hoje. Teria pedido para o cozinheiro fazer doce de *hobgoblin* para vocês.

Jacks deu risada e disfarçou, tossindo de um jeito muito parecido com o som das palavras "doce de *hobgoblin*".

– É o doce preferido da minha Thessaly – continuou a matriarca. – Você teve a oportunidade de conhecê-la? Pensávamos que o príncipe Apollo iria pedi-la em casamento. E, apesar de Thessaly ter ficado chateada por ele não ter pedido, acho que vocês duas poderiam ser grandes amigas. Pedirei que uma carruagem a traga aqui agora mesmo.

– Não será necessário, Tabitha. – Jacks se afastou da lareira e se aproximou de Evangeline com uma graciosidade despreocupada. – Acredito que a senhorita Raposa realmente adoraria ver o cofre da Casa Sucesso.

– Não. – A idosa sacudiu a cabeça grisalha, meio dura, mas de modo insistente, como se não quisesse dizer "não", mas algo mais forte do que a magia de Jacks a compelisse a dizer. – Não permito que ninguém entre nos cofres. Eu... eu sinto muito.

Ela relaxou os ombros, e as rugas do seu rosto ficaram mais evidentes quando se virou para Evangeline.

A expressão a fez lembrar Apollo de um modo perturbador. Sempre que o príncipe achava que a noiva não estava feliz, parecia que seu coração havia esquecido de bater e o restante de seu corpo também começava a dar defeito.

– Não estou gostando nada disso – Evangeline murmurou para Jacks.

– Então me ajude a acabar logo com isso – sussurrou ele. – Assim que conseguir pegar o que quero, ela recuperará seu temperamento terrível. Quanto antes, melhor.

– Posso te mostrar outros lugares – prosseguiu a matriarca. – E se eu fizesse um *tour* pela casa com vocês e mostrasse os retratos de todos os meus netos preferidos?

– Por mais interessante que isso possa parecer, Jacks tem razão. – Evangeline sentiu uma pontada de culpa por ajudar o Arcano de livre e espontânea vontade, mas aquilo não terminaria enquanto ele não alcançasse seu objetivo. Aquela também era a sua oportunidade de descobrir o que o Príncipe de Copas estava pretendendo e por que queria que se casasse com Apollo. – Eu gostaria de ver os cofres.

A matriarca da Casa Sucesso mordiscou o lábio e apertou a chave quebrada em forma de esqueleto que levava pendurada em volta do pescoço. Não queria fazer aquilo, nem um pouco. Devia haver algo muito precioso – ou perigoso – em seus cofres. Mas, como o pedido viera diretamente de Evangeline, a mulher enfeitiçada parecia incapaz de recusá-lo. Ficou parecendo uma boneca de novo, seus lábios formaram um sorriso alegre que não combinava nem um pouco com o tremor de seus braços e de suas pernas. Então se virou e levou os dois até os cofres.

28

Um emaranhado de corredores cada vez mais estreitos.

Um punhado de portas trancadas.

Uma passagem escondida dentro de uma penteadeira.

Um longo lance de escadas de ferro.

Mil batidas de coração aceleradas.

E estavam quase chegando. No subterrâneo profundo, nas entranhas do castelo dos livros de história.

Era o tipo de lugar que fazia Evangeline ter vontade de cruzar os braços contra o próprio peito. As paredes de granito úmidas eram cobertas de candeeiros manchados de fuligem, mas apenas alguns estavam acesos. Juntas, as chamas eram fracas demais para expulsar as sombras escondidas nos cantos. Só havia luz suficiente para revelar o arco solitário no meio da câmara.

Evangeline cruzou os braços contra o próprio peito.

Desde que chegara ao Norte, já tinha visto três outros arcos. O Grande Arco de Acesso ao Magnífico Norte, o arco coberto de símbolos da primeira festa dada por Apollo, e o arco de noivas cambiantes que levava ao Sarau Sem Fim.

Aquele arco era muito mais simples, e, mesmo assim, emanava um poder semelhante ao dos demais. Coberto de musgo seco e teias de aranha sépia, parecia ser mais cinzento do que azul, e fez Evangeline pensar em algo que tivesse ido dormir havia muito tempo e fora deixado propositalmente sozinho.

– Pelo jeito, não sou o único que tem se comportado mal. – O Príncipe de Copas ergueu uma das sobrancelhas imperiosas, tirou os olhos do arco cheio de limo e os dirigiu para a matriarca da Casa Sucesso, que estava tremendo.

– Vocês não podem contar para ninguém! – gritou a idosa, balançando os braços nas laterais do próprio corpo, no ponto em que antes acariciava os cães, que haviam parado de segui-la em algum ponto do trajeto. – Evangeline, por favor, não pense mal de mim por guardar isso aqui.

– Por que eu pensaria mal da senhora?

– Porque esse arco deveria ter sido destruído – comentou Jacks.

O Arcano parou bem na frente da construção e ficou completamente imóvel. Evangeline duvidava que ele tivesse consciência disso. Não, com certeza, não tinha. Se tivesse, teria fechado a cara muito antes. Cachos de seu cabelo azul caíam em sua testa, mas não esconderam seus olhos, que estavam arregalados, brilhando como uma estrela partida, um brilho muito parecido com esperança.

Ela teve a sensação de que não deveria ficar fitando tão abertamente, mas não conseguia desviar o olhar.

Aquele olhar de Jacks suavizou um pouco seus traços, deixando-o mais parecido com o Príncipe de Copas que ela imaginava antes de conhecê-lo, todo belo e de coração tragicamente partido.

Estavam se aproximando do que o Arcano queria. Evangeline só gostaria de saber o que era.

Ela examinou o arco adormecido novamente, tentando descobrir o que o tornava diferente dos demais arcos. Levou um bom tempo e teve que espremer os olhos para ver por baixo da sujeira, mas encontrou um conjunto de palavras estrangeiras gravadas, com letras pequenas, no topo. Um arrepio de empolgação percorreu sua coluna. Não conseguia ler as palavras, mas, sabe-se lá por que, reconheceu a língua.

– Está escrito na antiga língua dos Valor? – perguntou a jovem, lembrando as estátuas decapitadas que sussurraram para ela do meio do mar, quando chegou àquela parte do mundo.

Jacks inclinou a cabeça, surpreso, e indagou:

– O que você sabe a respeito dos Valor?

– Minha mãe sempre me falava deles. – É claro que, enquanto Evangeline tentava lembrar o que sua mãe havia dito, não conseguiu lembrar muita coisa. Só tinha algumas imagens nebulosas de uma antiga família real que fora decapitada. – São equivalentes aos Arcanos, só que do Norte.

– Não...

– Nem um pouco...

Tabitha e Jacks responderam ao mesmo tempo.

– Os Valor eram meros humanos – corrigiu o Príncipe de Copas.

– Eles não tinham nada de *mero* – retrucou a matriarca. Em seguida, empertigou-se, ficando mais parecida com a mulher formidável que Evangeline vira pela primeira vez. – Honora e Lobric Valor formaram o primeiro casal real do Norte e eram governantes extraordinários. – Tabitha ficou com o olhar distante e enevoado, e Evangeline teve medo de que ela não dissesse mais nada. Que, como em tantas outras lendas do Norte, aquela história fosse enfeitiçada, para que as pessoas se esquecessem dela. Mas a mulher prosseguiu: – Lobric Valor era um guerreiro insuperável, e Honora Valor era uma curandeira talentosa, capaz de consertar ou curar quase qualquer um que ainda apresentasse um sopro de vida. Todos os filhos dos dois também possuíam habilidades especiais. Vesper, a filha, era capaz de prever o futuro; e o segundo filho era capaz de mudar de forma. Dizem que, quando diversos integrantes da família Valor combinavam seus poderes, eram capazes de infundir magia em objetos inanimados e lugares.

– Claro que – interrompeu Jacks, delicadamente –, como todos os governantes talentosos, os Valor se tornaram poderosos demais, e seus súditos se viraram contra eles. Cortaram-lhes a cabeça e, em seguida, declararam guerra contra o que restava de sua magia.

– Não foi isso o que aconteceu – replicou Tabitha. Suas palavras foram rápidas e firmes, mas então ela ficou boquiaberta, como se as próximas palavras que queria dizer não quisessem sair de sua boca. Pelo jeito, a história era mesmo enfeitiçada.

O Arcano retorceu os lábios enquanto a matriarca tentava falar, até que ela finalmente olhou para Evangeline e conseguiu reencontrar suas palavras. Só que, agora, estava contando outra parte da história.

– Os arcos eram uma das coisas mais incríveis que os Valor haviam criado. Podiam servir como portais para lugares distantes e inalcançáveis. E, quando funcionavam como portas, eram impenetráveis. Uma vez trancado, um arco só poderia ser aberto com o tipo certo de chave. Se um arco lacrado for destruído, não há mais como encontrar o que há do outro lado.

– Entretanto – interveio o Príncipe de Copas –, o principal motivo para a família Valor construir os arcos era poder usá-los para se deslocar a qualquer lugar do Norte. Alguns, como este, podem ter sido dados de presente. Mas, mesmo esses arcos contêm portas dos fundos secretas, que só integrantes da família Valor poderiam usar, permitindo que tivessem acesso a qualquer lugar onde existisse um arco.

– Isso é mentira – falou a matriarca, soltando uma risada debochada. – As pessoas inventaram essas histórias para diminuir o poder das Grandes Casas. Proibiram os arcos, exigindo que fossem destruídos, exceto pelos arcos régios, porque a família Valor se foi e não vai mais voltar. Você verá, Evangeline, que é uma coisa completamente inofensiva. – Tabitha então se aproximou do arco e estendeu a mão aberta para Jacks. – Agora, rapaz, fazendo o obséquio.

– Com todo o prazer.

O Arcano pegou a faca com pedras preciosas que havia usado na carruagem e, com ela, cortou a palma da mão da mulher.

– Com o meu sangue abençoado, peço entrada para meus amigos e para mim mesma. – A matriarca pressionou a mão ensanguentada na pedra, que bateu feito um coração. *Tum-tum-tum*. As pedras ganharam vida diante dos olhos de Evangeline, tingindo-se de um azul reluzente com um toque de verde, quando o musgo seco se renovou, pingando de orvalho.

– Viu só, querida? – disse Tabitha.

A matriarca tirou a mão ensanguentada do arco, e a parte do meio, até então vazia, foi preenchida por uma porta de carvalho brilhante, que tinha cheiro de madeira recém-cortada e magia ancestral.

– Essa porta só pode ser aberta com sangue dado de livre e espontânea vontade da mão do chefe da Casa Sucesso.

– O que a torna impossível de arrombar – debochou Jacks, enquanto abria a porta que acabara de aparecer.

Evangeline se aproximou e, assim como acontecera com todos os demais arcos, ouviu um sussurro rouco vindo das pedras: "Você também poderia ter me destrancado".

Levou um susto ao ouvir essas palavras. Em seguida, ficou imóvel como um cadáver, surpresa e irritada por perceber que Jacks a observava em vez de olhar para o cofre no qual estava tão desesperado para entrar.

– Que foi, Raposinha? – perguntou, com uma voz simpática. Evangeline não gostou, nem acreditou naquela voz. O Arcano era muitas coisas, mas simpático não era uma delas.

– Nada.

A jovem nem ao menos sabia se isso era ou não mentira. Os arcos deviam sussurrar coisas diferentes para cada pessoa e, se não fizessem isso, Evangeline é que não ia contar para Jacks que os arcos andavam falando com ela.

Em silêncio, os três entraram no cofre. Evangeline esperava que a câmara escondesse algo de ilícito ou de terrível. Mas, à primeira vista, mais parecia uma cozinha um tanto estranha. Havia diversos caldeirões, garrafas e colheres de pau penduradas e etiquetadas com frases como "Só mexa em sentido horário" e "Não use depois que escurecer".

– Aqui está a coleção de receitas de família para nossas Sensacionais Águas Saborizadas – anunciou a matriarca, apontando para uma parede tapada de volumes grossos com diversas fitas, cordas e algumas correntes.

Evangeline ficou observando Jacks atentamente, para ver se algo chamava a atenção do Arcano. Esperava que ele ficasse no mínimo intrigado pelos livros acorrentados. Mas o Príncipe de Copas apenas lançou um olhar superficial na direção deles. Não que Evangeline achasse que Jacks estivesse atrás de um livro de receitas.

Ela continuou examinando atentamente cada movimento do Arcano, só que Jacks não se impressionou com nada enquanto andavam. Ficou com as mãos nos bolsos e, se olhava para alguma coisa, era sempre de relance.

Quando chegaram a um armário de cálices com pedras preciosas, Evangeline pensou ter sentido os olhos de Jacks em cima dela, observando-a com mais atenção do que havia olhado para qualquer outra coisa. Mas, quando se virou para conferir, o Príncipe de Copas já estava mais adiante.

A boca do Arcano se tornou mais emburrada quando a matriarca levou Evangeline até uma prateleira cheia de ovos de dragão antigos. Depois, mostrou o armário onde guardava corações pulsantes de *hobgoblins*, o que a fez dar graças a Deus pelo fato de o cozinheiro não ter feito o tal doce.

Depois disso, os objetos foram se tornando cada vez mais aleatórios. Alguns espelhos possivelmente mágicos, vestes ornamentais e uma série de quadros emoldurados meio esquisitos, mas interessantes. E, assim como o restante dos objetos, nenhum chamou a atenção de Jacks.

– Não está se divertindo? – Evangeline alfinetou.

– Tenho a sensação de estar nos bastidores de um espetáculo de magia ruim – resmungou o Arcano.

Evangeline provavelmente se sentiu satisfeita por Jacks não estar encontrando o que queria. Mas isso também significava que ela tampouco estava descobrindo o que o Príncipe de Copas queria.

– Deixe-me ajudar você – sussurrou Evangeline, na esperança de, finalmente, arrancar uma resposta dele. – Se me disser o que está procurando, posso tentar encontrar.

Jacks nem sequer tomou conhecimento de sua oferta de ajuda. Ignorou completamente Evangeline, pegou uma caveira de esmeralda e ficou jogando para cima e para baixo, como se fosse uma maçã, com movimentos rápidos, elegantes e um tanto violentos, como se quisesse machucar algo.

Das duas, uma: ou Jacks era orgulhoso demais para aceitar a ajuda dela, ou não queria que Evangeline soubesse o que estava procurando. Seja como for, o Arcano estava ficando visivelmente cansado do cofre. E podia até ser só imaginação da jovem, mas parecia que a magia do beijo que ela dera na matriarca também estava se exaurindo. O sorriso da idosa diminuiu, seus ombros estavam curvados, e ela parou de se exibir ao mostrar seus objetos preferidos. Nem sequer se deu ao trabalho de repreender Jacks por ficar jogando a caveira de um lado para o outro.

Se Evangeline quisesse descobrir o que o Príncipe de Copas estava procurando, precisava fazer alguma coisa.

– Covarde – falou, como se tivesse tossido.

Dois olhos aguçados se dirigiram a ela.

– Como?

– Nada – murmurou Evangeline. – Mas... agora que parei para pensar, é um tanto decepcionante que o seu plano sinistro seja tão fraco a ponto de ir por água abaixo se você me contar um pedacinho sequer.

– Muito bem, Raposinha. – Jacks continuou atirando a caveira para o alto, com a elegância impiedosa de um jovem capaz de pegá-la no ar com a mesma facilidade que poderia deixá-la cair. – Já que você quer me ajudar, pergunte para sua amiga matriarca se pode ver a coleção de pedras.

– Você está procurando *pedras*?

O Arcano fez que "não" com a cabeça uma única vez, em silêncio, como se já tivesse falado demais.

Evangeline tinha a sensação de que o Príncipe de Copas estava brincando com ela. Mas também começou a acreditar que, mesmo quando Jacks brincava, estava falando sério.

– *Lady* Sucesso – disse Evangeline. A mulher estava a alguns passos mais adiante, o suficiente para a jovem ter que gritar uma segunda vez. – Senhora Sucesso!

– Sim, minha querida. – Ela finalmente se virou. – Há alguma coisa que você gostaria que eu te mostrasse?

– Ouvi dizer que a senhora tem uma coleção de pedras, e eu adoraria vê-la.

– Ah, não, minha querida, receio que eu não tenha nenhuma... *pedra.* – A postura toda da mulher mudou quando ela pronunciou essa última palavra. Sua boca começou a repuxar-repuxar-repuxar, desfazendo o que restava de sua expressão adorável, até a fachada de avó sumir e a de boneca assassina voltar. – Você... É você...

– Raposinha. – Jacks falou baixo, de um jeito esquisito. – Acho que está na hora de você sair correndo.

– Como eu não percebi? – assombrou-se a idosa, olhando para Evangeline como se ela fosse a pessoa mais perigosa daquele cofre. – Você é a única capaz de abrir o Arco da Valorosa.

– Jacks... – sussurrou Evangeline. De repente, por mais que tivesse falado que os arcos eram gloriosos, a matriarca parecia horrorizada. – Do que ela está falando? O que é o Arco da Valorosa?

– Por que você ainda está aqui? – O Arcano segurou o braço da garota e, com um movimento fluido, a empurrou para trás dele.

Mas Jacks não foi embora. Nem Evangeline.

– *Você a reconhecerá porque ela estará coroada de ouro rosê* – recitou a mulher. – *Ela será tanto plebeia quanto princesa.*

– Tabitha enlouqueceu – urrou Jacks. – Você precisa sair daqui agora.

O coração de Evangeline bateu acelerado, pressionando-a a acelerar também. *Saia. Saia. Saia.* Mas ela continuou parada no mesmo lugar, ouvindo a matriarca recitar:

– *Você a reconhecerá porque ela estará coroada de ouro rosê. Ela será tanto plebeia quanto princesa.*

Evangeline não acreditou que a mulher havia enlouquecido. Aquelas palavras pareceram quase proféticas.

– Você não pode se casar com o príncipe! O Arco da Valorosa jamais pode ser aberto! – gritava a matriarca.

Alguma coisa metálica reluziu em suas mãos. E então ela foi para cima da jovem, segurando um objeto que parecia ser uma faca.

Evangeline pegou o objeto mais próximo: o retrato emoldurado de um gato.

– O que você vai fazer com isso? – resmungou o Príncipe de Copas, soltando um palavrão.

Em seguida, pegou a caveira de esmeralda e a espatifou na cabeça da matriarca.

Tabitha foi ao chão, formando um amontoado lavanda todo amarfanhado.

Evangeline abriu a boca de repente, mas levou vários segundos para pronunciar as seguintes palavras:

– Você... você sabia que isso ia acontecer?

– Você acha que eu queria que ela tentasse te matar?

Jacks parecia ofendido, mais do que Evangeline poderia esperar. Soltou a caveira, deixando-a cair no chão, e o objeto foi parar ao lado da matriarca, fazendo um barulho alto. O peito da mulher subia e descia, em um ritmo lento e inconstante. Tabitha ainda respirava, mas mal.

– Agora ela não vai nos contar nada. – Jacks se abaixou, aproximando-se da idosa, e encostou os lábios nos da matriarca.

Algo enjoativo revirou o estômago de Evangeline. O Arcano ia beijar aquela mulher – e *matá-la*.

– Pare, Jacks! – gritou a garota, segurando-o pelos ombros. Sabe-se lá como, conseguiu fazê-lo ir para trás, provavelmente devido ao tom furioso de sua voz, mais do que pela força de suas mãos trêmulas. Evangeline não conseguia entender completamente o que acabara de acontecer, mas nem por isso ia permitir que o Príncipe de Copas piorasse ainda mais a situação. – Se você a beijar, estamos terminados. Não vou me envolver em nenhum assassinato.

– Não podemos deixá-la aqui desse jeito. – A voz de Jacks era perfeitamente racional e completamente sem emoção. Matar aquela mulher não o incomodaria nem um pouco. – Assim que ela acordar, irá atrás de você.

– E por quê, Jacks? O que é o Arco da Valorosa? E quem ela acha que eu sou?

Jacks fechou a boca, apertando os lábios, e ergueu um pouco o corpo. O que, do ponto de vista de Evangeline, pareceu uma resposta. O Arcano acreditava que aquele cântico falava dela. O ambiente começou a girar, e todos aqueles cacarecos e objetos insólitos viraram um borrão ao seu redor, enquanto a jovem tentava entender aquela última virada nos acontecimentos.

"Você a reconhecerá porque ela estará coroada de ouro rosê. Ela será tanto plebeia quanto princesa."

Evangeline tinha cabelo ouro rosê, era plebeia naquele momento, e seria princesa dentro de dois dias, caso se casasse com o príncipe Apollo.

Devia ser por isso que Jacks queria que ela e Apollo se casassem. O Príncipe de Copas arquitetara tudo aquilo para que Evangeline se tornasse a garota do cântico da matriarca da Casa Sucesso, que, de acordo com a idosa, abriria aquele tal Arco da Valorosa.

– O que é o Arco da Valorosa? – perguntou, mais uma vez. – E por que essa mulher estava com tanto medo de que eu o abrisse? O que há dentro dele?

Jacks foi se levantando lentamente até ficar completamente de pé. Olhou de cima para Evangeline e falou, com toda a calma:

– Você não precisa se preocupar com o Arco da Valorosa. Só precisa se casar com o príncipe Apollo.

– Eu...

O Arcano segurou o rosto da jovem com as duas mãos, silenciando-a com uma única carícia gelada.

– Se você deseja quebrar o feitiço de Apollo, sua única opção é se casar com ele. Ou será que preciso lembrá-la do quanto é desesperador ter o coração partido? Que dói tanto, ao ponto de compelir você a fazer um trato com um demônio como eu? Quer mesmo cancelar seu casamento e deixar Apollo assim, apaixonado para sempre por alguém que jamais corresponderá aos seus sentimentos? – Nessa hora, Jacks ficou com aquele mesmo olhar perturbador e desolado que ficara na carruagem. – Não faz muito tempo que vi você dentro de minha igreja disposta a me prometer quase qualquer coisa para acabar com essa dor. Era mentira? Ou será que você já esqueceu que ter o coração partido estraçalha a alma, pedacinho por pedacinho, que isso a transforma em masoquista, fazendo você sentir falta do que acabou de te eviscerar, até não restar mais nada para ser destruído?

Jacks apertou o rosto de Evangeline com os dedos gelados.

Ela endireitou os ombros e se afastou.

– E você ainda está falando do meu coração partido ou do seu? – Evangeline perguntou.

Jacks soltou uma risada e deu um sorriso tão afiado que seria capaz de cortar um diamante.

– Você está melhorando no quesito maldade, Raposinha. Mas, para ter o coração partido, primeiro é preciso ter um coração que funcione. Coisa que não tenho. Posso manter Apollo enfeitiçado por toda a eternidade. Então, das duas, uma: você pode se casar com ele e salvá-lo de uma vida inteira de infelicidade, ou pode tentar evitar que uma profecia empoeirada se cumpra, uma profecia que você nem sequer entende.

29

Evangeline ficou com a cabeça virada para a janela, observando o vidro gelado da carruagem que a levava de volta para o Paço dos Lobos. Fingiu que Jacks não estava ali, ainda que ficasse repassando em sua cabeça as últimas palavras que o Arcano havia dito: "Uma profecia empoeirada... que você nem sequer entende".

Não conseguia pensar em outra coisa. Ela sabia que a maioria das histórias do Norte não eram completamente confiáveis, mas será que uma profecia poderia ser considerada uma história?

Sua mãe nunca havia falado de profecias. Será que eram aqueles tipos de magia que não podiam sair do Norte? Mais pareciam uma espécie de magia do que histórias. Qualquer coisa podia ser transformada em história, mas, por definição, cada elemento de uma profecia precisava ser algo passível de ser concretizado – ou não era uma profecia de verdade.

Evangeline teria perguntado a respeito para Jacks, mas não queria mais falar com ele. E, de todo modo, não esperava que o Arcano desse alguma explicação.

O Príncipe de Copas agira como se ela não tivesse muita escolha, como se sua única opção fosse se casar com Apollo. Mas era raro Evangeline acreditar que só havia uma opção. Acreditava no que sua mãe ensinara, que toda história tem potencial para infinitos fins.

Entretanto, Evangeline não conseguia se imaginar abandonando Apollo, que ficaria de coração partido para sempre se ela rompesse o noivado naquele momento.

Mas e se ela fosse mesmo a garota de cabelo ouro rosê mencionada naquela profecia? E se o casamento dela com Apollo desencadeasse vários eventos, abrindo o tal de Arco da Valorosa e soltando algo horroroso no mundo? Evangeline não sabia o que o arco continha de fato, mas a matriarca da Casa Sucesso a deixara com a impressão de que não era nada bom.

Cruzou os braços, apertou o próprio peito e continuou a olhar pela janela, para as ruas congeladas do Norte.

Quando a imperatriz a convidou para ir até lá, Evangeline pensou que seria a chance de entrar em um conto de fadas, de encontrar um novo amor e um final feliz. Mas agora se perguntava se aquilo, na verdade, era o destino manipulando o seu caminho. Queria poder conversar com Marisol, mas isso estava fora de questão.

Evangeline tentou imaginar o que seu pai ou sua mãe diriam se ainda estivessem vivos. Os dois provavelmente a tranquilizariam com carinho, dizendo que o futuro seria determinado pelas decisões dela, não pelo destino. Diriam que ela não fazia parte de nenhuma profecia calamitosa. Mas, como eram do tipo de pessoas que acreditariam em coisas como profecias, também pesquisariam o assunto em segredo, pelas suas costas. E era exatamente isso que Evangeline pretendia fazer.

O Paço dos Lobos estava mais para uma fortaleza do que para um castelo de livros de história: tinha pedras robustas cinza-ardósia, torres altas e paredes com parapeitos denteados.

Evangeline respirou fundo e fingiu que não estava voltando escondida quando entrou pela mesma passagem secreta que usara para sair. Àquela altura, alguém provavelmente já teria notado sua ausência, mas ela planejava dizer que havia se perdido na vastidão do castelo. Era algo fácil de acontecer.

O Paço dos Lobos era enorme, repleto de corredores sem fim e recintos com pé-direito alto, cujas lareiras estavam sempre funcionando para aquecê-los. Quando Apollo mostrou o castelo para Evangeline, os cômodos pareceram todos iguais.

Muita madeira, estanho e tapetes felpudos, em tons terrosos e vivos, que a fizeram pensar nas florestas úmidas e nos jardins encantados do Norte.

Ainda bem que o castelo também era repleto de plaquinhas úteis, com flechas alegres que indicavam onde tudo poderia ser encontrado.

Evangeline seguiu uma das placas até a Ala dos Eruditos e à biblioteca real. A biblioteca era mais fria do que o restante do castelo porque era desprovida de janelas, já que deixar entrar luz poderia ser nocivo aos livros. Ela pisou mais leve ao entrar, na esperança de passar despercebida pelos bibliotecários de vestes compridas e brancas e dos eruditos que se debruçavam sobre os pergaminhos.

Apollo havia dito que ela poderia entrar em qualquer parte do Paço dos Lobos, mas Evangeline não queria que ninguém soubesse o que estava procurando, caso isso desencadeasse uma reação como a que a matriarca da Casa Sucesso tivera. "Você não pode se casar com o príncipe! O Arco da Valorosa jamais pode ser aberto..."

Evangeline respirou fundo, trêmula, e procurou nas prateleiras por qualquer livro sobre arcos, profecias ou a família Valor. Não tinha muita expectativa de encontrar tomos repletos de profecias e, dado que a matriarca dissera que os arcos foram destruídos, Evangeline não se surpreendeu com o fato de não haver nenhum livro intitulado *Arcos do Norte* ou *Um arco com um segredo mortal*. Mas era estranho não conseguir encontrar um único livro sobre a família Valor, que havia criado todos os arcos.

Encontrou livros sobre botânica, teatro de bonecos, leilões, forjas e sobre quase tudo o mais. Mas nenhuma lombada sequer mencionava a família Valor.

Não fazia sentido. Os Valor eram a famosa primeira família real. Havia estátuas enormes deles logo depois do porto. A capital, Valorfell, tinha esse nome em homenagem a eles. Devia haver pelo menos um livro falando da família.

A luz se tornou mais fraca, e o ar, mais abafado pelo cheiro da poeira, à medida que ela foi se aventurando mais fundo na biblioteca, onde as estantes ficavam mais próximas umas das outras, e os livros pareciam mais desgastados pelo tempo.

– Posso te ajudar com alguma coisa, senhorita Raposa?

Evangeline levou um susto ao ouvir a voz rouca. Virou para trás e deu de cara com um bibliotecário diminuto, que parecia ser tão velho quanto o próprio tempo.

– Perdoe-me por tê-la assustado. Eu me chamo Nicodemus e não pude deixar de perceber que a senhorita está procurando alguma coisa.

O sorriso que ele deu foi emoldurado por uma barba grisalha comprida, com fios de ouro que combinavam com a barra de suas vestes brancas.

– Obrigada, só estou um pouco perdida – desconversou Evangeline. E quase deixou por isso mesmo. Mas, se saísse da biblioteca naquele momento, iria embora com mais perguntas do que quando havia entrado. Ainda achava que não era prudente perguntar sobre o Arco da Valorosa. Entretanto, talvez pudesse abordar o assunto, chegando perto, mas sem levantar suspeitas que poderiam levar a outro ataque contra sua vida. – Na verdade, estava procurando livros sobre a família Valor, mas não consegui encontrar nenhum.

– Receio que seja porque a senhorita está procurando no lugar errado.

Para alguém tão velho, Nicodemus era ágil, e logo sumiu em um corredor próximo, dando a Evangeline apenas um instante para resolver se iria atrás dele.

Ela não tinha motivos para ficar em dúvida, mas obviamente não havia superado sua recente experiência com a matriarca. Ninguém havia tentado matar Evangeline até então, e isso a deixara com a sensação de que a morte estava um tanto perto demais.

Teve que se segurar para não olhar para trás diversas vezes, enquanto Nicodemus a levava para os recônditos da biblioteca, passando por mais estantes de livros, entremeadas de quando em quando por retratos impressionantes de Apollo. Alguns passos depois, o chão de lajotas mudou para pedras verdes envelhecidas, e as paredes mudaram: de estantes de livros para uma série de portas curiosas, sinalizadas com símbolos de armas, estrelas e algumas outras figuras que ela não conseguiu decifrar.

Finalmente, Nicodemus parou diante de uma alcova protegida por uma porta arredondada, decorada com uma cabeça de lobo usando coroa.

– Acredita-se que todas as histórias a respeito da família Valor estão do outro lado desta porta – disse ele. – Infelizmente, ninguém consegue abri-la desde a era Valor.

30

O coral de sinetas havia chegado ao grande pátio interno do Paço dos Lobos um dia depois de Apollo ter pedido a mão de Evangeline em casamento. Apareceram exatamente ao meio-dia, vestidos com capas vermelhas pesadas, para contrastar bem com a neve que logo cairia. O coral tinha cento e quarenta e quatro integrantes, um para cada hora que faltava até o casamento. E, a cada hora, um integrante ia embora em silêncio.

Naquela noite, restavam apenas doze integrantes do coral – faltavam doze horas até o casamento, na manhã seguinte –, e então o príncipe amaldiçoado se juntou a eles.

Evangeline soltou um suspiro profundo e entreabriu as portas duplas. O frio a atingiu em cheio quando saiu para a sacada e se deixou envolver pelo doce murmurar dos sinos e pelo som grave da serenata de Apollo.

– Meu amor! – gritou o príncipe. – O que devo cantar para você esta noite?

– Está frio demais para você ficar aí fora – respondeu a jovem. – Você vai congelar se continuar fazendo isso.

– Eu congelaria por você com todo o prazer, meu coração.

Ela fechou os olhos. Apollo dizia a mesma coisa todas as noites, e todas as noites Evangeline ficava na sacada, observando e ouvindo até as pontas dos fios de seu cabelo ficarem cobertas de geada e seu hálito se transformar em gelo. Congelar junto com Apollo parecia uma penitência, que ela pagava por ter ajudado Jacks a fazer aquilo com o príncipe. Era tentador fazer a mesma coisa naquela noite, ficar simplesmente parada ali e esquecer tudo o que havia acontecido nos cofres da Casa Sucesso, casar-se com Apollo, quebrar o feitiço e torcer para que recomeçassem, do zero. Só porque ele era vítima de uma maldição não significava que a história dos dois também seria.

Só que, por mais que Evangeline quisesse, não conseguia se esquecer da profecia e não poderia se casar com Apollo sem saber mais a respeito do Arco da Valorosa e do que aconteceria caso fosse aberto.

Ela deu mais um suspiro profundo e, antes que pudesse mudar de ideia, gritou:

— Apollo, não quero que você pegue um resfriado antes de nosso casamento. Por que você não sobe aqui em vez de cantar?

Estava escuro, mas Evangeline jurou que o rosto do príncipe se iluminou. Em seguida, ele começou a escalar a parede.

— Apollo! Pare... O que você está fazendo?

O príncipe parou, já a alguns metros do chão, segurando-se nas pedras grossas que deviam estar escorregadias por causa do gelo, para dizer:

— Você me mandou subir.

— Achei que você viria pela escada. Assim, vai cair e morrer.

— Confie um pouco em seu príncipe, minha noiva. — Ele continuou a escalar a parede, parando apenas quando seu guarda pessoal tentou segui-lo, e falou: — Ficarei bem sozinho, Havelock.

Apollo chegou à sacada com mais alguns movimentos ágeis e pulou com destreza por cima do corrimão.

— Estou quase triste, porque, depois desta noite, não haverá mais necessidade de te mostrar o quão longe eu iria só para estar com você, meu coração.

Em seguida, o príncipe lançou um olhar ardente para a garota.

Evangeline não havia colocado a camisola. Como planejava convidar Apollo para subir ao seu quarto, ainda estava bem agasalhada, com um vestido de lã de mangas compridas e uma veste com barra de pele. Mas, a julgar pelo olhar de cobiça do príncipe, ela bem que poderia estar simplesmente enrolada em alguns metros de fita.

Com um movimento elegante, ele tomou Evangeline nos braços e a levou para dentro do quarto.

O cômodo fora feito para uma princesa. Os tapetes cor-de-rosa e de creme eram fofos como travesseiros, a lareira, feita de rocha cristalina, crepitava, e a cama floral era de carvalho branco elegante, com colunas que iam do chão até o teto e uma cabeceira entalhada do comprimento da parede.

Evangeline esqueceu como se respira por alguns instantes, porque Apollo a levou direto para aquela cama enorme e a deitou no meio das colchas de cetim, dispondo a garota como se fosse um sacrifício em um altar.

– Tenho a sensação de que espero por esse momento há uma eternidade.

– Apollo... Espere!

Ela esticou o braço antes que o príncipe também se deitasse.

– O que foi, meu coração? – Uma ruga se formou entre as sobrancelhas de Apollo, mas seus olhos castanho-escuros ainda pegavam fogo. – Não foi por isso que você queria que eu viesse aqui em cima?

Evangeline respirou fundo. Não contava com aquela reação. Só queria conversar com o príncipe.

No dia anterior, a jovem tentara encaixar sua mão na abertura da porta da biblioteca que guardava os livros a respeito da família Valor. Mas, assim como todas as pessoas que haviam tentado antes dela, não teve sucesso. A porta estava trancada pela mesma maldição que distorcia tantas histórias do Norte, transformando-as em contos de fadas. Havia voltado à biblioteca naquela manhã, mas não conseguira encontrar nada nem remotamente relacionado ao Arco da Valorosa, e estava nervosa demais para perguntar a alguém.

Evangeline também tinha receio de perguntar para Apollo a respeito do Arco da Valorosa ou da profecia ligada a ele. Não deveria. Mas se suas perguntas de fato quebrassem o feitiço de Jacks, como acontecera com a matriarca da Casa Sucesso, seria bom para o príncipe, que seria libertado da maldição, e ela não precisaria mais ter medo de concretizar uma profecia perigosa quando se casasse com ele.

Só que, sendo bem sincera, lá no fundo, ela queria se casar com o príncipe. Evangeline queria ter a oportunidade de viver um conto de fadas – e de amar.

Só que sabia que aquilo não era amor de verdade. Assim que se casasse com Apollo, ele não seria mais *aquele* príncipe. Seria o príncipe que Evangeline conhecera na primeira noite que passara em Valorfell e estaria muito mais propenso a dispensá-la do que a escalar uma parede para vê-la.

Sentou-se na cama enorme, ficando com as pernas para fora, de frente para seu prometido, como se os dois estivessem no mesmo nível, em vez de ficar deitada feito um sacrifício.

– Desculpe pela confusão. Quero você aqui comigo, mas é porque preciso te perguntar algo a sós.

– Você pode dizer qualquer coisa para mim.

Apollo ficou de joelhos, sacudiu o cabelo, livrando-se da umidade, e olhou para Evangeline com absoluta adoração: os olhos faiscavam com brasas castanhas e bronze.

– Se for sobre amanhã, se você estiver com medo da noite de núpcias, prometo ser delicado.

– Não, não é isso.

Só que, agora que ele havia tocado no assunto, Evangeline subitamente ficou com receio disso também. Mas não era a hora para isso, já que ainda não tinha se decidido se ia ou não se casar com o príncipe no dia seguinte.

– Tenho tentado aprender sobre o seu país, me preparar para ser sua noiva...

– Que ideia maravilhosa, meu coração! Você será uma excelente rainha – arrulhou Apollo, praticamente começando a cantar de novo.

Evangeline ficou tentada a pôr um fim na conversa imediatamente. Seria um crime deixá-lo preso daquele jeito para sempre. Mas não podia ignorar a profecia.

Ela respirou fundo e se preparou para o pior, segurando firme o canto aveludado da cama. Então perguntou:

– Você já ouviu falar no Arco da Valorosa?

Apollo ficou com um sorriso infantil.

– Achei que você ia me perguntar sobre alguma coisa assustadora.

Evangeline achou que tinha perguntado.

– O Arco da Valorosa é algo que você chamaria de conto de fadas.

A jovem franziu o cenho e comentou:

– No lugar de onde venho, chamamos todas as histórias de contos de fadas.

– Eu sei.

Os olhos de Apollo ficaram com um brilho maroto. E, por um instante, o príncipe não parecia tão amaldiçoado. Parecia apenas um garoto tentando provocar uma garota.

– Nossa história foi amaldiçoada, mas acreditamos mais em certas lendas do que em outras. Todo mundo acredita que certas coisas são histórias verdadeiras, como a existência da família Valor. Mas, com o tempo, algumas das histórias a respeito deles se tornaram tão distorcidas que são consideradas o que você chamaria de contos de fadas. Entre elas, está o mito do Arco da Valorosa.

A voz de Apollo ficou mais grave, mais dramática, e ele se sentou na cama ao lado da noiva. Perto, mas não a ponto de encostar em Evangeline.

– As histórias a respeito do Arco da Valorosa figuram entre nossas lendas amaldiçoadas. Histórias sobre a família Valor só podem ser transmitidas de boca a boca. E, no caso do Arco da Valorosa, há duas versões diferentes. Para sua sorte, conheço as duas.

O príncipe abriu um sorriso orgulhoso, e Evangeline ficou um pouco menos tensa.

– Acredita-se que o Arco da Valorosa seja o portão de acesso à Valorosa. Em uma das versões da história, a Valorosa era uma prisão mágica construída pela família Valor. Como a magia não pode ser destruída, a família Valor alegou ter criado a Valorosa para aprisionar quaisquer objetos de poder mágico perigoso ou prisioneiros estrangeiros com habilidades mágicas. Disseram que a Valorosa foi construída para proteger o Norte das forças que pretendiam destruí-lo, mas...

Apollo ficou em silêncio por alguns instantes, como se estivesse procurando as palavras certas. E, disfarçadamente, chegou mais perto, até encostar sua perna na de Evangeline.

O coração dela sobressaltou-se.

– Posso? – perguntou Apollo, e sua voz grave de repente soou suave e absolutamente sincera.

Ele teria se afastado se Evangeline quisesse, mas isso destruiria a frágil esperança que o príncipe estava tentando disfarçar com seu sorriso tímido.

– Gostei – disse a jovem, que ficou surpresa ao se dar conta de que estava sendo sincera.

Desde que suspeitara, pela primeira vez, que Apollo estava enfeitiçado por Jacks, tudo o que o príncipe fazia parecia um pouco exagerado demais e um pouco irreal demais. Mas aquilo – Apollo contando uma história para ela e tentando tocá-la tão sutilmente e com tanta timidez – pareceu possível de ser real, como se fosse assim que as coisas deveriam ser, se Apollo realmente gostasse dela. E ter alguém que gostasse dela era uma sensação boa...

Evangeline lembrou que não era algo genuíno, que o príncipe só agia daquela maneira por causa do feitiço lançado por Jacks, mas fazia tanto tempo que não se sentia tão importante para alguém... E Apollo não sabia que estava enfeitiçado: só sabia de seus sentimentos por Evangeline.

Ela pôs a mão delicadamente no joelho do príncipe, e Apollo sorriu como se a noiva tivesse acabado de lhe oferecer o sol de presente.

– Infelizmente – continuou o príncipe –, a família Valor mentiu. A Valorosa não foi construída para proteger o Norte de seus inimigos. A prisão foi construída para trancafiar algo abominável que eles mesmos criaram. Ninguém sabe ao certo o que foi que a família Valor concebeu, mas foi algo tão terrível que todas as Grandes Casas se voltaram contra eles e decapitaram toda a família. Aliás, fizeram isso antes que a horrível criação fosse trancafiada. Sendo assim, coube às Grandes Casas aprisionar essa coisa abominável na Valorosa e lacrar o arco que dava acesso a ela. Normalmente, os arcos são trancados com sangue, mas ninguém queria correr o risco de que esse arco fosse aberto. Então, um tipo especial de tranca foi criado. Uma profecia.

Evangeline resistiu à tentação de entrar em pânico. Aquela era apenas uma das versões de uma história amaldiçoada e, portanto, não era confiável. Mas, ainda assim, ela perguntou:

– Como se tranca algo com uma profecia?

– A versão que eu sempre ouvi contar é que os versos de uma profecia funcionam como sulcos e saliências de uma chave. Um certo número de versos proféticos é revelado por um adivinho, e então esses versos são entalhados em uma porta. Ou, nesse caso, em um arco. Feito isso, o arco permanecerá trancado até que cada verso da profecia tenha sido concretizado, criando a chave que permitirá abrir o arco de novo. É bem engenhoso. Se bem-feita, a profecia pode garantir que algo permaneça fechado por muitos séculos.

– Você por acaso sabe quais seriam as palavras dessa profecia?

Apollo parecia estar achando graça, como se tivesse vontade de dizer que a profecia não era real, mas continuou fazendo a vontade de Evangeline.

– De acordo com esta versão da história, o arco que continha a profecia foi despedaçado, e os pedaços foram enviados ao Protetorado, uma sociedade secreta que jurou jamais permitir que o arco fosse reaberto. Mas nunca ninguém encontrou os pedaços do arco desaparecido. E, vou te dizer, quase todo mundo que vive no Norte procurou em algum momento da vida.

Ao ver a expressão surpresa da noiva, o príncipe explicou:

– A segunda versão da história é completamente diferente. Esta versão alega que a Valorosa não era uma prisão para conter uma magia terrível, mas uma arca do tesouro que guarda os objetos mágicos mais poderosos da família Valor. Há quem acredite que esse foi o motivo para os integrantes da família terem sido assassinados, porque as Grandes Casas queriam roubar sua magia e seus tesouros. Neste relato da história, os Guardiões, aqueles que continuaram sendo leais à família Valor mesmo depois de todos terem morrido, trancaram o arco com a profecia para que os poderes e os tesouros da família não caíssem em mãos erradas.

Mãos como as de Jacks.

Evangeline podia, com absoluta certeza, imaginar Jacks interessado por um tesouro mágico. Infelizmente, também era capaz de imaginá-lo interessado pelo terror mágico da primeira versão da história.

Ela tentou se lembrar do que o Arcano havia dito a respeito da família Valor, para ver se conseguia descobrir em qual das duas versões da lenda ele acreditava. Mas só sabia, com certeza, que o Príncipe de Copas estava desesperado para pôr as mãos no que estava trancafiado, fosse o que fosse. A cara que ele fez quando chegaram ao arco da Casa Sucesso foi de absoluta esperança. Mas por quê? Por que Jacks acreditaria em uma história que Apollo, tão claramente, considerava um conto de fadas? Será que esperava encontrar o maior tesouro da família Valor ou libertar o maior terror criado por ela?

— Quando eu era mais novo — prosseguiu Apollo —, eu e meu irmão, Tiberius, nos aventurávamos em busca da Valorosa. Era uma de nossas brincadeiras preferidas... — A voz do príncipe ficou melancólica. Ele deixou a frase no ar e ficou perdido em suas lembranças na companhia de um irmão cujo nome raramente mencionava.

Logo que Evangeline se mudou para o Paço dos Lobos, uma criada tagarela contou para ela que o quarto de Tiberius ficava bem ao lado do seu. Mas, quando tentou saber mais, os lábios da criada se tornaram um túmulo. Apollo continuava negando o boato de que havia se desentendido novamente com o irmão depois de ter pedido Evangeline em casamento. Mas ela ainda não tinha visto Tiberius no castelo e, sempre que perguntava para Apollo aonde seu irmão tinha ido, ou por que saíra, seu noivo só respondia que ela iria adorar Tiberius quando os dois finalmente se conhecessem. E aí mudava de assunto abruptamente. Evangeline ficou tentada a questionar Apollo a respeito do irmão de novo, antes que o dia seguinte chegasse e tudo mudasse. No dia seguinte, àquela hora, nada mais seria igual entre os dois. Porque ela se casaria com Apollo; Jacks poria fim à maldição do príncipe; e este, então, talvez nunca mais olharia para Evangeline do modo como estava olhando naquele momento.

Ela não sabia se aquela era a atitude certa ou errada a tomar. Só sabia que, depois daquela noite, era o que queria fazer.

Permitir que Apollo continuasse amaldiçoado parecia ser muito similar a deixar que Marisol e Luc continuassem sendo estátuas de pedra: seria muito menos doloroso para Evangeline, mas ela não conseguia fazer isso. Não conseguia condenar Apollo a uma vida enfeitiçada.

Ainda estava receosa por causa da profecia. Mas com tanta coisa por saber a respeito do Arco da Valorosa, Evangeline resolveu fazer o que estava ao seu alcance com aquilo que sabia. E sabia que a única maneira de salvar Apollo daquela maldição era se casando com ele, independentemente das consequências.

— Evangeline, meu amor, você está bem? Por que está tremendo?

A jovem olhou para as próprias mãos. Quando tinham começado a tremer?

— Estou... Estou... — Ela não sabia o que dizer. — Com frio. Você não está com frio?

Apollo franziu o cenho. Era óbvio que não havia acreditado que Evangeline estava com frio, usando aquela capa pesada, com o fogo da lareira ardendo atrás dos dois.

— Sei que tudo isso foi repentino e sei que a pressionei, mas juro que cuidarei bem de você.

Ela começou a tremer ainda mais.

A expressão do príncipe ficou completamente transtornada.

— Apenas dê tempo ao tempo. Sei que você não sente a mesma...

— Não é isso... — Evangeline não completou a frase, porque não sabia ao certo o que dizer, querendo que existissem palavras mágicas capazes de poupar Apollo do sofrimento e, apesar disso, estabeleces-sem certa distância entre os dois. Naquele estado, o príncipe faria qualquer coisa pela noiva, e ela não queria se aproveitar da situação. Não queria magoá-lo, nem a si mesma, aproximando-se dele ou acreditando no delírio de que tudo aquilo era real. — Você tem sido tão carinhoso comigo...

As rugas dos lábios apertados do príncipe ficaram mais pronunciadas.

— Você fala como se amanhã tudo fosse mudar.

— É claro que tudo vai mudar. Não é por isso que vamos nos casar?

E, por um instante, ficou tão tentada a se aconchegar no noivo... Ela sentia a perna dele quente, mesmo com todas aquelas camadas de roupa, e imaginou que os braços do príncipe também seriam quentes. Quentes, reconfortantes e firmes. Apollo já havia abraçado e beijado Evangeline. Mas, desde Luc, ninguém tinha simplesmente dado um abraço nela. Sentia falta disso. Não apenas de ser abraçada por ele, mas de ser abraçada por qualquer pessoa. Desde que perdera os pais, todas essas pequenas carícias amáveis e reconfortantes se tornaram ainda mais preciosas para Evangeline. Ela sentia falta do jeito como o pai costumava abraçá-la, do jeito como a mãe costumava confortá-la e...

Apollo passou o braço por seus ombros, uma carícia mais afável e calorosa do que a jovem havia imaginado, e não havia nada que pudesse impedi-la de se aconchegar no príncipe. Só por alguns instantes, depois ela se afastaria.

– Se você quiser, posso ficar... – Apollo pronunciou cada palavra como se estivesse segurando a respiração. – Não precisamos fazer nada. Posso só dormir de roupa e abraçar você.

Evangeline não falou nada porque não confiou em si mesma.

Deveria ter dito "não". Deveria mesmo.

Apollo não era ele mesmo naquele momento: se fosse, não estaria fazendo aquela sugestão. Nem sequer estaria no quarto da noiva. Mas estava, e olhava para Evangeline como se seu maior desejo na vida fosse que ela dissesse "sim".

– Por favor, Evangeline, deixe-me ficar aqui. – O príncipe passou o outro braço nos ombros da noiva e a abraçou, como se fosse uma promessa que ele pretendia cumprir. Ele a tocou de um jeito delicado, respeitoso, transmitindo aquela sensação reconfortante da qual Evangeline sentia tanta falta.

Mesmo assim, ela deveria ter dito "não". Mas algo entre os dois havia mudado desde que Apollo escalara a parede até o seu quarto. Evangeline sabia que tudo mudaria de novo no dia seguinte, mas talvez não fosse tão ruim assim tirar vantagem daquilo só por uma noite.

– Seria ótimo.

E foi. Foi ótimo mesmo.

Possivelmente, a última coisa ótima que aconteceria entre os dois.

31

O Boato Diário

O DIA PELO QUAL ToDOS ESTÁVAMOS ESPERANDO

Por Kristof Knightlinger

Estou quase triste porque hoje o príncipe Apollo e a futura princesa Evangeline Raposa irão se casar. Tem sido tão excitante que odeio o fato de a espera ter chegado ao fim. Mas, se metade dos boatos que ouvi a respeito do casamento forem verdadeiros, o dia será espetacular.

Infelizmente, parece que haverá pelo menos uma pessoa importante faltando na comemoração real.

Tabitha Sucesso, da Casa Sucesso, sofreu uma terrível queda há vários dias. É difícil de acreditar que alguém tão formidável pudesse ser vencida por uma escadaria. Mas, ao que parece, a queda foi tão feia que causou danos à mente da matriarca. Ouvi pessoas murmurando as palavras "sedada", "louca" e "maldições mágicas", fazendo parecer que foi mais do que uma simples queda. Ou será possível que alguém esteja tentando roubar o lugar ao sol de nossa bela Evangeline Raposa?

32

Meses antes, em um dia úmido e tempestuoso em que as nuvens de chuva guerrearam contra o sol e saíram vitoriosas, Evangeline Raposa planejou seu casamento com Luc Navarro.

Ela não pretendia planejar um casamento. Antes daquela tarde de tempestade, nem sequer havia pensado em se casar com Luc. Tinha apenas 16 anos, não estava preparada para se tornar esposa de alguém. Queria apenas ser uma garota. Mas, naquele dia, a forte chuva impedira os fregueses de entrar na loja, deixando-a sozinha com uma nova remessa de esquisitices, que incluía uma caneta-tinteiro com uma etiqueta curiosa: "Para encontrar sonhos que ainda não existem".

Evangeline não conseguira resistir à vontade de testar a caneta. E, assim que fez isso, um sonho inédito tomou forma. Não sabia por quanto tempo ficara desenhando. Só sabia que, quando terminou, seu desenho parecia o retrato de uma promessa. Evangeline estava com seu amor, e os dois estavam em lados opostos de uma doca coberta de velas. Essas velas faziam o oceano brilhar tanto que parecia um mar de estrelas cadentes. Apenas a noite e a lua observavam a cena. Não havia mais ninguém, apenas Evangeline e seu noivo. Com as testas encostadas. E ela não saberia dizer ao certo o que estavam fazendo, se não fosse pelas palavras que a caneta havia riscado no céu: "E, então, eles escreverão seus votos na mão e colocarão a mão no peito um do outro, para que os votos penetrem em seu coração, onde sempre e para sempre estarão protegidos".

Aquela seria uma cerimônia que os pais de Evangeline aprovariam. Um casamento simples, feito de juras de amor e promessas de um "para sempre" que passariam juntos.

Era exatamente o contrário do que aconteceria com Apollo.

As enormes asas presas ao vestido de noiva se arrastavam pelo chão dos aposentos de Evangeline, que olhava por uma janela marcada por teias de geada.

Em cada uma das torres do Paço dos Lobos, havia pombos aguardando em suas gaiolas, prontos para serem soltos depois que o príncipe herdeiro e a jovem fizessem seus votos matrimoniais debaixo de um arco de gelo salpicado de ouro, que reluzia no sol da manhã. A noite e a lua nem sequer veriam de relance aquela cerimônia. Mas um reino inteiro de pessoas estaria presente. Os convidados já estavam esperando, empetecados com suas peles e joias mais finas. Estariam presentes quando Apollo beijasse sua noiva e prontamente deixaria de amá-la.

Evangeline sentiu um aperto no estômago.

Não haveria nenhum final feliz depois daquele casamento.

Na noite anterior, sentira que era a decisão correta, mas, naquele momento, sentiu seu coração partido bem de leve. Não deveria ter permitido que Apollo passasse a noite com ela. Não deveria ter permitido que ele a abraçasse. Não deveria ter permitido que o príncipe a fizesse lembrar de tudo o que ela não tinha – e talvez nunca mais tivesse depois daquele dia.

Evangeline não queria que Apollo deixasse de amá-la.

Desde que a pedira em casamento, o príncipe vinha sendo carinhoso, gentil e atencioso, ainda que um pouco exagerado em suas declarações de amor. Mas quem seria ele quando o feitiço de Jacks se quebrasse? Ainda seria o Apollo carinhoso que a abraçara a noite inteira? Seria o príncipe frívolo que estava disposto a dispensá-la quase no mesmo instante em que a conhecera? Ou aconteceria outra coisa, uma coisa ainda pior?

Ela tentou não pensar na profecia do Arco da Valorosa. Já havia decidido que não podia acreditar em nada que ouvira a respeito do arco. E, apesar disso, não conseguia apagar completamente suas preocupações. Se ela fazia parte daquela profecia, o que aconteceria quando a profecia se concretizasse?

– Por que você está tão nervosa? – perguntou Marisol, chegando perto de Evangeline. A irmã postiça usava um vestido em um tom de damasco cristalizado, com anágua creme e um cinto grosso de pérolas, e estava linda. Como não era mais chamada de Noiva Amaldiçoada, Marisol passara os últimos dias divertindo-se, tomando chá, provando vestidos e aproveitando todas as delícias do Paço dos Lobos. Parecia feliz e renovada, mas seu olhar era de puro assombro ao ver a extravagância do vestido de noiva de Evangeline.

As asas com bordas de ouro eram um ultraje, mas Evangeline até que tinha gostado do vestido. O decote em coração realçava seu peito pequeno, e a saia de princesa era absolutamente divertida, feita de intermináveis camadas de um tecido branco absurdamente delicado, com exceção da longa cauda de penas douradas que fluía na parte de trás do vestido, descendo a partir da cintura.

— Você não tem nada a temer — garantiu Marisol. — Está prestes a se casar com um príncipe que a idolatra.

Apollo não faria isso por muito tempo.

Plim.

Plim.

Plim.

Por um instante, o toque distante pareceu um alerta de sineta, até que Evangeline lembrou. O último integrante do coral continuava no pátio. Não era um alerta, era apenas o som de sua música suave chegando ao fim.

— E se ele deixar de me amar? — disparou Evangeline. — E se, depois que nos casarmos, Apollo resolver que foi um erro e expulsar nós duas do Norte?

— Acho que você não precisa se preocupar com isso — respondeu Marisol. — A maioria das garotas teria que se valer de magia para fazer alguém amá-las do jeito que Apollo ama você.

Evangeline ficou rígida.

— Não quis dar a entender que você o enfeitiçou — emendou a irmã postiça. Ela ficou com as bochechas vermelhas, de um jeito que fez Evangeline ficar mais inclinada a pensar que fora um lapso, e não uma insinuação maldosa. — Não é nenhuma surpresa Apollo te amar tanto — prosseguiu Marisol, determinada. — Você é Evangeline Raposa. Ainda nem se casou com o príncipe, e já existem contos de fadas a seu respeito. Você é a garota que desafiou os Arcanos e transformou a si mesma em pedra, a que não teve medo de rejeitar uma rua inteira de pretendentes nem de trazer a irmã postiça amaldiçoada para um baile real, onde então roubou o coração de um príncipe. Apenas ame Apollo do mesmo jeito que vive sua vida: ame Apollo sem receios, ame Apollo como se cada dia que passar com ele fosse mais mágico do que o anterior, ame Apollo como se ele fosse o seu destino, e como se o mundo fosse melhor se vocês dois estiverem juntos, que ele jamais vai conseguir deixar de amar você.

Marisol terminou o discurso dando um abraço tão carinhoso e sincero em Evangeline que foi fácil acreditar que a garota tinha razão. Evangeline andava tão consumida de preocupação com o que os sentimentos de Apollo por ela poderiam ser, que não pensara muito a respeito de seus sentimentos por *ele*. Sabia que não o amava naquele momento, mas poderia amá-lo com facilidade. Sentira faíscas de afeto na noite anterior e sentira ainda mais naquela manhã, depois de passar a noite em seus braços.

Os dois poderiam até não se amar logo de início, mas os pais dela haviam dito que amar leva tempo. Evangeline só precisava que Apollo desse tempo, que desse uma chance para ela. Só que isso talvez fosse difícil depois que Jacks pusesse fim à maldição. Mas, se Apollo permitisse, o amor de Evangeline poderia ter força suficiente para garantir um final feliz a ambos.

Ainda havia esperança.

No fundo de seus pensamentos, uma vozinha fraca a fazia lembrar de que estava, mais uma vez, ignorando a profecia. Mas Evangeline optou por não dar ouvidos àquela voz. Poderia se preocupar com isso no dia seguinte.

Saiu da suíte nupcial determinada a se apaixonar por seu príncipe. Mas de duas, uma: ou o dia tinha sido amaldiçoado, ou a maldição da história estava afetando aquele dia, porque ela não conseguia fixar nenhuma lembrança de seu casamento, nem mesmo no instante em que estava acontecendo.

Em um segundo, Evangeline estava pisando no pátio nevado do Paço dos Lobos, com o ar gelado fustigando seu rosto e uma corte de expressões de escrutínio olhava em sua direção. No outro, ela estava segurando as mãos de Apollo, e o juiz de paz amarrava seu pulso ao do príncipe com cordões de seda. A jovem sentiu o sangue correndo em suas veias. Sua pele pegava fogo, assim como a do noivo. Parecia que algo além de um simples cordão dourado unia os dois.

— E agora — disse o juiz de paz bem alto, para que todos os presentes pudessem ouvir —, pelas minhas palavras, uno essas duas pessoas. Amarro não apenas seus pulsos, mas também seus corações. Para que possam bater como se fossem um só a partir deste momento. Se um for flechado, que o outro sangre pelos dois.

— Eu sangraria por você com todo o prazer — sussurrou Apollo. O príncipe apertou com mais força as mãos de Evangeline, olhando-a nos olhos com uma intensidade ainda mais ardente, como se as chamas que ela causara na primeira noite em que o beijou tivessem se multiplicado por dez.

E Evangeline apenas torceu para que aquela faísca permanecesse em Apollo depois que Jacks quebrasse o feitiço.

gora que estavam casados, Evangeline se preparava para o instante em que Apollo soltaria sua mão e a fulminaria com um olhar raivoso, que o príncipe sacudiria a cabeça, como se estivesse despertando de um sonho. Só que, pelo contrário, ele segurou suas mãos ainda mais forte. Olhava para ela com ainda mais devoção, como se realmente os votos que os dois fizeram fossem mágicos, e eles estivessem unidos de verdade.

Instantes depois da cerimônia, Apollo e Evangeline foram colocados em um trenó prateado, puxado por uma matilha de lobos brancos como a neve. O príncipe a aqueceu, abraçando-a bem perto, enquanto iam deslizando até um castelo de gelo, construído para durar apenas aquela única noite. A construção reluzia, azul, efêmera e encantadora, de um jeito transcendente. O que tornava mais fácil ter esperança e acreditar que a história dos dois estava apenas começando.

Ah, como Evangeline queria acreditar...

Do lado de dentro das paredes reluzentes, que pareciam de vidro, os convidados recebiam cálices prateados cintilantes com vinho quente e bolinhos individuais verde-floresta com sabor de sorte e amor. Em vez de uma banda, uma grande caixa de música se abriu, e dela saíram músicos mecânicos em tamanho natural para tocar uma sequência interminável de sons etéreos. As notas eram como fios de teia e rabiolas de pipas, encantadoras e enérgicas. Fizeram Evangeline se lembrar daquelas histórias que falavam de meninos e meninas tão enfeitiçados por canções mágicas que dançavam até morrer.

Apollo bebeu o que havia em seu cálice de um gole só e se dirigiu ao grupo ruidoso de cortesãos e nobres do Norte:

– Obrigado a todos por estarem aqui para comemorar o dia mais importante de minha vida. Na verdade, eu não tinha desejo de me casar até conhecer minha amada Evangeline Raposa. Vocês vão perceber que, em homenagem à minha noiva, temos raposas-fantasmas aqui. – Neste momento, o príncipe fez sinal com o cálice vazio, indicando uma raposa alegre feita de fumaça, que estava empoleirada em um cervo esculpido em gelo. – São criaturas especiais. Se conseguirem conquistar uma, receberão um presente, que poderá ajudá-los a encontrar o amor de vocês também.

– Um brinde ao amor e às raposas! – felicitaram os presentes, e suas vozes ecoaram pelo gelo reluzente.

Evangeline deu um gole da bebida que havia em seu cálice, mas mal conseguiu engolir. Sua garganta estava apertada pelo nó formado por muitos medos, esperando que Apollo deixasse de amá-la.

Por que o príncipe não deixara de amá-la?

Não queria que Apollo deixasse de amá-la, mas aquela espera também parecia uma tortura.

O príncipe lançou um sorriso sonhador para ela quando uma canção mais lenta emanou dos músicos mecânicos e então foi flutuando pelo gelo brilhante.

– Você está pronta para finalmente fazermos nossa primeira dança?

Evangeline assentiu com a cabeça e dirigiu o olhar para além dos ombros largos de Apollo, procurando o rosto de Jacks em meio aos convidados. O que ele estava esperando? Será que a magia do Arcano havia se quebrado? Será que ele havia esquecido? Será que o Príncipe de Copas ao menos estava presente no casamento?

A jovem se obrigou a continuar dançando, a continuar sorrindo. Só que as asas presas em suas costas ficavam mais pesadas a cada rodopio. Pelo jeito, Jacks não estava entre os convidados. Não estava ali para consertar Apollo. A menos que...

E se o Arcano não estivesse lá porque o feitiço já tivesse sido quebrado? E talvez não parecesse que fora quebrado porque Apollo realmente havia começado a amá-la. Provavelmente era querer demais, mas Evangeline sempre tivera um fraco por querer coisas que as outras pessoas considerariam impossíveis.

Ela criou coragem para olhar nos olhos do marido. Nos últimos dias, via estrelas brilhando no olhar do príncipe, e a paixão enevoando sua visão. Mas, naquele exato momento, os olhos de Apollo eram apenas olhos castanhos, afetuosos e firmes.

– Como você está se sentindo? – perguntou Evangeline. – Sente algo diferente do que sentia pela manhã?

– É claro, meu coração. Estou casado com você. – O príncipe a puxou mais para perto, tirou a mão da cintura dela e a colocou debaixo das asas. Então foi subindo pelas costas de Evangeline, deixando sua pele arrepiada. – Sinto a autoconfiança de uma centena de reis e a paixão de mil príncipes. Esta noite, eu poderia lutar com Lobric Valor e sair vitorioso.

Apollo bem poderia ter lançado aquele olhar sedutor naquele instante.

Sem dúvida, ainda estava enfeitiçado.

Só que, assim como na noite anterior, isso não parecia ser tão terrível. E por acaso não era desse jeito que um noivo deveria olhar para a noiva logo depois do casamento? Evangeline sabia que Apollo ainda estava sob efeito de uma maldição, mas esperava que também estivesse começando a se apaixonar por ela.

O príncipe a rodopiou mais uma vez, e ela não ficou procurando por Jacks. Procuraria de novo, mas depois. Não naquele momento. Não durante a primeira dança com o marido. Iria apenas desfrutar daquele instante. E então encontraria o Arcano e o obrigaria a quebrar o feitiço.

Apollo roçou os lábios na têmpora de Evangeline.

Murmúrios empolgados se espalharam pelos convidados e foram em direção aos dois. Pareciam um sorriso que se movimentava, pareciam alegria e bolhas de sabão. E aí... *shh*.

Uma onda de silêncio atravessou o castelo de gelo cintilante.

Evangeline tirou os olhos do noivo, achando que Jacks finalmente havia chegado. Mas todos estavam olhando para outro rapaz, que usava um gibão de listas verdes.

O jovem era um tanto magro e não muito alto, mas abria caminho entre os presentes como se fosse uma pessoa que possuía poder:

os ombros retos, a cabeça erguida, e o olhar que desafiava os convidados a lhe dizer para não interromper a primeira dança dos noivos.

Evangeline viu os sussurros morrerem nos lábios daqueles rostos boquiabertos, com expressão chocada. Quando o rapaz chegou perto do casal, o salão de baile inteiro estava em silêncio, a não ser pelo tilintar perdido dos instrumentos da caixa de música e do suave *récréc* que as patas das raposas-fantasmas faziam no chão.

– Olá, meu irmão – disse o desconhecido, falando baixo e um tanto rouco, como se tivesse perdido a voz recentemente e acabasse de recuperá-la.

Então aquele era o misterioso Tiberius. Os dois não pareciam irmãos. Mas Evangeline não teve muita chance de examiná-lo, porque Apollo parou de dançar e logo se escondeu atrás dela.

Tiberius deu risada.

– Não quero problemas – disse Apollo.

– Então, por que está com a mão no cabo da espada? Você acha que vou contar para ela...

Apollo desembainhou a espada.

Metade dos convidados soltou um suspiro de assombro, e alguns podem ter batido palmas, afoitos para assistir a uma rusga da realeza.

Evangeline precisava fazer algo imediatamente. Suspeitava que Apollo e Tiberius tinham assuntos mal resolvidos, mas não imaginava que o marido estaria disposto a recorrer à violência para defendê-la, caso não estivesse sob o efeito do encantamento que o fizera ficar tão obcecado por ela.

A jovem ficou entre o noivo e o irmão dele.

– Meu amado... – falou, colocando a mão no peito de Apollo. Mas, pelo jeito, seu gesto não era mais necessário.

Assim que ela o chamou de "amado", o príncipe herdeiro mudou completamente de atitude. Evangeline nunca o havia chamado por um termo carinhoso, e assim que chamou, parecia que Apollo estava prestes a soltar a espada e a beijá-la bem no meio da pista de dança.

Tiberius deu mais uma risada disfarçada.

– Não acredito que os boatos são verdadeiros: você a ama. Ou foi enfeitiçado.

Evangeline ficou com os nervos à flor da pele. Torcia para que Tiberius estivesse brincando, mas talvez não estivesse. Talvez suspeitasse da verdade e fosse por isso que os irmãos haviam se desentendido recentemente.

Apollo se livrou da mão da esposa e ergueu a espada. A raiva brilhou em seus olhos novamente.

— Se insultar minha esposa de novo, cortarei a sua língua.

— Meu amado... — Evangeline arriscou mais uma vez. Mas as palavras não tiveram o mesmo efeito.

Apollo a ignorou e deu um passo na direção do irmão.

O gelo do chão ficou com finas rachaduras de suas botas.

Tiberius ergueu as mãos, em um gesto de rendição.

— Não vim aqui para brigar. — Ele rodopiou e fez uma mesura exagerada para Evangeline. — Minhas desculpas, princesa. Eu adoraria remediar a ofensa que posso ter causado a você com uma dança.

Apollo estava com cara de quem queria se contrapor à sugestão com a espada, mas Evangeline falou primeiro.

— Obrigada. Seria uma honra. — Então se dirigiu a Apollo: — Quem sabe, como presente de casamento, vocês dois possam fazer as pazes por mim.

Seu marido movimentou o maxilar.

A jovem segurou a respiração. Torceu para que não o tivesse provocado demais. Aquele momento seria uma hora terrível para o feitiço de Jacks perder o efeito.

Depois de um instante doloroso, Apollo embainhou a espada.

— Como você quiser, minha noiva.

Os artistas mecânicos tocaram uma melodia desconhecida quando Tiberius segurou a mão de Evangeline. O irmão do príncipe a segurou muito mais perto do que deveria. Talvez para fazer desaforo ao irmão, mas também suspeitava que o cunhado dançasse mal. Parecia ser o tipo de homem que não tem paciência para fazer aulas de dança.

Assim, tão de perto, as diferenças na aparência dos dois irmãos ficavam ainda mais evidentes. O rosto de Apollo era mais entalhado grosseiramente do que esculpido em cinzel, mas o rosto de Tiberius não era sequer esculpido. Era um rosto suave, decorado com sardas salpicadas que lhe conferiam uma aparência travessa.

Não devia ser muito mais velho do que Evangeline, se é que era mais velho. Seu cabelo era acobreado e um tanto comprido, mas estava preso para trás, só o suficiente para revelar um pedaço da tatuagem que tinha no pescoço, o que aumentava o ar de ser o irmão mais novo rebelde.

– Você não é o que eu esperava que fosse – declarou Tiberius, espremendo um dos olhos e erguendo uma das sobrancelhas.

Evangeline poderia ter se ofendido pela indiscrição dele se tivesse se casado com Apollo pelos meios tradicionais. Mas, dadas as circunstâncias, o olhar inquisidor do príncipe mais jovem era compreensível.

– Se você está falando das asas que está pisoteando neste momento – respondeu ela, na esperança de que Tiberius não a segurasse com tanta força –, infelizmente, só fazem parte do meu vestido. Estou longe de ser um anjo.

Tiberius retorceu os lábios, mas Evangeline não soube dizer se era o início de um sorriso alegre ou de desdém, se Tiberius estava tentando causar boa impressão ou se queria deixar claro que não confiava nela. E essa não foi a única coisa que despertou a curiosidade de Evangeline.

– Por que você sumiu depois que fiquei noiva de Apollo?

Os olhos de Tiberius brilharam, de surpresa.

– Você é ousada – respondeu ele.

– O que você estava esperando?

– Não muito, para ser sincero. Apollo costumava dizer que se... – Tiberius deixou a frase no ar e se encolheu todo. – Desculpe, eu não deveria dizer isso no dia do casamento dele. É só um costume que tenho, ser maldoso com Apollo. É como demonstro meu amor. – Mais um sorriso que poderia ser de desdém, e o príncipe começou a dançar mais rápido, rodopiando a noiva pelo chão de gelo. – Você ama meu irmão, Evangeline?

A respiração da jovem ficou acelerada. "Sim" era, obviamente, a resposta correta, mas Evangeline tinha a sensação de que Tiberius já sabia que era mentira. O rapaz olhava para ela como se fosse um quebra-cabeça que ele queria desmanchar, e não montar. Ficou visível que Tiberius e Apollo brigavam, mas ela teve a impressão de que Tiberius realmente se preocupava com o irmão mais velho e tinha suas dúvidas em relação a ela por causa disso.

– Eu amava outra pessoa antes de conhecê-lo – admitiu Evangeline. – Quando o perdi, pensei que jamais amaria alguém do mesmo modo que o amava. Mas tenho esperanças de que irei amar Apollo ainda mais. – Desde que os dois conseguissem continuar juntos depois do que acontecesse quando Jacks quebrasse o feitiço. – Também gostaria de ser sua amiga. Nunca tive um irmão.

Ela deu um sorriso tímido para Tiberius. Se Evangeline e Marisol conseguissem consertar aquela situação, também havia esperança para Apollo e Tiberius. Talvez, com o tempo, os quatro pudessem se tornar uma família, compensando as pessoas que haviam perdido – ou, no caso de Marisol, a integrante da família que ela viveria melhor sem.

A expressão de Tiberius era inescrutável. E não deixava claro se Evangeline passara no teste. Mas percebeu que o príncipe não estava mais pisoteando suas asas quando a rodopiou uma última vez no chão de gelo.

– Obrigado pela dança, Evangeline. Da próxima vez que nos encontrarmos, eu te conto por que desapareci. Não quero estragar mais nada para você esta noite.

Tiberius a soltou e fez uma mesura formal quando a música parou de tocar.

E então se afastou rapidamente, girando entre os dedos uma pena que roubara de suas asas.

34

A rigor, as festas de casamento do Norte duravam até o sol raiar. Supostamente, as pessoas bebiam até o último barril secar e comiam até a última migalha de bolo ter sido engolida. Mas, logo depois do crepúsculo, quando ainda havia torres de bolo e um império de cálices esperando por mais um brinde, o príncipe Apollo chegou perto de Evangeline e sussurrou em seu ouvido:

— Amo meu reino, mas prefiro não passar meu casamento inteiro com eles. — Em seguida, deu um beijo demorado na orelha de Evangeline e completou: — Saia de fininho comigo, meu coração. Vamos para a suíte nupcial.

As entranhas de Evangeline se emaranharam de ansiedade. Aquilo tinha ido longe demais. Ela precisava encontrar Jacks. Divertir-se durante parte da festa não era algo ruim, mas não era para as coisas terem chegado àquele ponto, muito menos com Apollo ainda sob o efeito do feitiço.

Estava na hora de pôr um fim àquela maldição e descobrir quais eram os verdadeiros sentimentos do príncipe com o qual Evangeline tinha se casado.

A jovem precisou prometer diversas vezes para o marido que logo o encontraria na suíte nupcial para conseguir que ele a soltasse. Mesmo assim, sentia os olhos de Apollo em cima dela, observando-a enquanto a noiva desviava dos convidados, dos músicos mecânicos e das torres de bolo, determinada a localizar o Arcano.

Depois de dançar com Apollo, Evangeline finalmente avistara o Príncipe de Copas saindo do salão principal e entrando em um dos corredores de gelo. Naquele momento, ela e o marido estavam apresentando Marisol ao grupo de nobres solteiros que participariam da partida de xadrez do beijo que organizara para a irmã postiça. Evangeline não teve vontade de ir atrás de Jacks naquele momento. Mas viu outras pessoas correrem na mesma direção. A maioria retornou, pálida ou com uma expressão alarmada, o que a fez suspeitar que o Príncipe de Copas estava atendendo seus admiradores de alguma forma aterrorizante e clandestina.

E, pelo jeito, ela havia acertado. Estava tremendo, já querendo se livrar do frio daquele castelo glacial, quando finalmente encontrou Jacks em uma sala do trono da qual o Arcano havia tomado posse. O teto era formado por vigas de gelo grossas e abobadadas. As paredes eram de gelo fosco cintilante, gravadas de imagens de estrelas, árvores e uma meia-lua crescente com sorriso afetado.

Jacks estava acomodado em um trono de gelo e olhava feio para uma raposa que parecia ser mais corpórea do que fantasma – tinha sua pelagem branca e fofa, com exceção de um círculo castanho em volta de um dos olhos em tom de carvão.

O Príncipe de Copas parecia estar horrorizado com o animal, como se aquela criatura adorável fosse capaz, de alguma maneira, de suavizar traços de sua personalidade terrível. Evangeline bem que gostaria que o animal fosse capaz de fazer isso e ficou um pouco afastada para observar, gostando de ver, pela primeira vez, que era Jacks quem não estava se sentindo à vontade.

O Arcano se encolheu todo quando a criaturinha cutucou suas botas gastas com o nariz.

Evangeline deu risada, finalmente chamando a atenção de Jacks.

– Acho que ela gosta de você.

– Não sei por quê.

O Príncipe de Copas fez careta para o animal, que respondeu lambendo a fivela do cano da bota, afetuosamente.

Evangeline continuou sorrindo.

– Você deveria dar um nome para ela.

– Se eu fizer isso, ela vai achar que é um animal de estimação. – As palavras de Jacks eram de puro nojo, o que só a convenceu mais ainda de que aquela raposa devia ser a melhor coisa que acontecera na vida daquele Arcano.

— E se eu escolher um nome para ela em sua homenagem? Que tal Princesa da Fofureza?

— Nunca mais diga isso.

Ela deu um sorriso discreto.

— Da próxima vez que eu fizer um trato com um Arcano, vou escolher um que tenha senso de humor, como Veneno.

Jacks foi erguendo o olhar lentamente até Evangeline. Seus olhos estavam em um tom de azul-claro, como o gelo de seu trono, e seu rosto estava cercado pelo cabelo azul-escuro ondulado, por causa do frio. O Arcano usava um gibão cinza-azulado com metade dos botões abertos, calças pretas do tom das penas de um corvo e um cinto caído, que ficava logo acima de seus quadris, fazendo-o parecer um rei do inverno maltrapilho. Um rei bravo, a julgar pelo jeito que olhava feio para Evangeline.

— Achei que você já tinha aprendido a lição de que não deve fazer tratos com a nossa laia.

— Aprendi. E é por isso que, da próxima vez que eu precisar, se fizer um trato, não será com você.

— Isso não é motivo de piada — urrou Jacks.

— Achei que você não se importasse.

— E não me importo. Mas você ainda me deve um beijo e, até eu receber o pagamento, você é minha, e não gosto de dividir o que é meu.

— Se eu não te conhecesse tão bem, diria que está com ciúme.

— É claro que estou com ciúme. Sou um Arcano.

— Se está com tanto ciúme assim, por que não desfez o feitiço de Apollo?

— Não dou a mínima para o que acontece entre os humanos.

— Então desfaça, porque eu e Apollo já nos casamos — disse Evangeline, com firmeza. — Cumpri a minha parte do trato. Agora está na hora de você cumprir a promessa que fez para mim.

— Muito bem — falou Jacks, com a voz arrastada. Evangeline ficou chocada com o fato de o Arcano ter concordado com tanta facilidade. – Continuo achando que é uma decisão precipitada. Mas, se você realmente quer que Apollo não tenha mais sentimentos por você, vou te dar os meios para isso.

Jacks pegou sua adaga com pedras preciosas e furou a ponta do dedo, deixando sair uma gota do tão conhecido sangue com lascas de ouro.

A raposa mal sentiu o cheiro da gota e foi para trás, choramingando.

– Viu só? – disse Jacks, entediado. – Até esse animal sabe que é uma má ideia.

– Não, ela sabe que você é mau. É uma diferença considerável. – Só que o sangue do Príncipe de Copas também deixava Evangeline perturbada. – Qual é a pegadinha?

– É tão difícil assim acreditar que estou disposto a cumprir minha palavra?

Os Arcanos eram de fato famosos por cumprirem sua palavra quando o assunto era trato. Era por isso que, apesar de todos os alertas em contrário, as pessoas se dispunham a fazer tratos com eles. Mas algo impedia Evangeline de ir em frente.

– Está em dúvida? Serei o último a julgar se você quiser que ele continue enfeitiçado por você.

– Ele não foi enfeitiçado por mim, foi você quem o enfeitiçou.

Evangeline deu um passo na direção do trono.

As sobrancelhas de Jacks se ergueram subitamente, revelando sua surpresa.

Isso deveria ter feito a jovem se sentir triunfante. Mas, em vez disso, a fez pensar na última vez em que havia deixado o Arcano chocado. Quando bebeu do cálice de veneno e transformou a si mesma em pedra.

Ela engoliu em seco.

Jacks foi para a frente, com uma elegância indolente, e pressionou suavemente nos lábios dela o dedo que sangrava.

Evangeline ficou toda arrepiada. O toque de Jacks não era mais frio do que o castelo, mas era sempre perturbador receber a carícia do Príncipe de Copas.

– Assim que você beijar Apollo, todos os falsos sentimentos que ele tem desaparecerão. – Jacks passou o dedo gelado na boca de Evangeline com mais firmeza, de um modo grosseiro e um tanto punitivo. O sangue do Arcano tinha um gosto amargo, e não doce. Gosto de erro. – Você precisa beijá-lo antes de o sol raiar para a magia funcionar. Mas já vou te avisando: se fizer isso, seu príncipe não vai achar que você fez um favor a ele. Heróis e heroínas não têm direito a finais felizes.

35

Evangeline não havia pensado direito naquela situação. Se tivesse pensado, teria perguntado para Apollo onde ficava exatamente a suíte nupcial. Se soubesse que ficava no topo de uma das torres altíssimas do Paço dos Lobos, poderia ter sugerido que se encontrassem em algum outro lugar – em algum lugar mais perto do chão, de preferência, com várias saídas.

Não acreditava de fato que Apollo poderia jogá-la pela janela da torre assim que ela o libertasse da magia de Jacks. Mas Evangeline ainda não sabia quem Apollo seria depois que o feitiço fosse quebrado. Seria o afetuoso príncipe que contara contos de fadas para ela, ou se tornaria o príncipe raivoso que quase agredira o irmão naquela mesma noite? Aquilo seria o verdadeiro começo da história de amor entre os dois ou seu fim?

Evangeline estava comprometida com a ideia de amar Apollo e fazer aquele casamento dar certo depois que o feitiço fosse quebrado. Mas só conseguia ouvir as palavras de Jacks: "Seu príncipe não vai achar que você fez um favor a ele".

Havia seis soldados de guarda diante da suíte nupcial em que ela estava prestes a entrar.

De repente, a ideia de dar meia-volta e deixar tudo como estava pareceu muito tentadora.

Também poderia entrar e tentar não beijar Apollo. Tinha até o nascer do sol para quebrar o feitiço. E se entrasse, mas não o beijasse logo de cara? Os dois poderiam ficar acordados conversando. Quanto tempo faltava até o sol raiar?

Evangeline tentou respirar fundo, mas o ar ficou preso em sua garganta à medida que se aproximava da porta da suíte nupcial. Não deu meia-volta. Mas se arrependeu de não ter feito isso assim que entrou no quarto e fechou a porta, ruidosamente.

O quarto estava abafado demais por causa da lareira e de uma centena de velas acesas, e o ar estava doce demais por causa do aroma inebriante de mil pétalas de flores brancas. Toda e qualquer superfície, do chão aos divãs, passando pela cama gigante com dossel, estava coberta delas.

– Olá, meu coração – ronronou Apollo, que estava esparramado naquela mesmíssima cama, fazendo uma pose cheia de intenções. Já estava sem camisa. Uma grande pedra de âmbar era a única coisa que cobria seu peito nu, que estava reluzente por causa de algo muito parecido com óleo.

Evangeline ficou com o estômago embrulhado. Todas as dúvidas que tinha a respeito de beijá-lo naquela noite desapareceram. Tinha que pôr fim àquele feitiço, por mais difíceis que as coisas se tornassem para ela depois disso.

– Você me fez esperar, esposa – disse Apollo.

Em seguida, ficou passando uma pétala de flor pelo peito untado. O pavor se juntou ao ar que ainda estava preso na garganta de Evangeline. Estava torcendo para que o príncipe não a odiasse quando ela desfizesse o feitiço. Mas, naquele momento, isso parecia pouco provável.

– Só preciso de mais um minutinho – enrolou.

Evangeline não era muito fã de vinho, mas avistou uma mesa entalhada e, em cima dela, uma bela garrafa da bebida em um tom de ameixa. Serviu-se de um copo bem generoso.

A bebida era espumante, mas tinha gosto de amoras podres e sal. Evangeline quase cuspiu, mas ainda não estava preparada para chegar perto do príncipe. Deu mais um gole grande, tomando metade do copo. E tomaria mais, mas não queria estar bêbada quando fizesse aquilo.

Ela pôs o copo sobre a mesa e se aproximou da cama com passos firmes.

Apollo lambeu os lábios.

Antes que perdesse a coragem, Evangeline fechou os olhos e o beijou.

Os braços de Apollo serpentearam em volta de seu corpo, quentes e escorregadios. O príncipe a puxou para cima da cama, e ela não tentou resistir. Aquilo logo terminaria. Tudo logo terminaria.

No instante em que pensou nisso, sentiu a língua de Apollo saindo de sua boca, e os braços do príncipe soltando seu corpo.

Evangeline se desvencilhou do abraço.

Apollo não tentou segurá-la, como normalmente faria. Na verdade, deu um leve empurrão em Evangeline e sentou-se na cama.

Cerrou os punhos e tensionou os ombros. Sua boca forte se abriu e fechou em seguida, e seu olhar ficou pairando, pousando nas pétalas de flores, nas velas e no próprio peito untado. Então ele fez uma careta, passou a mão no abdômen oleoso e limpou-a na cama.

O quarto se tornou menor, e o ar se tornou mais quente e doce demais, por causa do cheiro de todas aquelas flores. Mas era o silêncio de Apollo que tornava tudo abafado e opressor.

Evangeline nunca entendera por que levara tanto tempo para deixar de amar Luc. Mesmo quando não queria mais amá-lo, o sentimento persistiu. Chamam isso de "deixar de amar", mas *deixar* é algo fácil, passivo. Abrir mão de Luc exigira todas as suas forças. Lutara para se reerguer ativamente, para deixar aquele amor para trás e encontrar outra coisa à qual pudesse se apegar.

Queria simplesmente esquecê-lo, fechar os olhos para tudo ir embora. Mas não é por acaso que emoções poderosas não desaparecem em um piscar de olhos; a pessoa precisa se tornar mais forte que os próprios sentimentos para conseguir renunciar a eles.

Apollo segurou-se nos lençóis com força. Em seguida, esfregou o rosto com a mão, e toda a raiva desapareceu, dando lugar à mágoa nua e crua. O príncipe estava com os olhos vermelhos, os lábios retorcidos, e os dentes tão cerrados que Evangeline pensou que o maxilar dele iria quebrar.

– O que foi que você fez, Evangeline? – Suas palavras duras não chegaram a ser um grito. Mas, provavelmente, foram altas o suficiente para os guardas ouvirem do outro lado da porta. – Por que tenho a sensação de que você apunhalou meu coração?

Em seguida, o príncipe fez uma careta de dor e fechou os olhos.

Evangeline sentiu um nó na garganta de remorso. Tentou engolir o que pareceu o início de um choro de soluçar. Esperava que Apollo fosse ficar com raiva. Mas não esperava que ele se mostrasse tão ferido.

Teve vontade de abraçá-lo, de se oferecer para consolá-lo. Mas, provavelmente, era melhor deixá-lo em paz.

– Desculpe... Eu não queria magoar você – falou e foi saindo da cama.

– Não... – Apollo segurou sua mão. – Eu... Nós... Este...

A jovem pensou que o príncipe estava tentando decidir o que iria dizer.

E então Apollo soltou sua mão, sua pele ficou cinza, seus ombros caíram, seus olhos se reviraram, e ele caiu duro em cima da cama, tudo ao mesmo tempo.

A cabeça do príncipe estava caída para o lado em uma posição terrível.

– Apollo! – Evangeline foi para a frente e colocou a mão no peito do príncipe. Que ainda estava quente e escorregadio, mas não se mexia. – Apollo... Apollo...

Ficou repetindo seu nome e levou a mão ao pescoço do príncipe, tentando encontrar sua pulsação, mas não teve sucesso.

Pôs de novo as mãos no peito dele, onde Apollo tatuara seu nome dentro de um coração formado por espadas. Tampouco estava pulsando, mas a pele em volta da tatuagem ficara com um tom estranho de azul. *Não. Não. Não. Não. Não.*

Tentou sacudi-lo.

Nada aconteceu.

– Apollo, acorde! – gritou Evangeline, com lágrimas de pânico escorrendo pelo rosto aos borbotões.

Ela o sacudiu de novo. Apollo tinha que se mexer. Tinha que respirar. Tinha que estar vivo. Não podia estar morto. Não podia estar morto. Não podia estar morto. Se estivesse morto...

Outro soluço fechou sua garganta, porque o pior de todos os pensamentos ocorreu em sua cabeça.

Se Apollo estivesse morto, o beijo que dera nele não apenas quebrara o feitiço, mas também o matara.

Evangeline havia matado Apollo, e Jacks a obrigara a fazer isso sem que ela soubesse.

36

Jacks havia dito para Evangeline: "Não faz sentido obrigar outra pessoa a cometer assassinato se você está no mesmo recinto".

E o último beijo que dera em Apollo foi o primeiro beijo encantado em que Jacks não estava no mesmo recinto.

– Socorro! – gritou Evangeline. Mais soluços desesperados fizeram seu peito estremecer.

A porta se escancarou, e aquela suíte, que havia poucos instantes era puro fogo e pétalas de flores, se transformou em um emaranhado de botas pesadas, armas reluzentes e palavrões violentos.

– Precisamos de um médico – falou a jovem, soluçando.

Evangeline tinha a sensação de que ainda era cedo para começar a chorar, mas não conseguia controlar as lágrimas.

– O que a senhora fez com o príncipe?

– Acho que ele morreu!

– Ela matou o príncipe!

As palavras dos soldados eram disparadas feito flechas, rápidas e certeiras, e dois homens arrancaram Evangeline da cama pelas asas, fazendo penas voarem por todos os lados.

– Saia daqui – alguém ordenou.

– Esperem... – protestou, chorando. Evangeline sabia que, em parte, a culpa era sua, mas a culpa não era só sua. – Eu... Eu não... Eu não...

– Ouvimos o príncipe gritar com você. E agora... – O soldado nem sequer terminou a frase. Deixou as palavras pairando no ar, e dois outros guardas a arrastaram até a porta.

– Amarrem essa garota e a coloquem em um cômodo vazio. E vocês... – ele apontou para outra dupla de soldados – ... encontrem o príncipe Tiberius e sejam discretos. Por ora, precisamos manter essa situação em segredo.

Evangeline tentou protestar, mas suas palavras foram entrecortadas por mais soluços. Soluços horríveis, de fazer o corpo inteiro tremer, tão intensos que ela mal sentiu o ar gelado da torre nem a dor causada pelos soldados, que castigavam seus braços, apertando-a forte e arrastando-a escada abaixo, destruindo suas asas a cada degrau e deixando um rastro de penas e lágrimas.

— Vocês... vocês têm que encontrar o Lorde Jacks... — Evangeline finalmente conseguiu dizer. — Foi ele que fez isso: ele é o Príncipe de Copas.

— Pegue uma mordaça para ela — grunhiu o soldado menor quando ele e o colega jogaram Evangeline em um cômodo escuro que cheirava a umidade e poeira.

Juntos, terminaram de arrancar o que restara de suas asas. Um ar gelado impiedoso fustigou as costas de Evangeline, e os dois a atiraram na única cadeira de madeira que havia ali. Foram logo amarrando seus pulsos nos braços da cadeira, e seus tornozelos nas pernas do móvel. Em seguida, o soldado enfiou um pano fétido na boca da jovem.

O pano interrompeu as súplicas de Evangeline, e a imundície do trapo interrompeu suas lágrimas por alguns instantes. Mas não durou muito. No silêncio que se seguiu, ela só conseguia ouvir as palavras "assassina" e "tolo" e enxergar o olhar desolado de Apollo. Até que uma enxurrada de lágrimas borrou até essa lembrança.

— Por que a mordaça não calou a boca desta garota? — perguntou o menor soldado.

— Só deixe ela chorar — resmungou o outro, que era mais corpulento e de cabeça raspada. Ele tinha ido acender o fogo da lareira vazia. Evangeline o reconheceu: era Havelock, o guarda pessoal de Apollo. Ela não imaginava que ele daria importância para o fato de ela estar ou não com frio. Mas aquele cômodo abandonado estava um gelo, e duvidava que os dois soldados fossem deixá-la ali sozinha. Até parece que poderia fugir. Mesmo que a desamarrassem, não chegaria muito longe no estado que estava. Evangeline soluçou ainda mais.

Ela havia matado Apollo.

Apollo estava morto.

Apollo estava morto, e ela o havia matado.

– Agora você precisa calar essa boca. – O guarda mais baixo ergueu a mão para bater...

– É assim que o guarda real trata a sua próxima rainha? – perguntou Jacks, que havia surgido perto da porta entreaberta.

Era difícil enxergá-lo naquela escuridão e enquanto chorava tanto, mas Evangeline sempre reconhecia a crueldade de sua voz.

– É o Príncipe de Copas! Ele é o assassino! – ela tentou gritar.

Só que ainda estava com aquela mordaça terrível. E agora havia algo de errado com os guardas. Nenhum dos dois se mexia.

Evangeline se balançou na cadeira em uma tentativa vã de se soltar.

– Não deixem que ela se machuque – ordenou Jacks, curto e grosso.

O soldado mais baixo, que estava prestes a bater em Evangeline, pôs a mão nas costas da cadeira imediatamente, para impedir que ela caísse no chão.

O que está acontecendo?

Parecia que os soldados estavam possuídos. Havelock fitava Jacks como alguém olharia para uma sombra que empunha uma faca, mas só se mexeu quando o Arcano entrou no cômodo e falou baixinho:

– Saiam.

Sem dizer uma palavra, os dois soldados foram embora, deixando Evangeline amarrada e a sós com o Príncipe de Copas.

– Fique longe de mim! – ela tentou gritar, sacudindo a cadeira de novo, quando Jacks se aproximou.

Na penumbra, deveria ser difícil enxergá-lo, mas seus olhos brilhavam sutilmente, um brilho azulado que a percorreu de cima a baixo. Jacks observou as asas douradas partidas aos pés de Evangeline, a bainha rasgada de suas volumosas saias brancas, e as manchas que as lágrimas haviam deixado no seu rosto.

Pare de chorar. A voz de Jacks era baixa e calma e estava invadindo os pensamentos de Evangeline mais uma vez. *Você não está triste. Você está tranquila e feliz em me ver.*

Olhou feio para o Arcano, desejando ser capaz de falar exatamente o quanto sua presença a deixava infeliz. Não queria chorar na frente do Príncipe de Copas, mas vê-lo ali parado, tão frio e cruel, só a fazia lembrar o modo como Apollo havia morrido.

Mais lágrimas escorreram pelo seu rosto.

Jacks espremeu os olhos e dirigiu o olhar para uma poça d'água aos pés de Evangeline.

– *Tudo* isso são lágrimas? – indagou.

Um brilho que parecia de alarme surgiu nos olhos do Príncipe de Copas. Não que acreditasse, nem por um segundo, que o Arcano se importava com ela. Jacks iria matá-la, assim como havia matado Apollo, para que não pudesse contar a ninguém o que ele havia feito.

Evangeline se preparou para o pior quando Jacks fez menção de tirar a mordaça de sua boca. E, assim que ele a tirou, gritou:

– Assassino! Vá...

A mão do Arcano cobriu os lábios de Evangeline na mesma hora.

– Você realmente quer que eu coloque esse pano nojento na sua boca de novo?

A jovem ficou petrificada.

O Príncipe de Copas lançou um sorriso irônico e sutil.

– Agora, vou te fazer uma pergunta, e você vai responder sem gritar. Quanto tempo faz que está chorando desse jeito?

Em seguida, tirou a mão da boca de Evangeline delicadamente.

Para horror dela, mais lágrimas rolaram antes que conseguisse responder.

– Não finja que se importa com o meu sofrimento. Você vai me matar, assim como matou Apollo.

– Não matei Apollo, e não tenho nenhuma intenção de te machucar. Ainda preciso de você para concretizar aquela profecia, lembra?

– Nunca mais vou ajudar você – esbravejou Evangeline. Ou pelo menos tentou. As palavras saíram em uma fungada vergonhosa, mas ela continuou tentando: – Prefiro ficar amarrada aqui para sempre a ajudar você.

– Você não deveria ser tão descuidada com suas palavras.

Jacks pegou a adaga de pedras preciosas. Mas, em vez de cortar a garganta ou apunhalar o coração de Evangeline, ele se abaixou e cortou a corda que prendia o tornozelo direito da jovem à cadeira. Ela tentou chutá-lo com a perna solta.

Mas é claro que o Arcano foi mais rápido. Segurou a perna dela com a mão gelada, levantando-a a ponto de fazer seu vestido subir, deixando-a completamente sem equilíbrio. E então ficou de pé.

– Se você deseja viver, precisa parar de brigar comigo.

– Nunca vou parar de brigar com você. Você me enganou e me fez matar Apollo! Achei que estava ajudando o príncipe, mas ele morreu assim que eu o beijei.

Jacks ficou mexendo o maxilar e declarou:

– Apollo não morreu por causa de seu beijo. Não havia magia nenhuma naquele beijo.

– Mas...

– Nunca houve magia em seus beijos – interrompeu Jacks. – Quando Apollo se apaixonou por você, não foi porque você o beijou, foi porque eu o convenci, com a força do pensamento.

– E como isso é possível?

– Sou um Arcano. Você acha mesmo que meus beijos são o único poder que tenho? – O Príncipe de Copas parecia muito ofendido. – Eu não seria lá muito aterrorizante se só fosse capaz de fazer isso. E, antes que você comece a discutir e desperdice mais tempo dizendo que não acredita em mim, você acabou de me ver usando esta habilidade nos soldados, quando ordenei que saíssem do recinto. Não precisei sequer encostar neles. Você só precisou beijar Apollo e *Lady* Sucesso porque seria divertido. E, quando a magia perdesse o efeito, suspeitariam de você, e não de mim. As pessoas tendem a não confiar e evitar contato conosco quando sabem que somos capazes de controlar os sentimentos delas. Manipulei você, sim, mas não matei seu príncipe.

Evangeline tentou olhar feio para Jacks, apesar das lágrimas. Não queria mesmo acreditar no Arcano nem admitir que o que ele dizia fazia sentido. Queria culpá-lo pelo assassinato de Apollo. Queria chutá-lo e gritar. Mas, quando tentou gritar, sua voz se transformou em um soluço de frustração.

– Se você está falando a verdade, use sua magia em mim – falou, soluçando. – Use sua magia para me fazer parar de chorar.

– Eu tentei e não funcionou. – Jacks fez uma careta ao ver mais uma cachoeira de lágrimas saindo dos olhos dela. – Essas suas lágrimas não são normais. Acho que você foi envenenada.

– É tristeza, Jacks, não veneno! Apollo acabou de morrer diante de meus olhos.

– Não estou te criticando por ser emotiva – comentou o Arcano, rangendo os dentes. – Mas se esse seu choro fosse devido apenas aos seus sentimentos, eu deveria ser capaz de fazê-lo parar.

Ela recordou as palavras que Jacks dissera em silêncio, logo depois de ter entrado no cômodo.

– Você... tentou me dizer que eu estava feliz em vê-lo.

O Príncipe de Copas não respondeu, mas o olhar brutal que ele lançou fez Evangeline suspeitar que ela não deveria ser capaz de ouvi-lo.

– Algo que não é natural está amplificando seus sentimentos – disse Jacks, com um tom grosseiro. – Existe outro Arcano que chora lágrimas envenenadas que têm poder de matar, partindo o coração da pessoa. Acho que alguém envenenou você com essas lágrimas. E, se não conseguirmos encontrar a cura logo, você vai chorar até morrer.

Evangeline queria continuar discutindo. Só porque os poderes de Jacks não tinham efeito nela, não queria dizer que estava envenenada. Estava sofrendo: seu marido morrera diante dos seus olhos. Mas, antes que conseguisse dizer algo, foi atingida por uma nova onda de soluços incontroláveis que pareciam, sim, um veneno. Nunca havia chorado tanto na vida.

Tinha a sensação de que seu corpo estava sendo pressionado por todas as tristezas que já havia sentido. Cada lágrima ardia ao escorrer por seu rosto. Então se lembrou do gosto do vinho salgado que quase cuspira. Será que fora desse modo que a envenenaram? Será que o vinho também havia matado Apollo? O príncipe não chorou, mas o seu último olhar fora uma expressão do mais absoluto coração partido.

Jacks finalmente soltou o tornozelo de Evangeline. Em seguida, terminou de cortar as demais cordas e passou o braço sob os ombros da garota, para ajudá-la a ficar de pé.

– Me solta! – gritou ela, tentando se desvencilhar do Arcano.

Ainda que Jacks não tivesse matado Apollo, Evangeline não queria chegar nem perto de suas mãos geladas, de seus braços gelados, de seu peito de gelo duro como pedra. Mas suas pernas estavam fracas feito um fio solto. E, quando percebeu, estava apoiada nele em vez de se debater.

O Príncipe de Copas ficou rígido, como se Evangeline tivesse encostado uma faca nele, e não o próprio corpo. E então Jacks a levantou do chão e a colocou em suas costas.

– O que você está fazendo? – gritou Evangeline, entre um soluço e outro. Até no papel de herói ele era um maldito.

– Você mal consegue ficar de pé, e temos que ir rápido para te tirar daqui.

– Você não pode simplesmente lançar sua magia em todos pelos quais passarmos? – Evangeline se debatia, tentando se soltar, mas o braço de Jacks mais parecia feito de ferro, enquanto a segurava dobrada por cima de seu ombro.

– No Norte, minha magia não funciona do mesmo jeito que em outros lugares – declarou o Príncipe de Copas, entredentes.

Em outras palavras, "não". O poder que Jacks possuía de controlar as emoções dos outros tinha seus limites. Evangeline tentou organizar seus pensamentos frenéticos, lembrando o instante em que a magia do Arcano deixara de surtir efeito sobre a matriarca da Casa Sucesso. Na ocasião, ela pensou que havia quebrado o feitiço por ter perguntado a respeito das pedras. Mas devia ter sido o controle do Príncipe de Copas que deixara de funcionar. Provavelmente, ele tinha precisado de muito poder para fazer Apollo amá-la tão intensamente, e não sobrara magia suficiente para manipular a matriarca por muito tempo.

Talvez Jacks só conseguisse controlar poucas pessoas ao mesmo tempo. Senão, ele estaria usando sua magia em todo mundo. Naquela noite, o Arcano conseguira manipular dois guardas e ficou chateado quando percebeu que não era capaz de controlá-la. Logo, o Príncipe de Copas era capaz de comandar pelo menos três pessoas, mas talvez não mais do que isso.

Jacks arrancou a capa dos ombros e cobriu Evangeline com ela. A jovem não conseguia enxergar nada enquanto ele a carregou, tirando-a do Paço dos Lobos, nem quando a colocou dentro de um trenó que estava à espera deles, e, pelo jeito, seria a parte mais gelada daquela noite.

– Estamos quase chegando.

Essas foram as únicas palavras que o Arcano pronunciou durante todo o trajeto, a menos que Evangeline não tivesse ouvido o que ele dissera entre seus soluços intermináveis. As lágrimas deixavam trilhas de gelo em seu rosto, até que começaram a congelar suas pálpebras, que começaram a se fechar.

O trenó parou, e Jacks a pegou nos braços de novo.

Evangeline não conseguia enxergar aonde estavam indo. O Príncipe de Copas a manteve coberta com sua capa e a apertava com força contra o próprio peito. Era a primeira vez que o corpo do Arcano transmitia calor. Evangeline estremeceu só de pensar no que isso queria dizer a respeito dela.

Meses antes, ela havia sido transformada em pedra. Mas, agora, tinha a sensação de estar sendo transformada em gelo, enquanto Jacks se arrastava por um local que, a julgar pelos ruídos, devia estar coberto de neve. E então ele começou a subir o que parecia um lance de escadas interminável. Evangeline torceu para que Jacks a estivesse levando para um lugar quente. Seria ótimo sentir algum calor. Entretanto, mesmo que o Príncipe de Copas conseguisse abrir os olhos dela e libertá-la do veneno que a estraçalhava, não seria o suficiente para apagar o fato de que agora Evangeline era fugitiva, viúva e órfã. Tudo o que tinha era um Arcano no qual nem sequer confiava e do qual nem sequer gostava...

– Nem pense em desistir – urrou Jacks. – Se você se render ao veneno, ele causa efeito mais rápido.

Suas palavras foram seguidas por uma rápida batida em uma porta. Depois outra, mais outra e mais outra...

A porta finalmente se abriu, com um rangido.

– Jacks? – A voz era feminina e vagamente conhecida. – O que, em nome dos Arcanos...

Ficou calada quando o Príncipe de Copas tirou a capa do rosto de Evangeline.

– Ela precisa que você a salve agora – esbravejou Jacks.

– O que foi que você fez? – indagou a garota.

E, neste momento, Evangeline gostou só um tantinho dela.

– Acho que você sabe tão bem quanto eu que não fui eu quem fez isso.

– Por acaso você... Deixe para lá, traga ela para dentro. E não a solte – alertou a garota. – Se você parar de abraçá-la, ela pode se dissipar. Tente consolá-la enquanto preparo o antídoto. Finja que é alguém de quem você gosta.

Os braços de Jacks enrijeceram em volta do corpo de Evangeline.

E foi aí que o mundo se tornou mais quente, crepitante e flamejante. A garota não ligava mais para como o Arcano a abraçava, desde que ele continuasse indo em direção ao calor. Evangeline não conseguia abrir os olhos. Mas, depois de alguns movimentos desajeitados, ele a colocou no colo.

A garota imaginou que os dois estavam diante de uma fogueira, que Jacks estava sentado na lareira, abraçando-a com a mesma afeição que dirigiria a um pedaço de lenha prestes a ser jogado no fogo.

– Há maneiras muito melhores de morrer do que essa, Raposinha.

– Suas tentativas de me consolar são tr-trágicas – gaguejou Evangeline.

– Você ainda está viva – ele resmungou.

Em seguida, roçou os dedos nas pálpebras da garota e, com carícias leves como uma pluma, tirou o gelo que estava derretendo.

Talvez o Arcano não fosse completamente incorrigível. Evangeline pensou que talvez Jacks apenas não tivesse muita prática. Consolar alguém era algo íntimo. E, de acordo com as histórias, ter intimidade com alguém era algo que nunca acabava bem para o Príncipe de Copas. Mas, obviamente, ele sabia ser delicado. Evangeline foi descongelando pouco a pouco, sentindo os dedos de Jacks tocando seu rosto, limpando as lágrimas congeladas.

– Pronto. – Era a voz da outra garota. – Dê isso para ela comer.

A mão esquerda do Arcano saiu do rosto de Evangeline. Em seguida, os dedos voltaram, tocando seus lábios com cuidado. Jacks pintou a boca dela devagar, cautelosamente, mais ou menos do mesmo jeito que havia pintado os lábios da jovem com o próprio sangue. Mas, ao contrário do sangue do Príncipe de Copas, o gosto daquilo não era doce nem amargo. Não tinha gosto nenhum: era mais parecido com aquela sensação inebriante do instante que vem logo antes de um beijo.

– O antídoto está funcionando – disse a garota.

– Quer dizer que posso soltá-la?

– Sim – Evangeline conseguiu falar, na mesma hora em que a outra garota respondeu:

– Não, a menos que você queira que ela morra. Para o remédio fazer efeito, ela precisa de contato físico por pelo menos um dia inteiro.

Evangeline ficou com a sensação de que a garota estava brincando com Jacks. *Só pode estar brincando com ele.* E, mesmo que não estivesse, não conseguia imaginar o Arcano abraçado a ela – ou a qualquer outra pessoa – por tanto tempo. E, apesar disso, o Príncipe de Copas não fez menção de soltá-la.

Jacks abraçou Evangeline com apego, como se fosse uma mágoa. Com o corpo rígido e tenso, como se não quisesse muito que ela estivesse ali. E, apesar disso, abraçou-a firmemente pela cintura, como se não tivesse intenção de soltá-la, nunca mais.

PARTE III

Caos

37

Evangeline acordou envolta por dois braços inflexíveis. Tentou se desvencilhar, sacudindo o corpo, mas Jacks a abraçou mais forte. Então abriu os olhos, que foram se acostumando lentamente à claridade quente do dia.

Não havia se dado conta de que caíra no sono, mas devia ter cochilado no colo do Arcano. Sentiu um calor que subia pelo seu ventre e chegava até o rosto. Era bobagem ter vergonha de algo tão pequeno. Quase havia morrido, e o Príncipe de Copas salvara sua vida. Se qualquer outra pessoa tivesse se dado àquele trabalho todo para salvar sua vida – libertá-la dos soldados, carregá-la em meio à neve da meia-noite, encontrar uma cura para ela –, ela poderia até pensar que isso tinha algum significado. Mas, apesar de Jacks ter passado a noite toda abraçando Evangeline, seus braços pareciam de madeira e seu peito era uma pedra plana em que a cabeça dela estava apoiada. Os dois não tinham ficado aconchegados enquanto a jovem dormia. O Príncipe de Copas só havia salvado sua vida porque precisava dela viva para concretizar a profecia.

Evangeline sabia que Jacks havia mentido quando chamou a profecia de "empoeirada" e disse que ela não precisava se preocupar com o Arco da Valorosa. Se a profecia não existisse, o Arcano jamais teria salvado sua vida nem a teria metido em tantas situações terríveis.

Evangeline tentou se mexer, mas seus braços e pernas pareciam feitos de chumbo. Só conseguiu piscar para afugentar o sono dos olhos e, finalmente, examinou o local onde estava.

Uma luz suave como uma pluma atravessava as janelas arredondadas, conferindo um brilho a todas as superfícies do apartamento surpreendentemente iluminado onde Evangeline se encontrava. As paredes eram cobertas com flores vibrantes em tons de amarelo e laranja, as estantes eram salpicadas de purpurina, e seus livros estavam organizados pela cor das lombadas. E, mesmo assim, nada daquilo era tão vibrante quanto a garota que usava uma túnica de lantejoulas, acomodada no divã rubro e listrado, bem na frente de Evangeline e Jacks.

– LaLa?

– Oi, amiga.

O sorriso de LaLa era quase incandescente.

Evangeline não conseguia decidir se aquele sorriso estava completamente deslocado ou combinava perfeitamente com aquele estranho quadro-vivo.

Abriu a boca, querendo agradecê-la, para ser educada. Tinha quase certeza de que fora LaLa quem dera o remédio que salvara sua vida para Jacks. Provavelmente, também devia um agradecimento ao Arcano, por tê-la levado até ali. E, sabe-se lá por que, o que saiu de sua boca não foram palavras de gratidão, nem de longe.

– Estou tão confusa. Como é que vocês dois se conhecem?

– Ela é o Arcano que envenenou você – respondeu Jacks.

LaLa lançou um olhar fulminante para o Príncipe de Copas e disparou:

– É por isso que todo mundo odeia você.

Jacks respondeu com uma risada, como se os dois estivessem *flertando* entre si. Será que era assim que os Arcanos flertavam, trocando acusações de assassinato? Ainda presa no colo de Jacks, Evangeline não conseguia enxergar direito o rosto dele. Mas, a julgar pelo jeito casual que acusara LaLa, ficou com a impressão de que o Príncipe de Copas não acreditava de fato que LaLa havia tentado matar Apollo e ela.

Infelizmente, era difícil ter qualquer certeza em relação a Jacks. Evangeline tinha a sensação de que LaLa não gostava do Arcano, mas talvez também se sentisse atraída por ele. Ou, talvez, os dois tivessem algum tipo de relação secreta. As bochechas de LaLa ficaram coradas de um jeito bonito enquanto os dois se alfinetavam.

A garota então explicou para Evangeline que era, sim, um Arcano – a Noiva Abandonada –, mas não estava muito disposta a dar mais explicações. Evangeline não a condenou. Nos Baralhos do Destino, a Noiva Abandonada sempre aparecia coberta por um véu de lágrimas. Representava rejeição, perda e finais infelizes. Pelo jeito, LaLa era capaz – ao contrário de Jacks – de encontrar facilmente quem a amasse, quando ela bem entendesse, mas esse amor estava condenado a não durar. Todas as garotas têm medo de se tornar a Noiva Abandonada, e Evangeline tinha pena dela, em teoria, mas a LaLa real quase a fazia sentir inveja.

LaLa não era uma moçoila que definhava de tanto lamentar um amor perdido. Era a garota mais ousada da festa, que não tinha medo de dançar sozinha nem de deixar uma dupla de fugitivos que batem à sua porta na calada da noite entrar em sua casa. Possuía magia e autoconfiança e não tinha medo de brigar com Jacks. Não dava a impressão de ser solitária por estar sozinha, coisa que Evangeline sempre temera. Dava a impressão de que estar sozinha era uma aventura, como se cada instante fosse o começo de uma história com infinitas possibilidades.

– Foram as minhas lágrimas que envenenaram você – admitiu LaLa –, mas não tentei te matar nem tentei matar o príncipe Apollo. Vendi alguns frascos de lágrimas há séculos, e suspeito que alguém usou essas lágrimas que vendi. Eu te diria quem as comprou, mas faz tanto tempo que não vendo lágrimas que não sei dizer onde foram parar. Juro. Não fiz mal a ninguém desde que vim para o Norte. Como a maioria dos Arcanos, fugi para cá com o objetivo de recomeçar minha vida, depois que Jacks fez o favor de condenar todos nós ao exílio.

– Não fui eu quem condenou todos nós ao exílio – interrompeu o Arcano.

LaLa lançou um olhar azedo e retrucou:

– Pode até ser que você não tenha feito com que fôssemos expulsos do Sul sozinho, mas fiquei sabendo de algumas coisas que você fez com a irmã mais nova da imperatriz. Dizem que você ficou obcecado por ela.

– Isso está ficando chato. – De repente, Jacks parecia entediado. Mas Evangeline sentiu que cada centímetro do corpo do Arcano ficara tenso ao ouvir falar da irmã da imperatriz. A garota que, segundo LaLa, tinha partido o coração dele.

Será que essa era a raiz do que estava acontecendo entre LaLa e Jacks? Será que a Noiva Abandonada estava com ciúme daquela princesa?

– Eu nem me lembro dela – desconversou Jacks. – E, neste exato momento, acho que temos de nos concentrar no passado da humana, não no meu.

Em seguida, tirou uma das mãos da cintura de Evangeline, para conseguir abrir um jornal em seu colo.

O Boato Diário

ASSASSINATO!

Por Kristof Knightlinger

Nosso adorado príncipe Apollo morreu. Enquanto escrevo estas linhas, as lágrimas não param de borrar a tinta, porque – infelizmente – isso não é um boato. Todos os relatos que recebi do Paço dos Lobos, onde o príncipe se casou ontem, disseram a mesma coisa. Vossa Alteza foi assassinada na suíte nupcial.

A notícia se espalhou depressa depois que todos os guardas e criados ouviram os lamentos da princesa Evangeline. "Eu nem sabia que um ser humano podia chorar daquele jeito", contou uma fonte próxima da princesa.

Entretanto, nem todos os empregados da realeza estão convencidos de que o luto da princesa Evangeline é verdadeiro – principalmente depois que a princesa desapareceu.

Alguns murmúrios saídos do Paço dos Lobos disseram que ela é uma assassina sedutora e que fugiu com o cúmplice, o malfadado Príncipe de Copas!

Não consigo nem imaginar tal coisa e sei que não sou o único. Tiberius, nosso novo príncipe herdeiro, está muito preocupado com a cunhada. Ele acredita que a princesa Evangeline pode ter sido sequestrada pelo verdadeiro assassino do príncipe Apollo. O palácio enviou soldados à procura de Evangeline por toda Valorfell e pelas províncias vizinhas, para que possam trazê-la de volta ao palácio real sã e salva.

Evangeline deixou o jornal cair no chão.

Assim que terminou de ler, a tentação de fechar os olhos e se encolher em posição fetal foi grande. Ali, as palavras a respeito de Apollo pareciam tão frias e faziam tudo parecer ainda mais definitivo. O príncipe estava morto, e ela nunca mais o veria de novo. Jamais teria chance de consertar as coisas nem de recomeçar a vida, como havia planejado. No dia anterior, mais ou menos àquela hora, Evangeline e Apollo haviam proferido seus votos matrimoniais. O príncipe dissera que sangraria pela esposa com todo o prazer, e agora não conseguia parar de temer que seu marido tivesse, de fato, morrido por ela.

Evangeline sabia que não era a culpada pela morte do príncipe. Mas se sentia responsável, como se Apollo pudesse ter forças para resistir ao veneno, caso ela não tivesse estraçalhado seu coração ao quebrar o feitiço que Jacks lançara sobre o príncipe.

Mil desculpas, Apollo.

Sentiu um aperto no peito e uma ardência nos olhos. Mas, pelo jeito, já tinha chorado todas as suas lágrimas na noite anterior. Se não, teria começado a chorar de novo.

Evangeline fungou e olhou de novo para o frio papel impresso em preto e branco que deixara cair. Desta vez, foram as palavras "assassina" e "sedutora" que saltaram aos seus olhos.

Torceu para que não acreditassem naquilo. Só que, se continuasse com Jacks, muito provavelmente acreditariam.

— Agradeço a vocês dois por terem me salvado, mas preciso voltar para o Paço dos Lobos e contar para Tiberius o que realmente aconteceu. Enquanto houver uma chance de as pessoas acharem que eu fiz isso, jamais encontrarão quem realmente envenenou Apollo.

— Você enlouqueceu? – perguntou o Príncipe de Copas. Evangeline continuava sentada no colo do Arcano, que a virou de frente para ele, lançando um olhar de reprovação. – Você não pode voltar para o Paço dos Lobos. Eu te garanto que Tiberius Acadian não está à sua procura porque ficou preocupado com você. Tiberius está te procurando para poder culpá-la pelo assassinato. O que não deve ser tão difícil assim. Duvido que o corpo de Apollo tivesse sequer esfriado e já corriam boatos que vocês estavam brigando na suíte nupcial segundos antes de ele ser encontrado morto.

— Odeio ter que dizer isso, mas Jacks tem razão – interveio LaLa. Em seguida, pegou uma xícara de chá de uma mesa mais baixa, que tinha uma grande quantidade de comida e diversas garrafas vazias de Sensacionais Águas Saborizadas Sucesso. – Você é uma excelente suspeita de assassinato. A órfã que vira heroína, que vira noiva, que vira assassina. Na verdade, estou surpresa por Kristof não ter escolhido essas palavras para a manchete de hoje.

— Provavelmente, será a manchete de amanhã – comentou Jacks.

— Mas eu não matei Apollo. Deve haver alguma prova de que outra pessoa o matou. Talvez tenha sido uma das outras garotas que queriam se casar com ele.

Evangeline disse isso e começou a levantar.

O Príncipe de Copas apertou os braços em volta de sua cintura, mantendo-a presa em seu colo.

— Tiberius e seus guardas não vão querer saber de provas quando te pegarem. Até onde você sabe, Tiberius te envenenou e envenenou o irmão para poder tomar o trono. Só precisa de uma esposa para ser rei.

— Não acho que tenha sido ele – argumentou Evangeline.

Ela sabia que os dois irmãos tinham suas diferenças e que, com a morte de Apollo, Tiberius seria o herdeiro do trono. Mas, no dia anterior, ficara mesmo com a impressão de que Tiberius gostava sinceramente de Apollo. E, se desconfiasse de Tiberius, a alternativa era confiar em Jacks.

— É tolice pôr sua vida nas mãos do príncipe – insistiu o Arcano. – O único jeito de se livrar dessa acusação é encontrar quem realmente fez isso. E eu sou sua melhor opção para encontrar essa pessoa.

– Você espera mesmo que eu acredite que você se importa em descobrir o verdadeiro assassino?

O Príncipe de Copas ficou com uma expressão emburrada e resmungou:

– Também estou sendo acusado do crime.

– Tenho plena consciência disso, Jacks, mas também sei que o Príncipe de Copas já era suspeito de vários assassinatos, muito antes de Apollo ter morrido.

Jacks não respondeu de pronto, mas Evangeline sentiu a mão dele em suas costas, segurando o tecido de seu vestido de casamento arruinado, deixando transparecer um pouco mais de sua crescente frustração.

– Que escolha você tem a não ser confiar em mim?

– Posso procurar sozinha!

Mas, assim que disse isso, Evangeline se deu conta de que não iria muito longe sem ajuda.

Só que confiar no Arcano era uma ideia horrorosa. Jacks cumpria sua palavra, mas também fazia coisas terríveis, como transformar pessoas em estátuas de pedra. E Evangeline sabia que o Príncipe de Copas só havia oferecido ajuda porque acreditava que ela era a plebeia que se tornava princesa da profecia do Arco da Valorosa. E isso, com certeza, faria a jovem se meter em mais confusão. Ela se perguntou se a profecia também poderia ter algo a ver com a morte de Apollo. Será que era uma mera coincidência o fato de o príncipe ter morrido na noite em que Evangeline se tornou a princesa da profecia? Tinha vontade de fazer mais perguntas sobre esse assunto para Jacks. Mas sentia que não era prudente falar do Arco da Valorosa na frente de LaLa, para não incitar outra reação violenta.

Evangeline não acreditava que isso poderia acontecer entre ela e LaLa. Mas também não conseguia imaginar a amiga – ou qualquer outro Arcano – dando pouca importância ao Arco da Valorosa, dizendo que é um mero conto de fadas, como fez Apollo.

Um tremor a atravessou quando se lembrou daquele instante específico que vivera com o príncipe. Apollo fora tão brincalhão, carinhoso, e estava tão vivo quando contou sobre o arco para ela. Ele merecia estar vivo. Evangeline tinha que descobrir quem o havia matado e, por mais que não quisesse admitir, Jacks era, provavelmente, a melhor – e, possivelmente, a única – pessoa para ajudá-la.

– Se eu ficar com você, tenho algumas condições. – Ela finalmente conseguiu se desvencilhar do Príncipe de Copas e ficar em pé, de frente para ele. Apesar de estar sentado, o Arcano era tão alto que Evangeline não conseguiu olhá-lo de cima, mesmo estando de pé. Os dois jamais estariam em pé de igualdade; Jacks sempre teria mais poder do que Evangeline. Mas isso não queria dizer que ela não tivesse poder algum. – Daqui para a frente, nossa parceria será verdadeira. Você não vai me deixar para trás nem guardar segredo do que descobrir. Vamos trabalhar juntos para encontrar o assassino de Apollo e nos livrar dessa acusação. E esse é nosso único objetivo. Se eu sequer suspeitar que você está com segundas intenções ou mentindo para mim, vou embora e contarei para o príncipe Tiberius exatamente onde ele pode te encontrar.

– Excelente discurso! – exclamou LaLa, brindando com a xícara de chá. – Você está tomando uma péssima decisão ao escolher cooperar com Jacks, mas é uma decisão muito nobre.

– LaLa! – urrou Jacks. – Acho que seus préstimos não são mais necessários.

– Você está na minha casa!

– Por pouco tempo. O sol já está quase se pondo e...

A voz do Arcano foi interrompida por uma batida forte na porta. Não na porta da casa de LaLa, mas perto o suficiente para fazer a estrutura daquele cômodo iluminado tremer.

Até então, Evangeline não havia parado para pensar onde exatamente estavam. Mas bastou olhar de relance pela janela para perceber que estavam no alto de um pináculo, espremidos entre outras residências. Ela conseguiu enxergar diversos soldados de vestes acobreadas e capas com barras de pele batendo nas portas vizinhas.

– Será que estão procurando...

– *Shh...*

Jacks pôs o dedo em sua boca. Não disse mais nenhuma palavra, e Evangeline não o viu sequer erguer a sobrancelha. Mas, um instante depois, os soldados começaram a ir embora do pináculo.

Contou apenas três homens, e seus movimentos involuntários eram mais bruscos do que os dos outros dois soldados que a vigiavam no dia anterior. O que a fez pensar de novo em quais seriam os limites dos poderes de Jacks. Ela devia ter razão quando suspeitou que o Arcano era capaz de controlar, no máximo, três pessoas ao mesmo tempo. Pelo menos no Norte. Só que o fato de o Príncipe de Copas ter o poder de manipular as emoções dela, ainda que minimamente, continuava sendo perturbador.

Evangeline tornou a olhar para Jacks e declarou:

– Acho que preciso fazer algumas correções no meu discurso.

– Não se preocupe, Raposinha, você causa problemas demais para eu querer controlá-la. E somos parceiros – disse ele, simpático. – Então sei que você não vai discutir comigo se eu disser que precisamos sair daqui agora.

– Já que, ao que parece, você está dizendo "sim" à nossa nova parceria, não terá nenhum problema em me dizer aonde quer ir e por quê.

Para surpresa de Evangeline, Jacks respondeu sem pensar duas vezes:

– Vamos fazer uma visitinha para Caos.

LaLa se engasgou com o chá e disparou:

– Caos é um monstro!

– Achei que Caos fosse um Arcano – arriscou Evangeline.

– Caos não é como nós.

LaLa pôs a xícara na mesa com tanta força que a porcelana rachou, derramando chá.

O Príncipe de Copas lançou um olhar de deboche para a Noiva Abandonada e perguntou:

– Ainda não superou, depois de tanto tempo?

– Jamais superarei o que ele fez.

– O que ele fez? – perguntou Evangeline.

– Caos é um assassino – acusou LaLa.

– E também é extremamente útil – disse Jacks, batendo com as botas na mesa baixa. – Caos é tão velho quanto o Norte e, ao contrário do restante de nós, nunca ficou preso em um baralho. Ficou aqui esse tempo todo, reunindo favores devidos, pessoas e informações. Se existe alguém que poderia querer que você e Apollo morressem, este alguém é Caos. Ele é o Senhor dos Espiões e dos Assassinos.

– E também é vampiro – completou LaLa, secamente.

38

Evangeline não deveria ter sido tão curiosa. LaLa obviamente achava que Caos era um demônio. Jacks, pelo jeito, tinha outra opinião, mas ficou instantaneamente com uma expressão azeda quando a Noiva Abandonada pronunciou a palavra "vampiro".

Evangeline ainda queria saber mais a respeito de Caos. Queria saber se os vampiros realmente dormem dentro de caixões e se são capazes de se transformar em morcegos – ou, quem sabe, em dragões! Só que o Príncipe de Copas se recusou a responder a mais perguntas sobre Caos e vampiros em geral.

– Isso não é coisa para se ter curiosidade – alertou o Arcano. – Você só precisa saber que vampiros se escondem, bem trancados, ao amanhecer. Então, a menos que queira ficar presa com essas criaturas, precisamos entrar e sair do antro de Caos enquanto ainda estiver escuro.

Depois dessa, Jacks provavelmente teria arrastado a jovem para fora do aposento na mesma hora se as duas garotas não tivessem insistido que Evangeline não podia ficar zanzando por aí sem comer e ainda usando o vestido de noiva esfarrapado.

Algumas fatias de bolo depois, LaLa abriu um alçapão secreto no chão.

– Vamos deixar você limpinha e encontrar o modelito perfeito para conhecer um vampiro!

Ela roubou Evangeline de Jacks com uma dose surpreendente de entusiasmo. Era óbvio que LaLa odiava Caos, mas parecia afoita demais para preparar a garota para aquele encontro, o que deixou a jovem levemente receosa em relação ao que se passava pela cabeça da Noiva Abandonada. Descer o lance de escadas rangentes foi rápido, e o trajeto terminou em uma escuridão que tinha cheiro de lágrimas e tule.

– Fique aqui, que vou acender algumas lanternas – falou LaLa, com uma vozinha estridente.

O ruído do fósforo rompeu o silêncio, e a luz se espalhou pelo recinto, brilhando de lanterna em lanterna. Todas estavam penduradas nas vigas expostas do teto e balançavam alegremente, para a frente e para trás, lançando uma luminosidade amarelada em uma selva de vestidos.

Eram vestidos em tons de branco-nevado, rosa-perolado, azul-romântico e creme. Alguns eram tubinhos simples. Outros tinham caudas ou bainhas elaboradas, cobertas com todo tipo de coisas, de flores de seda a conchas do mar. Nenhum parecia já ter sido usado.

– São todos dos seus casamentos? – perguntou Evangeline.

LaLa sacudiu a cabeça e ficou com uma expressão tímida pouco usual. Em seguida, passou a mão em um vestido longo *off-white*, com cauda de sereia.

– Faço vestidos para vender. Dá um bom dinheiro e alivia a compulsão.

– Que compulsão?

– Os Arcanos não são como os humanos, sabe? Como não temos as mesmas emoções, alguns humanos acham que não temos sentimentos. Mas é exatamente o contrário. – LaLa ficou com uma expressão grave e deu um sorriso que fez Evangeline lembrar os trejeitos perversos de Jacks. – Quando sentimos, é algo intenso, que nos consome. Que nos devora e nos move. E o mais forte de nossos sentimentos é sempre a compulsão de ser aquilo para o qual fomos criados. Eu quero me sentir amada. Quero tanto que choro lágrimas envenenadas. Mesmo sabendo que, toda vez que encontrar alguém para me amar, não vai durar. Sempre termino sozinha em algum altar, derramando ainda mais lágrimas amaldiçoadas. É por isso que costuro.

A Noiva Abandonada soltou o vestido *off-white* e passou os dedos em outro, cujo tom era rosado, lembrando pétalas de flor, e que tinha decote em formato de coração e com laços cintilantes adornando.

– Acho que, se eu puder ajudar uma noiva com seu casamento, isso aplaca um pouco a compulsão que tenho de me casar. Mas o desejo está sempre presente. E é assim com Jacks também.

LaLa olhou tão intensamente para Evangeline que os braços da amiga ficaram arrepiados. Ela conhecia apenas alguns pedaços da história do Príncipe de Copas, mas sabia para que Jacks fora criado: para ser um Arcano que mata qualquer amor em potencial com um beijo.

– Ao contrário de mim – prosseguiu LaLa –, Jacks de fato tem esperança de, um dia, encontrar seu amor verdadeiro. A história dele promete uma garota imune ao seu beijo. Então, imagino que a compulsão que ele vivencia seja ainda mais forte do que a minha.

– Se está tentando me avisar para ficar longe dele, não precisa se preocupar – respondeu Evangeline. – Eu e Jacks nem sequer gostamos um do outro.

– Eu sei. Mas isso não importa. Jacks não gosta mesmo de ninguém. – LaLa arrancou um dos laços nos quais estava mexendo, estragando o vestido com um único puxão forte. – A maldição dele é o beijo. E, caso tenha sequer uma faísca de atração por alguém, se sentirá atraído por aquela pessoa, na esperança de que seja uma garota que seu beijo não será capaz de matar. Mas ele sempre mata todas, Evangeline.

– LaLa, eu juro: Jacks não se sente nem um pouco atraído por mim. Não sou uma ameaça à relação de vocês dois.

– Como assim? – A Noiva Abandonada deu risada, uma risada tão leve e luminescente que algumas das velas que estavam apagadas arderam em chamas. – Os humanos são tão engraçados... Eu jamais seria tola a ponto de ter sentimentos por Jacks. A ideia que ele tem de amor é... bem, é meio apavorante.

– Então você não gosta dele?

— Nem um pouco.

A Noiva Abandonada parecia estar sinceramente horrorizada.

— Então por que... por que você está me alertando? E por que salvou minha vida a pedido dele?

O belo rosto de LaLa ficou com uma expressão que parecia de mágoa, e as velas que tinham acabado de acender se apagaram.

— Fiz isso porque nós somos amigas. — Sua voz era quase infantil de tanta sinceridade, e Evangeline sentiu uma pontada de culpa pela pura estupidez de tê-la julgado tão mal. LaLa acabara de dizer à amiga que as emoções dos Arcanos não são iguais às dos seres humanos. Evangeline precisava entendê-las melhor se fosse tentar interpretá-las. Mas se havia algo que ela era capaz de interpretar eram as atitudes da Noiva Abandonada, que vinham sendo as que uma amiga teria. — Entendo se você não sentir a mesma coisa, agora que sabe que sou... — LaLa deixou a frase no ar e pegou um véu bordado de pedras preciosas, como se o objeto pudesse completar a frase que tinha medo de terminar. — Não vou te jogar nenhuma maldição nem nada se você não quiser ser amiga de um Arcano. Aliás, maldições não são o meu forte... Só tenho as lágrimas tóxicas e os noivados em excesso.

— E também tem uma amiga — declarou Evangeline. — Desde que não se importe com o fato de eu ser uma fugitiva que tem o hábito de fazer tratos terríveis com Jacks.

— Todo mundo faz tratos terríveis com Jacks! — exclamou LaLa. E, de repente, Evangeline se encontrou emaranhada em um abraço que não se dera conta de que precisava. Sem sapatos, a Noiva Abandonada era vários centímetros mais baixa do que Evangeline, mas seu abraço não poderia ser mais poderoso.

— Você não vai se arrepender de ser minha amiga. Seremos ótimas aliadas, você vai ver só!

LaLa começou a tirar roupas de baús e armários. A maioria das peças era coberta de escamas de dragão, lantejoulas ou algum outro tipo de enfeite. Mas ela não escolheu nenhuma dessas peças para Evangeline.

— Precisamos de algo dramático, mas de um jeito diferente – disse.

Quando LaLa finalmente terminou de arrumar Evangeline, a jovem ficou diante de um espelho de corpo inteiro, fitando aquele reflexo que parecia não pertencer a ela.

A Noiva Abandonada havia disfarçado o cabelo de Evangeline com pó de ouro cintilante e a colocado em uma capa de babados que, em vez de ficar presa ao pescoço, era costurada às alças finas do seu corpete de renda preta bem justo, que se abria em uma saia em camadas de tule azul-noite que ia só até os joelhos. Isso deixava bem à mostra as ousadas botas pretas de couro até a altura das coxas e facilitava seus movimentos. LaLa também lhe deu uma faca, que ela poderia esconder na bainha costurada por dentro da saia.

Evangeline parecia uma princesa fugitiva. E, por mais que fosse exatamente isso, não o era no dia anterior, e sentiu um estranho buraco no estômago ao se dar conta de que jamais seria a antiga garota novamente. Não era a pessoa que costumava ser. Talvez não fosse aquela garota já havia algum tempo. Sabia que, no dia em que entrou na igreja de Jacks, seria transformada, independentemente do que fizesse. E agora estava vendo o efeito daquela decisão.

Ainda acreditava em amor à primeira vista, mas não acreditava mais que isso significava amor eterno – se significasse, ainda estaria com Luc, vivendo seu final feliz. Só que, agora, era tentador imaginar se realmente haveria um final feliz esperando por ela. Meses atrás, Veneno a alertara: "Mesmo que jamais queira ver Jacks novamente, irá gravitar em volta dele até cumprir o trato que fez com o príncipe".

E ali estava ela. Fora para o Norte porque achou que seria sua oportunidade de encontrar amor e felicidade, mas se perguntava se sua viagem não fora em razão apenas da atração exercida por Jacks.

– Uma peruca preta talvez fosse um disfarce mais eficiente, mas o seu cabelo é lindo demais para ficar completamente escondido.

LaLa deu mais uma salpicada de pó dourado no rosto de Evangeline e retocou o cabelo da amiga, escondendo qualquer vestígio de cor-de-rosa. Enfim completou a transformação.

Ela fez um trabalho maravilhoso, mas Evangeline sentiu uma leve pontada de preocupação ao entender como a capa se fechava, deixando seu pescoço e seu colo à mostra de propósito. Podia até não ter recebido nenhuma explicação a respeito dos vampiros por parte de Jacks, e sua mãe jamais comentara sobre eles, mas já havia lido algumas histórias, e todas diziam que vampiros gostam de sangue e de morder. E que costumam preferir beber o sangue direto da garganta das vítimas.

– Toda essa pele à mostra vai deixar Caos doidinho – disse LaLa. – Mas, pode acreditar, ele merece coisa bem pior do que ser levemente torturado.

Dito isso, a Noiva Abandonada subiu a escada aos pulinhos, como se transformar Evangeline em uma isca de vampiro fosse algo perfeitamente sensato a fazer.

Jacks também havia se trocado enquanto Evangeline ficara se arrumando. Assim que subiu a escada, deu de cara com ele, sentado na cadeira de couro ao lado do fogo crepitante. O Arcano colocara um gibão em um tom de aço, com botões de prata foscos, que havia adquirido de uma fonte desconhecida. Estava com o rosto anguloso recém-barbeado, e seu cabelo, molhado. Cachos azuis caíam na testa enquanto ele ficava jogando para o ar, distraído, uma maçã rosa-claro, a mesma cor delicada do livro que estava em sua mão. O Arcano olhou para cima, depois diretamente para Evangeline, assim que ela entrou no recinto.

O estômago da jovem roncou. Ela tentou se convencer de que foi porque estava começando a ficar com fome, e não porque Jacks percorreu lentamente seu corpo com o olhar, centímetro por centímetro, das botas pretas até as coxas, passando pela saia curta, pelo corpete de renda justo que marcava sua cintura e...

O Príncipe de Copas parou de olhar abruptamente quando viu toda aquela pele à mostra, que ia do colo ao pescoço dela.

Um músculo do maxilar de Jacks ficou saltado. A cor de seus olhos escureceu. Por uma fração de segundo, ficou com uma aparência mortífera. Então, do nada, o Arcano atirou a maçã para Evangeline, e sua expressão voltou ao normal.

– É melhor levar um lanchinho, a noite vai ser longa – disse.

A fruta cor-de-rosa aterrissou suavemente nas mãos dela. Era mais pesada do que uma maçã deveria ser. Mas, antes que pudesse ficar intrigada com isso ou pensar bem no que acabara de acontecer com Jacks, seus pensamentos mudaram de rumo, porque reparou no título do livro cor-de-rosa que o Príncipe de Copas segurava. *Receitas do antigo Norte: traduzidas pela primeira vez em quinhentos anos.*

Era o mesmo livro que Marisol tinha em cima da mesinha de cabeceira. Evangeline não sabia como conseguira se lembrar do título. Só vira o livro uma única vez, e já fazia mais de uma semana. Não deveria se lembrar dele tão bem. Mas deveria ter se lembrado da irmã postiça antes daquele momento.

– Esqueci Marisol!

– Quem é Marisol? – perguntou LaLa.

– É a irmã postiça dela, mas não entendo por que estamos falando dessa garota agora – respondeu Jacks.

Evangeline inclinou a cabeça na direção do livro que ele segurava.

– Este livro estava em cima da mesa de cabeceira de Marisol, e me fez perceber o quanto ela está indefesa. Marisol está no Paço dos Lobos. A menos que os soldados reais a tenham levado para algum outro lugar, para interrogá-la a meu respeito.

O Príncipe de Copas deu risada. Porque, claro, achava graça da ideia de alguém estar em perigo.

– Não acho que precisamos nos preocupar com sua irmã postiça.

– Ela não tem ninguém aqui além de mim. Se os soldados a tiverem levado...

– Sua irmã postiça é capaz de se cuidar sozinha – interrompeu Jacks. – Principalmente se andou lendo este livro.

– Você tem certeza de que ela estava com *este* livro? – LaLa ficou mordendo o próprio lábio e dirigiu imediatamente o olhar para o tomo em questão.

Nada poderia ter parecido mais inócuo. O tecido da capa era de um belo tom rosado, com letras gravadas em um metalizado gracioso. Parecia o tipo de livro que alguém daria de presente com um laço de fita. Mas a Noiva Abandonada ficou olhando como se o livro fosse pular das mãos de Jacks e atravessar a sala para atacá-la.

— Por que você está olhando para o livro como se fosse algo perigoso?

— Porque é — respondeu o Príncipe de Copas.

— É um livro de feitiços muito perversos — explicou LaLa. — Depois que a família Valor foi assassinada, quase toda e qualquer magia foi banida do Norte. Por isso, quem ainda queria praticar magia trocou os títulos de seus livros de feitiço. É muito mais fácil não ser punido por comprar ou possuir livros de artes proibidas quando ninguém sabe o que é.

— Marisol deve ter comprado por engano. Ela morre de medo de magia e adora cozinhar.

— Ninguém compra este livro por engano — declarou Jacks. — Nenhuma livraria de boa reputação o tem no estoque.

— Então Marisol entrou em outro tipo de loja acidentalmente — insistiu Evangeline.

Ela já havia duvidado da irmã postiça e estava determinada a não fazer isso de novo.

Sabia que Kristof Knightlinger havia acusado Marisol de ter entrado em diversas lojas de feitiços de primeira linha para transformar Evangeline em pedra novamente. Mas ela não tinha virado pedra. E não estava morta. Alguém tentou envená-la na noite anterior, mas ela não podia acreditar que fora sua irmã postiça. Marisol não era assassina e, se realmente quisesse matá-la, tivera diversas oportunidades.

Evangeline olhou para LaLa, que estava puxando as lantejoulas da própria manga um tanto envergonhada de possuir aquele livro.

— Que tipo de feitiço tem aí? Por acaso tem a receita do veneno que tomei?

— Não. Não existe feitiço capaz de imitar minhas lágrimas.

Evangeline sentiu uma onda de alívio. Então não poderia ter sido Marisol.

— Entretanto — completou LaLa —, se a sua irmã postiça está lendo esse livro, tenho que concordar com Jacks. Ela está longe de ser indefesa e, provavelmente, está aprontando alguma.

– Mas você também tem o livro, e, Jacks, você estava lendo!

– O que comprova o que LaLa disse – retrucou o Arcano, dando de ombros.

– Não estamos dizendo que a sua irmã postiça matou Apollo e envenenou você – explicou LaLa –, mas pode ser que Marisol não seja quem você pensa que é.

– Ela definitivamente não é quem você pensa – resmungou Jacks. – Mas, se quer mesmo descobrir se Marisol está envolvida neste assassinato ou se foi outra pessoa, precisamos sair daqui agora e falar com Caos.

39

Parecia uma daquelas noites em que alguém planejaria conhecer um vampiro. Tudo estava coberto por uma neblina úmida, uma neve branca e a luz singela da lua, que estava perdida em algum lugar da neblina prateada. Pessoas com mais sorte deviam estar contando histórias diante de lareiras acesas ou na cama, debaixo de cobertores, sem morrer de frio, como Jacks e Evangeline, que atravessaram uma ponte bamba e chegaram a um cemitério isolado, onde cães uivavam feito lobos e um lorde vampiro mantinha sua corte subterrânea escondida.

Evangeline estremeceu e Jacks ficou olhando para ela, mas não ofereceu conforto algum quando uma lufada de vento atravessou a neblina, fazendo voar cartazes com a imagem dela batendo contra árvores e portões retorcidos.

DESAPARECIDA: Princesa Evangeline
Ajude-nos a encontrá-la!

Evangeline teve vontade de perguntar como aqueles cartazes haviam sido feitos e colados tão depressa, mas agora que ela e o Príncipe de Copas estavam nos arredores da cidade, onde, finalmente, parecia mais seguro eles conversarem, queria fazer bom uso de suas perguntas.

— Conte mais sobre os vampiros.

O Arcano retorceu os lábios, com nojo.

— Não deixe nenhum deles morder você.

— Disso eu já sei. O que mais você pode me dizer? Quem sabe algo útil.

– Não há nada de útil em vampiros – grunhiu Jacks. – Sei que as histórias os retratam como seres belos e introspectivos, mas são parasitas que chupam sangue.

Olhou de esguelha para o Arcano, desejando que a noite não fosse tão escura ou que Jacks não caminhasse tão longe dela, para poder ver direito seu rosto. Evangeline já havia percebido que o Arcano não era muito fã de vampiros. Mas não parecera tão irritado e havia defendido Caos para LaLa.

– Você está com ciúme? – perguntou Evangeline.

– Por que eu estaria com ciúme?

– Porque estou muito curiosa.

Jacks respondeu dando uma risada cáustica.

Evangeline sentiu um calor nas bochechas, mas não sabia ao certo se acreditava ou não naquele chega pra lá. Jacks estava acostumado a ser o sujeito mais interessante de qualquer ambiente. Era o mais poderoso, o mais imprevisível e, até então, sempre despertara a curiosidade dela mais do que qualquer outra coisa.

– Se você não está com ciúme, o que tem contra eles? A ideia foi sua, e não dá para dizer que você não tem uma quedinha por sangue.

– Também gosto do sol e de ter controle sobre minha própria vida. Mas os vampiros sempre serão governados por sua vontade de sangue. Todos os desejos dessas criaturas são dominados por essa vontade. Então, tente não se cortar quando estivermos lá dentro. E não olhe nos olhos deles.

– O que vai acontecer se eu olhar nos olhos deles?

– Apenas não faça isso.

– Por que não? Por acaso o todo-poderoso Príncipe de Copas sabe tão pouco a respeito dos vampiros que é capaz apenas de me pedir para não...

Jacks se movimentou antes que ela pudesse terminar a frase. De repente, estava tão perto de Evangeline que, por um tenso instante, ela só conseguia enxergar a expressão cruel do Arcano. Seus olhos brilhantes reluziam no escuro, e seu sorriso de predador bem que poderia pertencer a um vampiro, caso seus dentes fossem um pouco mais afiados.

– Não é por acaso que ninguém fica falando deles. – A voz do Príncipe de Copas se tornou grave e letal. – Posso te dizer que são monstros sem alma. Posso alertar que, se você olhar nos olhos de um vampiro, eles vão entender isso como um convite para estraçalhar sua garganta antes que você possa gritar "não". Mas nada disso vai te afugentar. As histórias de vampiros são amaldiçoadas. Só que, em vez de distorcer a realidade, manipulam os sentimentos das pessoas. Por mais que eu te fale dos vampiros, você vai ficar intrigada, e não horrorizada. Os seres de sua espécie sempre querem ser mordidos ou transformados.

– Eu não – retrucou Evangeline.

– Mas você está curiosa – desafiou Jacks.

– Tenho curiosidade por muita coisa. Tenho curiosidade a seu respeito, mas não quero que você me morda!

Os cantos da boca do Arcano ficaram se retorcendo.

– Eu já fiz isso, Raposinha. – Neste momento, Jacks segurou o pulso de Evangeline com os dedos gelados, enfiou-os por baixo da luva e acariciou a última cicatriz em forma de coração partido que restava. – Para sua sorte, independentemente de quantas mordidas eu te der, você nunca se transformará naquilo que sou. Mas, para um vampiro, às vezes basta um olhar, e você será deles.

O Príncipe de Copas ficou olhando para a faixa de pele à mostra que ia do colo da jovem até o pescoço. E, antes que Evangeline conseguisse interpretar sua expressão, ele soltou seu pulso e se afastou, penetrando naquele reino sombrio de criptas e lápides.

Os dois caminharam praticamente em silêncio até Jacks encontrar um grande mausoléu coberto de trepadeiras do demônio, guardado por dois anjos de pedra tristes. Um dos anjos lamentava o par de asas partidas, e o outro tocava uma harpa de cordas quebradas.

Jacks ficou dedilhando uma das cordas defeituosas. Depois de tocar diversas notas sem som, a porta de correr do mausoléu se abriu.

Normalmente, haveria um portão para separar os visitantes dos caixões. Mas, em vez disso, havia outra porta. Velha, de madeira, com um toque de arabescos de ferro, parecida com diversas portas que Evangeline vira no Paço dos Lobos – tirando o buraco reluzente da fechadura. Uma luz espessa como mel atravessava aquela pequena forma curvada, brilhando cada vez mais à medida que se aproximavam da porta, uma luz bruxuleante, promissora. Aquela porta era muito mais convidativa do que a porta da igreja do Príncipe de Copas. A porta da igreja não queria ser aberta, mas esta queria.

"Entrem e saiam do frio", sussurrava. "Vou aquecer vocês."

Jacks fulminou Evangeline com os olhos.

– Não fique toda encantada. Você é tão inútil para mim quanto um vampiro.

– Bem, vamos torcer para que eu não resolva preferir ser vampira a ser útil para você.

Os olhos do Arcano soltaram faíscas.

Ela resistiu ao instinto de dar um sorriso triunfante, mas um dos cantos de sua boca não obedeceu. Sabia que não podia ficar muito à vontade quando o assunto era provocar Jacks. Mas só porque tinha gostado de uma porta não significava que ia atravessá-la e oferecer a própria garganta para um vampiro. Também se sentia encorajada por saber que não era tão substituível quanto o Príncipe de Copas tentara fazê-la acreditar. Jacks precisava dela para abrir seu precioso Arco da Valorosa. O que não a tranquilizava completamente, mas Evangeline se preocuparia com isso depois, quando tivesse encontrado o verdadeiro assassino de Apollo e se livrado das suspeitas, limpando sua reputação.

– Em vez de me falar o que não devo fazer, devia se esforçar mais para fazer coisas que me deem vontade de continuar trabalhando com você.

– Como salvar sua vida?

– Você fez isso por si mesmo.

– Mas, mesmo assim, fiz. Se não fosse por mim, sua história já teria chegado ao fim. – Jacks encerrou a conversa batendo na porta e dizendo: – Estamos aqui para ver Caos.

– O mestre não está recebendo visitas esta noite – disse uma voz que parecia uma chuva forte, musical e cativante.

Jacks revirou os olhos e falou:

– Diga ao seu mestre que o Príncipe de Copas está aqui e que ele tem uma dívida comigo que não será perdoada.

A porta se abriu imediatamente.

O Arcano cerrou os dentes, quase como se quisesse que suas palavras não tivessem surtido efeito.

Seria fácil Evangeline deixar Jacks mais bravo fingindo estar enfeitiçada. O vampiro que abriu a porta era exatamente como ela esperava. Parecia o filho de um semideus guerreiro – ou alguém que simplesmente tinha uma estrutura óssea excelente. Estava vestido como um assassino elegante, com uma túnica justa de couro preto e um casaco de gola alta com punhos grossos. As mangas estavam arregaçadas na altura dos antebraços musculosos, revelando uma pele tão perfeita que chegava a brilhar.

Lembrou-se de não olhar o vampiro nos olhos. Mas conseguia sentir o calor que emanava da criatura, que olhou para seu corpete de cima para baixo, com cobiça, e deu um sorriso que exibiu todas as suas presas afiadas.

O coração de Evangeline bateu mais rápido.

As presas do vampiro ficaram maiores.

Relaxe. Era a voz de Jacks na cabeça de Evangeline. *O medo só os deixa ainda mais excitados, Raposinha.*

O sangue de Evangeline continuou a ferver. *Você continua incapaz de me controlar*, pensou, em resposta. *E você disse que não tentaria me controlar.*

Só estava tentando te avisar, foi a resposta silenciosa do Arcano.

E, em seguida, como se não fosse um monstro também, o Príncipe de Copas passou o braço por baixo da capa de Evangeline e abraçou sua cintura, segurando-a com força, de um jeito possessivo. Então reclamou:

– Pare de exibir suas presas. Sou o único que pode mordê-la.

Jacks mordiscou a orelha de Evangeline, uma mordida gelada e dolorida. Ela sentiu a dor por todo o corpo e ficou toda arrepiada. O arrepio, sabe-se lá por que, transformou-se em vermelhidão quando chegou às bochechas.

"Independentemente de quantas mordidas eu te der, você nunca irá se transformar naquilo que sou", ele havia dito. E agora estava pondo isso em prática, só para provar que podia.

Evangeline tentou se afastar.

Não faça isso. O Arcano abriu os dedos e apertou sua cintura com mais força. *Seres humanos não têm nenhum poder aqui. Se ele achar que sou incapaz de controlar você, vai mordê-la, e garanto que você vai gostar menos ainda do que da minha mordida.*

Mesmo assim, você não precisava me morder, pensou Evangeline. E teria se soltado dele, mas não estava ali para brigar com Jacks. Estava ali porque Apollo morrera e precisava descobrir quem o havia matado.

Então, em vez de se debater com o Arcano, cerrou os dentes, porque ele havia soltado a sua cintura e agora estava segurando sua mão.

Sem dizer outra palavra, o vampiro levou os dois para dentro da cripta.

De início, os corredores amplos e as escadarias de pedra dramáticas não eram lá muito diferentes das partes mais antigas do Paço dos Lobos. As paredes eram repletas de obras de arte, escudos muito antigos e lâminas de aço que ficavam tingidas de bronze por causa dos pesados anéis de luz projetados pelos lustres cobertos de velas.

A escada os levou cada vez mais para debaixo da terra, onde o ar se transformava em geada de novo. Quando deu por si, Evangeline estava lutando contra o instinto de se aninhar em Jacks. Até ali, não viram nenhum caixão ou cadáver, mas ela ouvira diversos ruídos que parcciam som de correntes sendo arrastadas. Alguns passos depois, teve a sensação de sentir um cheiro acobreado de sangue. E, por acaso, aquilo pendurado entre dois retratos eram algemas?

Desceram mais um lance de escadas, e o guia os levou até um pátio interno cheio de colunas de calcário e flores que só desabrochavam à noite, e ficou impossível não ver tantas algemas, que reluziam contra as paredes e colunas, polidas e prontas para serem usadas. Grilhões para prender pulsos, tornozelos e pescoços eram exibidos com orgulho em cima de mesas de jogos, onde estavam dispostos tabuleiros de xadrez em preto e branco.

As cadeiras estavam todas vazias, mas Evangeline teve visões terríveis de vampiros esparramados em cadeiras de couro brincando com peões e torres enquanto seres humanos cativos sangravam, debatendo-se em suas correntes.

Sua sensação de desconforto aumentou quando ela e Jacks foram levados do pátio interno para um salão de banquete. Era um local também parecido com o do Paço dos Lobos, com tapetes vinho e uma mesa enorme. Mas, naquele lugar, penduradas entre os lustres, havia jaulas nas quais cabiam uma pessoa. E, em vez de pratos de prata e guardanapos de tecido, as mesas tinham mais correntes e algemas, presas à madeira.

Evangeline ficou enjoada.

Ainda bem que todos aqueles grilhões estavam desocupados. Mas o fato de tudo aquilo estar vazio também a deixava perturbada. Onde estavam todos? E aonde exatamente o guia os estava levando?

– Ainda tem curiosidade a respeito dos vampiros? – murmurou Jacks.

– Por que este lugar está tão vazio? – disse Evangeline, bem baixo. – Onde...

Ela congelou ao perceber que o guia havia desaparecido. O vampiro se movimentava mais rápido do que uma flecha. Em um instante, estava poucos metros à frente, no outro, sumiu. Passou por uma porta do outro lado do salão com uma velocidade sobrenatural, deixando os dois sozinhos.

– Aonde ele foi?

– É por isso que odeio vampiros – comentou o Arcano, movimentando o maxilar. Então parou de fitar a porta pela qual o guia acabara de passar e dirigiu um rápido olhar para as jaulas penduradas. – Acho que, talvez, precisamos sair daqui.

– Estou decepcionado, meu amigo – disse uma voz que parecia feita de fumaça e veludo, rouca e levemente hipnótica. – Foi você que me ensinou que jaulas podem ser muito úteis.

Evangeline nem sequer viu aquele vampiro entrar no recinto. Ele simplesmente surgiu e vinha lentamente na direção dos dois. Não usava casaco nem capa, apenas uma armadura de couro sinuosa e um elmo de bronze perverso que escondia seu rosto, com exceção dos olhos e das maçãs do rosto saltadas.

– É você – sussurrou Evangeline. – Você é o soldado que vi na festa e nos pináculos.

– Na verdade, não sou soldado, princesa. – Quando falou com ela, sua voz ficou mais suave: era puro veludo, sem a fumaça. – Eu me chamo Caos. Seja bem-vinda ao meu lar.

e repente, Caos estava diante de Evangeline, segurando a
mão enluvada dela e levando-a ao ponto onde deveriam ficar
seus lábios se ele não estivesse usando o elmo de bronze.

Jacks poderia ter tentado puxá-la para longe do vampiro, mas
ela não estava prestando muita atenção no Arcano. Cometera o
erro de olhar nos olhos de Caos – só que, quando fez isso, não teve
a sensação de que cometera um erro. Como olhos tão magníficos
poderiam ser um erro? Eram de um tom verde-garrafa e brilhavam,
com laivos dourados que davam a impressão de terem sido salpicados
com pedaços de estrelas partidas. Ou o próprio Caos era uma estrela
que caíra na Terra, e, se Evangeline fizesse um pedido, ele poderia
realizá-lo com um...

– Evangeline! – urrou Jacks. Em seguida, segurou o rosto dela
com os dedos gelados e o puxou até que a jovem tornasse a olhá-
lo nos olhos. Evangeline queria voltar a olhar para aqueles outros
lindos olhos verde-garrafa. Mas o olhar duro do Príncipe de Copas
funcionou como um antídoto para o maravilhamento com o vampiro, lembrando-a de que olhar nos olhos de Caos não faria seus
desejos se realizarem, mas traria algemas, jaulas e dentes afiados que
rasgariam sua pele.

Não faça isso de novo, Raposinha.

Jacks soltou o rosto de Evangeline.

Ela sentiu suas bochechas ficarem vermelhas. Fizera justamente o
que ele tinha pedido para não fazer. "Mas, para um vampiro, às vezes
basta um olhar, e você será deles." O primeiro vampiro era atraente
de um jeito esperado, mas parecia que Caos exalava algo a mais, algo

que não estivera presente nas outras vezes nas quais os dois haviam se encontrado. Mesmo depois do aviso de Jacks, Evangeline conseguia sentir isso: algo que a fazia querer olhar de novo e esquecer o jeito que LaLa o chamara de monstro.

Caos deu risada, uma risada alta e espontânea.

– Você deveria tê-la preparado melhor, meu amigo. Pelo jeito, ela é extremamente sensível aos nossos encantos. Ou talvez apenas goste mais de mim do que de você.

– Ela me odeia – falou Jacks, sendo simpático. – Então, mesmo que goste mais de você, não quer dizer muita coisa.

– Tem certeza disso? – Caos olhou novamente para Evangeline. Um calor diferente fez a pele dela formigar.

Existem diferentes tipos de olhar de vampiro. Evangeline ainda não conhecia todos. Não conseguia distinguir completamente entre um olhar de cobiça e um olhar sedutor ou de um olhar que um vampiro lança quando está prestes a dar o bote. Os olhares que conhecera até então apenas fizeram a jovem sentir calor, como se partes de seu corpo estivessem perto demais do fogo. Podia sentir aquela queimação vindo de Caos, que naquele momento estendeu o braço para ela.

– Não se preocupe, princesa. Só vai parar dentro dessa jaula quem deseja estar lá dentro.

Mesmo assim, Evangeline pesou suas opções. Antes, seria tentador aceitar o convite de Caos, só para irritar Jacks. Agora, essa opção não era mais tão tentadora. Mas, considerando que estavam ali para tirar informações do vampiro, ela não tinha certeza se seria prudente ignorá-lo. Na verdade, parecia não ser prudente rejeitá-lo mesmo se ela e o Príncipe de Copas não quisessem algo de Caos.

Evangeline aceitou o convite do vampiro para andar com ele. Apesar da camada de couro, o braço dele era muito mais quente do que o de Jacks.

Não fique muito à vontade, Raposinha. A expressão do Príncipe de Copas era uma máscara de desinteresse, mas sua irritação era perceptível, pela voz dentro da cabeça de Evangeline: *Não é por acaso que ele usa esse elmo.*

E por quê?, perguntou Evangeline.

Mas Jacks não respondeu à sua pergunta.

Um instante depois, ela olhou de relance para o elmo cruel de Caos. Viu rapidamente sua pele oliva perfeita, mas não teve coragem de olhar acima de suas maçás do rosto, que também estavam escondidas por peças de metal pontudas que saíam da proteção para a cabeça. Não devia ser nada confortável. Toda a metade inferior do rosto de Caos estava completamente coberta, incluindo a boca. O que, agora que Evangeline parava para pensar, era estranho, tendo em vista que ele era um ser teoricamente controlado por sua sede de sangue.

Caos virou a cabeça e lançou um olhar ardente para Evangeline ao perceber que a jovem estava olhando para ele.

Evangeline desviou logo o olhar.

– Você não precisa evitar meus olhos. – Sua voz de veludo foi até a orelha dela, e o metal quente de seu elmo roçou de propósito em sua têmpora. – O elmo que você está fitando é amaldiçoado e me impede de morder os outros. Você não corre nenhum perigo comigo. Não é verdade, Jacks?

– Ele está preso nessa coisa há séculos – confirmou o Arcano.

Mas você jamais estará em segurança com ele.

Os três passaram por outra série de corredores hostis até que Caos finalmente soltou o braço de Evangeline, para abrir uma porta de ferro pesada com um simples puxão de seus dedos enluvados.

À primeira vista, o cômodo no qual entraram poderia pertencer a um estudioso. Havia cestos de rolos de papiro, estantes e mesas repletas de livros encadernados de couro, canetas e pergaminhos, tudo mergulhado em uma luz de velas quente, forte o suficiente para alguém conseguir ler. Até o ar tinha cheiro de papel, misturado com notas aromáticas de mogno.

Foi só quando Evangeline foi se sentar em uma das cadeiras que reparou nas algemas grossas presas aos braços e pernas dos móveis. Algumas delas tinham farpas afiadas, que furariam a pele da pessoa quando os grilhões fossem fechados. Ela foi até outra cadeira, mas todas possuíam as mesmas algemas sinistras.

– Sério? – Jacks pegou uma das algemas e girou-a entre os dedos, como se fosse uma bijuteria barata. – Isso está ficando um pouco demais. Você deveria repensar em como entretém seus convidados já que precisa acorrentá-los aqui.

– Fico surpreso de você estar sendo tão crítico – disse Caos. – Ouvi falar do que você fez com aquela princesa. Como era mesmo o nome dela? Diana?

– Não faço a menor ideia do que você está falando – respondeu o Príncipe de Copas tranquilamente.

Mas Evangeline percebeu que o Arcano ficou tenso, assim como ficou quando LaLa disse que ele ficara obcecado com a princesa Donatella.

Infelizmente, ela não ouviu nenhuma explicação. Caos não tocou mais no assunto e foi até as cortinas vinho e as abriu. Não ao ponto de Evangeline conseguir enxergar o que estavam escondendo, mas ouviu barulho de conversa vindo do outro lado: parecia que várias pessoas estavam tentando não falar muito alto e que suas vozes ecoavam para cima.

Cedendo à curiosidade, ela se aproximou das cortinas entreabertas. Parecia que, na verdade, estavam em uma sacada, que dava para um pequeno anfiteatro. O corrimão do outro lado das cortinas era de mármore, assim como o chão lá embaixo, onde um grupo de vampiros e seres humanos estava de pé, em cima de um imenso tabuleiro de xadrez preto e branco.

Ela torceu para que estivessem jogando xadrez do beijo. Não conseguia ter forças para imaginar outros motivos mais prováveis para os vampiros estarem vestidos de vermelho-sangue, e os seres humanos de branco, em lados opostos do tabuleiro.

Muitos dos seres humanos poderiam até ser atraentes ou fortes, em outras circunstâncias. Mas, em comparação com os vampiros, todos pareciam cansados e abatidos. Os ombros não estavam retos, o cabelo, sem vida, e os vários tons de pele não reluziam como pedra polida.

– Espero que vocês saibam – gritou Caos, para baixo –, que considero muitos de vocês como se fossem de minha família e espero que o seu destino seja melhor do que o deles. Boa sorte.

O anfiteatro eclodiu em movimentos.

– O que eles estão fazendo? – Evangeline apertou o corrimão de mármore enquanto observava os vampiros atravessarem o chão xadrez, em borrões velozes. O vermelho-sangue colidia com o branco quando cada vampiro encontrava um ser humano, e ela já podia prever que ninguém ali iria se beijar.

– Essa prática não é um pouco arcaica? – perguntou Jacks. Ele havia soltado a algema da cadeira e se juntara a Caos e Evangeline no parapeito da sacada. Mas não parecia nem um pouco entretido pela cena que transcorria lá embaixo. Se Evangeline não o conhecesse bem, poderia ter pensado que Jacks estava preocupado. Segurava o corrimão quase com tanta força quanto ela, enquanto os vampiros exibiam as presas e mordiam o pescoço de todos os seres humanos do tabuleiro.

41

Suspiros de assombro, lamentos e uns poucos grunhidos ríspidos consumiam o anfiteatro.

– Faça-os parar! – gritou Evangeline.

– Ninguém ficará feliz se eu fizer isso – disse Caos. – Todos os seres humanos estavam esperando por esta noite.

– Por que alguém ia querer isso? – Ela ficou observando, impotente, as correntes sendo chacoalhadas, e diversas jaulas do tamanho de uma pessoa sendo baixadas até o chão xadrez.

Uma garota mais ou menos da idade dela, com longos cachos de cabelo vermelho e acobreado se debatia contra o vampiro que a mordera e a empurrara para dentro de uma das jaulas, trancando a menina com um cadeado pesado.

Tudo se resumia ao som de metal batendo e às súplicas de dor, e algumas pessoas foram arrastadas para fora do anfiteatro. Outros seres humanos ocupavam o restante das jaulas, que foram levantadas até o teto de novo. Qualquer noção romântica a respeito dos vampiros que Evangeline ainda pudesse ter havia desaparecido completamente.

– Solte-os – ordenou.

Evangeline poderia ter feito algo terrivelmente impulsivo naquele momento, como pegar qualquer coisa que tivesse potencial para ser uma arma e atirar na direção das jaulas, mas Jacks deslizou a mão por cima do corrimão e entrelaçou seus dedos gelados aos dela. O Arcano não a abraçou de novo, apenas segurou sua mão, fazendo-a silenciar, em choque.

– Você não vai querer que ninguém saia de sua jaula – comentou Caos. Pela voz, ele parecia estar se divertindo um pouco, só que era difícil ter certeza já que aquele elmo de bronze escondia quase todo o seu rosto. – Esta é a última fase do nosso processo de iniciação para fazer parte da Ordem dos Espiões e Assassinos. Existem dois tipos de mordidas de vampiro. Podemos morder um ser humano meramente para nos alimentar. Ou podemos inocular veneno de vampiro com nossa mordida, para transformar um ser humano em vampiro. Todos os seres humanos naquele tabuleiro receberam uma mordida infectada com veneno.

– Então todos estão se transformando em vampiros?

Evangeline arriscou olhar de relance para as jaulas. Os prisioneiros estavam sacudindo as barras e tentando arrancar os cadeados, com uma aparência quase de fera. E, apesar disso, também tinham uma aparência mais atraente do que antes. A pele deles reluzia. Os movimentos eram rápidos como um raio, e, apesar de manchado de sangue, o cabelo deles brilhava feito cortinas de seda.

– O veneno reparou suas imperfeições humanas, mas só se tornarão vampiros se beberem sangue humano antes do amanhecer – explicou Caos. – Quando o sol raiar, o veneno de vampiro irá se dissipar. Até que isso aconteça, os protovampiros lutarão com todas as suas forças para sair da prisão e se alimentar. Os que conseguirem sair da jaula e beber sangue humano se tornarão vampiros completos, integrantes de nossa ordem.

– E o que acontecerá com os demais? – perguntou Evangeline.

– Você devia estar mais preocupada com o fato de vocês dois serem as coisas mais próximas de seres humanos que existem por aqui. Então, é melhor apressar o fim dessa reunião. A compulsão de dar essa primeira mordida é avassaladora. Chamamos de "sede", mas na verdade é dor.

Caos ficou em silêncio por tempo suficiente para Evangeline não ouvir mais nada a não ser o sacudir das jaulas.

Então ela sentiu aquela palpitação no pescoço e no peito, avisando-a que o olhar de Caos estava sobre ela. Um olhar quente, ávido e...

Jacks pigarreou.

Caos desviou o olhar.

Evangeline respirou, mas com dificuldade.

– Os protovampiros podem até não estar com sua força no nível máximo – prosseguiu Caos, calmamente. – Mas, às vezes, o desejo intenso de comer e de sobreviver pode compensar isso. Um ou dois sempre conseguem escapar.

Uma faísca carmim brilhou na visão periférica de Evangeline. A garota de cachos vermelhos estava em uma jaula não muito longe da sacada, só que, agora, seu cabelo parecia pura e simplesmente chamas, e ela estava longe de ser indefesa, enroscando os dedos nas barras da jaula e mostrando a língua.

Evangeline, quando se deu conta, estava apertando a mão de Jacks, feliz por ele não a ter soltado.

Caos inclinou a cabeça, e seus olhos pousaram nas mãos dadas dos dois.

– Que interessante.

– Isso está ficando tedioso. – O Príncipe de Copas soltou a mão da jovem e voltou para a sala de estudos, onde o ofego dos proto-vampiros e o barulho das jaulas não eram tão perturbadores.

Caos e Evangeline fizeram a mesma coisa. O vampiro se sentou em uma grande cadeira de couro, a única desprovida de algemas. Fez sinal para que se sentassem, mas ela preferiu continuar de pé. Sabendo que os vampiros se movimentavam tão rápido, não queria ficar em uma cadeira onde seus pulsos e tornozelos pudessem ser presos com tanta facilidade.

– Queremos saber quem matou Apollo – disse Jacks.

Caos olhou para Evangeline e falou:

– Ouvi dizer que foi você, na cama, na sua...

– Não fui eu – interrompeu ela.

– Que decepção. Eu ia te oferecer um emprego.

– Não sou assassina – disparou Evangeline. – Outra pessoa en-venenou meu marido.

– Queríamos saber se algum dos seus funcionários foi contratado para fazer esse serviço – completou o Príncipe de Copas.

Caos se acomodou na cadeira e juntou as duas mãos em um gesto maquiavélico, com a calma vagarosa de quem não precisa se preocupar com protovampiros raivosos tentando escapar de suas jaulas. Ou, simplesmente, só queria fazê-los perder tempo de propósito.

— Você tem uma dívida comigo — lembrou Jacks.

— Relaxe, velho amigo. Eu ia mesmo dizer que ninguém nos procurou para fazer esse serviço — respondeu Caos, enfim. — Mas lembro... há mais ou menos uma semana, acho que foi na noite seguinte à Festa Sem Fim, meu mestre das poções recebeu um pedido inusitado, de um frasco de óleo maléfico.

— O que é óleo maléfico? — indagou Evangeline.

— É um método muito eficaz de assassinar alguém — respondeu o vampiro. — Não costuma ser muito popular, já que exige uma habilidade especial para surtir efeito. A maioria das toxinas têm a mesma espécie de efeito em qualquer ser humano, o que as torna fáceis de detectar e, enquanto instrumentos letais, não são dos mais elegantes. Mas quem tem o feitiço e as habilidades sobrenaturais para combinar o óleo maléfico com sangue, lágrimas ou cabelo da pessoa que deseja matar consegue tornar o óleo tóxico apenas para a pessoa em questão.

Evangeline ficou tensa ao se lembrar da última vez que vira Apollo, cujo peito estava coberto por uma substância brilhante que parecia óleo.

— Quem pediu o veneno? — perguntou Jacks.

— Eu não estava aqui quando fizeram o pedido — respondeu Caos. — Só sei que foi uma mulher e aposto que é uma bruxa. É preciso ter uma boa dose de poder e um feitiço para combinar os ingredientes de maneira adequada.

Evangeline pensou instantaneamente em Marisol e em seu livro de culinária e feitiços. Mas por que sua irmã postiça iria querer matar Apollo? O príncipe lhe dera um novo lar e recuperara sua reputação. Tampouco fazia sentido Marisol se dar ao trabalho de adquirir uma toxina rara que só funcionaria no príncipe e depois envenenar também uma garrafa de vinho com algo que poderia matar qualquer pessoa que o bebesse. A menos que duas pessoas estivessem tentando cometer assassinato...

Mas isso ainda não queria dizer que Marisol estava envolvida.

A matriarca da Casa Sucesso já havia tentado matar Evangeline. Entretanto, Kristof escrevera que a matriarca sofrera uma *queda* que havia roubado algumas de suas lembranças, tornando-a uma suspeita improvável.

— Tem alguma coisa mais que você possa nos dizer sobre a mulher que comprou o óleo? — insistiu Evangeline.

Caos ficou mexendo na corrente pendurada em seu pescoço e fez que não.

— Se isso é tudo que você tem, sua dívida continua ativa — declarou Jacks. — Vamos embora.

— Espere. — Os olhos de Evangeline ainda estavam fixos na corrente em volta do pescoço de Caos. Não havia reparado nela antes. Quando estava contra a armadura de couro, a corrente e seu medalhão não chamavam atenção. Mas, agora que a corrente estava nas mãos de Caos, ela conseguia enxergar o medalhão envelhecido claramente, a ponto de distinguir o símbolo gravado: uma cabeça de lobo usando coroa. O mesmo símbolo marcado a ferro e fogo na porta da biblioteca, a porta que impedia o acesso a todos os livros sobre a família Valor.

Talvez fosse uma mera coincidência, mas parecia uma pista. O vampiro até podia ser incapaz de identificar o assassino de Apollo, mas... E se Caos soubesse algo a respeito do Arco da Valorosa e do que realmente havia trancado dentro dele? Evangeline sabia que não era por isso que tinham ido visitar o vampiro, mas esse era o motivo para o Príncipe de Copas ter sabotado o curso de sua vida.

— Onde você conseguiu esse medalhão? — perguntou ela.

Caos baixou os olhos, como se nem tivesse consciência de que estava mexendo naquele objeto.

— Roubei de Lobric Valor.

— Não temos tempo para isso — resmungou Jacks.

Um barulho impressionante de algo caindo veio do anfiteatro. Uma das jaulas caíra no chão.

Todos os vampiros que estavam no outro recinto bateram palmas.

Evangeline olhou para a sacada. O protovampiro que estava dentro da jaula caída ainda precisava quebrar o cadeado. Mas, dada a maneira que se debatia com a tranca, tentando arrancá-la com os dedos e soltando urros destemidos, duvidava que aquele rapaz continuaria preso por muito tempo. Precisavam sair dali logo, mas Caos acabara de dizer que havia roubado o medalhão de seu pescoço de Lobric Valor.

O vampiro vivera na mesma época da família Valor. Jacks havia dito para Evangeline que Caos era tão antigo quanto o Norte. Mas, até então, ela não havia se dado conta das implicações dessa informação.

Sua empolgação deve ter transparecido em seu rosto.

Ao seu lado, Jacks ficou tenso como a corda de um arco.

E então Caos disse:

— Se você tem curiosidade a respeito da família Valor, posso te contar tudo o que quiser saber. Eu estava presente e lembro a verdade.

Não. A voz de Jacks penetrou na cabeça de Evangeline e, pela primeira vez, sua expressão implacável combinou com suas palavras. *Nem pense nisso.*

Lá no fundo, outras jaulas fizeram ruído.

— Não vai te custar grande coisa — prosseguiu Caos. — Posso responder a todas as suas perguntas em troca de uma única mordida.

— Achei que você não pudesse tirar o elmo.

— Ele está tentando nos fazer ficar aqui para que os protovampiros tenham presas para caçar — advertiu Jacks.

Só que Evangeline não precisava ser alertada pelo Príncipe de Copas para saber que aquele trato era pouco aconselhável. Ela podia até ter dito para Jacks, de brincadeira, que faria um trato com outro Arcano, mas jamais faria isso de novo. Já era ruim continuar devendo um beijo para Jacks; não queria dever nada àquele vampiro.

— Obrigada pela oferta, mas acho que prefiro ir embora antes que seus protovampiros se soltem.

Caos largou o medalhão e se recostou na cadeira.

— Se você conseguir ir embora e mudar de ideia, pode voltar a qualquer momento, princesa.

— Eu...

Jacks não deu chance de ela terminar a frase e a levou até a porta.

Os corredores do reino subterrâneo de Caos estavam mais escuros do que Evangeline se lembrava. Metade das velas havia queimado até o fim, cobrindo o Príncipe de Copas e a jovem de sombra e fumaça enquanto percorriam, apressados, o primeiro corredor.

— Prometa que você jamais vai permitir que ele te morda – disse Jacks.

— Não vou precisar se você me disser o que quer do Arco da Valorosa.

— Achei que você queria que nossa parceria fosse para encontrar o assassino de Apollo, não para meus outros objetivos. – O Príncipe de Copas falou isso em um tom mais sério ao chegar à sala de jantar onde estavam todas as gaiolas.

Evangeline ouviu a barulheira das correntes antes de entrarem na sala. Esquecera que havia jaulas ali, mas não esperava que estivessem repletas de protovampiros desesperados.

Cada vez que um deles gritava, o pavor apertava seu peito como se fosse uma mão com garras.

— Eu te tornarei imortal se abrir minha jaula!

— Vai ser só uma mordidinha – prometeu outro.

— Alguns seres humanos gostam de ser mordidos.

— Eva... É você? – A voz tinha um timbre mais agradável do que as demais, e aquele som conhecido fez o coração de Evangeline ficar preso em sua garganta.

Luc.

Evangeline não ouvia a voz de Luc havia meses, mas aquela voz era igualzinha à dele, senão um pouco mais encantadora.

Devia ser algum tipo de truque de vampiro.

— Não pare de andar. – Jacks a puxou pela mão. Mas devia ter puxado com mais força. Devia ter usado sua força de Arcano porque, apesar de a cabeça de Evangeline ter concordado com ele, seu coração de ser humano a fez parar, desvencilhar-se do Príncipe de Copas, avistar a jaula pendurada e cruzar o olhar com seu primeiro amor.

42

Uma coisa molhada pingou no rosto de Evangeline. Ela estava chorando, mas não sabia dizer por quê. Não sabia se suas emoções tinham se partido e estavam saindo aos borbotões por causa de tudo o que acontecera, ou se fora porque vira Luc, que um dia fora seu amado, preso em uma jaula, olhando fixamente para ela com uma expressão de adoração e terror.

– É você mesmo – disse Luc. Ele se agarrou às barras da jaula com as duas belas mãos negras, mas não tirou os olhos dos de Evangeline. E nenhum poder no mundo seria capaz de obrigá-la a desviar o olhar. Não eram os encantos de vampiro nem as lascas de ouro reluzente em sua íris, que ela nem lembrava que o garoto tinha. Os olhos de Luc não eram exatamente os olhos que Evangeline conhecia, mas tampouco eram completamente diferentes. Ainda tinham aquele tom de castanho absurdamente quente, que morava em todas as lembranças das quais ela havia tentado se livrar, mas nunca fora capaz de esquecer.

– Tenho tantas coisas para contar, Eva. Mas preciso que você me ajude a sair dessa jaula. Se eu não conseguir fugir antes do amanhecer, eles vão me matar.

– E por que você veio parar aqui? – sussurrou Evangeline, com o coração batendo tão rápido que ficava difícil pronunciar as palavras. Aquilo parecia uma graça alcançada, mas de forma perversa.

Eis o rapaz pelo qual você passou meses sofrendo, mas agora ele pode morrer. E, se tentar ajudá-lo, você pode morrer.

– Raposinha – disse Jacks. – Precisamos continuar andando. Ele vai te dizer qualquer coisa que tiver de dizer para sair daquela jaula e te dar uma mordida.

– Não! Eu jamais faria mal a você. – A voz de Luc era mais dura do que ela se lembrava, de desespero. – Eva, por favor, não me abandone. Sei que você deve estar apavorada, mas não vou te morder se me soltar. Não quero virar vampiro. Só vim até aqui porque me disseram que veneno de vampiro é o remédio mais poderoso do mundo e seria capaz de apagar as minhas cicatrizes e ferimentos.

Cada centímetro da pele de Luc era perfeito, uma pele mais perfeita do que a de todas as lembranças de Evangeline. Perfeita demais. Era difícil acreditar que, um dia, Luc tivera cicatrizes. E queria dizer que não teria se importado se seu primeiro amor tivesse ficado coberto de cicatrizes – na verdade, teria preferido as cicatrizes àquela versão polida demais dele. Mas Luc continuou falando antes que ela pudesse dizer isso.

– Era só isso que eu queria, ficar curado. Eu... – Os olhos de Luc dispararam em volta da violenta sala das jaulas.

Os demais protovampiros haviam ficado parados por um instante. Observavam aquela conversa com uma atenção arrebatada, inumana. Evangeline não queria acreditar que Luc era como eles. Sua voz transmitia a mais pura emoção humana. Mas, quando observou além dos olhos do rapaz, percebeu que Luc tinha a mesma aparência dos demais: sangue seco manchava o tom quente da pele negra de seu pescoço e o branco de sua camisa.

– Não quero isso, juro.

– Ele está mentindo – disparou Jacks.

Em seguida, pegou Evangeline pelo pulso e a puxou.

Não podia condená-lo. Aquele não era o único cômodo cheio de quase vampiros. Só que Luc ainda não era um vampiro.

– Eva – suplicou Luc. – Sei que você tem motivos mais do que suficientes para me odiar. Sei que parti seu coração. Mas eu estava enfeitiçado.

O Príncipe de Copas deixou escapar a mão de Evangeline.

– Você disse enfeitiçado? – perguntou ela.

E, do nada, Luc não parecia mais uma graça alcançada de forma perversa. Parecia uma verdade que Evangeline tinha medo de tocar. Ela vinha se sentindo meio louca nos últimos dois meses, imaginando se Luc realmente estava enfeitiçado ou se fora ela que evocara a ideia de um feitiço para sobreviver à rejeição do rapaz.

A mão gelada de Jacks puxou a sua de novo, avisando, mais uma vez, que estava na hora de ir embora. Mas Evangeline o ignorou.

– Você estava sob o efeito de que tipo de feitiço? – indagou a jovem.

Luc soltou uma barra da jaula e passou a mão no cabelo, um gesto conhecido e terrivelmente humano que a fez sentir outra pontada no coração.

– Eu só me dei conta hoje à noite, depois que o veneno de vampiro correu em minhas veias e, de repente, meus pensamentos clarearam. Não consigo descrever como estavam antes. Apenas sei que só conseguia pensar em sua irmã postiça. Foi por causa dela que vim até aqui: eu precisava ser perfeito para Marisol. Depois que fui atacado pelo lobo, não fiquei com aquelas cicatrizes sensuais...

– Ele acabou de dizer "cicatrizes sensuais" – resmungou Jacks. – Você está mesmo dando ouvidos a isso?

– *Shh* – repreendeu Evangeline.

– Depois que fui atacado – prosseguiu Luc –, sua irmã postiça deu uma olhada em mim e saiu correndo de casa. Tentei visitá-la quando melhorei dos ferimentos, mas ela nem sequer atendeu a porta. Tentei escrever, mas Marisol não respondia às minhas cartas.

– Ela me disse que foi o contrário.

Luc sacudiu a cabeça, de um jeito ressentido, e contou:

– Marisol é uma mentirosa. Se tivesse escrito para mim, eu não poderia ignorar suas cartas, mesmo que quisesse. Sua irmã postiça me deixou desesperado para fazer qualquer coisa para ficar com ela. Fiquei obcecado. E tudo começou no dia em que a pedi em casamento. Fui à sua casa para ver você, mas foi Marisol que abriu a porta para mim. Tirou meu casaco, e lembro que roçou os dedos no meu pescoço. Depois disso, eu só conseguia pensar nela – concluiu Luc, com um tom enojado.

Era exatamente nisso que Evangeline havia acreditado. Ela não estava delirando nem desesperada. Luc só a havia abandonado e pedido Marisol em casamento porque estava enfeitiçado. Só se enganara a respeito de quem havia feito o feitiço. Não fora sua madrasta, fora a irmã postiça.

Evangeline teve a sensação de que tinha levado um soco no estômago. Achava que Marisol era mais uma vítima, uma pessoa inocente, alguém com quem tinha de se redimir pelo erro que cometera. Todo aquele tempo, vinha se sentindo culpada por ter arruinado a vida da irmã postiça. Mas, se Luc estivesse falando a verdade, Marisol havia interferido na vida de Evangeline primeiro.

Ela não queria chegar a conclusões precipitadas. Mas vira os livros de feitiços da irmã postiça, fora alertada por Jacks, pelos jornais e, agora, por Luc. E o rapaz jamais ficara sabendo que Evangeline acreditava que ele havia sido enfeitiçado.

– Quando fui mordido hoje à noite, tive a sensação de que conseguia pensar livremente pela primeira vez em meses. – Os olhos de Luc brilhavam enquanto fitava Evangeline. – Até que, enfim, senti que era eu mesmo de novo. Mas aí fui arrastado para dentro desta jaula e nunca poderei sair vivo dela se você não me ajudar. Se estiver com medo, não precisa abrir o cadeado. Apenas me alcance uma das armas penduradas na parede, que consigo arrombar sozinho. E aí provarei para você que não quero ser vampiro. Eu só quero você, Eva.

– Nem pense nessa possibilidade – disse Jacks.

– Mas... – a jovem olhou para o rapaz através das barras, mais uma vez, e declarou: – Não posso deixá-lo aqui desse jeito.

– Evangeline, olhe para mim. – O Príncipe de Copas segurou o rosto dela com as duas mãos geladas e olhou nos seus olhos com um olhar brutal, como se fosse capaz de quebrar o feitiço que Luc havia lançado nela.

Só que Evangeline não estava sob o efeito de nenhum encanto de vampiro. Não tinha certeza se, lá no fundo, ainda amava Luc. Seus sentimentos eram um emaranhado caótico. Naquele exato momento, sentia, mais do que tudo, necessidade de sobreviver. O amor parecia um luxo inalcançável. Só que não podia dar as costas para Luc e deixá-lo ali para encarar a morte certa. O rapaz era uma vítima de toda aquela situação. Ele é que fora enfeitiçado, depois transformado em pedra, atacado por um lobo e agora estava enjaulado.

– Isso, em parte, é minha culpa – sussurrou Evangeline para o Arcano.

– Não é, não. Eu já te disse que não tive nada a ver com o lobo. – Jacks falou baixo, mas com firmeza.

Mas, ainda que o Príncipe de Copas estivesse falando a verdade, isso não mudava o que Evangeline precisava fazer.

Ela puxou a mão para se soltar do Arcano.

E o que aconteceu em seguida foi um borrão estranho. Evangeline ainda queria pensar que não estava enfeitiçada, mas talvez estivesse um pouco arrebatada, e não era pelos encantos de vampiro. Estava sentindo sua esperança retornar.

Sabia que Luc jamais voltaria a ser o rapaz que era antes, e ela não era mais a garota que era antes. Aquela garota teria acreditado que o fato de rever Luc significava que algo maravilhoso iria acontecer, que os dois teriam um final feliz, afinal de contas. Mas aquele encontro só garantia que teriam um final diferente. Qual tipo de final ainda estava em aberto, mas com certeza seria melhor que aquilo. Mesmo que Luc não fosse o seu final feliz, Evangeline não podia permitir que a história deles acabasse ali, com o rapaz enjaulado e ela fugindo.

Evangeline encontrou uma espada curta azul, pendurada na parede, de cabo pesado e lâmina polida: parecia ser forte o bastante para quebrar um cadeado, mas não era muito difícil de levantar.

Outros protovampiros gritaram, pedindo armas e prometendo todo tipo de coisa em troca. Tinham começado a se debater nas jaulas de novo, enchendo a sala de jantar com uma cacofonia de sons violentos. Evangeline subiu em uma cadeira e usou as duas mãos para erguer a espada acima da cabeça.

Luc pegou a lâmina, sem ligar para o fato de ter cortado as mãos com ela.

– Obrigado, Eva.

O rapaz deu um sorriso, mas não era aquele sorriso torto de menino, pelo qual ela havia se apaixonado. Eram lábios puxados para trás, revelando presas brancas afiadas que continuavam a crescer.

– Vamos embora agora. – Jacks pegou-a pela mão, impelindo-a a descer logo da cadeira e começar a se movimentar.

Ouviram um ruído de algo se partindo, o que a fez tropeçar bem quando ia começar a correr.

Luc já havia quebrado o cadeado com o cabo da arma. A porta da jaula estava escancarada. Ele estava solto, bestial, e era o pior erro que Evangeline já havia cometido.

– Desculpe, Eva.

Luc pulou no chão fazendo um arco gracioso, mostrou as presas e foi para cima de Evangeline.

O Príncipe de Copas tirou a jovem da frente do rapaz antes que ela conseguisse se mexer. Rápido como um raio, pulou na frente de Evangeline como um escudo.

Luc não teve tempo de mudar sua trajetória, e seus dentes se afundaram no pescoço de Jacks, fazendo um barulho de rasgo ensurdecedor.

– Não! – gritou Evangeline, tentando pegar a espada caída que tinha dado a Luc. A arma pareceu mais pesada do que instantes antes. Mas não parecia mais necessária.

No tempo que ela levou para pegar a espada, Jacks havia segurado a cabeça de Luc com as duas mãos, e, com um movimento certeiro, quebrou o pescoço dele.

Todos os prisioneiros pendurados em suas jaulas vaiaram e sussurraram quando o primeiro amor de Evangeline caiu no chão.

– Você... você... você matou Luc – ela gaguejou.

– Ele me mordeu... – urrou o Arcano. O sangue com partículas douradas pingava da ferida em seu pescoço. – Eu bem que queria tê-lo matado. Mas não matei. Agora ele é um vampiro completo. O único modo de matar um vampiro permanentemente é cortar a cabeça ou enfiar uma estaca de madeira no coração.

O Príncipe de Copas tentou pegar a espada das mãos de Evangeline.

A jovem segurou a arma com mais força. Em parte, sabia que deveria soltá-la. Luc não era mais Luc. Havia mordido Jacks e a teria mordido. Mas Luc não tinha matado Jacks.

– Não vou permitir que você ponha fim na vida dele – disse Evangeline. – Luc foi o primeiro rapaz que amei e não sou responsável pelas atitudes dele, mas isso não teria acontecido sem mim. Deixe-o viver. Se você deixá-lo viver, vou embora sem fazer mais nem uma parada nem discutir.

Ela soltou a espada e pegou na mão de Jacks.

O Arcano se encolheu, não permitindo que Evangeline o tocasse, mas tampouco discutiu. Não disse absolutamente nada.

Evangeline e Jacks saíram em silêncio por onde tinham entrado. A jovem tinha dificuldade de acompanhar os passos largos do Arcano, e o barulho das correntes e das jaulas continuava a persegui-los. Mas era o silêncio de Jacks que estava começando a deixá-la incomodada.

O Príncipe de Copas não era do tipo que falava só para não ficar em silêncio, mas Evangeline não podia deixar de sentir que havia algo além do silêncio entre os dois. Poucos minutos antes, Jacks havia salvado sua vida. Pulara na frente dela, bloqueando Luc sem pensar duas vezes. A jovem sabia que o príncipe precisava dela viva por causa da profecia do Arco da Valorosa, mas o Arcano agira por puro instinto. Ficou com medo de Evangeline se machucar quando sua vida foi ameaçada.

Mas agora não queria nem olhar para ela. Rangia os dentes ao subir as escadas, com o maxilar tenso, os olhos focados, e os nós dos dedos brancos de tão apertados.

Será que estava com dor por causa da mordida? Havia uma mancha de sangue em seu pescoço pálido, mas era pequena. O ferimento que Luc provocara em Jacks não fora profundo. Mas Luc o mordera. Provavelmente, o Príncipe de Copas ainda estava irritado por causa disso.

Só que havia algo de errado. Evangeline lembrou que Jacks quase soltara sua mão quando Luc comentou que estivera enfeitiçado. O Arcano fora pego desprevenido naquele momento. Será que ficara surpreso ao descobrir que Luc fora mesmo enfeitiçado? Ou... será que era alguma outra coisa? Será que Jacks ficara perturbado com o fato de Evangeline finalmente ter descoberto a verdade a respeito de Luc? O rapaz havia dito que Marisol o enfeitiçara. Mas... e se ela não tivesse feito isso sozinha?

Ela sentiu uma súbita onda de enjoo por cima de tudo o mais que estava sentindo.

– Você enfeitiçou Luc? – perguntou. – Você fez um trato com Marisol e lançou um feitiço em Luc para que...

– Pode parar por aí – interrompeu Jacks. – Eu já te falei o que penso de sua irmã postiça. Não fiz nenhum trato com ela e jamais farei.

– Então por que você ficou tão alarmado quando Luc revelou que estava enfeitiçado?

– Foi um momento impróprio. E você perde a noção quando se trata dele. – O Príncipe de Copas praticamente urrou, cerrando os dentes entre uma palavra e outra. – Para a maioria das pessoas, sou a pior coisa que poderia acontecer. Mas não para você. Até parece que você queria que aquele rapaz te destruísse, e ele é apenas humano... ou era, até você ajudá-lo a completar sua transformação.

Evangeline teve vontade de discutir. Não ligava para o fato de Jacks ter toda a razão a respeito de Luc nem para o fato de realmente acreditar que o Arcano não havia feito um trato com Marisol – o que lhe trouxe uma sensação de alívio inesperada. Mas o Príncipe de Copas não precisava ser tão cruel só porque ela não era capaz de ignorar os próprios sentimentos como ele conseguia. Evangeline sabia que ter sentimentos profundos tem seu lado negativo: pode atrapalhar a lógica e o raciocínio. Só que bloquear as emoções é algo igualmente traiçoeiro.

Descontou sua frustração nas escadas, apertando o passo para passar na frente de Jacks, quando começaram a subir outro lance. Tinham, enfim, chegado aos andares onde não havia mais algemas penduradas nas paredes, e ela não conseguia mais ouvir os ruídos desesperados dos protovampiros.

E, apesar disso, de vez em quando ainda sentia aquela mordida quente em sua garganta. Normalmente, era uma sensação que tinha no pulso. Mas, naquele momento, teve essa sensação na nuca.

Ela subiu depressa os degraus e chegou a um andar bem iluminado, onde, finalmente, avistou a porta reluzente que os tiraria dali. Mas aquela ardência na nuca estava se tornando impossível de ignorar.

E por que não ouvia mais os passos do Arcano?

– Jacks... – Evangeline ficou sem fala quando virou para trás.

O Príncipe de Copas estava tão perto... Perto demais. Perto como um sussurro ao pé do ouvido. Evangeline deveria tê-lo escutado bem atrás dela, mas Jacks, estranhamente, não fez nenhum ruído. E sua aparência havia mudado.

– Seu cabelo...

O azul desaparecera. Estava dourado de novo, brilhante e reluzente, absolutamente magnífico. Não deveria ter olhado – ficar olhando para Jacks nunca era uma boa ideia. Mas era impossível desviar o olhar. A pele do Arcano estava corada, e seus olhos também estavam mais vivos, em um tom radiante de azul-safira. Parecia uma mistura de anjo com estrela cadente e era absolutamente devastador.

– Evangeline, pare de olhar para mim desse jeito. Você está tornando isso muito mais difícil.

Jacks falou com os dentes cerrados, mas ela pôde ver de relance seus caninos afiados, que agora pareciam presas assustadoras.

"Existem dois tipos de mordidas de vampiro", dissera Caos. "Podemos morder um ser humano meramente para nos alimentar. Ou podemos inocular veneno de vampiro com nossa mordida, para transformar um ser humano em vampiro."

Evangeline soltou um suspiro de assombro. Luc não havia mordido Jacks apenas para se alimentar.

– Ele infectou você com veneno.

43

Jacks deu um passo tenebrosamente silencioso para trás: suas botas de couro não fizeram ruído ao tocar no chão de pedra.

– É melhor você ir embora – falou, e suas presas foram crescendo à medida que se afastava.

Evangeline, de repente, tinha plena consciência do sangue que corria por suas veias e das batidas de seu coração. Se algum dia visse Luc de novo, usaria uma espada. Talvez não fosse capaz de decepar a cabeça dele, mas definitivamente seria capaz de provocar alguns cortes.

– Por que você ainda não foi embora? – perguntou o Arcano.

Suas narinas se dilataram, e sentiu outra pontada de calor no coração, o que diminuiu ainda mais o breve efeito que os encantos de vampiro tiveram sobre ela. O Príncipe de Copas não tinha um lado anjo caído: estava prestes a se tornar algo muito pior.

Ela encolheu os dedos dos pés dentro das botas, resistindo à vontade de se afastar lentamente ou sair correndo. Se Jacks a mordesse, seria transformado em vampiro. O Arcano odiava vampiros, e a jovem tampouco gostava muito dessas criaturas. Evangeline não sabia se Jacks teria o mesmo nível de autocontrole que parecia possuir em relação a ela, caso o abandonasse agora, e Jacks encontrasse outro ser humano antes do amanhecer.

O Príncipe de Copas estava praticamente imóvel. Apenas suas pupilas se moviam, dilatando-se até seus olhos ficarem quase completamente pretos. Os olhos de Luc não haviam feito isso. Mas, até aí, Luc não era um Arcano quando fora infectado.

– Você quer ser vampiro? – perguntou Evangeline.

– Não – disparou Jacks. – Não quero ser vampiro, mas quero muito morder você.

A pele de Evangeline ficou quente, por todo o corpo.

O Arcano rangeu os dentes e lançou um olhar furioso por ela ainda estar ali.

– É melhor você ir embora – repetiu Jacks.

– Não vou abandonar você desse jeito.

Evangeline procurou algemas na entrada.

– Você não vai me prender à parede alguma – reclamou o Príncipe de Copas, olhando feio para ela.

– Você tem uma sugestão melhor?

Um grito de vitória perturbador ecoou lá embaixo. Outro protovampiro devia ter se libertado. Parecia que o ruído vinha lá do subterrâneo, a uma boa distância, mas Evangeline imaginou se a criatura poderia sentir onde ela estava, se tinha alguma consciência de que havia um ser humano por perto.

– Como está o seu faro? – perguntou.

As narinas de Jacks se dilataram novamente.

– Você está cheirando a medo e... – O Arcano ficou com uma expressão indecifrável por alguns instantes. Mas o que Jacks estava prestes a dizer foi interrompido por outro ruído vindo do subterrâneo. Parecia um trovão que subia as escadas correndo.

Sem dizer nada, os dois correram em direção à saída.

Lá fora, a noite gelada de inverno estava quase clara demais. A lua saíra de seu esconderijo, atrás das nuvens, e dava uma atenção especial a Jacks, iluminando seu maxilar perfeito, seus cílios longos, o retorcer de sua boca petulante. O Príncipe de Copas parecia uma desilusão amorosa etérea. Evangeline continuava sentindo uma vontade louca de virar a cabeça e dar só mais uma última olhada e sabia que era efeito dos encantos dos vampiros. A atração inescapável daquela beleza e daquele poder perigosos.

– Por que você ainda não está fugindo? – perguntou Jacks.

– A julgar pelo jeito como você não para de me olhar, imagino que irá me caçar. Ou encontrar algum outro ser humano que possa morder sem sentir culpa.

Eu não sentiria culpa por morder você.

Não sabia se a voz que ouvira dentro de sua cabeça era uma ameaça, um lapso no autocontrole do Arcano ou apenas um aviso de que ela estava ficando sem tempo.

– Você deveria ir – repetiu Jacks.

Evangeline o ignorou e perscrutou o cemitério às escuras mais uma vez. Uma ideia desesperada, mas possivelmente inspiradora, ocorreu quando ela avistou um mausoléu coberto de trepadeiras com flores trombeta de anjo, que reluziam com o brilho branco e leitoso da lua.

– Ali – disse, apontando para a construção. – Vamos lá para dentro. As famílias plantam trombetas de anjo quando querem proteger os corpos de seus entes queridos de espíritos demoníacos. – Ela sabia disso porque fizera a mesma coisa tanto para o pai quanto para a mãe. – Este mausoléu está coberto com essa planta, ou seja: deve haver outras proteções lá dentro, como um portão com cadeado para garantir a segurança dos caixões.

Um músculo no pescoço de Jacks pulsou.

– Você quer me trancar dentro de um caixão? – perguntou ele.

– Não em um caixão, só do outro lado do portão. E apenas até o amanhecer.

– Não preciso ser trancado. Sou capaz de me controlar.

– Então por que você fica falando para eu fugir? – Evangeline ergueu os olhos para encarar o Arcano, assim como ele a encarava.

Uma fração de segundo depois, Jacks a segurou contra a árvore mais próxima. As costas de Evangeline bateram no tronco, e o Príncipe de Copas pressionou o peito arfante contra o da jovem. As mãos de Jacks seguraram a garganta dela, fazendo a pele de Evangeline pegar fogo.

– Jacks – falou, sem ar. – Solte-me.

Ele se afastou tão rápido quanto a tinha agarrado.

Evangeline bateu na árvore por causa da força empregada por Jacks. Quando conseguiu recuperar o equilíbrio, o Arcano já estava caminhando em direção à cripta.

Seguiu atrás, massageando o pescoço. Jacks não havia apertado tanto assim, mas sua pele ainda estava ardida onde as mãos dele encostaram.

– Achei que os vampiros eram gelados.

E Jacks sempre era gelado.

– O veneno dos vampiros é quente, principalmente quando estão famintos – declarou Jacks, com a voz rouca, já escancarando a porta do mausoléu.

Como Evangeline havia suspeitado, aquela câmara fora construída por pessoas supersticiosas. Havia tochas perenes penduradas nas paredes que traziam um certo calor e iluminavam um portão de ferro excelente, que ia do chão até o teto e separava os possíveis visitantes dos quatro caixões de pedra que estavam do outro lado.

– E agora? – perguntou Jacks, curto e grosso.

Evangeline se aproximou rapidamente do portão. Não conhecia todos os símbolos de proteção que haviam sido forjados, mas as barras pareciam ser grossas o suficiente para prendê-lo pelo menos durante as muitas horas que faltavam até o sol nascer. Ela gostaria que o cadeado do portão fosse mais forte, mas teria que se contentar com aquele.

– Você está vendo uma chave pendurada na parede? – perguntou.

– Não – respondeu Jacks, com a voz entrecortada. Em seguida, o Arcano disse, tão baixo que mal dava para ouvir: – Tente usar as mãos. Fure um dos dedos para tirar sangue e peça para o portão se abrir.

Evangeline girou nos calcanhares.

Jacks estava encolhido contra a parede dos fundos, sua pele tinha um tom de branco pálido e doloroso.

A jovem não cometeu novamente o erro de olhá-lo nos olhos, mas foi só espiar seu rosto para ficar claro que ele mal estava conseguindo se conter.

Evangeline planejava perguntar se Jacks não estava apenas tentando fazê-la derramar o próprio sangue, mas pensou melhor e decidiu não perder mais tempo. Furou o dedo em um dos símbolos mais afiados do portão. Uma gota de sangue brotou e foi logo pressionada contra o cadeado.

– Abra, por favor.

Funcionou tão rápido quanto um passe de mágica. O cadeado se abriu, o portão se escancarou, e Evangeline ficou de queixo caído.

– Como você sabia que isso ia funcionar? – perguntou.

Jacks se movimentou tão rápido que Evangeline nem enxergou.

– Aqui não é lugar nem hora para falar disso – respondeu o Arcano, já do outro lado do portão. Em seguida, ele o fechou, com uma batida.

O cadeado que acabara de abrir se fechou fazendo um levíssimo clique, e ela ficou dolorosamente ciente do pouco que a separava de Jacks.

O Príncipe de Copas também parecia estar ciente disso. Havia entrado na jaula de livre e espontânea vontade, mas agora olhava o cadeado feito um ladrão, contemplando todas as diferentes maneiras que poderia empregar para arrombá-lo.

44

Evangeline duvidava que, se Jacks resolvesse se libertar de sua prisão, teria que se esforçar muito para isso.

Precisava encontrar um jeito de distraí-lo.

Poderia perguntar a respeito de algo que o Arcano achasse interessante. Queria saber mais sobre o cadeado e por que o sangue dela conseguira abri-lo. Mas o Príncipe de Copas já havia descartado esse assunto. Ela também se perguntou se, por acaso, já não sabia a resposta – se sua habilidade de abrir o cadeado por meio de magia tinha algo a ver com o Arco da Valorosa. Quando Apollo contou da profecia que trancara o arco, disse que, quando todos os versos se concretizassem, uma chave capaz de abrir o arco seria criada. E se ela fosse essa chave? Seria possível? Ou eram apenas todos os loucos acontecimentos daquela noite que estavam finalmente fazendo efeito em Evangeline e dando delírios de maravilhamento mágico?

Só que não parecia um delírio quando ela pensou em todas as vezes que havia atravessado um arco. Todos tinham sussurrado em seu ouvido palavras que fariam muito mais sentido se ela fosse a tal chave profetizada.

"Estamos tão felizes de você ter nos encontrado."

"Estávamos esperando por você..."

"Você também poderia ter me destrancado."

Ela sentiu uma excitação incômoda. Não queria ter nada a ver com o Arco da Valorosa. Definitivamente não queria ser a chave, ainda que tal habilidade a tivesse ajudado a salvar a própria vida poucos segundos antes. Se quisesse permanecer viva, contudo, precisava manter Jacks ocupado.

Felizmente, perguntas é que não faltavam para ela. Havia uma, em especial, que a incomodava havia tempo.

— Conte-me o que aconteceu entre você e a princesa do Império Meridiano, aquela que Caos e LaLa comentaram. Donatella.

— Não. — A voz de Jacks era puro azedume. — Não quero falar dela. Nunca mais.

Esse seria o assunto perfeito.

Antes, o Príncipe de Copas meramente se encolhia e logo disfarçava sua expressão sempre que tocavam no nome da princesa. Mas, das duas, uma: ou ele estava tendo problemas para se controlar, ou o veneno de vampiro estava tornando suas emoções ainda mais fortes. Evangeline sentiu a pressão do olhar feio de Jacks mais uma vez, mas não em seu pescoço ou seu pulso. Estava espalhando um calor errante por todo o seu corpo.

— Que azar, Jacks. — Ela cruzou os braços em cima do peito, e o Arcano ficou andando de um lado para o outro, dentro de sua jaula. — Você precisa de algo para se distrair, então vai falar da princesa Donatella. Não ligo se você me contar o quanto a odeia ou o quanto a ama. Pode fazer versos cantando a beleza ou a cor do cabelo da princesa.

Jacks fez um ruído contido que poderia ser um primo distante de uma risada.

— Ela não é o tipo de garota que a gente canta em versos — falou.

E, apesar disso, seu tom de voz mudou, se tornou mais suave, e Evangeline ficou com uma sensação estranhamente incômoda de que o Arcano teria, de fato, cantado aquela garota em versos.

— A primeira vez que a vi, ela ameaçou me atirar do alto de uma carruagem aérea.

— E você gostou dela por causa disso? — perguntou Evangeline.

— Apenas ameacei matá-la. — O Príncipe de Copas falou isso como se os dois estivessem paquerando.

— Que história de amor horrível, Jacks.

— Quem disse que é uma história de amor? — Seu tom voltou a ser de azedume. Evangeline até pensou que o Arcano fosse parar de falar. Para sua surpresa, ele continuou: — Quando nos encontramos de novo, eu a beijei.

Jacks disse "eu a beijei" como outra pessoa diria que esfaqueou alguém pelas costas. Não havia nada de desejo nem de romântico no comentário, confirmando que ele tinha uma definição distorcida de amor. E, mesmo assim, pensar no Príncipe de Copas beijando a princesa fez algo doloroso se retorcer dentro de Evangeline.

— Você a beijou porque achou que ela era seu verdadeiro amor?

— Não. Precisava de algo dela e falei que meu beijo a mataria a menos que me desse o que eu queria.

— Espere aí... Por acaso você está dizendo que seu beijo não é mortal se você não quiser que seja?

— Cuidado, Raposinha, você me parece curiosa. Mas não deveria. — Jacks parou de andar de um lado para o outro e tamborilou os dedos compridos no portão de ferro, em uma sequência de notas rápidas. — Menti para Donatella. Meu beijo é sempre mortal. Diminuí o ritmo de seu coração para não matá-la imediatamente, mas o beijo deveria ter posto fim à sua vida em questão de dias, independentemente de ela fazer ou não o que eu queria.

— Então por que a princesa não morreu?

— Provavelmente, porque meu coração começou a bater — respondeu o Arcano, com um tom petulante, como se esse fosse um pequeno detalhe que poderia muito bem ter ficado de fora da história. Só que havia histórias e mais histórias dedicadas ao coração que não batia de Jacks e à garota mítica que, finalmente, o faria bater de novo: seu único e verdadeiro amor.

Evangeline sentiu aquela coisa terrivelmente dolorosa se assomando dentro de si mais uma vez. Não que o fato de aquela garota ser o amor verdadeiro de Jacks devesse causar dor nela. Afinal, ela nem sequer gostava de Jacks. Não deveria ter se incomodado com o fato de outra garota ter feito o coração do Arcano bater. Deveria ter ficado feliz pela princesa não ter morrido. Talvez Evangeline estivesse apenas com pena do Príncipe de Copas, porque sabia que aquela história não havia terminado bem.

— E o que aconteceu depois?

— De acordo com as histórias, ela deveria ser meu *único e verdadeiro amor* — confirmou Jacks. Seu tom era de deboche, mas não escondeu a dor presente em suas palavras e que endurecia seus traços.

– É claro, como você já deve ter adivinhado, que isso não funcionou. Ela jamais me perdoou por aquele primeiro beijo. Donatella se apaixonou por outra pessoa e então apunhalou meu coração com minha própria faca.

Evangeline respirou fundo, trêmula, incapaz de imaginar como se sentiria com tal coisa. Seria pior ainda para Jacks, cuja única motivação como Arcano era encontrar seu único e verdadeiro amor.

Ela era capaz de compreender tal motivação. Na verdade, entendia muito melhor do que gostaria de admitir. Gostaria de dizer que jamais arriscara matar alguém por amor. Mas havia feito um trato com Jacks, que transformara todos os convidados de um casamento em pedra, amaldiçoara um príncipe e, em última instância, a levara até ali. Não parava de pensar que o destino ou o Arcano estavam brincando com sua vida. Mas foram suas próprias decisões questionáveis que a haviam colocado naquele caminho.

Com Luc, tentara se convencer de que estava agindo por amor. Mas não estava, não de fato. Não estava tomando decisões por amor, estava tomando decisões comprometedoras porque queria amor. Luc não era a sua fraqueza – o amor era. Nem sequer o amor em si, mas a ideia dele.

Era por isso que partes da história de Jacks se contorciam tão dolorosamente dentro dela. Não porque Evangeline quisesse ficar com Jacks. Ela não queria ficar com ele. Só queria que alguém quisesse ficar com ela do mesmo jeito que Jacks quisera ficar com aquela garota. E não queria isso por causa de um feitiço ou de uma maldição. Evangeline queria um amor verdadeiro, poderoso a ponto de quebrar um feitiço. E isso era exatamente o que Jacks também queria.

Ele encostou a cabeça no portão de ferro escuro, e ela se lembraria para sempre daquela visão.

O Príncipe de Copas estava de tirar o fôlego, de um modo indescritível, mas era uma beleza trágica, de um céu que tinha perdido todas as estrelas. O cabelo do Arcano era uma tempestade de ouro partido. Seus olhos eram um emaranhado de prata e azul. A apatia que ela vira na primeira noite que passara em Valorfell havia sumido, e agora entendia por que estivera lá, por que Jacks fora tão incapaz de oferecer consolo ou bondade a ela. A garota que deveria ser seu único e verdadeiro amor tinha, literalmente, apunhalado seu coração.

– Lamento que Donatella tenha te ferido tão gravemente – disse Evangeline. E realmente lamentava. Imaginava que Jacks estivesse deixando alguns detalhes de fora, mas acreditava que a mágoa do Arcano era sincera. – Talvez as histórias tenham se enganado, e haja outro verdadeiro amor esperando por você.

Jacks soltou uma risada desdenhosa e perguntou:

– Está dizendo isso porque acha que você pode ser esse amor? – Então olhou para Evangeline por entre as barras do portão, um olhar que beirava a indecência. – Você quer me beijar, Raposinha?

Algo novo e terrível se emaranhou dentro dela.

– Não, não foi isso que eu disse.

– Não me parece que você esteja muito certa disso. Pode até não gostar de mim, mas aposto que gostaria que eu te beijasse.

Nesta hora, o Príncipe de Copas pousou os olhos nos lábios dela, e o calor que se apossou da boca de Evangeline parecia o início de um beijo.

– Pare com isso, Jacks – ordenou ela. Na verdade, o Arcano não queria beijá-la. Estava apenas provocando a jovem para aplacar sua dor. – Sei o que você está fazendo.

– Duvido. – Ele deu um sorriso, mostrando as covinhas e passando a língua na ponta de seu dente incisivo muito comprido e afiado. De repente, ficou com uma expressão pensativa e falou: – Talvez não seja tão ruim continuar assim. Gosto deles.

– Você também gosta da luz do dia – lembrou Evangeline.

– Eu provavelmente consigo viver sem o sol se puder trocar por outras coisas – retrucou o Arcano, inclinando a cabeça. – Fico imaginando... se eu me tornasse um verdadeiro vampiro, talvez meu beijo não seja mais letal. – Suas presas cresceram, e ele completou: – Você poderia deixar que eu a mordesse, para ver se funciona.

Mais uma onda de calor penetrante, desta vez bem debaixo do queixo de Evangeline, depois no pulso e em outros lugares íntimos que ela jamais havia pensado que alguém morderia.

Ela ficou com o pescoço vermelho, até a altura das clavículas.

– Não estamos falando de mordidas – disse ela, de um jeito acalorado.

– Então do que devemos falar? – Os olhos de Jacks pousaram de novo nos lábios dela, e mais calor escapou quando a jovem os entreabriu.

Evangeline soltou um suspiro de assombro. Talvez tivesse se enganado. Talvez Jacks realmente quisesse beijá-la. Mas isso não significava nada. Era óbvio que o Arcano ainda estava obcecado pela princesa Donatella. E LaLa havia dito que o beijo era a maldição do Príncipe de Copas – se houvesse apenas um fiapo de atração, ele ficaria tentado a beijar. Mas isso não queria dizer que Jacks nutria sentimentos verdadeiros pela pessoa.

– Fiquei curiosa – disse Evangeline. – Se você tem a habilidade de controlar pessoas, por que simplesmente não a usou para obrigar a princesa a te amar?

O sorriso debochado de Jacks desapareceu.

– Eu usei.

– E o que foi que aconteceu?

– Acho que minha vez acabou – respondeu ele, seco. – Agora é a sua vez. E quero que me fale de Luc.

Evangeline se encolheu toda. Não queria falar de Luc naquele momento, muito menos depois do que acabara de acontecer. E menos ainda com Jacks, que debochava dela por causa de Luc desde o momento em que se conheceram.

– Gostaria de outra pergunta, por favor.

– Não. Eu respondi às suas perguntas. Você vai responder às minhas.

– Por que quer saber de Luc? Você acabou de ver como a história termina.

– Conte como começou. – O Príncipe de Copas deu um sorriso com o canto da boca, falsamente alegre. – Sua lenda, obviamente, começou melhor do que a minha. O que fez você se apaixonar tão loucamente por ele a ponto de estar disposta a rezar para mim?

Evangeline respirou fundo.

– Pare de enrolar, Raposinha, ou posso te lembrar da dor que estou sentindo porque só consigo pensar em sentir o gosto de seu sangue.

Jacks baixou o olhar.

A onda de calor atacou o peito dela, diretamente no coração e, desta vez, a sensação foi de mordida, não de beijo.

– Tudo bem... Luc me apoiou quando meu pai morreu.

– Foi por isso que você se apaixonou por ele?

– Não... Acho que eu o amava antes disso. – Evangeline ficou tentada a dizer que amou o rapaz desde a primeira vez que o viu, mas o Arcano, com certeza, debocharia dela por isso. – De início, eu o achei bonito. Ainda lembro que a sineta da porta da loja bateu por dois segundos inteiros antes de Luc entrar pela primeira vez, como se também achasse que ele fosse especial.

– Ou estivesse tentando avisá-la para ficar longe dele – resmungou Jacks.

– Você quer que eu conte ou não?

O Príncipe de Copas fez sinal de que ia ficar de bico calado.

Evangeline duvidava que duraria muito. Mas ele a surpreendeu, fazendo um esforço genuíno para ouvir educadamente.

Percebeu que os nós dos dedos do Arcano estavam brancos de tanto cerrar os punhos, e seus dentes pareciam estar cerrados de um modo incômodo – ele estava tendo mais dificuldade por estar calado –, mas Jacks subiu em um dos caixões de pedra e se sentou de pernas cruzadas, feito uma criança que está ouvindo um adulto contar histórias.

Evangeline pensou se não deveria continuar de pé, caso precisasse fugir. Mas, talvez, Jacks ficasse mais à vontade se ela ficasse na mesma posição. Com cuidado, sentou-se no chão frio e úmido, dando um descanso para suas pernas exaustas.

– Cresci trabalhando na loja de curiosidades do meu pai. Eu adorava: parecia que lá era minha casa, mais do que qualquer outro lugar do mundo. Só que eu passava tanto tempo lá dentro que não tinha outros amigos próximos de fora da loja. Até que conheci Luc. A princípio, pensei que ele só gostasse de esquisitices. Até que, um dia, Luc entrou na loja e não comprou nada. Disse que só queria me ver e não ficou envergonhado nem com medo de admitir isso.

– E... – incentivou Jacks.

– Foi aí que percebi que eu o amava.

– E ele só precisou dizer que gostava de você? – O Arcano parecia decepcionado. – Foi esse o gesto grandioso dele? Nunca nenhum outro rapaz havia sido legal com você?

– Muitos rapazes foram legais comigo, e Luc fez outros gestos grandiosos.

Jacks provocou, fazendo careta:

– Fale desses gestos grandiosos.

Evangeline estremeceu por causa do chão gelado e tentou acomodar as pernas debaixo do corpo de um modo mais confortável. Jacks devia pensar que qualquer relacionamento precisava de um gesto magnífico para valer a pena.

– Nem todo amor precisa de uma grande história, Jacks. O começo de meu romance com Apollo tinha tudo para ser um conto de amor épico, mas você viu que fim triste ele teve.

– Então você está dizendo que se contentaria com um romance chato se terminasse bem?

– Sim. Eu aceitaria, com o maior prazer, um final feliz para sempre sem grandes acontecimentos.

O Príncipe de Copas deu um sorrisinho irônico e falou:

– Não aceitaria, não. Você não teria sido feliz com Luc. E, definitivamente, não seria para sempre. Vocês dois não combinam. Ele não tem a metade de sua força: nem sequer pensou duas vezes antes de tentar te morder. E Luc não teria transformado a si mesmo em pedra para salvar a sua vida.

– Você não sabe disso.

– Sei, sim. Sempre existe um jeito de quebrar uma maldição. Assim que você bebeu do cálice de Veneno, ele se encheu novamente. Não fiquei lá para explicar as regras para ele porque teriam aparecido na lateral da taça. Luc poderia ter te salvado se quisesse.

As mãos de Evangeline começaram a tremer. Ninguém havia contado isso para ela.

– Isso não quer dizer nada. Luc estava enfeitiçado por Marisol, que o obrigou a amá-la.

– Ele poderia ter quebrado o feitiço – declarou Jacks, sem rodeios. – Se realmente te amasse, o feitiço poderia ter sido quebrado. Já vi isso acontecer.

– Pare, Jacks!

Evangeline ficou de pé de repente. Já era ruim saber que havia feito tanta coisa por amor. Não queria ouvir que Luc jamais a amara de verdade.

– Não estou tentando ser cruel, Raposinha, eu...

– Não, Jacks. É exatamente isso que você está fazendo. É isso que você sempre faz. – E também era o que ela esperava que o Arcano fizesse, mas estava cansada demais para aguentar. Podia até ter tomado decisões questionáveis por amor, mas o Príncipe de Copas magoava as pessoas de propósito, por diversão. – Sabe, talvez o verdadeiro motivo para Donatella ter apunhalado seu coração e escolhido amar outra pessoa não tenha sido aquele primeiro beijo quase fatal que você deu nela. Talvez tenha sido a sua inabilidade de compreender qualquer emoção que seja remotamente humana.

Jacks se encolheu todo. E disfarçou bem rápido. Era difícil de enxergar, apesar de todas aquelas tochas, mas Evangeline poderia jurar que ele ficou com as bochechas coradas.

Ela sentiu uma pontada de culpa, mas não teve forças para parar de falar.

– Aposto que você nem sequer pediu desculpas por tê-la beijado. E essa nem deve ser a pior coisa que você fez. Quer dizer, por acaso sua ideia de romance não é beijar uma garota e esperar para ver se ela morre ou não? Conheço as histórias que contam que vale a pena morrer pelos seus beijos. Mas como alguém pode ter certeza disso, se todo mundo morre? Quem escreveu essas histórias? Por acaso foi você, para se sentir melhor?

O Príncipe de Copas removeu qualquer traço de emoção do rosto, desceu do caixão e se aproximou do portão.

– Parece que você está com ciúme – falou.

– Se você acha que estou com ciúme porque outra pessoa conseguiu apunhalar seu coração, tem toda a razão.

– Prove.

Ela ouviu a adaga de Jacks cair aos seus pés. Era a adaga de pedras preciosas que o Arcano sempre carregava consigo. Tantas pedras estavam faltando, mas, apesar disso, o cabo da faca brilhava sob a luz das tochas, pulsando, em tons de azul e roxo, a cor do sangue antes de ser derramado.

– E o que devo fazer com isso?

– É melhor querer usá-la, Raposinha. – O canto da boca de Jacks se retorceu à medida que ele foi passando, lentamente, as mãos pálidas pelas barras do portão, e então quebrou o cadeado ao meio. Poderia muito bem ser um graveto, um pedaço de papel ou *ela*.

45

Antes que Evangeline conseguisse dar um suspiro, Jacks já estava bem diante dela. Os lábios do Arcano se curvaram em um sorriso devastador, que em qualquer outra pessoa poderia parecer convidativo ou sedutor, como se atirar uma faca nos pés da jovem e desafiá-la a apunhalá-lo fosse o equivalente a tirá-la para dançar.

– Jacks... – Evangeline tentou controlar sua voz para não deixar transparecer que seu coração estava acelerado.

– Não quer mais me machucar, Raposinha? – provocou o Príncipe de Copas. Então esticou o dedo e passou bem de leve na clavícula à mostra de Evangeline, fazendo cada centímetro da pele dela pegar fogo. – Você pode pegar a adaga a qualquer momento.

A jovem foi incapaz de pegar a adaga. Mal era capaz de continuar respirando. A mão de Jacks já estava no alto de sua garganta, acariciando-a cuidadosamente. O Arcano havia tocado nela – abraçara Evangeline na noite anterior, enquanto ela dormia, mas agira como se aquilo fosse uma tortura. Seu toque não fora caloroso nem curioso.

Ou talvez fosse Evangeline quem estivesse curiosa. Sabia que não deveria estar. Mas ela não tinha imaginado como seria ser desejada com a intensidade que Jacks parecia desejar as coisas?

A boca do Arcano se curvou ainda mais, e suas mãos saíram da garganta da jovem e foram até seus ombros, afastando a capa lentamente, deixando mais pele à mostra.

– Você tem que voltar para o outro lado do portão – disse ela, com a voz rouca.

– Foi você quem disse que preciso me distrair. – Jacks desceu mais os dedos, passando-os pelo peito dela até chegar à faixa de pele sensível logo acima do limite do corpete de renda. – Isso não é melhor do que conversar?

E enfiou um dos dedos dentro do corpete.

Evangeline ficou sem ar e falou:

– Acho que não é uma boa ideia.

– E é por isso que é interessante.

A outra mão de Jacks segurou o maxilar de Evangeline, enquanto o dedo dentro do corpete acariciava suavemente logo acima do coração, fazendo-o bater ainda mais rápido.

– E você ainda pode pegar a adaga – provocou ele. – Você não gostaria de mim se eu me transformasse em vampiro, Raposinha.

A mão quente no rosto da jovem inclinou a cabeça dela para trás, até Evangeline olhar nos olhos de Jacks. Eles estavam dilatados, quase completamente pretos. E, sabe-se lá como, ainda brilhavam, como estrelas partidas.

Evangeline precisava se afastar. Aquilo era errado por tantos motivos e pior ainda: era uma burrice incrível permitir que o Arcano a tocasse e, ainda, *gostar* do modo como ele continuava tocando.

O Príncipe de Copas nem sequer estaria fazendo aquilo se não fosse pelo veneno de vampiro.

Não tinha a menor importância o fato de ele estar sendo delicado, de mal encostar os dedos na pele de Evangeline ao ir de seu colo à nuca, enquanto a outra mão descia até os quadris, deslizando lentamente por sua saia e puxando-a mais para perto. A cripta estava gelada, mas Jacks tinha calor suficiente para aquecer cada centímetro do seu corpo, enquanto a mão do Arcano que estava no pescoço dela deslizava pelo cabelo, torcendo os dedos em volta das mechas, afastando-as do pescoço e...

Ele roçou os dentes na veia pulsante do pescoço de Evangeline.

– Jacks... – murmurou ela. De repente, ficou impossível formar palavras. A boca ardente do Príncipe de Copas estava encostada em sua garganta, e os dentes dele, em sua pele. Os *dentes*! Evangeline finalmente empurrou o peito dele. Mas foi tão inútil quanto tentar lutar contra um bloco de mármore. De um mármore quente e esculpido. Queria dizer para Jacks não mordê-la, mas pronunciar a palavra "morder" não pareceu a coisa mais sensata a fazer naquele momento. – Você vai se arrepender disso depois...

– Não estou pensando no depois. – E Jacks lambeu o pescoço dela de um jeito lascivo.

Evangeline soltou um suspiro de assombro e falou:

– Você nem gosta de mim.

– Gosto de você neste exato momento. Gosto muito. – Jacks deu um leve chupão em seu pescoço. – Na verdade, não consigo pensar em nada de que eu goste mais.

– Jacks... Isso tudo é efeito do veneno de vampiro. – Ela, frenética, empurrou o peito do Arcano com mais força. Mas, pelo jeito, ele nem percebeu. O Príncipe de Copas estava com a língua no seu pescoço, brincando com sua pulsação. – Você...

Evangeline ficou sem palavras porque Jacks roçou os dentes em seu pescoço de novo, passando por toda sua pele sensível de um jeito que não deveria ser tão incrivelmente bom.

Precisava pôr um fim àquilo. Uma mordida. Uma gota de sangue derramada, e os dois estariam encrencados.

– Se você fizer isso... jamais verá o sol novamente. Você não vai sentir falta do sol?

A única resposta de Jacks foi dar mais uma lambida tortuosa. E então ele apertou os quadris dela com a outra mão, puxando-a para perto, como se se preparasse para...

– Você precisa de mim para abrir o Arco da Valorosa!

O Arcano parou ao ouvir as palavras de Evangeline.

A respiração da jovem estava ofegante, e Jacks ficou com os lábios pairando sobre a veia do pescoço dela. Não a mordeu. Mas tampouco a soltou. Pelo contrário: apertou mais. Ardia, encostado no corpo dela. Evangeline tentou acalmar sua respiração, certa de que o Príncipe de Copas era capaz de sentir o coração dela batendo acelerado e ouvir o sangue correndo em suas veias, debaixo de seus lábios entreabertos. Mas o Arcano não baixou a boca.

Não se moveu, a não ser para inspirar e expirar.

Evangeline não sabia por quanto tempo ficaram ali, naquele abraço ao qual ela não podia resistir, e Jacks, pelo jeito, não conseguia soltar. Houve momentos em que o Arcano teve dificuldade para se segurar. Enroscou o cabelo dela nos dedos e acariciou a cabeça da jovem com as pontas de seus dedos gelados...

Gelados. A palma da mão de Jacks estava gelada.

Evangeline criou coragem e olhou para cima quando o sol da manhã se infiltrou pela janela do mausoléu. Haviam sobrevivido àquela noite.

Os braços do Arcano ficaram tensos, como se ele também tivesse acabado de se dar conta disso.

Tudo que até então ardia, de repente parecia gelo. O peito dele, os braços, o hálito no pescoço de Evangeline.

O Príncipe de Copas se desvencilhou da jovem com movimentos duros e desajeitados. Era novamente o Jacks que carregara Evangeline no colo até o apartamento de LaLa. O calor, o desejo, a fome: tudo desaparecera junto com a noite. Desenrolou os fios do cabelo dela dos dedos dele, mexendo as mãos de um jeito desengonçado. Estranhamente, era algo parecido com o que acontecera com Apollo, quando foi libertado da magia de Jacks. Só que Jacks não estava bravo, apenas ridiculamente constrangido.

Pelo menos, não estava rindo. Evangeline não suportaria se o Príncipe de Copas zombasse dela por ter permitido chegar tão perto ou por ter suspirado quando ele lambeu seu pescoço.

O rosto de Evangeline começou a arder de repente, e ela ficou feliz por Jacks não ter olhado quando se abaixou para pegar a adaga.

Esperou um instante para se virar, alisou o cabelo e respirou fundo, inalando o ar gelado e seco da manhã em vez do cheiro dele.

– Aqui. – A voz de Jacks estava bem atrás de Evangeline. E então ela sentiu a capa de babados. O Arcano colocou o agasalho nos ombros dela e prendeu as tiras no corpete. – Se você morrer congelada, todo o trabalho que tive para salvar sua vida terá sido em vão.

Seu tom zombeteiro estava de volta, curto e grosso. E, ainda assim, Evangeline sentiu o leve roçar das pontas dos dedos de Jacks em seu pescoço antes que ele se afastasse.

Tentou não esboçar reação. Não sabia sequer se o Arcano tinha consciência do que havia feito. Quando virou de frente para Jacks novamente, ele voltara a ser indiferente e se dirigia à saída do mausoléu.

Evangeline começou a ir atrás do Príncipe de Copas e foi aí que viu brilhando no chão a adaga que Jacks havia atirado para ela na noite anterior. A adaga com todas aquelas pedras preciosas quebradas. O Arcano havia pegado a capa da jovem, mas deixara a própria faquinha no chão.

– Espere...

Jacks olhou para trás.

Evangeline pegou a adaga e mostrou para ele.

Um resquício de careta curvava os lábios do Príncipe de Copas para baixo. Ela não conseguiu interpretar seu olhar, mas seu tom foi brusco:

– Deixe aí.

Em seguida, Jacks atravessou a porta, desaparecendo sem olhar para trás.

Evangeline fechou a mão em torno do cabo incrustado de pedras da adaga.

Ficaria com a faca, mas não se permitiu imaginar o porquê.

Uma camada de orvalho gelado cobria o terreno do cemitério, e um exército de dragões minúsculos cobria o alto das lápides, roncando e soltando pequenas faíscas que temperaram o ar. Que, de gelado, ficou frio.

Jacks passou a mão no rosto. Estava com olheiras escuras que não possuía antes.

– Precisamos ir para um local seguro – falou.

– E se voltássemos para o Paço dos Lobos? – sugeriu Evangeline.

O Arcano lançou um olhar que poderia ter feito uma floresta inteira murchar.

– Você quer ficar trancada em uma masmorra?

– Você não me deixou terminar de falar. Fiquei pensando no que Caos disse. Se Apollo foi de fato assassinado com aquele óleo maléfico, e não com as lágrimas de LaLa, a bruxa que trouxe o óleo de Caos e envenenou Apollo com ele pode ser minha irmã postiça.

O Príncipe de Copas espremeu os olhos – ou será que estavam lacrimejando? Ele realmente parecia exausto. Evangeline também estava cansada, mas a sensação estava soterrada debaixo de uma pilha de diversos sentimentos e necessidades mais urgentes, como descobrir quem matou Apollo.

Depois da revelação de Luc, Evangeline estava ficando mais propensa a acreditar que sua irmã postiça era a assassina. Mas será que só pensou nisso porque o rapaz havia dito que Marisol o enfeitiçara, ou porque sua irmã postiça era de fato culpada?

– Não tenho absoluta certeza de por que Marisol iria querer envenenar Apollo – admitiu Evangeline –, mas não paro de pensar no livro de feitiços que ela comprou. Estava pensando que poderíamos entrar de fininho no Paço dos Lobos, e você poderia usar seus poderes em Marisol, para compeli-la a nos contar a verdade.

– Mesmo que eu achasse uma boa ideia, coisa que não acho, não poderia ajudar vocêêê... – Jacks deixou a frase no ar, enrolando a língua no final das palavras.

– Você está bem? – perguntou Evangeline.

Ele a olhou nos olhos e bocejou.

– Eu... Eu... – O Arcano tentou falar por um instante, mas parou para esfregar os olhos. – Estou ótimo. Só cansado de...

O Príncipe de Copas cambaleou.

– Jacks...

A jovem esticou a mão para equilibrá-lo.

Ele se encolheu para que Evangeline não conseguisse tocá-lo.

– Estou ó... timo – repetiu Jacks. Mas mesmo essas poucas palavras foram pontuadas por um bocejo.

– Você está dormindo em pé.

– Não estou... – Jacks bocejou de novo, abrindo bem a boca e fechando completamente os olhos.

– Jacks!

Evangeline sacudiu o Arcano, para que acordasse.

Ele piscou para ela, com o olhar enevoado, como se estivesse bêbado.

O Príncipe de Copas perdera sua dureza. Estava todo molengo, com o cabelo dourado desgrenhado e os olhos azuis sonolentos. Poderia até ser engraçado em outras circunstâncias – e agora era um pouco cômico. Evangeline imaginou a cena como uma manchete de tabloide: PRÍNCIPE DE COPAS MORTO DE SONO! DESPACHADO POR UM COCHILO! DESTRUÍDO PELA SONECA!

Mas aquela fadiga não parecia algo natural.

– Jacks, acho que há algo de errado com você.

– Isso não é nenhuma novidade. – Ele então deu um sorriso lento e indolente para Evangeline. – Eu só preciso... encontrar uma cama.

O Arcano se afastou de Evangeline e foi se arrastando até o túmulo mais próximo, como se pudesse fazer de cama.

– Ah, não... – Ela segurou o braço firme de Jacks e o puxou de volta para perto. Só não sabia por quanto tempo mais seria capaz de contrariá-lo. Se Jacks resolvesse mesmo se deitar, Evangeline não teria forças para pegá-lo no colo. – Você não pode dormir aqui, Jacks.

– Só por um tempinho, Raposinha. – Suas pálpebras pálidas se abriam e fechavam. – Deve ser apenas um efeito colateral do veneno – murmurou. – Todo poder obtido sem esforço sempre cobra seu preço...

O Príncipe de Copas cambaleou em direção ao chão.

Evangeline segurou Jacks pelos ombros para equilibrá-lo mais uma vez. Com ou sem efeito colateral, não podiam ficar ali.

– Precisamos chegar a um local seguro, lembra? Fale onde você está morando.

Em vez de responder, Jacks se desvencilhou dela e se escorou na árvore próxima, que estava coberta de cartazes com a imagem da jovem. Pareciam ter se multiplicado da noite para o dia, crescendo como uma praga de papel. Só que agora não diziam apenas que ela estava desaparecida.

EVANGELINE RAPOSA

PROCURADA

por ASSASSINATO

A princesa Evangeline Raposa, antigamente conhecida como Queridinha Salvadora de Valenda, é procurada pelo assassinato do marido, o príncipe herdeiro Apollo Titus Acadian. Acredita-se que ela é muito perigosa e possui habilidades mágicas. Se você avistar a princesa, não se aproxime dela. Entre em contato com a Ordem Real dos Soldados imediatamente.

Evangeline não sabia se tinha vontade de gritar, de chorar ou simplesmente de deixar Jacks se aninhar nela, como se fosse seu cobertor. Não bastava o fato de seus pais terem morrido, de seu primeiro amor ter sido enfeitiçado pela irmã postiça, de ter virado pedra, de ter perdido a loja de curiosidades do pai, de ter se casado com um príncipe que fora amaldiçoado e depois assassinado: agora estavam oficialmente pondo a culpa nela pelo assassinato de Apollo.

– Jacks, por favor, recomponha-se! Não estou mais desaparecida, estou sendo procurada por assassinato.

A jovem o sacudiu até que ele abrisse os olhos. Mas, se esperasse uma resposta coerente, teria ficado decepcionada. A única resposta do Arcano foi arrancar o cartaz e fechar os olhos novamente.

Não foi fácil tirar Jacks do cemitério. E foi ainda mais desafiador encontrar o local onde ele estava morando. Sempre que Evangeline perguntava sobre sua casa, Jacks só balançava a cabeça com seus cachos dourados e dizia:

– A de LaLa fica mais perto.

Infelizmente, de duas, uma: ou o aposento de LaLa havia mudado de lugar durante a noite, ou Evangeline estava nervosa demais para ter senso de direção. Ela subiu até os pináculos de novo, mas não conseguiu encontrar o aposento de LaLa em meio às muitas lojas e casinhas empilhadas. E o fato de Jacks não parar de se encostar nas portas e paredes mais próximas e resmungar algo a respeito de maçãs, enquanto subiam os degraus intermináveis, não ajudou em nada.

Ela se arriscou a comprar algumas frutas de um vendedor ambulante, mas depois de dar uma única mordida, Jacks jogou a maçã no chão e se dependurou em seu ombro.

O coração de Evangeline vibrou com esse contato, o que foi uma reação absolutamente errada.

Uma mulher carregando uma trouxa de roupa suja ficou olhando para os dois um pouco de tempo além do que seria considerado educado, e o pânico de Evangeline cresceu. Precisavam encontrar algum lugar para se esconder. Não podiam ficar andando a esmo daquele jeito. Alguém se daria conta de quem eles eram e chamaria os soldados reais.

O mundo acordava a cada segundo que passava. Lá embaixo, os gritos dos ambulantes, que vendiam jornais, mexilhões e tônicos do mar matutino, ecoavam pelas ruas movimentadas. Ela tentou abstrair de todo aquele ruído e se concentrar em encontrar um lugar seguro para se esconder. Mas continuava ouvindo o som de um sino, que batia, batia e batia alegremente, em uma sequência interminável de ruídos tilintantes, como se quisesse dizer: "Olhe para mim! Olhe para mim!".

Evangeline, é claro, sabia que sinos não falam. Mas sua mãe havia dito que sinos têm um sexto sentido. Dissera para a garota sempre os polir, sempre ter cuidado com o que dissesse na frente deles e sempre dar ouvidos aos sinos que badalavam quando não deviam.

Ela vasculhou os pináculos até ver o alegre sino de ferro que balançava para a frente e para trás loucamente, em cima de uma porta preta fechada, com um cartaz que dizia "Vá embora".

Plim. Plim. Plim.

O sino não parou enquanto Evangeline se afastava de Jacks rapidamente para alcançar a porta. Então bateu.

Ninguém respondeu.

O sino continuou badalando, com mais fúria.

Evangeline tentou a maçaneta.

Mas ela não se mexeu. A porta estava trancada, e parecia não haver ninguém lá dentro. Torcendo para que o sino estivesse fazendo um favor e mostrando um lugar para eles se esconderem, Evangeline pegou a adaga de Jacks e furou o próprio dedo.

— Por favor, abra.

A maçaneta girou, fazendo um clique suave.

Ela logo encontrou o Arcano encolhido na frente da porta mais próxima, segurando um tabloide contra o peito como se fosse um cobertor.

— Vamos logo. — Evangeline se abaixou e passou o braço por baixo do ombro dele. E, pela primeira vez, Jacks não resistiu nem tentou puxá-la para o chão.

A cabeça do Arcano se encostou nela, que o arrastou em direção à porta preta, encolhida debaixo do peso do corpo do Príncipe de Copas.

— Você tem tanta sorte de eu estar aqui — resmungou Evangeline.

— Isso não tem nada a ver com sorte — resmungou Jacks. — Eu queria que você estivesse aqui, Raposinha. Quem você acha que pediu para Veneno salvar sua vida e sugeriu à imperatriz que mandasse você para o Sarau?

46

Evangeline e Jacks foram cambaleando pelo corredor juntos. O recinto estava frio, e ela achou que tinha cheiro de maçã, mas poderia ser apenas o cheiro do Arcano.

Uma claraboia fornecia apenas a iluminação suficiente para Evangeline enxergar as paredes de estantes mal-ajambradas, interrompidas por uma lareira, uma escrivaninha gasta com pilhas e mais pilhas de papéis, um sofá de veludo âmbar-escuro e um par de poltronas que não combinavam entre si. Haviam entrado na biblioteca particular de alguém. Só torceu para que o dono não voltasse enquanto estavam escondidos ali.

Assim que a porta se fechou, o Príncipe de Copas se desvencilhou dela e caiu em cima do sofá, com a cabeça pousada em um dos braços de veludo, e as pernas compridas penduradas na outra extremidade.

– Jacks!

Evangeline tentou acordar o Arcano sacudindo-o, na esperança de que conseguisse fazê-lo responder pelo menos a mais uma pergunta antes que ele sucumbisse completamente ao sono. Se o Arcano estivesse mais desperto, jamais teria admitido que pediu a Veneno para curá-la ou que interferiu para atraí-la até o Norte. Não que estivesse completamente chocada: na primeira noite que passou em Valorfell, já compreendeu que Jacks esperava por ela.

– Conte mais – pediu a jovem, suavizando o tom de voz. Talvez pudesse fazê-lo pensar que era apenas parte de um sonho. – Conte o que você quer do Arco da Valorosa.

Evangeline parou de sacudir os ombros de Jacks e tirou uma mecha de cabelo dourado que caíra na frente do rosto adormecido dele. Ficou imaginando por que o Arcano havia tingido o cabelo. Se quisesse passar despercebido, o azul era uma péssima escolha: ousado e chamativo demais. Não que aquele dourado cintilante fosse fácil de ignorar. Mesmo sem os encantos de vampiro, aquele cabelo tentava a garota a ficar olhando, e a sensação em seus dedos, que ainda estavam descongelando, era de uma maciez incrível. Ela ficou passando os dedos e...

Jacks pôs a mão em cima da mão dela, uma mão gelada e firme, que cobriu todos os seus dedos.

– Péssima... ideia... – murmurou ele.

Evangeline puxou a mão. Não tinha a intenção de tocá-lo daquele jeito. O Príncipe de Copas não era uma coisa que se tocava a esmo. Não era sequer uma coisa da qual ela gostava. Entretanto, assim que pensou nisso, soube que não era verdade. Não mais. Evangeline não estava disposta a dizer que eram amigos. Mas, depois da noite anterior, não tinha mais a sensação de que eram inimigos.

Um inimigo não teria passado a noite com alguém para garantir que essa pessoa não se transformasse em vampiro. E um inimigo não a teria abraçado com tanta força nem lambido seu pescoço, como Jacks havia feito. Evangeline sabia que ele queria mordê-la, mas, quando ele passou a língua em seu pescoço, teve a impressão de que não era apenas por causa de uma mordida.

Não queria pensar muito a respeito – assim como não queria pensar na adaga de pedras preciosas que pegara da cripta e guardara na bainha presa à sua cintura. Estava feliz por não ter mais a sensação de que o Príncipe de Copas era seu inimigo, mas seria perigoso ir além e considerá-lo um amigo.

Evangeline se permitiu dar um pequeno sorriso ao sentir a capa de babados que ele havia colocado em seus ombros. E então se afastou do Arcano.

Um papel farfalhou debaixo de seu pé: o jornal que Jacks estava segurando.

A jovem pensara que o Príncipe de Copas havia se agarrado à folha impressa em preto e branco amassada como se fosse um cobertor de tão cansado que estava. Provavelmente, repetia a notícia de que

Evangeline estava sendo procurada por assassinato. Mas foi só olhar para a manchete que ela mudou de ideia.

O Boato Diário

A NOIVA AMALDIÇOADA E O NOVO PRÍNCIPE HERDEIRo

Por Kristof Knightlinger

É oficial: o novo príncipe herdeiro, Tiberius Peregrine Acadian, está noivo de Marisol Antoinette Tourmaline, também conhecida como a Noiva Amaldiçoada.

Sei que muitos de vocês terão dificuldade de acreditar, mas eu não teria publicado essas palavras sem ter a confirmação do próprio príncipe Tiberius. "Foi amor à primeira vista", disse ele. "No instante em que pousei os olhos em Marisol Tourmaline, tive certeza de que fomos feitos um para o outro."

Ouvi rumores que muitos membros da corte real estão contrariados com o fato de o príncipe Tiberius planejar se casar antes mesmo que o corpo de seu irmão seja enterrado. É claro que também há boatos de que o corpo do príncipe Apollo desapareceu, mas ninguém no Paço dos Lobos comenta sobre isso.

O casamento será realizado amanhã de manhã, e não posso deixar de me perguntar por que este evento está acontecendo tão depressa...

(continua na página 6)

Evangeline não tinha a página 6. Mas não precisava continuar lendo. Vinha tentando acreditar na inocência de Marisol. Não queria que a irmã postiça fosse uma assassina ou um monstro. Mas só conseguia pensar que Marisol havia usado outra poção do amor para enfeitiçar Tiberius.

E temia que essa não fosse a única coisa que sua irmã postiça havia feito.

Suspeitara de que Marisol fosse responsável pelo assassinato de Apollo, mas, até então, não tinha sido capaz de pensar em um motivo para sua irmã postiça querer matar o príncipe. Com Apollo morto, Tiberius era o príncipe herdeiro. Quando se casasse com Marisol, ele se tornaria rei, e ela, a rainha.

Teria sido mais fácil simplesmente enfeitiçar Apollo, mas talvez Marisol tivesse tentado, e o feitiço não funcionara porque ele já estava sob a influência de Jacks. Ou será que Marisol simplesmente achou Tiberius mais atraente? Evangeline tinha dificuldade de compreender tudo aquilo a fundo.

Quando pensou em Marisol, lembrou o abraço que a irmã postiça dera nela antes do casamento, como se as duas fossem irmãs de verdade. Mas e se não tivesse sido um abraço de eu-te-amo? Talvez fosse um abraço desculpe-vou-te-matar.

Ainda era um tanto incompreensível pensar que Marisol havia tentado matá-la. Mas Evangeline tampouco imaginara que fora a irmã postiça quem havia enfeitiçado Luc, e ela fez isso.

Marisol também adquirira livros de magia do Norte tão perigosos que LaLa e Jacks agiram como se ela fosse uma vilã só por possuí-los. A garota bem que poderia ter sido a bruxa que fora à cripta de Caos para adquirir o óleo maléfico.

O motivo de Marisol fazer tudo aquilo era a única coisa que não parecia certa para Evangeline. Ela era capaz de compreender a irmã postiça lançando um feitiço de amor em alguém. Mas não conseguia imaginar Marisol matando diversas pessoas por causa de uma coroa. Isso não parecia algo que sua irmã postiça faria. Mas talvez Evangeline não soubesse ao certo que tipo de coisas Marisol faria.

Ela lembrou as terríveis palavras que ouvira Agnes dizer: "Olhe só para você. Para sua pele. Para seu cabelo. A sua coluna mais parece uma fita molhada, e essas suas olheiras são horrorosas. Um homem poderia até fechar os olhos para sua reputação de amaldiçoada se você fosse algo bom de olhar, mas mal posso suportar a visão...".

Evangeline acreditava no amor, em contos de fadas e em finais felizes porque fora isso que seus pais a ensinaram. Mas Agnes dissera para Marisol que ela não era atraente nem desejada. Seria por isso que a garota fizera tudo aquilo?

De qualquer modo, era tudo tão feio...

– Acorde, Jacks!

Evangeline pôs a mão no peito do Arcano. Torcendo para que, quando encostasse nele, Jacks acordaria. Mas o Príncipe de Copas estava dormindo tão profundamente que ela bem poderia ter suspeitado que estava morto, se não fosse pelo subir e descer de seu peito e a batida constante de seu coração.

Seu coração.

Seu coração estava batendo de verdade. Podia até ser uma batida um pouco mais lenta do que a de um coração humano, mas ela não ficou com a mão ali para descobrir. Gostaria que o Arcano a ajudasse, mas, se Jacks não acordasse logo, ela não poderia desperdiçar tempo esperando.

Evangeline não precisava apenas provar sua inocência nem queria apenas salvar Tiberius da pessoa que poderia ter assassinado o irmão dele. A jovem era fisicamente incapaz de ficar apenas sentada ali, esperando naquela biblioteca perdida. Precisava saber se tinha razão a respeito de Marisol.

E sabia exatamente como fazer isso. Havia uma maneira de provar que sua irmã postiça era inocente ou culpada. Evangeline precisava encontrar a cura para um feitiço do amor. Se funcionasse em Tiberius, revelaria a culpa de Marisol. Ou sua inocência, se a cura não surtisse efeito.

Mas teria que descobrir e administrar a cura rápido: antes do casamento, que ocorreria na manhã seguinte.

De acordo com Luc, o veneno de vampiro era capaz de quebrar um feitiço de amor. Mas Evangeline não queria arriscar outra visita a Caos, nem contaminar Tiberius com veneno de vampiro, que poderia causar mais mal do que bem.

Tinha que encontrar outra maneira.

Depois de acender a lareira, Evangeline se aproximou das prateleiras de livros. Seria coincidência demais encontrar um livro de feitiços com a receita de antídoto para poção do amor, mas pelo menos já era um começo.

Altas e gastas, as estantes cobriam quase três quartos das paredes da biblioteca, e seu dono não ligava muito para organização.

Por exemplo: na primeira parede de prateleiras, a que ficava mais próxima da porta de entrada, Evangeline encontrou diversos livros sobre viagens no tempo, mas não estavam agrupados. Estavam distribuídos aleatoriamente, ao lado de volumes sobre assuntos como a cor azul, como escrever poemas e o volume "E" de uma enciclopédia.

Depois de determinar que naquela parte não havia nenhum livro de feitiços – nem livros de culinária disfarçados de livros de feitiços –, Evangeline passou para a próxima prateleira. Estava prestes a procurar nela, quando notou a escrivaninha que havia no canto – ou, sendo mais específica, o toque de cor dado pelas garrafas das Sensacionais Águas Saborizadas Sucesso que estavam em cima da mesa. Eram de quatro sabores – sorte, curiosidade, raios de sol e gratidão – e estavam amarradas com um laço roxo elaborado, que destoava do restante do recinto.

Não devia ter mexido nas garrafas: óbvio que eram um presente. Mas foi só olhar para suas cores vivas que ela não pôde deixar de pegar uma garrafa de curiosidade azul-cerúleo.

Sua garganta ficou seca de repente, porque ela tentou se lembrar da última vez que bebera algo. Jamais provara as Sensacionais Águas Saborizadas Sucesso, mas vira as garrafas em diversas ocasiões. E, como estava escrito no rótulo, Evangeline ficou curiosa.

O líquido borbulhou em sua língua. Tinha gosto de algodão e... alfinetes de segurança? Estava longe de ter um sabor sensacional, mas, apesar disso, ela tomou toda a garrafa.

Planejara pôr a garrafa de volta no lugar e voltar à sua tarefa, mas ainda estava com sede. Pegou a garrafa reluzente de sorte, imaginando se o gosto seria melhor. O líquido tinha um tom sensacional de verde, mas tinha gosto de grama e aipo velho.

Como aquelas bebidas podiam ser tão populares?

A menos que não fosse o sabor que, de fato, atraía as pessoas para aquelas águas... Evangeline examinou a garrafa verde cintilante que tinha nas mãos. Talvez as águas inspirassem uma espécie de compulsão de sede. Apesar de se esforçar muito para soltá-la, não pôde deixar de beber a garrafa de sorte até o fim.

Quando terminou, ficou tentada a pegar mais uma. E poderia ter feito isso se não tivesse reparado na pilha de missivas que estava ao lado das encantadoras garrafas.

Evangeline não tinha o hábito de ler a correspondência dos outros. Mas estava zonza pelo cansaço físico e sentia uma estranha agitação por causa das águas que havia bebido, quando notou algo conhecido na carta dobrada de cima da pilha.

A missiva fora escrita com a sua letra e era endereçada a Lorde Jacks. Era a carta que escrevera para ele na semana anterior.

A jovem examinou mais algumas cartas. *Todas* haviam sido escritas para Jacks. Não era para menos que o sino badalara tão loucamente: aquele lugar pertencia ao Arcano.

47

Evangeline sabia que Jacks não ficaria feliz por ela ter lido sua correspondência, mas o Arcano estava dormindo, e ela não conseguia parar. Era como beber das garrafas de água saborizada, com a diferença de que a única magia que operava era sua curiosidade a respeito do Príncipe de Copas.

As cartas, infelizmente, não deram nenhuma indicação do que Jacks poderia querer do Arco da Valorosa, mas confirmaram que aquele era o escritório do Arcano. A maioria dos correspondentes pedia favores ou reuniões. Muitas pessoas pareciam afoitas demais para ficar em dívida com ele, tanto quanto Evangeline ficara um dia.

Ela nunca havia pensado especificamente em Jacks como alguém que *trabalhava*. Seu escritório tampouco dava essa impressão, com suas estantes de livros desorganizadas e poltronas que não combinavam. Mas, depois de passar um tempo com o Arcano, Evangeline sabia que o Príncipe de Copas não era tão imprudente ou indiferente quanto tentava convencer as pessoas de que era. Era um colecionador calculista. A jovem já o vira cobrar favores de dois Arcanos diferentes – Caos e Veneno –, e as cartas em sua escrivaninha continham promessas de ainda mais. Teria sido fácil desviar de sua busca pelo livro com a receita de uma cura para poção do amor e ficar vendo o tipo de coisas que Jacks tomava das pessoas. E Evangeline teria parado alguns instantes para mexer um pouco mais na mesa dele – o Príncipe de Copas, sem dúvida, não teria escrúpulos de olhar nas coisas dela. Mas só encontrou algumas moedas feias, uma fita de seda azul, alguns tabloides recentes falando do casamento dela, e, é claro, maçãs. Então voltou para as prateleiras à caça de um volume que contivesse a receita de antídoto para feitiços do amor.

A maioria dos livros de Jacks estava empilhada de qualquer jeito e ficava ao lado de outros volumes sem nenhum motivo aparente, com exceção de uma pequena coleção do último livro que Evangeline esperaria encontrar ali: *A balada do Arqueiro e da Raposa*.

Ela sentiu um calor por dentro ao ver tantos exemplares de seu livro de histórias preferido.

Jacks possuía sete exemplares, que iam de velhos a muito velhos. Posicionados com mais precisão do que qualquer outra coisa na alcova do Arcano, estavam lado a lado no topo da estante, o tipo de lugar onde alguém guardaria livros para ninguém mais tocar.

Por que isso tudo?

Evangeline desejou que Jacks estivesse acordado para que ela pudesse perguntar, mas ele não mudara de posição no sofá: continuava com os braços e as pernas esparramados, sem o menor cuidado, o que o fazia parecer intratável mesmo dormindo.

Ela pegou o primeiro exemplar – mesmo sabendo que estava se desviando de seu objetivo. Mas só queria olhar a última página e ver que tipo de final a história tinha. Queria saber se tinha um final feliz, se o arqueiro beijava a garota-raposa ou se a matava. E, talvez, ver todos aqueles livros poderia ser um sinal. Evangeline estava começando a pensar que, às vezes, imaginava que coisas eram sinais quando não eram. Mas isso não queria dizer que não eram sinais reais.

Ela abriu o primeiro livro, mas as páginas finais haviam sido arrancadas. E, infelizmente, não teve mais sorte com nenhum dos outros volumes. Cada exemplar resistia a ela. Um dos livros caía de suas mãos toda vez que tentava abri-lo. Outro tinha apenas páginas em branco no final.

Por fim, pegou o sétimo exemplar. Seus dedos formigaram quando levantou a capa.

Esta abriu com facilidade, e era o perfeito exemplo de alguém encontrando o que precisava, e não o que queria.

Estava escrito *A balada do Arqueiro e da Raposa* na lombada. Mas, quando Evangeline abriu o livro, estava escrito na folha de rosto:

Receitas do antigo Norte: traduzidas pela primeira vez em quinhentos anos.

Era o mesmo título do livro de feitiços ilícito que Marisol possuía.

O índice listava apenas receitas. E as primeiras eram todas feitas com ingredientes inócuos, como nabos, batatas e aipo. Mas, cerca de dez páginas depois, as receitas davam lugar a feitiços, poções e magias, e algumas delas pareciam mesmo horríveis, como LaLa e Jacks haviam dito.

Evangeline virou furiosamente as páginas, pulando os feitiços para invocar o fogo do inferno e drenar a alma de alguém, até encontrar uma seção sobre amor.

"Para encontrar um amor"

"Para terminar um amor"

"Para transformar alguém em seu único e verdadeiro amor"

Os primeiros dois feitiços não ajudaram muito, mas o terceiro dava a impressão de que poderia ser útil.

Para transformar alguém em seu único e verdadeiro amor

Alerta: Feitiços e poções do amor estão entre os mais instáveis e imprevisíveis. Se resolver ir em frente, por favor, leia com atenção todos os cuidados abaixo.

Você vai precisar de:
Uma ampola de óleo maléfico*
Fios de cabelo, lágrimas, suor ou sangue: o seu próprio e da pessoa que você mais deseja†
Uma vela tingida da cor do amor que você deseja‡
Uma colherada de rosa açucarada
Uma pitada de cardamomo
Pó de raiz de íris florentina para polvilhar
Tigela de puro vidro

*Substituí-lo por outros óleos não é recomendado. Apesar de ser difícil de obter, o óleo maléfico é a melhor maneira de garantir que sua poção do amor surtirá efeito apenas na pessoa que você mais deseja. Tenha muito cuidado, contudo. Em sua forma crua, o óleo maléfico é extremamente tóxico.

†Fio de cabelo é o mais fácil de obter e, portanto, surtirá os efeitos mais leves. Para um resultado mais potente, recomenda-se sangue. Contudo, quando se trata de feitiços que envolvem amor, este livro recomenda o uso de ingredientes mais leves. Poções de amor extremamente potentes podem resultar em emoções perigosas e altamente instáveis.

‡O mais puro dos vermelhos resultará em um sentimento próximo do amor. Rosa produzirá algo mais próximo de uma terna afeição. Roxo-escuro resultará em obsessão, o que não é recomendado.

Combine todos os ingredientes em uma tigela posicionada em cima da vela acesa. Diga o nome do objeto de seu desejo sete vezes, e então deixe a chama arder a noite toda.

Modo de usar: Depois de preparar a solução, espalhe a mistura com os dedos na pele do objeto de seu desejo. Só é necessária uma pitada.

Cuidado! Todo feitiço tem seu preço. A intensidade do amor vai determinar a intensidade do preço, que pode variar de chuva no dia de seu casamento a um final feliz profundamente questionável.

Para desfazer o feitiço: Feitiços e poções de amor raramente são revertidos por conta própria, apesar de as pessoas que fazem os mais poderosos frequentemente acabarem se arrependendo de suas atitudes. Se você deseja desfazer um feitiço de amor, este livro recomenda o Soro das Verdades *(receita na página 186)*.

Sem perder tempo, pulou para a página 186. A poção do amor não apenas mencionava o óleo maléfico, mas também dizia que um dos efeitos colaterais era estragar o dia do casamento. Mais evidências da culpa de Marisol.

Evangeline até podia ser culpada pelo fracasso do primeiro casamento da irmã postiça, mas Jacks jurara diversas vezes que o ataque de lobo que impedira a segunda tentativa não fora obra sua, e ela estava finalmente inclinada a acreditar no Arcano. O ataque que Luc sofrera devia ser o preço que Marisol precisava pagar pelo feitiço do amor.

Evangeline olhou novamente para Jacks, que estava esparramado no sofá dormindo, todo negligente, e imaginou se também não estivera enganada a respeito de outras coisas.

Mas teria tempo para perguntar isso depois. Naquele exato momento, a única coisa que precisava fazer era preparar a cura mencionada no livro.

Soro das Verdades

A verdade, não raro, é amarga, especialmente quando a pessoa tem experimentado mentiras de sabor mais agradável. Para remediar, você precisará apagar o doce sabor da falsidade.

Ingredientes recomendados:
Ossos esmagados de mortos ou pele de dragão tostada
Uma pitada generosa de terra
Um punhado de água pura
Sete gotas de sangue de uma veia mágica

Misture todos os ingredientes sob fogo feito com gravetos jovens, para obter melhores resultados.

Cuidado! Todo feitiço cobra seu preço. Com frequência, são reveladas mais verdades do que as pessoas gostariam. Outros efeitos do Soro das Verdades costumam ser temporários e podem incluir fadiga, tomada de decisão e julgamento prejudicados, tontura, incapacidade de contar mentiras e compulsão de revelar quaisquer verdades implícitas.

48

Já era quase noite quando a poção ficou pronta. O Príncipe de Copas ainda estava esparramado no sofá, como se não dormisse havia anos.

– Jacks...

Evangeline sacudiu de leve o ombro dele. Mas, quando o Arcano mexeu a cabeça de cachos dourados, apenas se afundou ainda mais na almofada. Sacudiu-o mais uma vez. Achava que Jacks, àquela altura, já teria acordado. Mas talvez ele precisasse mesmo descansar – Evangeline achava que o Príncipe de Copas não havia dormido nada na noite em que ela fora envenenada, ou seja, deveria estar exausto antes mesmo de passarem a noite em claro no mausoléu.

E talvez fosse melhor que o Arcano descansasse. Evangeline duvidava que ele se empolgaria muito com seu plano.

Já sabia que Jacks não queria que ela voltasse ao Paço dos Lobos e, provavelmente, ele não confiaria em sua poção. Mas estava muito orgulhosa de seu trabalho. Para conseguir a terra, raspara a sujeira das próprias botas. Para conseguir a água, pegara neve do lado de fora e deixara derreter. Conseguir os ossos esmigalhados dos mortos foi mais difícil. Não encontrara nenhum esqueleto no escritório de Jacks, mas descobriu uma aranha morta. Para conseguir o sangue, chegara a pensar em pegar algumas gotas emprestadas do Arcano, já que, obviamente, o Príncipe de Copas era mais mágico do que ela. Mas Jacks estava tão longe de ser honesto que Evangeline ponderou se o sangue mágico do Arcano não traria mais mal do que bem. Resolveu que teria que se contentar com o próprio sangue. Que funcionava bem para abrir fechaduras. Com sorte, ajudaria a desfazer feitiços.

Depois disso, derramou a poção em uma das garrafas de Sensacionais Águas Saborizadas Sucesso que restavam, torcendo para que Tiberius achasse a bebida tão tentadora quanto ela havia achado. Depois embrulhou a garrafa com papel.

Agora, só precisava escrever um bilhete para Jacks.

Caro Jacks,

Se você acordar e eu não estiver aqui, não se preocupe. A menos que seja bem depois do amanhecer, porque aí posso estar encrencada. Acho que sei quem é o assassino! Receio que seja Marisol, afinal de contas. (Para saber o motivo, olhe para o tabloide que você usou como um reles substituto de cobertor.) Fui para o Paço dos Lobos salvar Tiberius, impedir que ele se case com Marisol e — tomara — conseguir recuperar minha reputação.

Raposinha

Evangeline não sabia por que assinara o bilhete daquele jeito. Sentiu-se um pouco tola assim que terminou de escrever. Mas não queria perder tempo reescrevendo.

Talvez, se tivesse muita sorte, Jacks jamais veria o bilhete. Se tudo desse certo, entraria e sairia do Paço dos Lobos antes de o Arcano acordar. Ela quase riu ao pensar em *tudo* dando certo. Mas havia uma chance de que isso acontecesse.

Seu plano era simples.

Ela entraria no Paço dos Lobos pelas mesmas passagens secretas que tinha usado para sair e encontrar Jacks sem que ninguém percebesse. Em seguida, deixaria o antídoto para a poção do amor que fizera nos aposentos de Tiberius, onde o príncipe certamente a encontraria e, com sorte, seria compelido a beber.

Se o antídoto funcionasse, Tiberius estaria curado, e o jogo duplo de Marisol seria revelado, assim como acontecera com Luc.

Se o antídoto não funcionasse, provaria que Marisol era inocente, mas o assassino continuaria à solta.

E, se Evangeline fosse pega deixando o antídoto ali, o assassino jamais seria encontrado – porque ela levaria a culpa pelo assassinato.

49

Evangeline não estava com medo. Estava apavorada. Um suspiro trêmulo formado por lufadas de ar branco escapou de seus lábios quando chegou aos arredores do Paço dos Lobos e observou as pedras brancas como a neve e os pináculos das torres pontudas do castelo. Por um instante gelado, não conseguiu se mexer. Seu corpo inteiro se retesou ao se lembrar de Apollo. De como o príncipe havia escalado aquelas paredes para entrar no quarto dela e, depois, passara a noite inteira a abraçando. A jovem ainda conseguia enxergar o sorriso largo do marido no dia do casamento, e a expressão de coração partido na noite em que morreu.

Com outra lufada de ar branco, obrigou as próprias pernas a seguirem em frente.

Pise.

Respire.

Abaixe-se.

Corra até a porta escondida.

Fure o dedo.

Abra a porta.

Entre na passagem.

Ela tentou dar um passo por vez e não pensar que os corredores do Paço dos Lobos pareciam mais largos e iluminados do que se lembrava e que qualquer pessoa que aparecesse com certeza a avistaria imediatamente, correndo feito um rato assustado. Felizmente, a maioria dos habitantes do Paço dos Lobos estava ocupada com a ceia naquele momento, e ela só precisava que continuasse assim por mais um tempinho.

Estava quase chegando aos seus antigos aposentos, ao lado do quarto que fora de Tiberius, e torceu, desesperada, para que o príncipe ainda estivesse usando a mesma suíte.

As mãos de Evangeline ficaram úmidas de suor, o que tornou difícil tirar uma das luvas para deixar os dedos livres, quando chegou à porta que precisava abrir.

Mais uma gota de sangue.

Mais uma fechadura aberta.

Mais uma pequena onda de vitória quando entrou no quarto às escuras. A lareira estava apagada, as velas também, mas ela detectou vestígios de fumaça, almíscar e sabão, confirmando que alguém estava usando aqueles aposentos.

Seus olhos se acostumaram à penumbra, permitindo que Evangeline enxergasse os contornos da cama. A jovem esperava encontrar um criado-mudo ao lado dela, algo que Tiberius veria com certeza antes de se deitar. Mas não havia uma mesinha ao lado da cama.

Evangeline teria que se contentar com a mesa de centro da saleta, onde havia uma fileira de garrafas de bebida alcoólica, ou com a penteadeira. Se fosse Apollo, teria escolhido a penteadeira. Mas, para Tiberius, a mesa onde ele guardava suas bebidas pareceu uma opção melhor.

Suas mãos tremiam quando desembrulhou a garrafa de curiosidade. Colocou-a rapidamente em cima da mesa e saiu correndo do quarto antes que ficasse tentada a beber.

Tudo levou menos de um minuto. Estava apavorada e foi rápida, mas não rápida o suficiente. Ouviu passos assim que chegou ao corredor iluminado demais.

E foi aí que a viu: Marisol.

Evangeline sentia um medo quase infantil, como se estivesse vendo um monstro, e não apenas outra garota de sua idade.

Marisol olhava para alguma coisa em suas mãos e virou em um canto do corredor. Seu rosto ficou com um corado bonito, e as tranças enfeitadas com fitas que prendiam seu cabelo castanho-claro reluziram sob a luz das tochas. Seu vestido era da cor dos fios de ouro.

A sobressaia tinha uma cauda nada prática, e o corpete tinha fitas douradas cruzadas, combinando com as das tranças e os braceletes largos que enfeitavam seus braços, formando um intrincado padrão de treliça. Ela já parecia uma princesa.

Corra.

Vá embora.

Saia.

Uma centena de variações do mesmo pensamento passou pela cabeça de Evangeline. Se corresse, poderia chegar antes de Marisol. O encantador vestido da irmã postiça, com sua cauda de princesa, não fora feito para correr.

Mas ela não se movimentou rápido o bastante. E, na fração de segundo em que ficou indecisa, no momento em que olhou para Marisol, absorvendo sua felicidade em vez de fugir, sua irmã postiça ergueu os olhos e perguntou:

— Evangeline?

Antes, o corredor parecera comprido, mas obviamente não era. Em um piscar de olhos, Marisol estava ali, abraçando Evangeline, como se fossem unidas por laços de sangue, e não de traição. Ela não deu indicação de que havia percebido que Evangeline ficou dura, com todos os músculos tensos, incluindo os punhos cerrados.

— Estou tão aliviada por você estar bem — Marisol disse de imediato. — Estava terrivelmente preocupada: mas não podemos conversar aqui.

Marisol soltou Evangeline e abriu a porta dos antigos aposentos da irmã postiça.

— Rápido! Meus guardas estão logo ali.

Marisol sacudiu um braço magro freneticamente, e uma única mecha de cabelo se soltou de seu penteado. Se estava fingindo, sua atuação foi impecável.

— Ande logo, Evangeline. Se os guardas pegarem você, nem eu serei capaz de ajudá-la. Tiberius está convencido de que você matou o irmão dele.

O som de botas pisando no chão retumbava, cada vez mais perto. Se os guardas encontrassem Evangeline vestida como uma assassina estilosa, fazendo cara feia para a futura rainha à porta do quarto do príncipe, não apenas a prenderiam, mas também poderiam suspeitar de que havia feito algo nefasto. Se fossem espertos, revistariam o quarto de Tiberius e encontrariam a garrafa com o antídoto. E existia a possibilidade de ficarem compelidos a bebê-lo, arruinando os planos da garota.

Evangeline sabia que não podia confiar em Marisol, mas não tinha escolha a não ser entrar na suíte com a irmã postiça. O local estava aquecido por uma lareira, que parecia ter sido acesa recentemente.

O quarto estava exatamente como Evangeline lembrava, com papel de parede pintado à mão, uma lareira de cristal e uma enorme cama de princesa. A única diferença era o aroma de baunilha e chantili, denunciando que, agora, aquele era o quarto de Marisol.

Pelo menos, sua irmã postiça dava a impressão de estar um pouco envergonhada.

– Tiberius queria que eu ficasse perto dele: seus aposentos são logo aqui do lado. – Marisol ficou mordiscando o lábio inferior e completou: – Precisamos tirar você daqui antes que ele volte. Posso te emprestar um dos meus vestidos. Vai ficar um pouco pequeno, mas você terá mais chances de passar despercebida.

Marisol apertou os lábios ao olhar para as botas de couro da irmã postiça, para a saia curta em camadas e para o corpete de renda estouindo-encontrar-um-vampiro. Evangeline poderia jurar que viu um sinal de inveja, como se de repente Marisol quisesse ser uma fugitiva, e não mais uma princesa. Era o tipo de olhar que Evangeline não teria reparado até então. Algo que surgia e logo era escondido, antes que fosse notado, como se nem a própria Marisol quisesse reconhecê-lo. Mas Evangeline não pôde ignorá-lo.

Ela se enganara ao pensar que poderia, simplesmente, deixar a cura para Tiberius ali e ficar esperando a distância, até saber se tinha ou não funcionado. Essa resposta não bastaria. Precisava saber por que Marisol havia feito tudo aquilo.

– Por que você está me ajudando?

Uma ruga minúscula se formou entre as sobrancelhas finas de Marisol, mas Evangeline jurou que ela empalideceu.

– Você acha que eu seria capaz de te trair?

– Acho que você já me traiu. Eu finalmente descobri que seus livros de receita eram, na verdade, livros de feitiço.

– Não é o que você está pensando – interrompeu Marisol.

– Pare de mentir para mim. – Evangeline precisou de todas as suas forças para continuar falando baixo, de modo que os guardas do lado de fora não ouvissem. – Eu vi seus livros de feitiço. Sei que você deu uma poção do amor para Tiberius igualzinha à que você deu a Luc.

Marisol ficou boquiaberta, seus ombros caíram, e ela foi cambaleando para trás, até bater as costas em uma coluna da cama, tremendo como uma fita ao vento, completamente abalada por aquela única acusação.

50

Evangeline teve a sensação de que essa era a confirmação de que precisava, e, ainda assim, não se sentiu triunfante ao ver a irmã postiça ficar sem palavras.

Marisol abriu a boca e soltou um soluço. Como se chorasse, mas sem lágrimas.

Mas Evangeline sabia que não podia se deixar enganar novamente, só porque Marisol estava com cara de cordeirinho que levou um chute.

– Eu... eu peço desculpas por ter enfeitiçado Luc. Mas, juro, eu... eu não enfeiticei Tiberius. – Neste momento, um vestígio de mágoa passou pelos traços frágeis da garota. – Eu aprendi a lição, depois do que aconteceu com Luc e de todos os apelidos maldosos que as pessoas me deram, apesar de achar que realmente mereci. Mas você precisa acreditar em mim, Evangeline. Nunca quis te fazer mal.

– Você roubou o rapaz que eu amava, depois tentou me incriminar por assassinato. Como isso não me faria mal?

– Eu não a incriminei pelo assassinato! Como você é capaz de pensar isso? Há poucos segundos eu estava tentando te esconder. Ainda estou te escondendo: se quisesse que te prendessem pelo assassinato, eu só teria que gritar para os soldados que estão do outro lado da porta. Mas não estou fazendo isso nem farei.

Marisol fechou a boca, e Evangeline jamais vira a irmã postiça com uma expressão tão determinada.

Mas só porque Marisol não era completamente sem coração não queria dizer que era inocente. A garota havia admitido que tinha enfeitiçado Luc. Evangeline não poderia se deixar levar pela chantagem e sentir compaixão pela irmã postiça só porque ela estava soluçando e fazendo olhos de súplica ou falando com a voz embargada.

— Sei que você não confia em mim, e não te condeno, depois do que fiz com Luc, mas eu realmente não quis te fazer mal.

— Então por que você fez isso? Por que você escolheu justo ele, se não queria me fazer mal?

O fogo da lareira crepitou, preenchendo o quarto com uma nova onda de calor, e Marisol expirou, soluçando.

— Eu nunca havia feito um feitiço e achei que nem iria funcionar. Mas acho que estava com inveja — admitiu. — Você tinha tanta liberdade e tanta autoconfiança, tanta certeza de quem era e do que acreditava. E nem tentava se encaixar no modelo que minha mãe sempre me disse para seguir: continuou com o cabelo dessa cor estranha e falava de contos de fadas como se fossem reais e como se todo mundo também acreditasse neles. Deveria ser uma pária, mas as pessoas amavam você e sua lojinha esquisita. E, apesar de seu pai já ter falecido, tinha tanto orgulho de você... Eu só tinha uma mãe que queria que eu me sentasse bem reta e fosse bonita. Mas eu nunca era suficientemente bonita, porque não conseguia chamar a atenção de nenhum pretendente, e minha mãe não parava de me lembrar disso, dia após dia após dia.

Marisol secou algumas lágrimas perdidas. Estava tão linda no corredor, mas agora parecia arrasada. Abraçava o próprio peito, se encolhendo cada vez mais, e seu corpo estremecia de tanto que chorava. Evangeline não pôde deixar de sentir certa compaixão.

Doeu ouvir as palavras da irmã postiça — ninguém gosta de ser chamado de "pária" nem de ouvir que o cabelo era "estranho" —, e as atitudes de Marisol foram mesmo terríveis. Mas a mãe da garota era horrível e havia incutido ideias venenosas na filha a vida inteira.

— Um dia, não aguentei mais e resolvi que tentaria ser um pouco mais parecida com você. Pesquisei sobre... *magia* — Marisol disse isso sussurrando, como se o assunto ainda a deixasse tensa. — Um dos livros de receitas que você me deu de presente era, na verdade, um livro de feitiços. E acho que escolhi Luc porque ele era muito bom para você. Eu sabia que você saía escondido para vê-lo. Um dia, fui atrás de você, vi o jeito como Luc te olhava e quis ter isso. Eu queria alguém bondoso e alguém que pudesse impressionar minha mãe. Mas eu não achava que iria funcionar nem que seria tão potente.

— Então por que você não desfez o feitiço? — perguntou Evangeline.

— Eu queria, mas o livro que eu tinha dizia que os únicos métodos de desfazer o feitiço eram com veneno de vampiro ou matando a pessoa. Minhas únicas alternativas eram me casar com ele ou deixá-lo infeliz.

Evangeline sentiu a primeira pontada de culpa, e ficou um pouco mais difícil continuar brava com Marisol. Não tinha certeza de que a irmã postiça estava sendo completamente sincera, mas não podia discutir com aqueles argumentos nem julgá-la por essa parte da história, porque havia feito algo muito parecido com Apollo.

— Um amor de feitiço não é igual ao amor normal — explicou Marisol. — No começo, foi empolgante, mas isso logo passou. E então tudo deu errado. Menti quando disse que Luc não estava respondendo às minhas cartas. Fui eu que tentei terminar, depois que o segundo casamento deu errado. Fiquei petrificada pensando no que poderia acontecer se tentássemos nos casar de novo e, desde então, estou arrasada. Quando viemos para cá, e você me contou todas as histórias esquisitas que sua mãe te contava, resolvi encontrar outro livro de feitiços que tivesse uma cura para Luc, caso um dia ele voltasse para Valenda. É por isso que alguém me viu procurando livros de feitiço. Não foi porque eu queria fazer mal, era porque queria consertar tudo. Eu me senti tão péssima, Evangeline. Você virou pedra para salvar a minha vida, e depois me trouxe para cá para que eu pudesse recomeçar minha vida. E, todo esse tempo, andei por aí sabendo que não merecia sua bondade. Sinto muito. Eu me senti tão culpada e tão envergonhada... Faz tanto tempo que eu queria contar para você. Mas morria de medo de que me odiasse.

— Eu não odeio você — declarou Evangeline. Sua irmã postiça havia errado, mas estava começando a acreditar que cometer assassinato não estava entre esses erros.

E, em relação ao feitiço de amor que ela havia feito em Luc, Evangeline não podia culpá-la completamente. No mínimo, ela se identificava com Marisol.

Evangeline estava convivendo com a mesma culpa e o mesmo medo, por causa dos segredos que vinha guardando. Se ao menos não tivesse tanto medo de ser sincera, as duas poderiam ter sido poupadas de parte daquela dor.

– E eu não te culparia se você realmente me odiasse. Juro que não matei Apollo, nem enfeiticei Tiberius nem tentei incriminar você pelo assassinato. Mas sei que fiz coisas imperdoáveis. Mereço ser a Noiva Amaldiçoada.

– Você não é a Noiva Amaldiçoada – disse Evangeline baixinho.

– Você não precisa continuar dizendo isso. O feitiço que usei me alertou que haveria consequências. É por isso que os Arcanos atacaram meu casamento e é por isso que um lobo atacou Luc. Sei que eu não deveria estar noiva de Tiberius – murmurou Marisol. – Tenho medo de que algo terrível aconteça com ele também. Mas também torço para já ter sofrido o suficiente.

A garota fechou os olhos, e uma lágrima caiu assim que ela tremeu. A coluna da cama em que estava encostada parecia ser a única coisa que a mantinha de pé. Evangeline imaginou que se ela puxasse uma das fitas que prendiam o cabelo de Marisol, sua irmã postiça se desenrolaria feito um novelo de lã.

Ela até poderia ter desejado isso antes, mas agora preferia ajudar a irmã postiça a se recompor. Então, deu um abraço nela. Marisol cometera erros, mas não fora a única.

– Eu te perdoo.

Marisol encarou Evangeline, com os olhos arregalados, em choque, e perguntou:

– Como você pode me perdoar?

– Eu também tive atitudes questionáveis.

Evangeline apertou a irmã postiça uma última vez e a soltou. Agora era sua vez de ficar nervosa. Mas Marisol merecia saber a verdade. Não era justo deixá-la carregar toda a culpa ou permitir que acreditasse que Evangeline era completamente inocente. Ela não sabia se algum dia seriam irmãs de verdade, mas jamais curariam todas as suas feridas se alguma das duas ainda estivesse infectada de mentiras.

– Você não é a única que estava com inveja – confessou. – Eu estava tão chateada e magoada por você se casar com Luc, que rezei para o Príncipe de Copas impedir seu casamento.

– Você o quê? – Marisol ficou mais ereta e endireitou os ombros.

– Não pensei que ele transformaria você em pedra...

– O que você achou que iria acontecer? – disparou Marisol.

As palavras atingiram Evangeline como um tapa, deixando-a perplexa.

– Você é egoísta, como minha mãe sempre disse. Você estragou meu casamento para poder se tornar uma heroína, e eu me tornar a Noiva Amaldiçoada.

– Não era isso que eu...

– Você permitiu que eu acreditasse que era amaldiçoada! – gritou Marisol. Só que, desta vez, não derramou nenhuma lágrima. Seus olhos eram duas poças de raiva.

Evangeline achava que Marisol entenderia e que depois, talvez, as duas dariam risada de tudo aquilo. Mas era óbvio que tinha errado muito em seu julgamento.

– Marisol... – falou Evangeline, com um tom alarmado. Se a irmã postiça continuasse erguendo a voz, os soldados do outro lado da porta com certeza ouviriam. – Por favor, acalme-se...

– Não fale para eu me acalmar – berrou Marisol. – Eu me senti tão culpada e, todo esse tempo, você tinha feito algo tão ruim quanto, pior até. Você fez um trato com um Arcano para me amaldiçoar.

– Não foi isso que eu...

– Guardas! Ela está aqui! Evangeline Raposa está em meus aposentos.

51

Evangeline achava que Marisol a havia traído, mas não tinha. Não de verdade. Enfeitiçar Luc não fora uma traição. Não existia traição possível. As duas haviam morado na mesma casa, mas não eram de fato irmãs. Nunca compartilharam segredos, nunca compartilharam desilusões amorosas e jamais haviam sido tão sinceras uma com a outra quanto naquela noite. Só que Evangeline não deveria ter sido tão sincera.

– Não faça isso, Marisol – suplicou.

A única resposta que a irmã postiça deu foi se sentar no chão e abraçar os próprios joelhos, adotando uma postura que a fazia parecer pequena e vulnerável, quando a porta de sua suíte se escancarou.

Evangeline procurou uma saída, frenética, mas só havia a sacada. Ela não sobreviveria se pulasse, e não havia tempo para isso. Dois guardas, seguidos rapidamente por outra dupla, entraram correndo no quarto, brandindo as espadas ruidosamente e apontando para a jovem.

– Ela acabou de confessar que assassinou o príncipe Apollo – mentiu Marisol.

– Isso não é verdade! Eu...

Evangeline foi interrompida pelos diversos soldados, que a seguraram, prenderam e impediram que falasse.

– Meu coração! Meu coração! Você está bem? – Tiberius entrou de supetão pelas portas abertas. Falava como o irmão quando estava enfeitiçado e abraçou a noiva de imediato.

Evangeline se sentiu completamente burra, mais uma vez, por ter acreditado que sua irmã postiça não o havia enfeitiçado. Marisol até podia ter confessado certas coisas, mas era óbvio que não fora completamente sincera. Estava mesmo por trás de tudo aquilo.

– Coloquem Evangeline em meus aposentos – ordenou Tiberius.

– Queridinho, acha mesmo que é uma boa ideia? – Marisol se agarrou nos braços dele, fazendo uma excelente interpretação de donzela indefesa. – Não seria melhor levá-la para a masmorra? Prendê-la onde não pode fazer mal a ninguém?

– Não se preocupe, meu coração. – Tiberius deu um beijo na testa de Marisol e completou: – Só preciso interrogá-la. Depois, garanto que ela será colocada em um lugar onde nunca mais poderá fazer mal a ninguém.

Os guardas não tiveram cuidado algum quando arrastaram Evangeline até os aposentos de Tiberius e a prenderam a uma das cadeiras. Depois de terem tirado a adaga de Jacks dela, amarraram seus tornozelos com força às pernas da cadeira, e os braços, para trás. Suas mãos foram amarradas primeiro pelos pulsos e, depois, com uma corda que passava pelo tronco, machucando suas costelas e dificultando sua respiração.

Tiberius nem sequer olhou para ela enquanto faziam isso. Ignorou os repetidos gritos de Evangeline:

– Juro que não matei seu irmão!

O príncipe Tiberius apenas ficou olhando para a grande lareira de pedra preta, passou a mão nos longos fios de cabelo acobreados e ficou observando um dos guardas, que acendeu a lareira.

Não parecia mais o príncipe rebelde e travesso que Evangeline conhecera no dia de seu casamento. Rugas que antes não existiam sulcavam sua boca, e seus olhos estavam vermelhos. Não aparentava estar enfeitiçado naquele exato momento: parecia estar de luto. O que era bom. Se Tiberius estivesse realmente de luto, se de fato amasse o irmão como Evangeline acreditava que amava, iria querer saber quem era o verdadeiro assassino.

Só precisava continuar viva pelo tempo suficiente para o príncipe reparar na garrafa azul de Sensacionais Águas Saborizadas Sucesso contendo o antídoto que ela havia preparado. Estava na mesa de centro diante de Evangeline, ao lado das outras garrafas de bebida alcoólica de Tiberius. Se ele apenas a visse e bebesse, tudo ficaria bem.

Ela teve vontade de chamar a atenção do príncipe para a garrafa, mas pensou que mencioná-la só deixaria todos ainda mais desconfiados.

Evangeline percebeu como cada um dos soldados no recinto se sentia em relação ao príncipe Apollo pelo modo como olhavam para ela. Nojo. Raiva. Ódio. Não havia nenhum sinal de piedade. Entretanto, Havelock – o guarda pessoal de Apollo, que também estivera presente na noite em que ele morreu – parecia arrependido. Talvez pensasse que havia falhado com seu príncipe.

Tiberius continuou olhando fixamente para o fogo. Pegou um atiçador em forma de tridente, colocou a ponta do objeto nas chamas ardentes e ficou observando o objeto ficar vermelho.

Evangeline começou a suar, sua pele escorregava contra as cordas. Não sabia se Tiberius estava planejando torturá-la com o atiçador ou matá-la, mas temia ambas as opções.

– Vossa Alteza – disse Havelock, baixinho –, agora que estamos em poder da princesa Evangeline, deveríamos adiar o casamento de amanhã. Essa notícia pode...

– Não! – A voz de Tiberius estava levemente descontrolada.

Os soldados disfarçaram bem sua reação, mas Evangeline podia jurar que pelo menos dois ficaram de olhos arregalados, e se perguntou se suspeitavam que algo estava errado com o noivado do jovem príncipe.

– Pode deixar que cuido disso – Tiberius tirou o atiçador quente do fogo e assoprou a ponta até ficar com um vermelho mais vivo. – Podem nos deixar a sós. Todos vocês.

– Mas... – insistiu Havelock. – Vossa Alteza...

– Cuidado – vociferou Tiberius. – Você está prestes a sugerir que sou incapaz de dar conta de uma mulher amarrada. Se fizer isso, ficarei ofendido, ou vou achar que vocês foram incompetentes quando a amarraram.

Os soldados foram, em fila, até a porta.

– Esperem! – implorou a jovem. – Não vão embora! Ele foi enfeitiçado por Marisol...

– Não difame minha amada!

Tiberius girou nos calcanhares e golpeou a mesa de centro com o atiçador, estilhaçando uma das garrafas de bebida.

Cacos de vidro voaram feito flechas.

Líquidos borbulharam.

Evangeline segurou um suspiro de assombro ao ver a garrafa de Sensacionais Águas Saborizadas Sucesso cambalear para a frente e para trás.

E cair de lado.

Ainda bem que não quebrou.

Foi quase. Teria que ser mais cuidadosa. Era óbvio que tocar no nome de Marisol estava fora de questão, a menos que quisesse arriscar sua única chance de sobreviver. Ela também tinha esperanças de que Jacks surgisse bem na hora certa e viesse salvar sua vida mais uma vez, mas não podia contar com isso. Até onde sabia, o Arcano ainda dormia em seu sofá.

Todos os soldados saíram dos aposentos.

Tiberius chegou mais perto, pisando firme, com suas botas, no vidro quebrado...

O príncipe parou de súbito e olhou para a garrafa caída de antídoto, franzindo o cenho.

– Como é que isso veio parar aqui? Odeio essas coisas.

Então pegou a garrafa com apenas dois dedos e a aproximou da lareira.

"Não! Não! Não!", Evangeline teve vontade de gritar.

Mas, antes que ele a jogasse no fogo, a garrafa fez sua magia.

Tiberius parou, deu mais uma olhada para a poção, tirou a rolha com a boca e bebeu.

Evangeline sentiu suas esperanças renascerem.

Mas, depois de apenas alguns segundos, Tiberius arrancou a garrafa dos lábios. Estremeceu e olhou feio para a bebida.

– Quando eu for rei, essas bebidas serão a primeira coisa que vou proibir.

Tiberius balançou o atiçador que estava em sua mão, como se quisesse decidir o que faria com aquilo.

Evangeline quase não conseguia respirar. Precisava ganhar tempo para o antídoto fazer efeito. Duvidava que implorar ajudaria em alguma coisa, mas talvez pudesse fazer o príncipe falar sem causar uma reação violenta.

– A última vez que o vi, você disse que, quando nos encontrássemos novamente, me contaria por que desapareceu.

Uma risada amarga.

Mais um gole.

Seguido por mais uma careta.

– Fui embora depois de brigar com meu irmão por sua causa – disse Tiberius, com um tom cruel. – Falei para Apollo que você não era a salvadora que todos acreditavam que era. Falei para meu irmão que você seria a morte dele.

– Por que você achava isso?

– O que importa é que eu tinha razão.

O príncipe apontou o atiçador diretamente para a garganta de Evangeline.

– Não... Eu não fiz isso. – Ela balançou a cadeira, torcendo, desesperadamente, por um milagre, para cair com força suficiente para quebrar os braços e pernas do móvel e se libertar. Mas a cadeira era muito pesada. Nem sequer conseguiu fazê-la se mexer. – Não matei seu irmão...

– Eu sei – declarou Tiberius. – Sempre soube.

– C-como... – balbuciou Evangeline.

O jovem príncipe estava dizendo o que ela queria ouvir, mas ainda estava com cara de quem não tinha a menor intenção de soltá-la. Seu rosto sardento era o de um soldado teimoso que havia recebido uma ordem e estava determinado a cumpri-la.

– Não entendo – insistiu a jovem. – Se sabe que sou inocente, por que está fazendo isso?

– É perigoso demais permitir que você viva.

Tiberius sacudiu a cabeça, com uma expressão determinada. E, apesar disso, Evangeline percebeu que ele não tirava nenhum prazer daquilo.

O príncipe bebeu mais um gole do antídoto e, então, abaixou a gola do gibão listrado, revelando uma tatuagem preta: era o desenho de uma chave quebrada, em forma de esqueleto.

– Você sabe o que é isso?

Evangeline fez que "não" com a cabeça.

– É o símbolo do Protetorado – explicou Tiberius.

"O Protetorado." Ela já ouvira esse nome. Mas onde? Seu coração acelerou enquanto tentava pensar. Então seu coração parou de bater de repente, porque ela lembrou.

Apollo havia falado do Protetorado na noite em que contara as histórias do Arco da Valorosa para ela. O termo fora mencionado na primeira versão da história, na qual a família Valor fizera algo terrível. O príncipe dissera que o Protetorado era uma espécie de sociedade secreta, responsável por proteger todos os pedaços quebrados do Arco da Valorosa e garantir que jamais fosse aberto novamente.

Evangeline olhou de novo para o desenho de chave quebrada tatuado em Tiberius. A matriarca da Casa Sucesso usava uma chave semelhante, pendurada no pescoço, em uma corrente. Também deveria ser membro do Protetorado e, assim que suspeitou que Evangeline era a garota mencionada na profecia que mantinha o Arco da Valorosa trancado, tentou matá-la.

A esperança de Evangeline se espatifou e morreu.

Tiberius tomou mais um gole da garrafa. Mesmo que o antídoto surtisse efeito e o curasse de seu amor artificial por Marisol, Evangeline sabia que jamais sairia viva daquele quarto. Muito menos se o príncipe acreditasse que ela fazia parte da profecia que, uma vez concretizada, permitiria que o Arco da Valorosa fosse aberto, soltando a tal terrível criação da família Valor no mundo.

– Sinto muito, Evangeline. – A voz de Tiberius ficou mais firme, e ele apertou o atiçador até seus nós dos dedos ficarem brancos. – Pela sua cara, presumo que saiba o que é o Protetorado. Sendo assim, sabe o que preciso fazer e por quê.

– Não – ela argumentou. – Não sei como você é capaz de matar alguém só por causa de uma história que foi distorcida por uma maldição. Seu irmão me contou que há duas versões. Em uma delas, o Arco da Valorosa...

– Não importa qual versão da história é verdadeira! – exclamou o príncipe. Um músculo de seu maxilar ficou saltado. – O Arco da Valorosa não pode jamais ser aberto, e é por isso que você precisa morrer. Tive certeza assim que vi seu cabelo. Você é a *chave* da profecia. Nasceu para abri-lo.

Tiberius ergueu o atiçador de novo, trazendo-o a uma distância perigosamente pequena da pele dela.

Evangeline ficou sem ar.

Estava esgotando suas chances de convencê-lo a não fazer aquilo.

Gotas de suor se acumulavam nas sobrancelhas do príncipe e pingaram nos cacos de vidro próximos às suas botas. Mas a jovem estava olhando para outro tipo de vidro: a garrafa de vidro quase vazia na mão de Tiberius. Ele bebera quase todo o antídoto. Pelo jeito, o Soro das Verdades não estava quebrando o feitiço lançado por Marisol, mas Evangeline imaginou que os efeitos colaterais de sua poção já podiam estar aparecendo: "fadiga, tomada de decisão e julgamento prejudicados, tontura, incapacidade de contar mentiras e compulsão de revelar quaisquer verdades implícitas".

Definitivamente, Tiberius estava sofrendo de incapacidade de contar mentiras. Caso contrário, Evangeline duvidaria dele, de que Tiberius teria dito que não acreditava que ela era a culpada. Talvez, se o incentivasse a falar, poderia levá-lo a confessar a verdade para seus soldados. Ou poderia, finalmente, obrigá-lo a contar toda a profecia. E então, quem sabe, poderia provar que não era a garota mencionada no vaticínio. Talvez o fato de parecer com a garota dos versos fosse apenas mera coincidência.

– Pelo menos me conte o que diz a profecia do Arco da Valorosa. Se você vai me matar porque acha que fala de mim, não mereço saber a coisa toda?

Tiberius agitou o líquido azul que restava na garrafa, parecendo estar dividido entre beber, falar ou pôr fim àquele líquido. Mas a teoria de Evangeline a respeito dos efeitos colaterais do antídoto deveria estar correta: pelo jeito, o príncipe não conseguia evitar a revelação de segredos. Um instante depois, começou a recitar:

– "Este arco só poderá ser destrancado com uma chave que ainda não foi forjada.

"Concebida no Norte e nascida no Sul, você a reconhecerá porque ela estará coroada de ouro rosê.

"Ela será tanto plebeia quanto princesa, uma fugitiva acusada injustamente. E apenas seu sangue, dado de livre e espontânea vontade, abrirá o arco."

Evangeline murchou, ainda amarrada. Era tão curta. E ela se encaixava em quase todos os versos. A jovem já ouvira, da boca da matriarca da Casa Sucesso, os versos dizendo que ela estaria coroada de ouro rosê e seria tanto plebeia quanto princesa. Naquele momento, não era verdade. Mas, depois do casamento, era. Ela também era uma fugitiva injustamente acusada, graças à pessoa que tinha assassinado Apollo. Não sabia onde fora concebida: seus pais sempre brincaram que a tinham encontrado em uma caixa cheia de objetos curiosos. Agora Evangeline se perguntava se havia um motivo para terem escondido a verdade dela, se seus pais sabiam daquela profecia. Será que tinham visto seu cabelo ouro rosê e sua origem como sinal de que a profecia poderia, um dia, se concretizar?

Mas havia um verso da profecia que a jovem podia garantir que jamais aconteceria. Só precisava convencer Tiberius disso.

– Você acabou de dizer que apenas meu sangue, dado de livre e espontânea vontade, abrirá o arco, ou seja: preciso querer abri-lo. E não quero.

– Não faz diferença – resmungou o príncipe, lançando um olhar sombrio para ela. – As coisas mágicas sempre querem fazer aquilo para o qual foram criadas.

– Mas não sou uma coisa mágica. Sou só uma garota de cabelo rosa!

– Gostaria que isso fosse verdade – disse Tiberius, com um tom dividido. – Não quero matar você, Evangeline. Mas aquele arco precisa permanecer trancado. A família Valor possuía poder demais. Não eram malignos, mas fizeram coisas que jamais deveriam ter feito.

Ele terminou de beber o antídoto e, desta vez, apontou o atiçador para o coração da jovem.

– Espere! – gritou Evangeline. – Posso ter direito a um último pedido? Acho que Apollo não ia querer que você me matasse.

– Sinto muito, muito mesmo, mas você não sairá viva deste quarto.

– Não estou pedindo para você poupar minha vida. – A voz dela ficou embargada. Se não desse certo, aquelas poderiam ser suas últimas palavras. – Só estou pedindo para você chamar seus soldados. Conte meus crimes a eles e deixe que um deles me mate. Seu irmão não iria querer que você assassinasse a esposa dele.

Tiberius franziu o cenho. Mas Evangeline pôde perceber outro sinal de indecisão se insinuar no rosto do príncipe. Ele tinha a sensação de que era uma má ideia, mas seu julgamento estava prejudicado pelo antídoto: Tiberius estava em dúvida.

– Por favor. É meu último pedido.

Ele foi baixando o atiçador lentamente.

Os soldados foram chamados, mas Tiberius não perdeu tempo com amenidades.

– Preciso que você a mate.

O príncipe pôs o atiçador na mão da guarda mais próxima, uma mulher alta com uma trança grossa e fúria nos olhos.

– Espere – sussurrou Evangeline, torcendo para não ter acabado de cometer um erro de cálculo terrível. – Você precisa contar meus crimes para eles primeiro.

– Evangeline Raposa – falou Tiberius, entredentes –, você foi sentenciada à morte pelo crime de...

Parecia que o maxilar do príncipe havia travado. Ele abriu e fechou a boca várias vezes, mas não saiu nenhuma palavra.

– Você não consegue dizer, não é mesmo? – ela perguntou. O antídoto podia até não ter surtido o efeito desejado, mas estava surtindo efeito. "Outros efeitos do Soro das Verdades costumam ser temporários e podem incluir... incapacidade de contar mentiras."

Evangeline poderia ter gritado de tanta alegria. Apesar de, agora, Tiberius estar com cara de quem realmente queria matá-la.

– O que você fez? – perguntou o príncipe, olhando feio para a garrafa vazia em suas mãos. – Você me envenenou?

– Eu te dei o Soro das Verdades, e é por isso que você não consegue dizer com sinceridade que matei seu irmão. Pergunte para ele – implorou Evangeline, para a guarda que segurava o atiçador –, pergunte para ele quem matou Apollo.

– Termine logo com isso – ordenou Tiberius. – Ela... ela...

A guarda levantou o atiçador, mas titubeou ao ouvir o príncipe gaguejar.

– Você não consegue enxergar? Ela me deu alguma poção mágica – urrou Tiberius, com a testa empapada de suor. – Ela é obviamente...

Mas o príncipe foi incapaz de chamá-la de qualquer coisa que não fosse verdadeira.

– Ele não consegue terminar a frase porque não pode mentir – explicou Evangeline. – E sabe que sou inocente. Eu não tinha motivos nem desejo de matar Apollo. Eu era a pessoa que não tinha nada a ganhar e tudo a perder com isso, e Tiberius sabe.

– Ela está... ela está... ela está dizendo a verdade... – O rosto do príncipe ficou vermelho, e ele completou: – Evangeline não matou meu irmão. Eu matei.

52

Tiberius cambaleou.

Se Evangeline estivesse de pé, sem dúvida também teria perdido o equilíbrio.

Esperava que o príncipe fosse tentar desmentir a confissão que fizera ou que pegasse o atiçador das mãos da guarda e a atravessasse com ele. E por acaso não era isso que um assassino faria? Mas talvez não fossem apenas os efeitos colaterais do antídoto que tivessem libertado a confissão de Tiberius.

Em vez de relutar, o príncipe caiu de joelhos e levou as mãos ao rosto.

– Eu não queria matá-lo. Era para atingir você. – Então ele olhou nos olhos de Evangeline com uma expressão de pesar e sofrimento. – Eu não queria ferir meu irmão. Encontrei um veneno, lágrimas de um Arcano, que só deveriam surtir efeito em mulheres. Mas, pelo jeito, essa história era mentira.

Lágrimas finalmente escorreram pelo rosto de Tiberius. Rios de lágrimas, longos e intermináveis. Muito parecidas com as lágrimas que Evangeline havia chorado por causa das lágrimas de LaLa, só que a mágoa do príncipe era completamente real. Tiberius soluçava como apenas seres estraçalhados chorariam, e a jovem não pôde deixar de começar a chorar junto com ele. Chorou mais uma vez por Apollo, chorou de alívio por ainda estar viva e chorou por Tiberius. Não pelo lado do príncipe que tentara matá-la, mas pelo lado dele que matara o irmão por engano. Evangeline não sabia o que era ter um irmão e, dado tudo o que se passara entre ela e Marisol, duvidava que um dia saberia. Mas sabia como era perder alguém da família e não podia sequer imaginar como era ser responsável por essa perda.

Não soube dizer por quanto tempo os dois ficaram sentados ali, chorando. Poderia ser metade da noite, um punhado de horas, ou apenas minutos que se arrastavam a ponto de parecer uma eternidade.

A guarda que estava prestes a matá-la desamarrou Evangeline imediatamente. Mas foi só depois do amanhecer que vários dos demais guardas escoltaram Tiberius para fora do quarto e o levaram para uma cela. O príncipe não tentou resistir.

— O que está acontecendo? — Marisol escolheu esse exato momento para sair do próprio quarto. — Tiberius...

O príncipe derrotado ergueu os olhos, e sua expressão de sofrimento desapareceu por breves instantes. Só que, desta vez, não foi substituída por uma expressão de amor.

— Se eu vir você de novo, também te mato — disse ele.

Pelo jeito, o feitiço fora finalmente quebrado, mas Evangeline não sabia dizer se fora por causa do antídoto ou se Jacks tinha razão quando dissera que o amor verdadeiro tem forças para quebrar feitiços de amor e, na verdade, foi o amor de Tiberius pelo irmão que veio à tona quando confessara o crime. Então, ele se virou para Evangeline e falou:

— Como último pedido, nunca mais quero ver a cara dela de novo.

— Não... meu amor!

Marisol começou a chorar e continuou atuando mesmo depois que Evangeline pediu para alguns soldados a trancarem no próprio quarto até segunda ordem. Assim como Tiberius, ela não queria mais ver a irmã postiça.

Evangeline não podia culpar Marisol por tudo o que havia acontecido. Sua irmã postiça não a havia envenenado nem envenenado Apollo. Mas se perguntou, sim, o que teria acontecido se Marisol não tivesse enfeitiçado Luc. Será que o destino teria intervindo de outra maneira para que Evangeline se tornasse a garota da profecia do Arco da Valorosa? Ou será que tudo seria diferente para ela e Luc e para Apollo e Tiberius? Será que estava destinada a acabar ali, ou será que aquele era apenas um dos muitos caminhos possíveis?

Jamais saberia, mas tinha a sensação de que essas perguntas sempre a assombrariam.

Não demorou muito para Evangeline se transformar de fugitiva em princesa de novo. Foi levada para outra suíte real que jamais fora ocupada, com uma lareira crepitante e vários tapetes grossos em um tom de creme, que davam uma sensação maravilhosa aos seus pés cansados. Parecia que todos queriam cuidar dela, exclamando que estavam muito felizes por estar sã e salva, que sabiam que ela não poderia ter matado o príncipe Apollo.

Evangeline não acreditou muito em ninguém, mas aceitou todos os cuidados.

Por insistência dos criados, tomou banho e pôs um vestido muito mais confortável, de cetim branco com uma anágua preta de listras e corpete enfeitado com um belo bordado preto. As pessoas do Norte não se vestiam completamente de preto quando estavam de luto, mas era costume ter pelo menos alguns detalhes pretos na roupa.

Mais guardas, criados e funcionários do palácio semiacordados foram convocados a comparecer na suíte depois disso. Durante horas, houve um alvoroço de criadas trazendo comida quente para Evangeline e autoridades fazendo pedidos e sugestões que mais pareciam ordens. Jacks ainda não tinha dado as caras, e a jovem tentou não se preocupar muito com isso. Talvez o Arcano não tivesse aparecido só porque ela havia provado a própria inocência.

Horas antes, um mensageiro fora enviado para pedir a Kristof Knightlinger que divulgasse no *Boato Diário* a notícia da inocência de Evangeline. Àquela altura, dada a rapidez com que as fofocas se espalhavam, o reino inteiro já deveria estar sabendo.

Mas, apesar disso, ela gostaria de ter visto Jacks e dado a notícia pessoalmente. Desde que provara sua inocência, estava louca para ver a cara do Arcano quando contasse que havia confrontado Marisol, descoberto o verdadeiro assassino de Apollo e provado a própria inocência sem ajuda de ninguém.

Mas, com a tarde chegando ao fim, essa vontade afoita havia se transformado em um aperto no peito.

Por que será que Jacks não havia aparecido no Paço dos Lobos? Devia ter encontrado o bilhete que ela havia deixado. A menos que ainda estivesse dormindo... No dia anterior, Evangeline achou graça quando pensara que o Príncipe de Copas pudesse sucumbir ao sono, mas de repente isso a deixava nervosa. E se a fadiga do Arcano não fosse apenas um efeito colateral do veneno de vampiro?

— Preciso de um casaco — declarou.

Uma das muitas criadas presentes no quarto se aproximou do fogo que ardia na lareira e perguntou:

— A senhora gostaria que eu pusesse mais lenha?

— Não, preciso sair — respondeu Evangeline.

Ela sabia que ninguém queria que ela saísse do Paço dos Lobos. O Conselho das Grandes Casas, que agora incluía Evangeline, estava sendo convocado para uma reunião assim que possível, com o objetivo de discutir o que deveria ser feito já que um dos herdeiros diretos ao trono estava morto, e o outro, na prisão. A qualquer instante, Evangeline seria convocada para a reunião, mas não sabia se conseguiria ficar sentada esperando por mais tempo. Precisava dar uma passada rápida nos pináculos e ver como Jacks estava.

Sabia que não deveria se preocupar tanto, mas não podia deixar de temer que houvesse alguma coisa errada.

— Alteza... — Um soldado que estava perto da porta pigarreou e completou: — Um cavalheiro acabou de chegar e está insistindo em te ver. Ele...

— Deixe-o entrar.

Evangeline não permitiu que o soldado terminasse a frase. Pelo jeito, estava preocupada com Jacks a troco de nada.

— Receio que ele não esteja comigo. Nós o acomodamos no solário de estar. Eu acompanho a senhora até ele, Alteza — declarou Havelock.

Evangeline preferia ir sozinha. Mas, até pouco tempo, Havelock fora o único guarda que não olhou para ela com uma expressão de puro ódio. E também sugerira que Tiberius adiasse o casamento com

Marisol, o que foi uma demonstração de bravura e também de boa intuição. Se existia alguém com quem estaria segura, esse alguém, provavelmente, era Havelock.

Mais pessoas protestaram quando os dois se aventuraram a sair pela porta:

— Os membros do Conselho estão a caminho!

— A senhora não pode sair agora!

— A senhora está cansada demais: irá desmaiar se for andando até lá, é longe!

E então a jovem ouviu uma voz mais baixa, dentro da própria cabeça, falando apenas com ela.

Raposinha, cadê você?

Até que enfim, pensou Evangeline. *Estou indo te encontrar agora mesmo.*

Não. A voz de de Jacks ficou preocupada. *Eu vou até você.*

Quando deu por si, estava sorrindo bem de leve. Gostou do fato de o Príncipe de Copas parecer preocupado.

Só espere por mim, pensou. Já estava a caminho. E achava que não era muito longe.

Evangeline só estivera no solário de estar – tão iluminado – uma vez, com Apollo. O príncipe a havia levado com Marisol para conhecer o Paço dos Lobos, assim que elas se mudaram para o castelo. Evangeline estava encantada com a bela fortaleza que, segundo os boatos, Lobric Valor mandara construir para presentear a esposa, Honora. Imaginou que havia passagens secretas atrás de cada tapeçaria e alçapões escondidos debaixo dos tapetes. Mas agora que a fadiga perturbava sua visão, tudo era um borrão de pedras e tetos abobadados, lareiras para enfrentar as intermináveis correntes de ar, candeeiros com velas apagadas, um ou outro busto e muito mais do que um ou outro retrato de Apollo.

Quando passou por um retrato do príncipe com o irmão, um com os braços nos ombros do outro, foi obrigada a parar. Apollo parecia tão feliz e cheio de vida... Era desse jeito que costumava olhar para ela. A jovem havia pensado que as expressões do marido eram fruto apenas do feitiço, mas agora era dolorosamente tentador imaginar se as coisas não haviam sido mais reais do que ela acreditara, se não tivera razão ao ter esperanças de que os dois poderiam ter se apaixonado de fato. Mas jamais saberia. "O que teria sido" era uma pergunta para a qual ninguém nunca saberia a resposta.

Evangeline começou a andar de novo, seguindo Havelock até um corredor sem janelas, desprovido de tapeçarias e iluminado por tochas rústicas que tinham cheiro de terra, fumaça e segredos. Podia até ter estado no solário de estar uma única vez, mas aquilo era completamente desconhecido.

– Estamos no caminho certo? – perguntou.

– Tivemos que fazer um desvio – respondeu Havelock. Sua expressão era impassível, como perfeito soldado do palácio que era.

Se não fosse pelo pressentimento incômodo que arrepiou sua pele e a fez entrar em alerta novamente, Evangeline poderia ter acreditado nele.

Você se perdeu, Raposinha? Era a voz de Jacks de novo, mas parecia estar mais distante do que antes.

Talvez você deva vir me encontrar, afinal de contas, respondeu ela em pensamento.

E então se dirigiu a Havelock:

– Acho que vou dar meia-volta.

– Isso seria um erro – falou uma voz melodiosa, vinda de trás dela.

53

Evangeline girou nos calcanhares.

A garota tinha mais ou menos a sua idade. Seu rosto era redondo, e o longo cabelo preto estava preso em um rabo de cavalo, deixando bem à mostra uma mancha em forma de asterisco, no mesmo tom do vinho de groselha, na bochecha esquerda.

– Quem é você? – perguntou Evangeline.

Estava vestida como as criadas do palácio, de touquinha, vestido de lá e avental creme. Entretanto, Evangeline achou que aquelas roupas podiam ser emprestadas, porque não lhe cabiam direito, e ela jamais tinha visto a garota até então. Aquela marca de nascença era algo que reconheceria.

– O que está acontecendo?

Evangeline pôs a mão sobre a adaga de Jacks, que estava presa no cinto de seu vestido de luto. Haviam confiscado a arma enquanto ela esteve presa, mas foi uma das primeiras coisas que pegara de volta.

A tal garota ergueu as mãos em um gesto de paz, revelando uma tatuagem na parte interna do pulso: um círculo de caveiras que fez Evangeline pensar em algo que sua mente sobrecarregada não conseguia lembrar com exatidão naquele momento.

– Eu e Havelock não estamos aqui para te fazer mal. Precisamos te mostrar uma coisa.

Evangeline apertou o cabo da adaga com mais força e respondeu:

– Perdoe-me se isso me deixa um pouco desconfiada.

– O príncipe Apollo está vivo – anunciou Havelock.

Evangeline sacudiu a cabeça. Ela acreditava em muitas coisas, mas não que os mortos voltavam à vida.

– Eu o vi morrer – falou.

– Você o viu envenenado, mas o veneno não o matou.

A outra garota deu um sorriso provocador para Evangeline. Metade triunfante, metade desafiando-a a argumentar.

Definitivamente, não era uma criada, e Evangeline teve vontade de perguntar quem exatamente ela era, mas essa não parecia ser a pergunta mais vital.

– Se Apollo está vivo, então onde ele está?

– Nós o escondemos, para garantir a segurança do príncipe.

Havelock deu vários passos para a frente e afastou um tapete, revelando um alçapão que, quando se abriu, deixou à mostra um lance de escadas.

– Está lá embaixo.

Evangeline lançou um olhar cético para o soldado.

Mas, quando Havelock e a outra garota desceram as escadas, deixando-a livre para ir embora se quisesse, a curiosidade de Evangeline ganhou. Ela resolveu ir atrás.

O lance de escadas estava praticamente às escuras, e seu coração acelerou a cada degrau. Se Apollo estivesse mesmo vivo, ela ainda era casada. Os dois tinham chance de ter o futuro que Evangeline apenas vinha imaginando. Tentou ficar empolgada. Mas, se o príncipe se importasse com ela, nem que fosse um pouco, por que havia se escondido dentro do palácio enquanto ela estava tentando salvar a própria vida?

Evangeline poderia entender se Apollo ainda estivesse chateado, depois de o feitiço de Jacks ter sido quebrado. Mas, algumas horas antes, o irmão do príncipe quase a havia matado. E a jovem com certeza teria morrido na noite de seu casamento, se não fosse pelo Arcano. Será que Apollo não sabia de nada disso, ou será que achava que ela merecia morrer?

À medida que Evangeline se aproximava dos últimos degraus, ainda tinha esperança de que Apollo estivesse vivo, mas era uma esperança complicada. Antes, quando acreditava que tudo era um sinal e que sua ida para o Norte significava encontrar seu final feliz, teria certeza de que havia uma segunda chance esperando por ela a poucos metros de distância. Agora, não sabia o que esperar nem sequer o que queria. Se Apollo lhe desse outra chance, será que aceitaria? Será que queria ficar com ele ou só queria o final feliz que achou que o príncipe pudesse dar?

O último degrau rangeu debaixo dos sapatinhos de Evangeline. O cômodo subterrâneo era pequeno, com teto baixo de madeira e estava longe de ser bem iluminado. O ar era estagnado e cheirava um pouco mal e, quase no mesmo instante em que entrou, Evangeline teve vontade de ir embora.

Aquilo era um erro. Logo adiante de Havelock e da outra garota, Apollo estava deitado de costas, mas não parecia bem. Não parecia estar vivo.

Ela quase chamou por Jacks, em pensamento, para dizer que estava em perigo.

Mas antes que fizesse isso a outra garota disse:

– Apollo está em um estado suspenso. Sei que parece morto, mas pode encostar nele.

– Por favor – completou Havelock, baixinho. – Temos tentado reanimá-lo, mas achamos que *você* deve ser a única pessoa capaz de trazê-lo de volta.

Evangeline nem sequer sabia ao certo se acreditava que Apollo estava mesmo vivo. O príncipe estava deitado em uma pesada mesa de madeira, imóvel como um cadáver. Os olhos estavam abertos. Mas, mesmo de longe, pareciam mortos, rasos, feito pedaços de vidro de praia.

Ela ainda tinha vontade de fugir. Mas Havelock e a outra garota pareciam tão esperançosos olhando para ela – não estavam tentando machucá-la nem a prender ali. Se fosse embora, estaria fugindo da esperança, não do perigo.

Cautelosamente, aproximou-se da mesa.

Apollo ainda estava vestido como na noite de núpcias, usando apenas calças. O óleo – ainda bem – fora removido de seu peito. Restava apenas o pingente de âmbar e a tatuagem com o nome dela. Com cuidado, Evangeline encostou no braço do príncipe.

A pele dele estava mais fria do que deveria estar. Seu corpo não se moveu. Mas, quando pôs a mão no peito de Apollo, um minuto depois, Evangeline sentiu. Uma única batida, quase imperceptível.

O coração dela também bateu. Apollo estava mesmo vivo!

– Como vocês dois descobriram isso? E por que ninguém mais sabe? – perguntou.

Então olhou em volta de novo, e o cômodo estava praticamente sem móveis, a não ser pela mesa em que Apollo estava deitado e por outro aparador pequeno, onde havia uma bacia d'água e alguns panos.

– Não sabíamos em quem podíamos confiar – respondeu Havelock. – Eu estava lá na noite em que Apollo foi envenenado. Eu estava no quarto com a senhora depois disso, quando a princesa não conseguia parar de chorar. Isso me assombrou, me fez pensar que a senhora poderia não ser a culpada. Eu sabia que a princesa não tinha nada a ganhar com isso, ao contrário do irmão do príncipe. Eu não queria pensar que o príncipe Tiberius havia tentado matar Apollo. Mas, quando Tiberius ficou noivo quase que imediatamente, alguns outros soldados também ficaram desconfiados. Pegamos o corpo de Apollo do necrotério real e entramos em contato com Phaedra.

– Phaedra dos Malditos, a seu dispor. – A outra garota deu mais um sorriso, fazendo Evangeline pensar que deveria ter reconhecido esse nome. – Você não ouviu falar de mim? – resmungou Phaedra, fazendo biquinho.

– Phaedra, ande logo – falou Havelock. – Alguém vai notar a ausência da princesa a qualquer momento.

– Tudo bem, tudo bem – bufou Phaedra. – Sou famosa em certos círculos pelos meus talentos especiais. Sou capaz de roubar os segredos que as pessoas levam para a cova. Nosso amigo Havelock pensou que, se eu fizesse uma visita ao cadáver de nosso príncipe, poderia descobrir alguns de seus segredos, incluindo quem o matou. Mas Apollo não tinha nenhum segredo. E todo mundo tem segredos, mesmo que seja um medo secreto de lagartas ou uma mentirinha inconsequente que contaram para o vizinho. Foi aí que nos demos conta de que o príncipe não estava morto. Seja qual for a toxina usada, não foi capaz de matá-lo, mas o colocou neste estado suspenso.

– O que é um estado suspenso? – perguntou Evangeline.

– É uma pausa na vida – explicou Phaedra. – A menos que seja reanimado, o príncipe Apollo pode ficar assim por séculos e séculos, sem envelhecer. Não há muitas histórias falando nisso. Acredita-se que Honora Valor costumava usar isso como parte de seus mecanismos de cura, com pessoas que não podia ajudar imediatamente. Por azar, ninguém sabe como ela fazia isso nem como acordar alguém desse estado. Acredita-se que essa prática se perdeu quando Honora morreu. Mas achamos que, talvez, você pudesse ajudar. – Phaedra olhou para Evangeline do jeito como as pessoas olharam para ela depois que deixou de ser de pedra, como se fosse a heroína que todos os jornais diziam que era.

Evangeline se sentia mais exausta do que heroína. Mas, pela primeira vez, não sentia mais necessidade de negar todas as histórias a seu respeito. O que fizera aquele dia, em Valenda, fora um ato de coragem. Luc realmente estava enfeitiçado, e ela impedira que o rapaz se casasse com a garota que lançara o feitiço. Depois, Evangeline transformou a si mesma em pedra para salvar a vida de Luc, assim como os demais convidados do casamento. Podia até ter feito aquilo porque se sentia responsável pelo que aconteceu àquelas pessoas, mas isso não significava que sua atitude não fora corajosa. Ter fé era um ato de coragem.

Só que Evangeline duvidava que a bravura seria suficiente para salvar a vida de Apollo. O que será que aqueles dois pensavam que ela seria capaz de fazer pelo príncipe?

Em algumas histórias que sua mãe contava, beijos podiam curar, do mesmo modo que os beijos de Jacks podiam matar. Mas esses beijos, quase sempre, envolviam amor verdadeiro.

É claro que essas histórias também eram amaldiçoadas. Então quem poderia saber o que era mesmo verdade?

– Eu poderia tentar beijá-lo – disse.

Phaedra deu um sorriso desconfiado. Havelock balançou a cabeça, solene.

Evangeline levou a mão ao rosto de Apollo e pressionou os lábios contra os dele. A boca do príncipe tinha gosto de cera e feitiço, e ele não se mexeu nem mudou de aparência.

A decepção se assomou dentro da jovem. Mas aquela era apenas sua primeira tentativa. Se não fosse capaz de curá-lo com um beijo, talvez pudesse encontrar outra maneira. Talvez pudesse procurar Jacks. Ele já havia encantado os beijos dela, talvez o Arcano pudesse...

Evangeline interrompeu seu raciocínio. Havia esquecido que o Príncipe de Copas dissera que os beijos dela jamais foram mágicos. Mas e se Jacks soubesse de alguma coisa? Talvez pudesse ajudá-la.

Quase tentou perguntar em pensamento. Mas mudou de ideia novamente. Não podia repetir os erros que havia cometido com Luc. Não podia fazer outro trato para salvar a vida de Apollo. Se o Arcano a ajudasse, não faria isso de graça. Talvez os dois não fossem mais inimigos, mas Evangeline não podia esquecer o que Jacks era. Houve um momento em que pensou que o Príncipe de Copas a usara para matar Apollo.

Mas o Arcano não havia feito isso. Jacks não tinha nada a ganhar com a morte de Apollo, e Tiberius havia confessado.

É claro que, ao confessar, Tiberius também disse que o veneno que havia empregado – as lágrimas de LaLa – deveria surtir efeito apenas em mulheres. E, apesar de Jacks não ter nada a ganhar envenenando Apollo, tinha muito a ganhar transformando Evangeline em fugitiva e fazendo outro verso da profecia do Arco da Valorosa se concretizar: "Ela será tanto plebeia quanto princesa, uma fugitiva acusada injustamente".

Evangeline tentou, mais uma vez, afastar esse pensamento. Estava sendo paranoica. Jacks não havia feito aquilo com Apollo por causa da profecia. Tiberius havia confessado.

Mas e se o veneno de Tiberius realmente tivesse afetado apenas Evangeline? Depois que beijou o marido, o príncipe não havia chorado incontrolavelmente, como ela havia chorado depois de beber o vinho envenenado. E se Tiberius tivesse envenenado Evangeline, mas, na verdade, Jacks é quem tinha feito *aquilo* em Apollo, com o objetivo de transformar Evangeline em uma fugitiva acusada injustamente?

O Príncipe de Copas havia dito que os beijos da jovem não eram mágicos. Mas... e se houvesse magia no sangue dele? Nas duas primeiras vezes que ela provara do sangue de Jacks, sentira um gosto doce. Entretanto, no dia do casamento, pouco antes de Evangeline beijar Apollo, o sangue de Jacks teve um gosto amargo. Afugentara a raposa-fantasma. E se tivesse sido o sangue amargo do Arcano que havia feito aquilo com o príncipe?

Mais uma vez, ela tentou enterrar esse pensamento. Só de analisar tudo aquilo ficou com o estômago revirado, mas, mesmo assim, Evangeline não conseguia deixar de pensar. Queria ter esperança de que Jacks não tivesse ido longe demais. Mas ele era o Príncipe de Copas. De acordo com as histórias, deixaria uma trilha de cadáveres ao procurar por seu único e verdadeiro amor. Definitivamente, iria longe demais se fosse para conseguir o que queria. E queria fazer aquela profecia virar realidade.

Só que isso não queria dizer que as suspeitas de Evangeline estavam certas.

Ela já estivera convencida de que Marisol era a assassina. Mas, pensando bem, começou a se perguntar se Jacks não a estaria manipulando com relação à irmã postiça também.

No apartamento de LaLa, o Arcano, por acaso, estava lendo o mesmo livro de feitiços que Marisol possuía e revelou que sua irmã postiça poderia ser uma bruxa. E então Jacks levou Evangeline para o reino subterrâneo de Caos, e Caos fez parecer que uma bruxa havia envenenado Apollo. E, depois, Luc confirmou que Marisol era uma bruxa.

Depois disso, Evangeline quase se convencera da culpa de Marisol. Mas foi só quando reparou no tabloide que Jacks segurava – aquele, com o anúncio do casamento de Marisol –, que teve certeza de que a irmã postiça era a assassina.

Talvez tudo aquilo fosse apenas um monte de coincidências, mas sua irmã postiça era o bode expiatório perfeito. Se Tiberius não tivesse confessado e, em vez disso, tivesse sido revelado que Marisol lançara um feitiço de amor no príncipe, todo mundo acreditaria, de bom grado, que ela também havia matado Apollo.

De repente, Evangeline não tinha sequer certeza de que fora Marisol quem lançara um feitiço em Tiberius. Jacks poderia ter feito isso para incriminá-la.

Será que tudo era como Evangeline havia pensado de início ou será que o Príncipe de Copas fizera tudo aquilo para que a profecia se concretizasse? Mas, se Jacks havia feito tudo aquilo, por que deixara Apollo com vida?

Havelock pigarreou, e Phaedra lançou um olhar curioso para Evangeline. Ambos sem dúvida estavam se perguntando por que ela estava olhando fixamente para os olhos castanhos e imóveis de Apollo. Mas Evangeline não conseguia desviar o olhar. Sentia que estava perto demais de descobrir tudo.

Phaedra havia dito que Apollo poderia ficar daquele jeito por séculos e séculos, sem envelhecer, sem se mexer, sem estar exatamente vivo, mas tampouco morto de verdade. Exatamente como Evangeline ficara quando foi transformada em pedra.

Ela sentiu um aperto no estômago.

E, naquele momento, teve certeza.

O Príncipe de Copas sabia que a jovem jamais conseguiria deixar o príncipe naquele estado. Era por isso que Jacks o deixara com vida: Apollo era sua moeda de troca. Se o Arcano tivesse feito aquilo com o príncipe, poderia desfazer depois. E Evangeline sabia exatamente o que Jacks iria querer em troca de sua ajuda. Jacks iria querer o sangue dela, dado de livre e espontânea vontade, para abrir o Arco da Valorosa. E ela poderia apostar qualquer coisa que era daquele jeito que o Príncipe de Copas planejava conseguir o que queria.

Ele havia envenenado Apollo para manipular Evangeline.

Ela não sabia se tinha vontade de rir ou de chorar.

Evangeline sabia o que Jacks era. Não fora tola a ponto de acreditar que ela era diferente ou especial e que o Arcano não a destruiria. Mas talvez tenha acreditado um pouco. Claramente, acreditara a ponto de passar uma noite com ele dentro de uma cripta. E, pouco tempo antes, ficara apavorada ao pensar que Jacks poderia estar preso em um sono encantado. Estivera disposta a sair correndo para salvar a vida dele porque também fora boba a ponto de achar que algo havia mudado entre os dois, naquela noite, dentro da cripta. Quando o Príncipe de Copas contara a história de Donatella, Evangeline achou que compreendia o Arcano. Achou que ele estava se abrindo, que era um pouco humano. Mas deveria ter dado ouvidos quando Jacks dissera que era um Arcano e que ela não passava de uma ferramenta para ele.

O Príncipe de Copas, sem dúvida, sabia que Evangeline iria querer salvar a vida de Apollo. Mas estava redondamente enganado se achava que a jovem iria abrir o Arco da Valorosa para ele. Evangeline encontraria um modo de curar Apollo sozinha, então faria questão de que Jacks nunca mais pudesse fazer mal a ninguém.

Jacks não era seu amigo, mas havia ensinado que ela era capaz de abrir qualquer porta que quisesse, e Evangeline sabia exatamente qual porta precisava abrir para seguir.

54

Em outra parte do Paço dos Lobos, uma porta que não era aberta havia séculos começou a estremecer. Suas dobradiças rangeram. Sua madeira estalou. E, gravado em seu centro, o emblema em forma de cabeça de lobo esboçou um sorriso.

Agradecimentos

O Magnífico Norte não seria o mesmo sem as muitas pessoas maravilhosas que emprestaram um pouco de sua magia a este livro.

Muito obrigada, Sarah Barley, por acreditar nesta história desde aquele momento confuso em que apresentei o projeto. Obrigada por enxergar a magia mesmo quando ela ainda não estava presente e por me ajudar a alcançá-la. Sou tão grata por você fazer parte de minha vida, por seu amor pelos livros e por você sempre ser capaz de enxergar as falhas em minhas obras, para que eu possa consertá-las antes que os outros vejam.

Obrigada, Jenny Bent, minha agente extraordinária. Quanto mais trabalhamos juntas, mais eu sou grata a você. Obrigada por ser a primeira pessoa a amar esta história e por me dar confiança quando a minha própria começou a ruir. Obrigada por todos os conselhos editoriais brilhantes e por seu apoio sem fim em todas as coisas, grandes e pequenas.

Não consigo imaginar o que seria de meus livros sem o incentivo, o amor e o apoio de minha família maravilhosa. Principalmente neste último ano, em que precisei de todos vocês. Obrigada por sempre estarem ao meu lado, mesmo depois de eu já ter pedido quinhentas vezes para vocês me ajudarem a encontrar um nome para uma nova personagem. Obrigada, pai, mãe, Matt Garber, Allison Moores e Matt Moores. Amo todos vocês!

Quando este livro já estiver publicado, fará mais de seis anos que estou na editora Macmillan, e agradeço muito a todos que trabalham lá. Obrigada aos meus excelentes editores, Bob Miller e Megan Lynch, e à editora assistente da Flatiron Books, Malati Chavali. Obrigada, Nancy Trypuc, Jordan Forney, Katherine Turro, Sam Zukergood e Erin Gordon, por serem a mais fantástica das equipes de marketing e por se esforçarem tanto para levar sua incansável empolgação aos leitores. Obrigada, Cat Kenney, por seu constante entusiasmo, e obrigada, Marlena Bittner, por estar ao meu lado desde o início. Obrigada, Sydney Jeon, por todo o seu trabalho nos bastidores. Obrigada, Donna Noetzel, por ter, mais uma vez, feito um projeto gráfico deslumbrante para o miolo de meus livros. Obrigada, Chrisinda Lynch, Sara Ensey e Brenna Franzitta, por sua incrível atenção aos detalhes. E obrigada, Vincent Stanley, por coordenar a produção de livros tão lindos.

Obrigada, Mary Beth Roche, Steve Wagner e a todos da Macmillan Audio, por dar vida, de verdade, a *Era uma vez um coração partido* por meio do audiolivro. Obrigada, Jennifer Edwards, Jasmine Key, Jennifer Golding, Jessica Brigman, Mark Von Bargen, Rebecca Schmidt, Sofrina Hinton e a todos do Departamento Comercial da Macmillan, por garantir que este livro chegasse a tantas estantes. Obrigada, Alexandra Quill e Peter Janssen, da Macmillan Academic, por terem levado esta história às mãos de professores, e obrigada, Talia Sherer e Emily Day, da Macmillan Library, pelo trabalho para garantir que este livro chegue às bibliotecas.

Obrigada, Erin Fitzsimmons e Keith Hayes, por todo o trabalho e toda a imaginação que vocês dedicaram à capa da edição estadunidense, tornando-a absolutamente extraordinária. Agradeço também a Kelly Gatesman. Também agradeço a Virginia Allyn, pelo mágico e maravilhoso mapa do Magnífico Norte.

Muito obrigada a todos da Hodder & Stoughton, por darem a todos os meus livros uma casa tão incrível no Reino Unido. Obrigada, Kate Howard, por ser uma defensora tão maravilhosa da história e por seus conselhos editoriais brilhantes. Obrigada, Molly Powell, por ter assumido a bronca enquanto Kate não estava, e por ser uma pessoa tão sensacional e divertida de trabalhar. Obrigada, Lisa Perrin, por ter criado uma capa digna de contos de fadas para o mercado do Reino Unido.

Obrigada, Molly Ker Hawn, por ser uma preciosidade de agente no Reino Unido. Obrigada, Amelia Hodgson, por ter feito sua mágica dos direitos autorais em outros países. Obrigada, Victoria Lowes, por tomar conta das coisas que, com certeza, passariam despercebidas. Sou muito grata por fazer parte da Agência Bent.

Obrigada, meus maravilhosos e extraordinários amigos! Meu coração transborda de amor por vocês. Obrigada, Stacey Lee, pelas horas ao telefone e pelos anos de amizade incomparável. Minhas histórias sempre têm mais sentimento por sua causa. Obrigada, Kristin Dwyer, por nunca achar minhas ideias ridículas e por sempre me lembrar do quanto é importante favorecer o amor. Obrigada, Kerri Maniscalco, pelas mais inspiradoras sessões de *brainstorming* e pelas inúmeras conversas sobre vampiros. Obrigada, Adrienne Young, pelo incentivo sincero e por sempre trazer um novo olhar. Obrigada, Anissa de Gomery, por amar Jacks ainda mais do que eu amo. Obrigada, Ava Lee, Melissa Albert e Isabel Ibañez, por terem feito as primeiras leituras e pelos comentários perspicazes. Obrigada, Kristen Williams, por todas as incríveis conversas sobre livros e histórias e por olhar cada uma das versões iniciais da capa. Obrigada, Gita Trelease, por suas palavras de sabedoria. E obrigada, Katie Nelson, Jenny Lundquist, Shannon Dittemore e Valerie Tejeda, por serem demais.

E, por fim, sempre agradeço a Deus, por permitir que eu faça aquilo que sinto que nasci para fazer.